BESTSELLER

[!]

Umberto Eco, nacido en Alessandria (Piamonte) el año 1932, es actualmente titular de la Cátedra de Semiótica y director de la Escuela Superior de Estudios Humanísticos de la Universidad de Bolonia. Ha desarrollado su actividad docente en las universidades de Turín, Florencia y Milán, y ha dado asimismo cursos en varias universidades de Estados Unidos y de América Latina. Dirige la revista *VS-Quaderni di studi semiotici*, y es secretario general de la International Association for Semiotic Studies. Entre sus obras más importantes publicadas en castellano figuran: *Obra abierta*, *Apocalípticos e integrados*, *La estructura ausente*, *Tratado de semiótica general*, *Lector in fabula*, *Semiótica y filosofía del lenguaje*, *Los límites de la interpretación*, *Las poéticas de Joyce*, *Segundo diario mínimo*, *El superhombre de masas*, *Seis paseos por los bosques narrativos*, *Arte y belleza en la estética medieval*, *Sobre literatura* e *Historia de la belleza*. Su faceta de narrador se inicia en 1980 con *El nombre de la rosa*, que obtuvo un éxito sin precedentes. A esta primera novela han seguido *El péndulo de Foucault* (1988), *La isla del día de antes* (1994), *Baudolino* (2001) y *La misteriosa llama de la reina Loana* (2004).

Biblioteca

UMBERTO ECO

La misteriosa llama
de la reina Loana

Traducción de
Helena Lozano Miralles

DeBOLSILLO

Título original: *La misteriosa fiamma della regina Loana*
Adaptación de la cubierta: Departamento de diseño de Random House Mondadori
Ilustración de la portada: © Leonetto Capiello/AKG Images/Álbum

Segunda edición en U.S.A.: marzo, 2006

© 2004, Umberto Eco
© 2004, RCS Libri S.p.A., Milán. Bompiani
© 2005, Editorial Lumen, S. A.
    Travessera de Gràcia, 47-49. 08021 Barcelona
© 2005, Helena Lozano Miralles, por la traducción

Printed in Spain – Impreso en España

ISBN: 0-307-35002-9

Distributed by Random House, Inc.

PRIMERA PARTE

EL EPISODIO

1

EL MES MÁS CRUEL

—¿Y usted cómo se llama?

—Espere, lo tengo en la punta de la lengua.

Todo empezó así.

Era como si me hubiera despertado de un largo sueño, pero yo seguía suspendido en un gris lechoso. O a lo mejor no estaba despierto y estaba soñando. Era un sueño extraño, sin imágenes, poblado de sonidos. Como si no viera y tan sólo oyera voces que me contaban qué era lo que tenía que ver. Y me contaban que todavía no veía nada, salvo humo a lo largo de los canales, donde el paisaje se disolvía. Canales: Brujas, me dije, estaba en Brujas, ¿había estado yo alguna vez en Brujas la muerta? *¿Donde la niebla fluctúa entre las torres como el incienso con que sueña? Una ciudad gris, triste como una tumba con crisantemos, donde la bruma pende desflecada de las fachadas como un tapiz...*

Mi alma limpiaba los cristales del tranvía para anegarse en la niebla móvil de las farolas, niebla, mi incontaminada hermana... Una niebla espesa, opaca, que envolvía los ruidos, y hacía surgir fantasmas sin forma... Al final llegaba a un inmenso abismo y veía una figura altísima, amortajada, en su cara la perfecta blancura de la nieve. *Mi nombre es Arturo Gordon Pym.*

Mascaba la niebla. Los fantasmas pasaban, me rozaban, se di-

solvían. Las bombillas brillaban lejanas como los fuegos fatuos de un cementerio…

Alguien camina a mi lado sin ruido, como si estuviese descalzo, camina sin tacones, sin zapatos, sin sandalias, un jirón de niebla me roza la mejilla, un tropel de borrachos aúlla, allá, en el fondo del transbordador. ¿El transbordador? No lo digo yo, son las voces.

La niebla llega con sus pequeñas patas de gato… Había una niebla que parecía que hubieran quitado el mundo.

Aun así, de vez en cuando era como si abriera los ojos y viera relámpagos. Oía voces:

—No está en coma profundo, señora… No, no piense en el electroencefalograma plano, por lo que más quiera… Tiene reactividad…

Alguien me proyectaba una luz en los ojos, pero después de la luz todo seguía oscuro.

Noto el pinchazo de un alfiler, en alguna parte.

—Lo ve, hay motilidad…

Maigret queda sumido en una bruma tan densa que ni sabe dónde pone los pies… La niebla está llena de formas humanas, y cada vez se llena más, más intensamente se agita con una vida misteriosa. ¿Maigret? Elemental, querido Watson, son diez negritos, precisamente en la niebla desaparece el sabueso de los Baskerville.

El vapor gris iba perdiendo gradualmente sus tintes grisáceos. El calor del agua era extremado, y su tono lechoso, más evidente que nunca… Y entonces nos precipitamos en los brazos de la catarata, donde se abrió un abismo para recibirnos.

Oía a gente hablando a mi alrededor, quería gritar y avisarles de que estaba allí. Había un zumbido continuo, como si me devoraran máquinas célibes con dientes afilados. Estoy en la colonia penitenciaria. Sentía un peso en la cabeza, como si me hubieran puesto una máscara de hierro. Tuve la sensación de que veía unas luces azules.

—Hay asimetría de los diámetros pupilares.

Tenía fragmentos de pensamientos, estaba claro que me estaba despertando, pero no podía moverme. Si sólo pudiera mantenerme despierto. ¿Me he vuelto a dormir?, ¿horas, días, siglos?

La niebla había vuelto; las voces en la niebla, las voces que me hablaban de la niebla. *Seltsam, im Nebel zu wandern!* ¿Qué lengua será? Me parecía como si nadara en el mar, me sentía cerca de la playa, pero no conseguía alcanzarla. Nadie me veía y la marea se me llevaba.

Por favor, decidme algo, por favor, tocadme. Noté una mano en la frente. Qué alivio, otra voz:

—Señora, hay casos de pacientes que se despiertan de repente y se van de aquí por su propio pie.

Alguien me molestaba con una luz intermitente, con la vibración de un diapasón; como si me hubieran puesto un bote de mostaza debajo de las narices. Después, un diente de ajo. *Huele a setas, la tierra.*

Otras voces, éstas desde dentro: *largos quejidos de locomotora, curas, borrosos en la niebla, que van en fila a San Michele in Bosco. El cielo es de ceniza. Niebla río arriba, niebla río abajo, niebla que muerde las manos de las gentes que pasan por los puentes de la isla de los Perros y miran un ínfimo cielo bajo la niebla, todas rodeadas de niebla, como si estuvieran metidas en un globo, colgadas en la niebla parda, tantas, tantos; no creí que la muerte hubiera deshecho a tantos. Olor a estación y a hollín.*

Otra luz, más ligera. *Me parece a través de la niebla el son de las cornamusas escocesas repitiéndose en los brezos.*

Otro largo sueño, quizá. Luego parece que escampa, *estoy en un vaso de agua y anís…*

Estaba delante de mí, aunque todavía lo veía como una sombra. Me sentía la cabeza alborotada, como si me hubiera despertado tras haber bebido demasiado. Creo que murmuré algo con esfuerzo, como si en ese momento empezara a hablar por primera vez:

—¿*Posco reposco flagito* van con infinitivo futuro? *Cuius regio eius religio…* ¿es la paz de Augsburgo o la defenestración de Praga?* —Y luego—: Precaución por niebla en el tramo Roncobilaccio-Barberino del Mugello de la A1…

Me sonríe comprensivo.

—Bien, ahora abra los ojos e intente mirar a su alrededor. ¿Puede decirme dónde estamos?

Ahora lo veía mejor, llevaba una bata, ¿cómo se dice?, *blanca*. Volví la mirada, y resultó que también conseguía mover la cabeza: la habitación era sobria y limpia, unos pocos muebles de metal y colores claros, yo estaba en la cama, con una cánula en el brazo. Por la ventana, entre las persianas a medio bajar, pasaba un filo de luz, la *primavera en torno brilla en el aire y por los campos exulta*. Susurro:

—Estamos… en un hospital y usted… usted es un médico. ¿He estado mal?

—Sí, ha estado usted mal, ya le explicaré. Lo importante es que ahora ha recobrado el conocimiento. Ánimo. Soy el doctor Gratarolo. Perdone si le hago algunas preguntas. ¿Cuántos dedos le estoy enseñando?

—Eso es una mano y ésos son los dedos. Y son cuatro. ¿Son cuatro?

—Efectivamente. ¿Y cuánto son seis por seis?

—Treinta y seis, es obvio. —Los pensamientos me retumbaban en la cabeza pero llegaban casi solos—. La suma de los cuadrados… los cuadrados de los catetos… es igual al cuadrado de la hipotenusa.

—Enhorabuena. El teorema de Pitágoras, ¿no? Es que en el bachillerato me ponían siempre cinco en matemáticas…

—Pitágoras de Samos. Los elementos de Euclides. La desesperada soledad de las paralelas que no se encuentran jamás.

—Parece ser que su memoria goza de un excelente estado de salud. A propósito, ¿y usted cómo se llama?

Vaya, ahí he dudado. Aunque lo tenía en la punta de la lengua. Tras un instante he contestado de la manera más obvia.

—Me llamo Arturo Gordon Pym.

—Usted no se llama así.

Evidentemente Gordon Pym era otro. Que no regresó nunca. Intenté llegar a un acuerdo con el doctor.

—Llamadme... ¿Ismael?

—No, usted no se llama Ismael. Haga un esfuerzo.

Coser y cantar; como estrellarse contra un muro. Decir Euclides o Ismael me resultaba la mar de fácil, como decir hache i jota ca ele eme ene o. Lo de decir quién era yo era como darse la vuelta y, zas, el muro. No, no era un muro, intentaba explicarle:

—No, la verdad es que no noto nada sólido, es algo así como caminar en medio de la niebla.

—¿Cómo es la niebla? —me pregunta.

—*La niebla entre las colinas lloviznando sube; alza el maestral la nube y blanquea y muge el mar...* ¿Cómo es la niebla?

—No me ponga en apuros, sólo soy un médico. Y además estamos en abril, no se la puedo enseñar. Hoy es 25 de abril.

—*Abril es el mes más cruel.*

—Bien, mi cultura no es muy amplia, pero creo que es una cita. Podía haber dicho usted que hoy es fiesta, que celebramos el Día de la Liberación del fascismo. ¿Sabe en qué año estamos?

—Seguramente, después del descubrimiento de América...

—¿No se acuerda usted de ninguna fecha? Una fecha al azar, un fecha de antes de su despertar.

—¿Una cualquiera? Mil novecientos cuarenta y cinco, final de la Segunda Guerra Mundial.

—Frío, frío. No, hoy es 25 de abril de 1991. Usted nació, me parece, a finales de 1931, así que ahora tiene casi sesenta años.

—Cincuenta y nueve y medio, no llego.

—Excelente por lo que concierne a su capacidad de cálculo. Mire, usted ha sufrido, cómo le diría yo, un serio percance. Ha salido con vida, enhorabuena. Pero evidentemente hay algo que todavía no funciona. Una ligera forma de amnesia retrógrada. No, no se preocupe. Estas amnesias a veces duran poco. Bueno, si es tan amable, contésteme ahora a otras preguntas. ¿Está usted casado?

—Dígamelo usted.

—Sí, está usted casado, con una señora absolutamente encantadora que se llama Paola y que le ha asistido noche y día. Esta noche ha sido la única que la he obligado a irse a casa, estaba al borde del colapso. Ahora que usted se ha despertado, voy a llamarla, pero tendré que prepararla, y antes aún tenemos que hacerle otras pruebas.

—¿Y si luego la confundo con un sombrero?

—¿Cómo dice?

—Hay un hombre que confundió a su mujer con un sombrero.

—Ah, el libro de Sacks. Un caso famoso. Veo que es usted un lector al día. Pero no es su caso, porque, si lo fuera, a mí me habría confundido con una estufa. No se preocupe, quizá no la reconozca, pero no la confundirá con un sombrero. Volvamos a usted. Bien, usted se llama Giambattista Bodoni. ¿Le dice algo?

Ahora mi memoria volaba como un planeador entre montes y valles, por el espacioso horizonte.

—Giambattista Bodoni era un célebre tipógrafo. Pero estoy seguro de que no soy yo. Podría ser incluso Napoleón y sería como si fuera Bodoni.

—¿Por qué ha dicho Napoleón?

—Porque Bodoni era del período napoleónico, más o menos. Napoleón Bonaparte, nacido en Córcega, primer cónsul, se casa con Josefina, se convierte en emperador, conquista media Europa, pierde en Waterloo, muere en Santa Elena, cinco de mayo de 1821, *cual yerto quédase, dando el postrero latido.*

—Voy a tener que traerme una enciclopedia; bueno, si mal no recuerdo, usted recuerda correctamente. Y, sin embargo, no recuerda quién es usted.

—¿Es grave?

—Lo que se dice grave, no; pero, si hemos de ser francos, tampoco es bueno. Claro que usted no es el primero al que le sucede algo así, saldremos de ésta.

Me pidió que levantara la mano derecha y me tocara la nariz. Entendía perfectamente qué era la derecha; y aquí la nariz. Bingo. Pero la sensación era absolutamente nueva. Tocarse la nariz es como tener un ojo en la punta del índice y mirarse la cara. Yo tengo una nariz. Gratarolo me golpeó la rodilla con una especie de martillo y luego aquí y allá en la pierna y en los pies. Los doctores miden los reflejos. Parece ser que los reflejos eran buenos. Al final me sentía agotado, y creo que me volví a dormir.

Me desperté en un lugar y murmuré que parecía la cabina de una astronave, como en las películas (qué películas, preguntó Gratarolo, todas en general, contesté, luego mencioné *Star Trek*). Me hicieron cosas que no entendía con unas máquinas que no había visto nunca. Creo que me miraban dentro de la cabeza, pero yo les dejaba que hicieran lo que querían sin pensar, acunado por ligeros zumbidos, y de vez en cuando me volvía a adormecer otra vez.

Más tarde (¿o el día siguiente?), cuando volvió Gratarolo, yo estaba explorando la cama. Tocaba las sábanas, ligeras, lisas, agradables al tacto, menos la manta, que raspaba un poco las yemas de los dedos; me daba la vuelta y palmoteaba la almohada, disfrutando de que la mano se hundiera en ella. Hacía chic chac y me divertía mucho. Gratarolo me preguntó si me veía con fuerzas para levantarme de la cama. Con la ayuda de una enfermera lo conseguí, estaba de pie, aunque todavía me daba vueltas la cabeza. Sentía que los pies ejercían presión contra el suelo, mientras la cabeza lo hacía arriba. Así está uno de pie. En una cuerda floja. Como la sirenita.

—Vamos, intente ir al baño a lavarse los dientes. Debería estar ahí el cepillo de su mujer.

Le dije que uno no se lava nunca los dientes con el cepillo de alguien que no se conoce, y observó que la mujer de uno no es alguien que no conoce. En el baño me vi en el espejo. Por lo menos, estaba bastante seguro de que era yo porque los espejos, *ya se sabe*, reflejan lo que tienen delante. Una cara blanca y hundida, con la barba larga, un par de ojeras tamaño natural. Qué bien vamos, no sé quién soy y voy y descubro que soy un monstruo. No me gustaría toparme conmigo por la noche en una calle desierta. Mister Hyde. Identifiqué dos objetos, uno se llama, sin lugar a dudas, pasta de dientes, y el otro, cepillo. Hay que empezar por la pasta y apretar el tubo. Una sensación muy muy agradable, debería hacerlo a menudo, aunque en determinado momento hay que pararse, porque esa pasta blanca al principio hace plop, como una burbuja, pero luego sale toda como *le serpent qui danse*. Deja ya de apretar, que, si no, haces como Broglio con los quesitos. ¿Quién es Broglio?

La pasta tiene un sabor buenísimo. *Excelente, dijo el duque.* Es un wellerismo. Así pues, éstos son los sabores: algo que te acaricia la lengua, y también el paladar; ahora que parece ser que la que nota los sabores es la lengua. El sabor de la menta; *y la hierbabuena, a las cinco de la tarde...* Me decidí e hice lo que hace todo el mundo en estos casos, rápidamente, sin reparar en ello: me cepillé primero de arriba abajo, luego de izquierda a derecha, luego todo el arco dental. Es interesante notar las cerdas metiéndose entre dos muelas, creo que de ahora en adelante me lavaré los dientes todos los días, está muy bien.

Me pasé el cepillo también por la lengua. Uno siente como un escalofrío pero, al final, si no lo pasa muy fuerte, da gusto, y era lo que necesitaba porque tenía la boca pastosa. Ahora, me dije, hay que enjuagarse. Eché agua del grifo en un vaso y me la pasé por la boca, alegremente sorprendido del ruido que hacía, mejor aún si echas la cabeza hacia atrás y haces... ¿gárgaras? El gargarismo es bueno. Inflé las mejillas y todo fuera. Escupí todo. Sfrusss... catarata. Con los labios se puede hacer de todo, son muy flexibles.

Me di la vuelta, Gratarolo estaba allí observándome *como si tuviera monos en la cara*, y le pregunté si lo estaba haciendo bien.

Perfecto, me dijo. Mis automatismos, me explicó, están perfectamente.

—Parece que aquí hay una persona normal —observé—, lo que pasa es que a lo mejor no soy yo.

—Muy gracioso, y también esto es una buena señal. Vuelva a tumbarse, ahí, le ayudo. Dígame, ¿qué acaba de hacer?

—Me he lavado los dientes, me lo ha pedido usted.

—Perfecto, ¿y antes de lavarse los dientes?

—Estaba en esta cama y usted me hablaba. Me ha dicho que estamos en abril, en 1991.

—Bien. La memoria a corto plazo funciona. Dígame, ¿se acuerda por casualidad de la marca de la pasta de dientes?

—No. ¿Debería?

—En absoluto. No hay duda de que usted ha visto la marca al agarrar el tubo pero, si tuviéramos que registrar y conservar todos los estímulos que recibimos, nuestra memoria sería un pandemónium. Por eso seleccionamos, filtramos. Usted ha hecho lo que hace todo el mundo. Aun así, intente recordar lo más significativo que le ha pasado mientras se lavaba los dientes.

—Cuando me he pasado el cepillo por la lengua.

—¿Por qué?

—Porque tenía la boca muy pastosa y luego me he sentido mejor.

—¿Lo ve? Usted ha filtrado el elemento asociado más directamente con sus emociones, con sus deseos, con sus objetivos. Vuelve a tener emociones.

—Menuda emoción, cepillarse la lengua. Lo que pasa es que no recuerdo habérmela cepillado nunca.

—Llegaremos a ello. Mire, señor Bodoni, intento expresarme sin palabras difíciles, pero está claro que el episodio ha afectado a algunas zonas de su cerebro. Ahora bien, aunque cada día salgan estudios nuevos, todavía no sabemos todo lo que nos gustaría saber sobre las localizaciones cerebrales. Sobre todo por lo que concierne a las distintas formas de memoria. Me atrevería a decir que, si lo que le ha pasado le hubiera sucedido dentro de diez años, sabríamos manejar mejor la situación. No me interrumpa, le he entendido; si en cambio le hubiera ocurrido hace cien años, usted estaría en un manicomio y punto final. Hoy sabemos mucho más, pero no lo suficiente. Por ejemplo, si usted no pudiera hablar, sabríamos inmediatamente qué área había quedado afectada...

—El área de Broca.

—Muy bien. Pero el área de Broca tiene más de cien años. En cambio, sigue siendo materia de debate dónde conserva el cerebro los recuerdos; está claro que no dependen de un área única. No quiero aburrirle con términos científicos, que además le aumentarían la confusión que tiene en la cabeza. El caso es que, cuando el dentista le hace algo en una muela, durante algunos días usted sigue tocándosela con la lengua; pero si yo le dijera, qué sé yo, que no estoy tan preocupado por su hipocampo como por sus lóbulos frontales o, pongamos, por la corteza orbitofrontal derecha, usted intentaría tocarse ese punto, y no es como explorarse la boca con la lengua. Un sinfín de frustraciones. Así pues, olvídese de lo que le acabo de decir. Además, cada cerebro es distinto, y nuestro cerebro tiene una extraordinaria plasticidad, puede que en poquísimo tiempo usted sea capaz de encomendar a otra área lo que el área afectada ya no logra hacer. ¿Me sigue? ¿He sido bastante claro?

—Clarísimo, siga por favor. Pero, ¿no acabaría antes si dijera que soy como Gregory Peck en *Recuerda*?

—¿Ve que se acuerda de la película de Hitchcock, todo un clásico? Es de usted, que no es un clásico, de quien no se acuerda.

—Preferiría haberme olvidado de Gregory Peck y recordar dónde nací.

—Sería un caso más insólito. Fíjese, usted ha identificado inmediatamente el tubo de la pasta de dientes, pero no se acuerda de que está casado, porque, en efecto, recordar el día de la boda e identificar la pasta de dientes dependen de dos circuitos cerebrales distintos. Nosotros tenemos diferentes tipos de memoria. Una se denomina implícita, y nos permite ejecutar sin esfuerzo una serie de cosas que hemos aprendido, como lavarse los dientes, encender la radio o anudarse la corbata. Tras el experimento de los dientes estoy dispuesto a apostar que usted sabe escribir, quizá incluso conducir. Cuando nos ayuda la memoria implícita, ni siquiera somos conscientes de que recordamos, actuamos de forma automática. Otro tipo es la memoria explícita, aquella por la que recordamos y sabemos que estamos recordando. Pero esta memoria explícita es doble. Por una parte, está la que tiende a llamarse memoria semántica, una memoria pública: la que permite saber que una golondrina es un pájaro, y que los pájaros vuelan y tienen plumas, pero también que Napoleón murió en… la fecha que usted dijo. Y esta memoria me parece que usted la tiene en orden, vamos, incluso demasiado, porque veo que basta con darle un dato para que empiece a encadenar recuerdos… escolares, diría yo; o recurre a frases hechas. Está claro que esta memoria es la primera que se forma en el niño, el niño aprende rápidamente a reconocer un coche, un perro, y a formarse esquemas generales, por lo que, si una vez vio un pastor alemán y le dijeron que era un perro, dirá perro también cuando vea a un pequinés. En cambio, el niño tarda más tiempo en elaborar el segundo tipo de memoria explícita, que llamamos episódica, o autobiográfica. No es capaz de recordar inmediatamente, pongamos al ver un perro, que un mes antes estuvo en el jardín de su abuela y vio un perro, y que es él quien vive las dos experiencias. Es la memoria episódica la que establece un nexo entre lo que somos hoy y lo que hemos sido; dicho de otro modo, cuando decimos *yo,* nos referimos sólo a lo que sentimos ahora, no a lo que sentíamos antes, que se pierde precisamente en la niebla. Usted no ha perdido la memoria semántica sino la episódica, es decir, los episodios de su vida. En fin, yo diría que usted sabe todo lo que saben también los demás, y me imagino que si le pidiera que me dijera cuál es la capital de Japón...

—Tokio. Bomba atómica en Hiroshima. El general MacArthur...

—Vale, vale. Es como si recordara todo lo que se puede aprender por haberlo leído en algún sitio, o por habérselo oído decir a alguien, pero no recuerda todo lo que está asociado con sus experiencias directas. Usted sabe que Napoleón fue derrotado en Waterloo, pero intente decirme si se acuerda de su madre.

—*Madre sólo hay una, la madre es siempre la madre...* Pero de mi madre, de mi madre no me acuerdo. Me imagino que tuve una madre porque sé que es una ley de la especie pero... ahí está... la niebla. Estoy mal, doctor. Es horrible. Deme algo para volverme a dormir.

—Ahora le doy algo, ya le hemos pedido demasiado. Túmbese cómodamente, así, bien... Se lo repito, son cosas que pasan, pero es posible curarse. Con mucha paciencia. Haré que le traigan algo para beber, un té, por ejemplo. ¿Le gusta el té?

—*Quizás sí quizás no.*

Me trajeron el té. La enfermera hizo que me sentara apoyado contra las almohadas y me puso delante un carrito. Sirvió un agua que humeaba en una taza con un sobrecito dentro. Tómeselo despacio, que quema, dijo. Despacio, ¿cómo? Olisqueaba la taza y sentía un olor que se me antojaba de humo. Quería probar el sabor del té, cogí la taza y bebí. Atroz. Un fuego, una llama, una bofetada en la boca. ¿Conque esto es el té hirviendo? Debe de pasar lo mismo con el café o con la manzanilla, de los que todos hablan. Ahora sé qué quiere decir quemarse. Lo sabe todo el mundo, que no hay que tocar el fuego, pero lo que no sabía era cuándo se puede tocar el agua caliente. Tengo que aprender a entender el límite, ese momento entre un antes en que no podías y un después en que puedes. Maquinalmente, soplé en el líquido, luego lo removí con la cucharilla, hasta que decidí que podía volver a intentarlo. Ahora el té estaba templado y beberlo era un placer. No estoy seguro de cuál era el sabor del té y cuál el del azúcar, uno tenía que ser *áspero* y el otro *dulce*, pero, ¿cuál es el dulce y cuál el áspero? Claro que el conjunto me gustaba. Beberé siempre té con azúcar. Pero no hirviendo.

El té me dio una sensación de paz y de relajación, y me dormí.

Me desperté otra vez. Quizá porque en sueños me estaba rascando la ingle y el escroto. Bajo las mantas había sudado. ¿*Llagas de decúbito*? La ingle es húmeda, y si le pasas las manos de manera demasiado enérgica, tras una primera sensación de placer violento, sientes una rozadura desagradable. Con el escroto es mejor: te lo pasas entre los dedos, yo diría delicadamente, sin llegar a apretar los testículos, y notas algo granuloso, y ligeramente velloso; está muy bien lo de rascarse el escroto, el picor no se te va enseguida, es más, se vuelve más fuerte, pero así te da más gusto seguir. *El placer es la cesación del dolor*, pero el picor no es un dolor, es una invitación a darse placer. *Las cosquillas de la carne*. Si condesciendes, cometes pecado. El jovencito cristiano se entrega al descanso boca arriba con las manos juntas sobre el pecho para no cometer actos impuros durante el sueño. Extraño asunto, el picor. Y mis cojones. *Cojonudo. Tiene un buen par de cojones.*

Abrí los ojos. Ante mí había una señora, no muy joven, pasados los cincuenta, eso me parecía, con pequeñas arrugas alrededor de los ojos, pero con una cara luminosa, todavía fresca. Algún que otro mechón blanco, casi imperceptible, como si se lo hubiera aclarado aposta, un toque de coquetería, como si dijera no quiero pasar por una jovenzuela pero llevo bien mis años. Era guapa, de joven debió de haber sido guapísima. Me estaba acariciando la frente.

—Yambo —me dijo.

—¿Cómo, señora?

—Yambo, tú eres Yambo, así te llama todo el mundo. Y yo soy Paola. Soy tu mujer. ¿Me reconoces?

—No, señora, perdón, no Paola, lo siento mucho, el doctor ya te lo habrá explicado.

—Me lo ha explicado. Tú ya no sabes lo que te ha pasado a ti, pero sigues sabiendo perfectamente lo que les ha pasado a los demás. Como yo formo parte de tu historia personal, no sabes que llevamos casados más de treinta años, Yambo mío. Y que tenemos dos hijas, Carla y Nicoletta, y tres nietos maravillosos. Carla se casó joven y ha tenido dos niños, Alessandro, de cinco años, y Luca, de tres. Giangio, Giangiacomo, el hijo de Nicoletta, también tiene tres. Primos gemelos, decías tú. Y has sido… eres… seguirás siendo un abuelo estupendo. También has sido un buen padre.

—Y… ¿soy un buen marido?

Paola levantó los ojos al cielo.

—Aquí estamos todavía, ¿no? Digamos que en treinta años de vida hay de todo. Siempre te han considerado un hombre guapo…

—Esta mañana, ayer, hace diez años, vi en el espejo una cara horrible…

—Con lo que te ha pasado es lo menos que podías esperarte. Pero has sido, sigues siendo todavía, un hombre guapo, tienes una sonrisa irresistible y alguna que otra no ha resistido. Tampoco tú; decías siempre que se puede resistir a todo excepto a las tentaciones.

—Perdóname.

—Sí, sí, como los que tiraban misiles inteligentes sobre Bagdad y luego pedían perdón porque habían muerto unos cuantos civiles.

—¿Misiles sobre Bagdad? Eso no sale en *Las mil y una noches*.

—Ha habido una guerra, la guerra del Golfo; ahora se ha acabado, o quizás no. Irak invadió Kuwait, los Estados occidentales intervinieron. ¿No recuerdas nada?

—El doctor ha dicho que la memoria episódica, la que parece que está en falta, está vinculada con las emociones. Quizá los misiles sobre Bagdad fueron algo que me impresionó.

—Y que lo digas. Tú has sido siempre un pacifista convencido y esta guerra te hizo polvo. Hace casi doscientos años, Maine de Biran distinguía tres tipos de memoria: ideas, sensaciones y costumbres. Tú recuerdas ideas y costumbres pero no sensaciones, que al fin y al cabo son lo más tuyo.

—¿Cómo sabes todo eso?

—Soy psicóloga, es mi trabajo. Pero espera un momento: acabas de decir que la memoria episódica está en falta. ¿Por qué has usado esa expresión?

—Se dice así.

—Sí, pero sólo con el flipper y a ti te encanta… te encantaba lo de la máquina, como a un crío.

—Sé lo que es un flipper. Pero no sé quién soy yo, ¿entiendes? Niebla en el valle del Po. A propósito, ¿dónde estamos?

—En el valle del Po. Vivimos en Milán. En los meses invernales, desde nuestra casa se ve la niebla en el parque. Tú vives en Milán y te dedicas a los libros antiguos, tienes una librería anticuaria.

—La maldición del faraón. Llamándome Bodoni y habiéndome puesto Giambattista no podía acabar de otra forma.

—Ha acabado bien. Consideran que eres bueno en tu oficio, no somos multimillonarios pero vivimos bien. Te ayudaré, te repondrás poco a poco. Dios mío, cuando lo pienso, podrías no haberte despertado nunca; estos doctores han sido muy buenos, te cogieron justo a tiempo. Amor mío, ¿puedo darte la bienvenida? Es como si fuera la primera vez que me ves. Pues mira, si yo te viera ahora, por primera vez, me casaría igualmente contigo. ¿Vale?

—Eres un cielo. Te necesito. Eres la única que puede contarme mis últimos treinta años.

—Treinta y cinco. Nos conocimos en la Universidad de Turín, tú ibas a licenciarte y yo andaba perdida, una novata, por los pasillos del Palacio Campana. Te pregunté dónde estaba un aula, tú me echaste los tejos enseguida y sedujiste a la colegiala indefensa. Y luego hubo su tira y afloja, yo era demasiado joven, tú te fuiste tres años al extranjero. Después volvimos a intentarlo, al final me quedé embarazada y nos casamos, porque tú eras un caballero. No, no, perdóname; nos casamos porque nos queríamos de verdad, y además te gustaba lo de ser padre. Valor, papá; haré que te acuerdes de todo, ya lo verás.

—Al final va a resultar que todo es un complot; la verdad es que yo me llamo Afanasio Ganzúa y me dedico al robo con escalo, tú y Gratarolo me estáis contando un montón de bolas, qué sé yo, puede que seáis agentes secretos y necesitéis construirme una identidad para mandarme a espiar al otro lado del muro de Berlín, *Ipcress Files*, y...

—El muro de Berlín ya no existe, lo derribaron, y el imperio soviético está manga por hombro...

—Jesús, te das la vuelta un momento y mira la que te arman. Vale, estaba bromeando, me fío. ¿Qué son los quesitos de Broglio?

—¿Qué? ¿A santo de qué te interesan los quesitos?

—Ha sido al apretar la pasta de dientes. Espera, espera. Había un pintor que se llamaba Broglio; no conseguía vivir de sus cuadros pero no quería trabajar por eso de la neurosis. Parece ser que era una excusa para que su hermana le mantuviera. Por fin, un día, sus amigos le encuentran un trabajo en una fábrica que hacía o vendía quesos. Broglio pasaba ante enormes pilas de quesitos, todos bien envueltos en su papel de estaño, y no conseguía resistir la tentación, por lo de la neurosis (decía): los cogía uno por uno y, chac, los espachurraba y todo el queso se salía del envoltorio. Después de cargarse centenares de quesitos lo despidieron. Todo por culpa de la neurosis; decía que espachurrar quesitos era un placer francamente libidinoso. ¡Dios mío, Paola, pero si esto es un recuerdo de la infancia! ¿No había perdido yo la memoria de mis experiencias pasadas?

Paola se echó a reír.

—Ahora me acuerdo, perdona. Sí, es algo que sabías desde pequeño, pero contabas a menudo esta historia, era un pieza de tu repertorio, por llamarlo de alguna manera; entretenías siempre a tus invitados con la historia de los quesitos del pintor, y luego ellos iban y se la contaban a los demás. Tú no te estás acordando de una experiencia tuya, por desgracia; simplemente sabes una historia que has contado muchas veces y que para ti se ha convertido (¿cómo podría decirlo?) en patrimonio de la humanidad, como la historia de Caperucita Roja.

—Ya te me estás volviendo indispensable. Me alegro de que seas mi mujer. Gracias por existir, Paola.

—Dios mío, no hace ni un mes habrías dicho que era una expresión kitsch de telenovela.

—Me tienes que perdonar. No consigo decir nada que me salga del corazón. No tengo sentimientos, sólo frases memorables.

—Pobrecito mío.

—También eso parece una frase hecha.

—Cabrón.

Esta Paola me quiere de veras.

Pasé una noche tranquila, quién sabe qué me había metido en vena Gratarolo. Me desperté poco a poco, y todavía debía de tener los ojos cerrados, porque oí la voz de Paola que susurraba, con miedo a despertarme:

—¿Pero no podría ser una amnesia psicógena?

—No podemos excluirlo —contestaba Gratarolo—; en el origen de su cuadro clínico puede haber tensiones imponderables. Pero usted ha visto el historial, las lesiones existen.

Abrí los ojos y dije buenos días. Había también dos mujeres y tres niños; no los había visto nunca, pero me imaginaba quiénes eran. Fue terrible porque, pase con tu mujer, pero con tus hijas, Dios mío, son sangre de tu sangre, y los nietos aún más; a esas dos chicas les brillaban los ojos de felicidad, los niños querían subirse a la cama, me cogían la mano y me decían hola abuelo, y yo nada de nada. Ni siquiera era niebla, era, cómo lo diría, apatía. ¿O se dice ataraxia? Igual que mirar animales en el zoo, habrían podido ser perfectamente monitos o jirafas. Es verdad que sonreía y pronunciaba palabras amables, pero dentro estaba vacío. Me venía a la boca la palabra *sgurato*, pero no sabía qué quería decir. Se lo pregunté a Paola; es un término piamontés, cuando lavas bien una cazuela y luego le pasas por dentro esa especie de estropajo de metal, para que parezca nueva, brillante brillante que más limpia imposible. Bueno, pues así de impoluto me sentía yo, *sgurato*. Gratarolo, Paola, las niñas me estaban metiendo en la cabeza miles de detalles sobre mi vida, pero era como si fueran judías secas; si movías la cazuela, las oías en el fondo pero seguían crudas, no se diluían en ningún caldo ni en ninguna crema, nada que me cosquilleara el gusto, nada que quisiera saborear *otra vez*. Me enteraba de cosas que me habían pasado a mí como si le hubieran sucedido a otro.

Acariciaba a los niños y sentía su olor, sin poderlo definir, excepto que era muy tierno. Sólo se me ocurría que *hay perfumes tan frescos como un cuerpo de niño*. Y, en efecto, mi cabeza no estaba vacía, en ella se arremolinaban memorias que no eran mías, la marquesa salió a las cinco a mitad del camino de la vida, o fue Ernesto Sábato Sábado sabadete camisa nueva, allí donde Abraham engendró a Isaac, Isaac engendró a Jacob, Jacob engendró a Judá y a Rocco y a sus hermanos, daba las doce el viejo reloj de la Catedral y fue entonces cuando vi el Péndulo, en ese ramal del lago de Como duermen pájaros con largas alas, *messieurs les anglais je me suis couché de bonne heure*, aquí estamos construyendo Italia no pisamos sobre mojado, *tu quoque alea,* oh hermanos de Italia mía el enemigo que huye va a helarte el corazón, y al arado que traza el surco puente de plata, Italia está hecha pero no se rinde, combatiremos a la sombra ocaso dorado colinas plateadas, en bosques y espesuras yo me la llevé al río, y más la piedra dura fue a dar en la mar, la inconsciente azagaya bárbara a la que tendías la mano infantil, no pidas la palabra enloquecida de luz desde los Alpes hasta las Pirámides, se fue a la guerra y plantó su pica en Flandes, frescas te sean mis palabras en la tarde a docena a docena de fraile, pan tierra y libertad sobre las alas doradas, adiós montañas que salís de las aguas pero mi nombre es Lucía o Elisa o Teresa vida mía, quisiera Guido una llama de amor viva, pues conocí la trémula mano roja de las armas los amores, *de la musique où marchent des colombes*, vuélvete paloma por donde has venido, clara y dulce es la noche y el capitán soy capitán, me ilumino de plenitud, aunque hablar sea en vano los he visto en Pontida, septiembre vamos adonde florecen los limones, quién hubiera tal ventura del Pélida Aquiles, a la pálida luz de la luna de mis soledades vengo, en principio era la tierra y todo pasa y todo queda, *Licht mehr Licht über alles*, condesa, ¿qué será la vida? Amor y pedagogía. Nombres, nombres, nombres, Angelo Dall'Oca Bianca, lord Brummell, Píndaro, Flaubert, Disraeli, Remigio Zena, Jurásico, Fattori, Straparola y sus agradables veladas, la Pompadour, Smith and Wesson, Rosa Luxemburgo, Zeno Cosini, Palma el Viejo, Arqueopterix, Ciceruacchio, Mateo Marcos Lucas Juan, Pinocho, Justine, Maria Goretti, Tais puta con sus merdosas uñas, Osteoporosis, Saint Honoré, Bacta Ecbatana Persépolis Susa Arbela, Alejandro y el nudo gordiano.

La enciclopedia se me caía encima en hojas sueltas, y me entraban ganas de mover frenéticamente las manos como en medio de un enjambre de abejas. Y, mientras tanto, los niños decían abuelito, sabía que debía amarlos más que a mí mismo y no sabía a quién llamar Giangio, a quién Alessandro y a quién Luca. Sabía todo de Alejandro Magno, y nada del pequeñín mío.

Dije que me sentía débil y que quería dormir. Se fueron, y yo lloraba. Las lágrimas son saladas. Así pues, todavía tenía sentimientos. Sí, pero frescos del día. Los del pasado ya no eran míos. Quién sabe, me preguntaba, si alguna vez he sido religioso: desde luego, fuera como fuese, había perdido el alma.

La mañana siguiente (estaba también Paola), Gratarolo hizo que me sentara ante una mesita y me enseñó una serie de cuadraditos de colores, muchísimos. Me daba uno y me preguntaba de qué color era. *Din din don, zapatito marrón; din din don, dime un color: yo digo azulón y tú sal, picarón.* Reconocí a tiro hecho los primeros cinco o seis colores, rojo, amarillo, verde, etcétera. Naturalmente dije que *A noir, E blanc, I rouge, U vert, O bleu, voyelles, je dirais quelque jour vos naissances latentes,* pero me di cuenta de que el poeta, o quien fuera que fuese, mentía. ¿Qué quiere decir que A es negro? Más bien era como si descubriera los colores por primera vez: el rojo era muy risueño, *rojo fuego,* incluso demasiado fuerte. No, quizá era más fuerte el amarillo, como una luz que se me encendiera de golpe ante los ojos. El verde me daba una sensación de paz. El problema llegó con los demás cuadraditos. ¿Qué es esto? Verde, decía, pero Gratarolo insistía, qué tipo de verde, ¿en qué sentido es distinto de este otro? Y yo qué sé. Me explicaba Paola que uno era verde malva y el otro verde guisante. La malva es una hierba, respondía yo, y los guisantes, verduras que se comen, redondos, están dentro de una vaina larga con abultamientos, pero nunca había visto ni malvas ni guisantes. No se preocupe, decía Gratarolo, en inglés hay más de tres mil términos para los colores, pero la gente, como mucho, sabe nombrar ocho; de media solemos reconocer los colores del arco iris, rojo, naranja, amarillo, verde, azul, añil y violeta, pero ya entre añil y violeta la gente no distingue bien. Se requiere mucha experiencia para saber discriminar y nombrar los matices, y un pintor lo hace mejor pues… pues que un taxista, que con reconocer los colores del semáforo ya tiene bastante.

Gratarolo me dio papel y pluma. Escriba, me dijo. «¿Qué diablos tengo que escribir?», escribí, y me parecía que no había hecho nada más en mi vida, el rotulador era suave y se deslizaba bien por el papel.

—Escriba lo que le pase por la cabeza, no se preocupe si no tiene la mente lúcida —dijo Gratarolo.

¿Mente? Escribí: amor que en la mente me razona, ardiente amor que mueve el sol y las demás estrellas, yo soy el que te espera en la estrellada noche, en una noche oscura salí sin ser notada, alma corazón y vida, vivo sin vivir en mí, a vivir que son dos días, durante algunos años fui diferente, ¿cómo era, Dios mío, cómo era? Dios me libre, alabado seas, Señor, por el hermano fuego, si fuera fuego quemaría el mundo, serán ceniza, más tendrá sentido, y no saber adónde vamos, ni de dónde venimos, Mambrú se fue a la guerra, la guerra de las galaxias, contigo hasta el fin del mundo, la expedición de los Mil, las maravillas del año Dos Mil, es del poeta el fin la maravilla.

—Escribe algo de tu vida —dijo Paola—. ¿Qué hacías cuando tenías veinte años?

Escribí: «Yo tenía veinte años. No permitiré que nadie diga que ésta es la edad más bella de la vida». El doctor me preguntó qué era lo primero que se me había ocurrido cuando me desperté. Escribí: «Al despertar Gregorio Samsa una mañana, encontróse en su cama convertido en un monstruoso insecto».

—Quizás baste por hoy, doctor —dijo Paola—. No deje que se dedique demasiado a estas cadenas asociativas; si no, se nos volverá loco.

—Ah, ya, ¿es que ahora os parezco sano?

Casi de sopetón, Gratarolo me ordenó:

—Y ahora firme, sin pensárselo dos veces, como si fuera un cheque.

Sin pensármelo dos veces. Tracé un «GBBodoni», con rúbrica final y un puntito redondo encima de la *i*.

—¿Lo ve? Su cabeza no sabe quién es, pero su mano sí. Era de esperar. Hagamos otra prueba. Usted me ha hablado de Napoleón. ¿Cómo era?

—No consigo evocar su imagen. Basta la palabra.

Gratarolo le preguntó a Paola si sabía dibujar. Parece ser que no soy un artista aunque me las apaño para garabatear algo. Me pidió que le dibujara a Napoleón. Hice algo como esto:

—No está mal —comentó Gratarolo—, ha dibujado su esquema mental de Napoleón, el tricornio, la mano en el chaleco. Ahora le voy a enseñar una serie de imágenes. Primera serie, obras de arte.

Reaccioné bien: la Gioconda, la Olimpia de Manet, esto es un Picasso o alguien que lo imita bien.

—¿Ve que los reconoce? Ahora pasemos a personajes contemporáneos.

Segunda serie de fotos, y también aquí, excepto alguna cara que no me decía nada, contesté de forma satisfactoria, Greta Garbo, Einstein, Totò, Kennedy, Moravia, y a qué se dedicaban. Gratarolo me preguntó qué tenían en común. ¿Que eran famosos? No, no es suficiente, hay otra cosa. Yo dudaba.

—Es que todos están muertos —dijo Gratarolo.

—¿Cómo? ¿También Kennedy y Moravia?

—Moravia murió a finales del año pasado, Kennedy fue asesinado en Dallas en 1963.

—Vaya, lo siento.

—Que no se acuerde usted de lo de Moravia es casi normal, murió hace poco, se ve que no tuvo tiempo de consolidar el acontecimiento en su memoria semántica. En cambio, no entiendo lo de Kennedy, que es un suceso antiguo, de enciclopedia.

—Le afectó mucho lo de Kennedy —dijo Paola—. Quizás Kennedy haya ido a amalgamarse con sus recuerdos personales.

Gratarolo sacó otras fotos. En una había dos personas, y la primera era yo, sin duda, peinado y vestido como Dios manda, con la sonrisa irresistible de la que me había hablado Paola. También el otro tenía una cara simpática, pero no sabía quién era.

—Es Gianni Laivelli, tu mejor amigo —dijo Paola—. Compañeros de pupitre desde primaria hasta la reválida.

—¿Quiénes son éstos? —preguntó Gratarolo sacando otra imagen. Era una foto vieja, ella con un peinado años treinta, un vestido blanco púdicamente escotado, una nariz de garbancito pequeñito y tan chiquito tan chiquito, y él con una raya del pelo perfecta, quizá algo de brillantina, una nariz pronunciada, una sonrisa muy abierta. No los reconocí (¿artistas?, no, poco glamour y poca puesta en escena; recién casados, quizá), pero sentí como si se me cerrara la boca del estómago y —no sé cómo decirlo— un delicado deliquio.

Paola se dio cuenta.

—Yambo, son tu padre y tu madre el día de su boda.

—¿Están vivos? —pregunté.

—No, murieron hace tiempo. En un accidente de coche.

—Usted se ha turbado mirando esta foto —me dijo Gratarolo—. Algunas imágenes despiertan algo en su interior. Éste es un camino.

—Pero qué camino, si ni siquiera soy capaz de sacar a papá y a mamá de ese maldito agujero negro —grité—. Vosotros me decís que estos dos eran mi madre y mi padre, y ahora lo sé, pero es un recuerdo que me habéis dado vosotros. De ahora en adelante recordaré esta foto, no a ellos.

—Quién sabe cuántas veces, en estos últimos treinta años, usted se ha acordado de ellos porque seguía viendo esta foto. No piense en la memoria como en un almacén donde usted deposita los recuerdos y luego los saca del sombrero tal y como se fijaron la primera vez —dijo Gratarolo—. No quisiera ser demasiado técnico, pero el recuerdo es la construcción de un nuevo patrón de excitación neuronal. Pongamos que en un determinado lugar haya tenido una experiencia desagradable. Después, cuando usted recuerda ese lugar, recupera el primer patrón de excitación neuronal, con un patrón de excitación parecido pero no igual al que originariamente respondió al estímulo. Por lo tanto, al recordar, experimentará una sensación de disgusto. En fin, recordar es reconstruir, también sobre la base de lo que hemos sabido o dicho al cabo del tiempo. Es normal, ésta es la forma en que nosotros recordamos. Se lo digo para estimularle a que recupere patrones de excitación, no para que cada vez se ponga a excavar usted como un poseso para encontrar algo que ya está ahí, con esa frescura con la que usted cree que lo apartó la primera vez. La imagen de sus padres en esta foto es la que le hemos enseñado nosotros y la que vemos nosotros. Usted debe partir de esta foto para recomponer algo distinto, y sólo eso será su recuerdo. Recordar es un trabajo, no un lujo.

—*Los tenaces y lúgubres recuerdos* —recité—, *ese reguero de muerte que, con vivir, vamos dejando...*

—Recordar también es bonito —dijo Gratarolo—. Alguien ha dicho que el recuerdo actúa como una lente convergente en una cámara oscura: concentra todo, y la imagen que resulta es mucho más hermosa que la original.

—Tengo ganas de fumar —dije.

—Señal de que su organismo está recuperando su ritmo normal. Claro que, si no fuma, mejor. Y al volver a casa, alcohol con moderación, no más de una copa acompañando las comidas. Tiene problemas de tensión. Si no, mañana no le dejo salir.

—¿Lo deja salir? —preguntó Paola un poco asustada.

—Es el momento de poner los puntos sobre las íes. Señora, su marido, desde el punto de vista físico, me parece bastante autónomo. Si le damos de alta, no se nos va a caer por las escaleras. Si lo tenemos aquí, lo enervamos con un montón de tests, todos ellos experiencias artificiales, y ya sabemos qué resultados obtendremos. Creo que le sentará bien volver a su ambiente. A veces, lo que más ayuda es volver a sentir el sabor de una comida familiar, un olor, quién sabe qué. Al respecto, nos ha enseñado más la literatura que la neurología...

No es que quisiera hacerme el sabihondo, pero vamos, si lo único que me quedaba era esa maldita memoria semántica, tenía que darme el gusto por lo menos de usarla:

—La magdalena de Proust —dije—. El sabor de la infusión de tila y de la magdalena le sobresalta, siente un gozo violento. Y vuelve a aflorar la imagen de los domingos en Combray con la tía Léonie. *La memoria de mi cuerpo anquilosada, memoria de los costados, de las rodillas, de los hombros, me ofrecía las imágenes. ¿Y* quién era ese otro? *Nada obliga más a manifestarse a los recuerdos que los olores y la llama.*

—Sabe usted de qué hablo. A veces también los científicos creen más en los escritores que en sus máquinas. Usted, señora, es del oficio, no es una neuróloga, pero es psicóloga. Le daré unos cuantos libros para que los lea usted, una serie de relaciones célebres de casos clínicos, y entenderá mejor cuáles son los problemas de su marido. Creo que estar junto a usted y a sus hijas, volver al trabajo, lo ayudará más que quedarse aquí. Basta con que pase a verme una vez a la semana y seguiremos sus progresos. Vuelva a casa, señor Bodoni. Ubíquese, mire a su alrededor, olisquee, lea los periódicos, vea la televisión, vaya en pos de imágenes.

—Lo intentaré, pero no recuerdo ni imágenes, ni olores, ni sabores. Recuerdo sólo palabras.

—A lo mejor no es así. Lleve un diario de sus reacciones. Trabajaremos con él.

Empecé a llevar un diario.

Al día siguiente hice las maletas. Bajé con Paola. Se ve que en el hospital había aire acondicionado, porque me di cuenta de repente, y sólo entonces, de qué es el calor del sol. La tibieza de un sol primaveral todavía inmaduro. Y la luz: tuve que entrecerrar los ojos. No se puede mirar fijamente al sol: *Soleil, soleil, faute éclatante...*

Una vez llegados al coche (jamás lo había visto), Paola me dijo que lo probara.

—Subes, lo pones enseguida en punto muerto, y luego enciendes. Siempre en punto muerto, aceleras.

Como si nunca hubiera hecho otra cosa, sabía inmediatamente dónde poner las manos y los pies. Paola se sentó a mi lado y me dijo que metiera la primera, levantara el pie del embrague, apretara un poco el acelerador, para moverme sólo un metro o dos, y luego frenara y apagara el motor. Si lo hacía mal, al fin y al cabo, me daría contra alguna mata del jardín. Salió bien. Estaba muy orgulloso. Como desafío, hice también un metro marcha atrás. Luego me bajé, dejé la conducción a Paola, y adelante.

—¿Qué? ¿Cómo te parece el mundo? —me preguntó Paola.

—No lo sé. Dicen que los gatos, cuando se caen de una ven-

tana y se golpean la nariz, dejan de sentir los olores y, puesto que
viven del olfato, ya no saben reconocer las cosas. Soy un gato que se
ha golpeado la nariz. Veo cosas, entiendo qué son, es verdad, allí
hay unas tiendas, aquí está pasando una bicicleta; mira, unos árboles, pero no… es como si no los llevara puestos, como si estuviera intentando ponerme la chaqueta de otra persona.

—Un gato que intenta ponerse la chaqueta con la nariz. Debes de tener todavía las metáforas descabaladas. Habrá que decírselo a Gratarolo, pero se te pasará.

El coche avanzaba; yo miraba a mi alrededor, descubría los
colores y las formas de una ciudad desconocida.

2

EL CRUJIDO QUE HACEN LAS HOJAS

—¿A dónde vamos, Paola?
—A casa, a nuestra casa.
—¿Y luego?
—Pues luego entramos y te pones cómodo.
—¿Y luego?
—Pues luego te das una buena ducha, te afeitas y te vistes decentemente; luego comemos, y luego… ¿qué te gustaría hacer?
—Es lo que no sé, precisamente. Recuerdo todo lo que pasó después del despertar, sé todo de Julio César, pero no consigo pensar en lo que viene después. Hasta esta mañana no me preocupaba del después, si acaso del antes que no conseguía recordar. Pero ahora que vamos a… hacia algo, veo niebla también delante, no sólo detrás. No, no es una niebla delante, es como si tuviera las piernas de goma y no pudiera caminar. Es como saltar.
—¿Saltar?
—Sí, para saltar tienes que dar un bote hacia delante, pero para hacerlo tienes que tomar carrerilla, por lo que has de volver hacia atrás. Si no vas hacia atrás, no consigues ir hacia delante. En fin, que tengo la impresión de que para decir qué voy a hacer después debería tener muchas ideas sobre lo que hacía antes. Uno se prepara para hacer algo con el propósito de cambiar lo que había antes. Si me dices que me tengo que afeitar, sé por qué tengo que

hacerlo: me paso la mano por la barbilla, noto que raspa, tengo que quitarme estos pelos. Lo mismo si me dices que tengo que comer; me acuerdo de que la última vez que comí fue ayer por la noche, sopa, jamón y peras en compota. Ahora bien, una cosa es decir que me afeito o que como, y otra es decir qué haré después, a la larga, me refiero. No entiendo qué quiere decir a la larga, porque me falta ese a la larga que había antes. No sé si me explico.

—Me estás diciendo que ya no vives en el tiempo. Nosotros somos el tiempo en que vivimos. Te gustaban mucho las páginas de san Agustín sobre el tiempo. Siempre has dicho que fue el hombre más inteligente que haya vivido nunca. Nos enseña muchas cosas también a los psicólogos de hoy en día. Vivimos en los tres momentos de la expectación, de la atención y de la memoria, y el uno no puede prescindir del otro. No consigues proyectarte hacia el futuro porque has perdido tu pasado. Y saber lo que hizo Julio César no te sirve para saber qué es lo que tendrás que hacer tú.

Paola vio que se me ponía rígida la mandíbula. Cambió de discurso:

—¿Reconoces Milán?

—No la he visto nunca. —Pero cuando llegamos a un ensanche dije—: Castillo Sforzesco. Y luego está el Duomo. Y el Cenáculo, y la pinacoteca de Brera.

—¿Y en Venecia?

—En Venecia están el Canal Grande, y el puente de Rialto y San Marcos y las góndolas. Sé todo lo que está escrito en las guías. A lo mejor en Venecia no he estado nunca mientras que vivo en Milán desde hace treinta años, pero para mí Milán es como Venecia. O como Viena: Kunsthistorisches Museum, el tercer hombre, Harry Lime que en la noria del Prater dice que los suizos inventaron el reloj de cuco. Mentía; el reloj de cuco es bávaro.

Entramos en casa. Un piso bonito, con balcones que dan al parque. Veo de verdad *un mar de árboles*. La naturaleza es tan bella como dicen. Muebles antiguos; evidentemente soy una persona acomodada. No sé cómo moverme, dónde está la sala, dónde la cocina. Paola me presenta a Anita, la peruana que nos ayuda en casa. La pobre no sabe si tratarme como a uno de la familia o saludarme como a una visita, no para quieta, me enseña la puerta del baño, sigue diciendo:

—Pobrecito el señor Yambo, ay jesusmariayjosé, aquí están las toallas limpias, señor Yambo.

Tras la agitación de la salida del hospital, el primer contacto con el sol, el trayecto en coche, me sentía sudado. Quise oler mis axilas: el olor de mi sudor no me molestó, no creo que fuera muy fuerte pero me hacía sentirme vivo. Tres días antes de volver a París, Napoleón mandaba un mensaje a Josefina diciéndole que no se lavara. ¿Me he lavado alguna vez antes de hacer el amor? No me atreveré a preguntárselo a Paola y, quién sabe, a lo mejor con ella sí y con otras no, o al revés. Me di una buena ducha, me enjaboné la cara y me afeité despacio, había una loción con un perfume ligero y fresco, me peiné. Ya tenía un aire más de persona. Paola me llevó al guardarropa: evidentemente me gustan los pantalones de pana, chaquetas un poco ásperas, corbatas de lana con colores pálidos (¿malva, guisante, esmeralda? Los nombres los sé, pero todavía no consigo aplicarlos), camisas de cuadros. Me parece que también tengo un traje oscuro para bodas y funerales.

—Estás tan guapo como antes —dijo Paola cuando me puse de sport.

Me hizo pasar por un largo pasillo recubierto de estanterías llenas de libros. Yo miraba los lomos y reconocía la mayoría. Quiero decir, reconocía los títulos, *Los novios*, *Orlando furioso*, *El guardián entre el centeno*. Por primera vez tenía la impresión de que me hallaba en un lugar donde me sentía a gusto. Saqué un volumen, pero antes de mirar la cubierta lo cogí por el lomo con la mano derecha y con el pulgar de la izquierda hice pasar rápidamente las páginas hacia atrás. Me gustaba el ruido, lo hice más de una vez, y le pregunté a Paola si no debería ver a un futbolista pegándole una patada a un balón. Paola se rió, parece ser que ésos eran unos libros que circulaban en nuestra infancia, una especie de cine para pobres, el futbolista cambiaba de posición en cada página y, al pasarlas deprisa, lo veíamos moverse. Me aseguré de que todos lo supieran: quería decir, exactamente, que no era un recuerdo, era sólo una noción.

El libro era *Papá Goriot*, Balzac. Sin abrirlo dije:

—Papá Goriot se sacrificaba por las hijas, una se llamaba Delfina, me parece; entran en escena Vautrin, alias Collin, y el ambicioso Rastignac, París, ahora nos toca a nosotros. ¿Leía mucho?

—Eres un lector incansable. Con una memoria de hierro. Sabes un montón de poesías de memoria.

—¿Escribía?

—Nada tuyo. Soy un genio estéril, decías; en este mundo o se lee o se escribe, los escritores escriben por desprecio hacia los colegas, para tener de vez en cuando algo bueno que leer.

—Tengo muchos libros. Perdona, tenemos.

—Aquí hay cinco mil. Y siempre aparece el tonto de turno que entra y dice cuántos libros tiene usted, ¿los ha leído todos?

—¿Y yo?, ¿qué contesto?

—Sueles contestar: ninguno, si no, para qué los tendría aquí, ¿acaso guarda usted las latas de carne tras haberlas vaciado? Los cincuenta mil que ya he leído se los he regalado a las cárceles y a los hospitales. Y el tonto se queda cortado.

—Veo muchos libros extranjeros. Creo que sé alguna lengua.

—Los versos me salieron solos—: *Le brouillard indolent de l'automne est épars... Unreal City, / under the brown fog of a winter dawn, / a crowd flowed over London Bridge, so many, / I had not thought death had undone so many... Spätherbstnebel, kalte Träume, / überfloren Berg und Tal, / Sturm entblättert schon die Bäume, /*

und sie schaun gespenstig kahl… Mas el doctor no sabía —acabé— *que hoy es siempre todavía…*

—Qué curioso, de cuatro poesías, tres hablan de la niebla.

—Ya lo sabes, me siento en la niebla. Sólo que no consigo verla. Sé cómo la han visto los demás: *Se ilumina en un recodo un sol efímero, un manojo de mimosas en la blanquísima niebla.*

—Tú te sentías fascinado por la niebla. Decías que habías nacido en ella. Y desde hace años, cuando te topabas con una descripción de la niebla en algún libro, te la apuntabas al margen. Luego, poco a poco empezaste a hacer que te fotocopiaran la página en la librería. Creo que allí encontrarás tu dossier sobre la niebla. Mira, ten confianza, espera y la niebla volverá. Aunque no es la niebla de antaño. En Milán hay demasiada luz, demasiados escaparates iluminados incluso de noche, la niebla se desliza a lo largo de las paredes.

—*La niebla amarilla que se restriega el lomo en los cristales de las ventanas, el humo amarillo que se restriega el hocico en los cristales de las ventanas, metió la lengua lamiendo los rincones del atardecer, se demoró en los charcos quietos sobre los sumideros, dejó que le cayera en el lomo el hollín que cae de las chimeneas, se enroscó una vez en torno a la casa y se quedó dormido.*

—Ésta me la sabía yo también. Te quejabas de que ya no existían las nieblas de tu infancia.

—Mi infancia. ¿Hay algún lugar donde guarde los libros de cuando era pequeño?

—Aquí no. Estarán en Solara, en la casa de campo.

Me enteré entonces de la historia de la casa de Solara, y de mi familia. Nací allí, por equivocación, durante las vacaciones de Navidad de 1931. Como el Niño Jesús. Mis abuelos maternos murieron antes de que yo naciera; mi abuela paterna cuando yo tenía cinco años. Quedaba el padre de mi padre, y nosotros éramos lo único que él tenía. El abuelo era un personaje extraño. En la ciudad donde nací, tenía una tienda, casi un almacén de libros viejos. No trataba libros antiguos o de valor, como yo, sólo libros usados, y muchas cosas decimonónicas. Además, le gustaba viajar, y a menudo se iba al extranjero. Por aquel entonces ir al extranjero significaba ir a Lugano, como mucho mucho a París o a Munich. Y allí se hacía con cosas de los puestos callejeros, no sólo libros, sino también carteles de cine, cromos, postales, revistas viejas. Entonces no había todos esos coleccionistas de nostalgias como hoy, decía Paola, pero tenía algún parroquiano asiduo, o tal vez reunía lo que encontraba por puro antojo. No ganaba mucho pero se divertía. Además, en los años veinte había heredado de un tío abuelo suyo la casa de Solara. Una casa inmensa, si la vieras, Yambo, sólo los desvanes parecen las cuevas de Postumia. Había mucho terreno, lo daba en aparcería, y con eso el abuelo sacaba lo suficiente para vivir sin afanarse por vender demasiados libros.

Parece ser que allí pasé todos los veranos de mi infancia, y las vacaciones de Navidad y de Semana Santa, y muchas otras fiestas de guardar; y dos años seguidos entre el cuarenta y tres y el cuarenta y cinco, cuando en la ciudad empezaron los bombardeos. Y allí debían de estar todavía las cosas del abuelo, y mis libros del colegio y mis juguetes.

—No sé dónde, porque era como si no quisieras volverlos a ver. Tu relación con esa casa siempre ha sido extravagante. El abuelo se murió de pena cuando tus padres se mataron en aquel accidente de coche, más o menos cuando estabas acabando el bachillerato...

—¿A qué se dedicaban mis padres?

—Tu padre trabajaba en una empresa de exportaciones, al final había llegado a ser el director. Tu madre estaba en casa, como las señoras. Tu padre consiguió comprarse por fin un coche, un Lancia, imagínate, y sucedió lo que sucedió. Nunca has sido muy explícito sobre ese asunto. Ibas a matricularte en la universidad, y tú y tu hermana Ada perdisteis de un golpe a toda vuestra familia.

—¿Tengo una hermana?

—Más joven que tú. De ella se encargaron tus tíos, el hermano y la cuñada de tu madre, que se habían convertido en vuestros tutores legales. Pero Ada se casó pronto, a los dieciocho años, con uno que enseguida se la llevó a vivir a Australia. Os veis poco, pasa por Italia muy de vez en cuando. Los tíos vendieron vuestra casa de la ciudad y casi toda la tierra de Solara. Con lo que sacaron pudieron costearte la universidad, pero te independizaste de ellos casi enseguida, conseguiste una beca para el colegio mayor y te fuiste a vivir a Turín. Desde entonces, es como si te hubieras olvidado de Solara. Te obligué yo, cuando ya habían nacido Carla y Nicoletta, a que fuéramos en verano, el aire era sano para las niñas, me costó horrores arreglar el ala a la que solemos ir. Y no ibas a gusto. Las niñas lo adoran, es su infancia; también ahora intentan pasar el mayor tiempo posible, con los críos. Tú volvías allí por ellas, te quedabas dos o tres días, pero jamás ponías los pies en los que llamabas los santuarios: tu cuarto de cuando eras pequeño, el de los abuelos y el de tus padres, los desvanes. También es verdad que, con todas las habitaciones que hay, pueden vivir tres familias sin encontrarse nunca. Te dabas algún paseo por las colinas y luego siempre había algo urgente que te reclamaba en Milán. Es comprensible, la muerte de tus padres fue como si te partiera la vida en dos, antes y después; quizás la casa de Solara te evocaba un mundo que había desaparecido para siempre; cortaste por lo sano. Siempre he intentado respetar ese apuro tuyo, aunque a veces los celos me hayan hecho pensar que era una excusa para volver a Milán tú solo por otros asuntos. Glissons.

—La sonrisa irresistible. Pero, ¿por qué te casaste con el hombre que ríe?

—Porque te reías bien, y me hacías reír. De pequeña no paraba de hablar de un compañero de colegio, que si Luigino por aquí, que si Luigino por allá, cada día volvía a casa y contaba algo que había hecho Luigino. Mi madre sospechaba que había algo más, porque un día me preguntó que por qué me gustaba tanto Luigino. Y yo le dije: porque con él me río.

Las experiencias se recuperan deprisa. He probado el sabor de algunas comidas; las del hospital me sabían todas igual. La mostaza con la carne de caldo te aguijonea, mientras que la carne se deshace en hebras y se te mete entre los dientes. Conocer (¿reconocer?) la acción del palillo. Poder hurgarse en los lóbulos frontales, quitar las escorias… Paola me ha dado a probar dos vinos, y del segundo he dicho que era incomparablemente mejor. Ni que lo digas, ha dicho ella, el primero es vino de cocina, como mucho sirve para preparar el estofado, el segundo es un Brunello. Bien, he dicho, mi cabeza estará a por uvas, pero el paladar funciona. Me he pasado la tarde dedicándome a tocarlo todo, a experimentar la presión de la mano en una copa de coñac, a observar cómo sube el café en la cafetera. He metido la lengua en dos clases de miel y en tres tipos de mermelada (prefiero la de albaricoque), he arrugado las cortinas del salón, exprimido un limón, hundido las manos en un paquete de harina de sémola. Luego Paola me ha llevado al parque a dar una vueltecita, he acariciado la corteza de los árboles, he notado *el crujido que hacen las hojas (¿del moral?) en la mano de quien las coge*. Al pasar por una floristería en Largo Cairoli, Paola ha pedido que le prepararan un ramo que parecía un arlequín, que el florista decía que cómo iba a componerle semejante engendro, y en casa he intentado distinguir el perfume de flores y plantas distintas. *Y vio que todo era bueno*, he dicho con alivio. Paola me ha preguntado si me sentía Dios, he contestado que citaba por citar, pero que sin duda era un Adán que descubría su jardín del Edén. Resulta que soy un Adán que aprende deprisa y, en efecto, en un estante he visto envases y cajas de detergentes y he entendido inmediatamente que no debía tocar el árbol del bien y del mal.

Después de cenar me senté en la sala de estar. Había una mecedora e instintivamente me dejé caer en ella.

—Lo hacías siempre —dijo Paola—, y ahí te tomabas tu whisky vespertino. Creo que Gratarolo te lo concedería.

Me trajo una botella, Laphroaig, y me serví una buena dosis, sin hielo. Dejé que el líquido girara en mi boca antes de tragármelo.

—Exquisito, aunque sabe un poco a petróleo.

Paola estaba entusiasmada.

—Fue después de la guerra, a principios de los cincuenta, cuando se empezó a beber whisky; bueno, quizás antes lo bebían los jerarcas fascistas en la playa de Riccione, pero la gente normal no. Nosotros empezamos a beber whisky cuando teníamos veinte años, pocas veces, porque era caro, pero era como un rito de paso, y nuestros viejos nos miraban y nos decían que cómo podíamos beber eso que sabía a petróleo.

—Mira que los sabores no me evocan ningún Combray.

—Depende de los sabores. Tú sigue viviendo, y descubrirás cuál es el que funciona.

En una mesita había una cajetilla de Gitanes, *papier maïs*. Encendí, aspiré golosamente, tosí. Le di unas caladas más y apagué.

Me dejé mecer lentamente, hasta que me entró sueño. Me despertaron las campanadas de un reloj de péndola, y casi tiro el whisky. El reloj estaba detrás de mí, pero antes de que consiguiera identificarlo, las campanadas se habían acabado y dije:

—Son las nueve. —Luego, a Paola—: ¿Sabes qué me ha pasado? Estaba adormilado, la péndola me ha despertado. Los primeros toques no los he oído claramente, quiero decir que no los he contado. Pero en cuanto he decidido ponerme a contar me he dado cuenta de que ya había habido tres, y he podido contar cuatro, cinco, etcétera. He entendido que había podido decir cuatro, y esperar el quinto, porque había habido uno, dos y tres, y de alguna manera lo sabía. Si el cuarto toque hubiera sido el primero del que hubiera tenido conciencia, habría creído que eran las seis. Creo que nuestra vida funciona así, sólo si miras atrás puedes anticipar lo que vendrá. Yo no puedo contar los toques de mi vida porque no sé cuántos ha habido antes. Por otra parte, me he adormilado porque la silla llevaba tiempo meciéndose. Y me he quedado dormido en un determinado momento, porque ha habido momentos previos, y porque me dejaba llevar esperando el momento sucesivo. Pero si no hubieran existido los primeros momentos para llevarme a la disposición apropiada, si hubiera empezado a mecerme en un momento cualquiera, no habría esperado lo que debía venir. Me habría quedado despierto. También para dormirse hay que recordar. ¿O no?

—Es el efecto bola de nieve. El alud baja hacia el valle, cada vez más deprisa porque, poco a poco, va creciendo y arrastra consigo el peso de lo que era antes. De otro modo, no hay alud, sigue siendo una pequeña bola de nieve que no desciende nunca.

—Ayer por la noche… en el hospital, me aburría y me puse a canturrear una cancioncilla. Me salía sola, como lavarse los dientes… Intenté entender por qué la sabía. Empecé a cantarla otra vez pero, si pensaba en ella, la canción ya no me salía sola y me paré en una nota. La sostuve un poco, por lo menos cinco segundos, como si fuera una sirena o una cantinela. Pues bien, después no conseguía continuar, y no lo conseguía porque había perdido lo que iba antes. Eso es; yo soy así. Me he quedado parado en una nota larga, como si un disco se quedara atascado. Y como no puedo recordar las notas del principio, no consigo acabar la canción. Me pregunto qué es lo que debería acabar, y por qué. Mientras cantaba sin pensármelo, yo era yo precisamente en la duración de mi memoria, que en ese caso era la memoria… cómo lo diría, de mi garganta, con los antes y los después que se fundían juntos, y yo era la canción completa, y cada vez que la empezaba mis cuerdas vocales se preparaban ya para hacer vibrar los sonidos que tenían que seguir. Creo que es lo que hace un pianista, toca una nota y prepara ya los dedos para darle a la tecla que ha de seguir. Sin las primeras notas, no llegas a las últimas, desafinas, y puedes ir de las primeras a las últimas sólo si en tus adentros, de alguna manera, ya está la canción completa. Yo la canción completa ya no la sé. Soy… como madera que se está quemando. Se quema pero no tiene conciencia de cuando era un tronco intacto, no sabe siquiera que lo era ni cuándo empezó a arder, y tampoco podría saberlo. Así pues, se consume y eso es todo. Yo vivo en pura pérdida.

—No exageremos con la filosofía —susurró Paola.

—No. Exageremos. ¿Dónde guardo las *Confesiones* de san Agustín?

—En esa librería están las enciclopedias, la Biblia, el Corán, Lao Tsé y los libros de filosofía.

Fui a buscar las *Confesiones* y busqué en el índice las páginas sobre la memoria. Debía de haberlas leído, porque estaban todas subrayadas. Mas heme ante los campos y anchos senos de la memoria, cuando estoy allí pido que se me presente lo que quiero y algunas cosas preséntanse al momento; pero otras hay que buscarlas más con tiempo y como sacarlas de unos receptáculos abstrusos… Todas esas cosas recibe la memoria, penetral amplio e infinito y no sé qué secretos e inefables senos suyos; en el aula inmensa de mi memoria se me ofrecen al punto el cielo y la tierra y el mar. Allí me encuentro conmigo mismo… Grande es la virtud de la memoria y algo que me causa horror, Dios mío: multiplicidad infinita y profunda. Y esto es el alma y esto soy yo mismo… En los campos y antros e innumerables cavernas de mi memoria, llenas innumerablemente de géneros innumerables de cosas, por todas estas cosas discurro y vuelo de aquí para allá y penetro cuanto puedo, sin que dé con el fin en ninguna parte…

—Mira, Paola —dije—, tú me has contado de mi abuelo, de la casa de campo; todos intentáis devolverme noticias, pero, si las voy recogiendo de esta manera, para poblar de verdad estas cavernas debería emplear los sesenta años que he vivido hasta ahora completos. No, así no puede ser. Tengo que entrar en la caverna yo solo. Como Tom Sawyer.

No sé qué me contestaría Paola, porque seguía meciéndome en la silla y me volví a quedar dormido.

Creo que poco rato, porque oí que llamaban al timbre, y era Gianni Laivelli. Mi compañero de pupitre, éramos los dos dioscuros. Me abrazó como a un hermano, estaba conmovido, sabía ya cómo tratarme. No te preocupes, me dijo, sé yo más de tu vida que tú. Te la contaré de cabo a rabo. Le dije que no, gracias; de momento, Paola me había explicado nuestra historia. Juntos desde primaria hasta bachillerato. Yo luego me fui a estudiar a Turín, y él económicas a Milán. Pero, al parecer, no nos perdimos de vista, yo vendo libros antiguos, él ayuda a la gente a pagar los impuestos, o a no pagarlos; deberíamos habernos ido cada uno por nuestro lado y, en cambio, somos como una familia, sus dos nietos juegan con los míos, y las Navidades y la Nochevieja las pasamos siempre juntos.

No, gracias, eso había dicho, pero Gianni no podía quedarse callado. Y, como él recordaba, parecía no entender que yo no recordara. Te acuerdas, decía, del día que llevamos un ratón a clase para asustar a la señorita de matemáticas, y cuando fuimos de excursión a Asti para ver aquella obra de Alfieri y a la vuelta supimos lo de la tragedia de Superga, con todo el equipo del Turín dentro, y aquella vez que…

—No, no me acuerdo, Gianni, pero me lo cuentas tan bien que es como si me acordara. ¿Quién era el más empollón de los dos?

—Naturalmente, tú en italiano y filosofía, y yo en matemáticas, ya ves cómo hemos acabado.

—Ah, ya. Paola, ¿qué carrera tengo?

—Filosofía y letras, con una memoria sobre la *Hypnerotomachia Poliphili*. Ilegible, por lo menos para mí. Luego fuiste a especializarte en historia del libro antiguo a Alemania. Decías que con el nombre que te habían endilgado no podías hacer otra cosa, y además tenías el ejemplo del abuelo, toda una vida entre cartapacios. A la vuelta montaste la librería anticuaria; al principio era un cuartito, con el poco capital que te había quedado. Luego te fue bien.

—¿Pero tú sabes que vendes libros que cuestan más que un Porsche? —decía Gianni—. Son magníficos, cogerlos y saber que tienen quinientos años, y el papel sigue haciendo crac crac entre los dedos como si acabaran de salir de la prensa…

—Calma, calma —decía Paola—, del trabajo empezaremos a hablar los próximos días. Ahora dejemos que tome confianza con la casa. ¿Un whisky con sabor a petróleo?

—¿Petróleo?

—Es una historia entre Yambo y yo, Gianni. Estamos empezando a tener secretos otra vez.

Cuando acompañé a Gianni a la puerta, me cogió por el brazo y me susurró con tono cómplice:

—Así es que todavía no has vuelto a ver a la guapa Sibilla…

¿Sibilla? ¿Quién?

Ayer vinieron Carla y Nicoletta con toda la familia, también sus maridos. Simpáticos. Pasé la tarde con los niños. Son tiernos, empiezo a tomarles cariño. Pero es una situación apurada, hubo un momento en que me di cuenta de que los estaba besuqueando, me los estrechaba entre los brazos, olía su olor a limpio, a leche y a polvos de talco, y me pregunté qué hacía yo con esos niños desconocidos. ¿No seré un pedófilo? Los mantuve a cierta distancia, jugamos juntos, me pidieron que hiciera de oso, qué diantres hace un abuelo oso, luego me puse a gatas haciendo awrf roarr roarr, y ellos me saltaban encima. Calma, tengo una cierta edad, me duele la espalda. Luca me hizo pam pam con una pistola de agua, y pensé que lo más prudente era morir, patas arriba. Corrí el riesgo de que me diera el lumbago, pero fue todo un éxito. Todavía estoy débil y al levantarme estaba mareado. No debes hacerlo, me dijo Nicoletta, ya sabes que tienes hipotensión ortostática. Luego se corrigió:

—Perdona, es que ya no lo sabes. Bueno, pues ahora lo vuelves a saber.

Nuevo capítulo para mi vida escrita por ése. Mejor dicho, por ésos.

Sigo viviendo de enciclopedia. Hablo como si estuviera de espaldas a la pared y no pudiera volverme de ninguna manera a mirar hacia atrás. Mis memorias tienen la profundidad de unas pocas semanas. Las de los demás se extienden siglos y siglos. Hace unas noches, probé un licor de nueces. Dije: «*Característico olor a almendras amargas*».

En el parque vi a dos policías a caballo: «*Mi reino, mi reino por un caballo*».

Me di un golpe en la mano contra el borde de algo y, mientras me lamía el pequeño rasguño intentando saborear el gusto de mi sangre, dije: «*A menudo he hallado el mal de vivir*».

Cayó un aguacero y cuando acabó me alborocé: «*Pasó ya la tormenta*».

Suelo acostarme pronto y comento: «*Longtemps je me suis couché de bonne heure*».

Me las arreglo con los semáforos, pero el otro día iba a cruzar la calle en un punto que parecía tranquilo, y Paola me sujetó de un brazo justo a tiempo porque venía un coche.

—Pero si he calculado la distancia —dije—, pasaba perfectamente.

—Que no, que no pasabas; iba deprisa.

—Venga, no soy un pavo —reaccioné—. Sé perfectamente que los coches atropellan a los peatones, y también a las gallinas; para evitarlas tienes que frenar y sale un humo negro, que luego te tienes que bajar para volver a poner en marcha el coche con la manivela. Dos hombres con un largo gabán y grandes gafas negras, y yo con las orejas que me llegan hasta el cielo.

¿De dónde he sacado esa imagen?

Paola me miró.

—Yambo, ¿tú sabes a qué velocidad máxima puede llegar un coche?

—Bueno —dije—, puede alcanzar las ochenta por hora…

Parece, en cambio, que van mucho más deprisa. Se ve que conservo sólo las nociones de cuando me saqué el carné de conducir.

Estoy sorprendido porque al cruzar Largo Cairoli me encuentro cada dos pasos con un negro que quiere venderme un encendedor. Paola me llevó a dar una vuelta por el parque (monto en bicicleta sin problemas) y me sorprendió ver alrededor de un laguito a muchos negros tocando el tambor.

—¿Pero dónde estamos? —dije—. ¿En Nueva York? ¿Desde cuándo hay tantos negros en Milán?

—Desde hace tiempo —contestó Paola—. Pero ahora ya no se les llama negros, sino personas de color.

—¿Y cuál es la diferencia? Venden encendedores, vienen aquí a tocar el tambor porque no debe de llegarles ni para ir al bar, o lo que pasa es que en los bares ni los quieren; lo que es, que estas personas de color lo tienen muy negro.

—Venga, ahora se les llama así. Lo hacías tú también.

Paola ha notado que cuando intento hablar en inglés cometo errores, y no los cometo cuando hablo alemán o francés.

—Me parece obvio —dice—; el francés debiste de absorberlo de pequeño y se te ha quedado en la lengua como la bicicleta en las piernas; el alemán lo estudiarías en los manuales cuando hacías la carrera, y tú de los manuales te lo sabes todo. En cambio, el inglés lo aprendiste viajando, más tarde; forma parte de tus experiencias personales de los últimos treinta años, y se te ha quedado pegado a la lengua sólo en parte.

Todavía me siento débil, consigo concentrarme en algo una media hora, una hora como mucho, luego voy a tumbarme un poco. Paola me lleva todos los días a la farmacia para controlarme la tensión. Hay que prestar atención al régimen: poca sal.

Me ha dado por ver la televisión, es lo que menos me cansa. Veo a unos señores desconocidos que son el presidente del consejo de ministros y el ministro de Asuntos Exteriores, el rey de España (¿no estaba Franco?), ex terroristas (¿terroristas?) arrepentidos y no entiendo bien de qué hablan, pero aprendo un montón de cosas. De Aldo Moro me acuerdo, las convergencias paralelas, pero, ¿quién lo mató? ¿No lo secuestraría un anarquista cuando iba en avión a Ustica y accidentalmente se cayó encima del Banco de la Agricultura? Algunos cantantes se ponen unos aretes en los lóbulos de las orejas. Y son varones. Me gustan las historias por entregas con tragedias familiares en Texas, las viejas películas de John Wayne. Las de acción me molestan, porque hay ametralladoras que con una ráfaga te machacan todo un cuarto, hacen que se vuelque un coche que explota, uno en camiseta da un puñetazo y el otro va y se estampa contra una luna que se hace añicos y cae en picado al mar, todo junto, cuarto, coche, cristalera, en pocos segundos. Demasiado rápidos, me bailan los ojos. ¿Y por qué tanto ruido?

La otra noche Paola me llevó a un restaurante.

—No te preocupes, te conocen, tú pide lo de siempre.

Grandes honores, cómo está señor Bodoni, hace tiempo que no le veíamos por aquí, qué le apetece tomar esta noche. Lo de siempre. El señor sí que es un entendido, canturreaba el dueño. Espaguetis con almejas, pescado a la plancha, Sauvignon y tarta de manzana.

Paola tuvo que intervenir para impedirme que repitiera el pescado a la plancha.

—¿Por qué, si me gusta? —pregunté—. Nos lo podemos permitir, me parece; no cuesta un dineral.

Paola me miró como pensando en otra cosa y acto seguido, cogiéndome la mano, me dijo:

—Mira, Yambo, tú has conservado todos tus automatismos, sabes perfectamente cómo sujetar un cuchillo y un tenedor o cómo servirte el vino. Pero hay algo que adquirimos por experiencia personal, a medida que nos hacemos adultos. Un niño quiere comer todo lo que le gusta, aunque le entre dolor de barriga. Su madre le explica que poco a poco tiene que ir controlando sus impulsos, tal y como debe hacer con las ganas de hacer pis. Y así el niño, que si por él fuera seguiría haciéndose caca en los pañales y comería tal cantidad de chocolate que iría a parar a urgencias, aprende a reconocer el momento en que, aunque no se sienta lleno, tiene que dejar de comer. Al hacernos adultos aprendemos a pararnos, por ejemplo, después del segundo o del tercer vaso de vino, porque sabemos que aquella vez que nos bebimos una botella entera luego no conseguimos dormir. Así pues, debes aprender de nuevo a establecer una relación correcta con la comida. Razonas bien y lo aprenderás en pocos días. De todas maneras, basta ya con lo de repetir.

—Naturalmente un *calvados* —concluyó el dueño al traer la tarta.

Esperé una señal de asentimiento de Paola y repuse:

—*Calva sans dire.*

Se ve que el tipo conocía ya mi juego de palabras, porque repitió: «*Calva sans dire*». Paola me preguntó qué me recordaba el *calvados*, le contesté que estaba rico pero que no podía ir más allá.

—Y eso que te intoxicaste en aquel viaje a Normandía… Bueno, no pienses en ello. De todas formas, *lo de siempre* es una buena fórmula, hay un montón de sitios aquí cerca donde puedes entrar y decir lo de siempre, así te sentirás a gusto.

—A estas alturas, está claro que te las arreglas con los semáforos —dijo Paola—, y has aprendido lo deprisa que van los coches. Tienes que intentar darte una vuelta tú solo, alrededor del Castillo y luego por Largo Cairoli. Hay una heladería en la esquina, te encanta el helado y viven casi a tu costa. Prueba con lo de siempre.

No he tenido ni que decir lo de siempre, el heladero me ha llenado enseguida el cucurucho de *stracciatella*, aquí tiene, lo de siempre, don Giambattista. Sí que me gustaba la *stracciatella*, la verdad es que tenía razón, está riquísima. Es agradable descubrir la *stracciatella* a los sesenta años, ¿cómo era el chiste ese de Gianni sobre el Alzheimer? Lo bueno es que cada día conoces a un montón de gente nueva...

Gente nueva. Acababa de terminarme el helado, sin comerme del todo el cucurucho y tirando la última parte (¿por qué? Paola, en casa, me ha explicado que era una vieja manía, desde pequeño mi madre me había enseñado que no había que comerse la punta porque es la que el heladero sujeta con sus manos poco limpias, cosas de antaño, cuando los helados los vendían con el carrito), cuando he visto que se me acercaba una mujer. Elegante, quizá de unos cuarenta, una cara un poco desvergonzada, me ha venido a la cabeza la Dama con Armiño. Ya desde lejos me ha sonreído y me he preparado, una hermosa sonrisa también yo, porque Paola dice que mi sonrisa es irresistible.

Ha venido hacia mí, cogiéndome por los dos brazos.

—¡Yambo, qué sorpresa!

Debe de haber captado algo vago en mi mirada, la sonrisa no es suficiente.

—Yambo, no me reconoces, ¿es que he envejecido tanto? Vanna, Vanna...

—¡Vanna! Cada día estás más guapa. Es que acabo de estar en el oculista y me ha puesto algo en los ojos para dilatar la pupila, y tendré la vista borrosa durante unas horas. ¿Cómo estás, mi dama con armiño?

Debía de habérselo dicho ya, porque he tenido la impresión de que se le humedecían los ojos.

—Yambo, Yambo —me ha susurrado acariciándome la cara. Sentía su perfume—. Yambo, nos hemos perdido. Siempre he querido volverte a ver para decirte que puede que fuera breve, quizá fue culpa mía, pero para mí serás siempre un recuerdo dulcísimo. Fue… bonito.

—Más que bonito —he dicho con cierto sentimiento, y el aire de quien está evocando el jardín de las delicias. Soberbia interpretación. Me ha besado en la mejilla, me ha susurrado que su número seguía siendo el mismo y se ha ido. Vanna. Evidentemente una tentación a la que no había sabido resistir. *¡Qué sinvergüenzas son los hombres!* Con De Sica. Maldita sea, ¿dónde está el gusto de haber tenido una aventura si luego no puedes, no digo ya contársela a los amigos, sino ni siquiera saborearla de vez en cuando, en las noches de tormenta cuando estás tan calentito debajo de las mantas?

Desde la primera noche, bajo las mantas, Paola me dormía acariciándome la cabeza, me gustaba sentirla cerca. ¿Era deseo? Por fin, superé el pudor y le pregunté si todavía hacíamos el amor.

—Con moderación, más que nada por costumbre —me dijo—. ¿Es que te apetece?

—No lo sé, ya sabes que todavía tengo pocos apetitos. Pero me pregunto si…

—No te lo preguntes, intenta dormir. Todavía estás débil. Además, no quisiera bajo ningún concepto que hicieras el amor con una mujer que acabas de conocer.

—Aventura en el Orient Express.

—Horror, no estamos en una novela de Dekobra.

3

ALGUIEN TAL VEZ TE GOZARÁ

Sé moverme fuera de casa, también he aprendido a quedar bien con los que me saludan: mides tu sonrisa, tus gestos de sorpresa, de alegría o de cortesía observando las sonrisas, los gestos y la cortesía de los demás. Lo he probado con los vecinos, en el ascensor. Lo cual demuestra que la vida social es pura ficción, como le he comunicado a Carla mientras se congratulaba conmigo. Dice que esta historia me vuelve cínico. A la fuerza, si no empiezas a pensar que todo es una comedia, te pegas un tiro.

Pues bien, me ha dicho Paola, es hora de que vayas a la librería. Tú solo, te ves con Sibilla y ves qué te inspira tu lugar de trabajo. Me ha vuelto a la cabeza ese susurro de Gianni sobre la guapa Sibilla.

—¿Quién es Sibilla?

—Tu ayudante, tu factótum, es buenísima y ha sacado adelante la librería estas semanas; hoy la he llamado y estaba muy orgullosa por no sé qué excelente trato que había cerrado. Sibilla; no me preguntes el apellido porque nadie lo sabe pronunciar. Una chica polaca. Se estaba especializando en Varsovia en biblioteconomía, y cuando allá el régimen empezó a resquebrajarse, aún antes de la caída del muro de Berlín, consiguió obtener un permiso para un viaje de estudios a Roma. Es mona, demasiado incluso, y debe de haber descubierto cómo conmover a algún capitoste. El caso es que una vez aquí ya no se volvió y se buscó un trabajo. Te encontró a ti, o tú la encontraste a ella, y hace ya casi cuatro años que te ayuda. Hoy te está esperando, sabe lo que te ha pasado y cómo debe proceder.

Me ha dado la dirección y el número de teléfono de la librería, después de Largo Cairoli tomas Via Dante y antes de la Logia de los Mercaderes —que es una logia, se ve a simple vista— giras a la izquierda y has llegado.

—Si tienes algún problema entras en un bar y la llamas, o me llamas, mandaremos un equipo de bomberos, pero no creo que sea necesario. Ah, tenlo presente, con Sibilla empezaste hablando en francés, cuando ella todavía no sabía el italiano, y no habéis dejado de hablarlo. Un juego entre vosotros dos.

Mucha gente en Via Dante, era bonito pasar junto a una serie de desconocidos sin estar obligado a reconocerlos, te da confianza, te hace sentir que también los demás están en tu actuación en un setenta por ciento. En el fondo, yo podría ser alguien que acaba de llegar a esta ciudad, se siente un poco solo pero se está ambientando. Con la excepción de que yo acabo de llegar a este planeta. Alguien me saludó desde la puerta de un bar, ninguna petición de agnición dramática, moví la mano en un gesto de saludo y todo fue bien.

Localicé la calle y la librería como un boy scout que gana la prueba de orientación: una plaquita sobria abajo, *Studio Biblio*, no debía de tener una gran fantasía, pero en el fondo suena serio. ¿Cómo iba a llamarlo, *O Sole Mio*? Llamé al timbre, subí, en el primer piso la puerta ya estaba abierta, y Sibilla en el dintel.

—Bonjour Monsieur Yambo… pardon, Monsieur Bodoni…

Como si hubiera sido ella la que había perdido la memoria. Era francamente guapa. Pelo rubio liso y largo que *enmarcaba el óvalo purísimo de su rostro*. Ni sombra de maquillaje, quizá un atisbo apenas apenas en los ojos. El único adjetivo que se me ocurrió fue dulcísima (uso estereotipos, ya lo sé, pero es que sólo con ellos consigo moverme entre los demás). Llevaba unos vaqueros y una camiseta de esas con un letrero encima, *Smile* o algo por el estilo, que ponía de relieve, con pudor, dos pechos adolescentes.

Estábamos cohibidos los dos.

—¿Mademoiselle Sibilla? —pregunté.

—Oui —contestó. Luego, rápidamente—: Ohui, houi. Entrez. Como un hipo delicado. Emitía el primer *oui* de manera casi normal, luego el segundo como inspirando, con un breve golpe de glotis, y, por último, el tercero espirando de nuevo, con un imperceptible tono interrogativo. Todo ello hacía pensar en un apuro infantil y al mismo tiempo en una timidez sensual. Se apartó para dejarme pasar. Notaba su perfume educado.

Si hubiera tenido que decir cómo era una librería anticuaria, habría descrito algo muy parecido a lo que veía. Librerías de madera oscura, cargadas de volúmenes antiguos, y volúmenes antiguos también encima de la mesa cuadrada, maciza. Una mesita con un ordenador en un rincón. Dos mapas de colores a los lados de la ventana, de cristales opacos. Luz difusa, amplias lámparas verdes. Más allá de una puerta, un cuarto largo, me pareció un almacén para empaquetar y mandar libros.

—¿Así que es usted Sibilla? O quizás deba decir Mademoiselle algo, me han dicho que tiene usted un apellido impronunciable…

—Sibilla Jasnorzewska, sí, aquí en Italia plantea algunos problemas. Pero usted me ha llamado siempre Sibilla a secas.

La veía sonreír por primera vez. Le dije que quería ambientarme, quería ver los libros de mayor valor. Esa pared del fondo, me dijo, y se dirigió hacia allá para enseñarme el estante justo. Caminaba silenciosa acariciando el suelo con sus zapatillas de deporte. O quizá era la moqueta la que amortiguaba los pasos. *Se cierne sobre ti, virgen adolescente, una sombra sagrada*, estuve a punto de decir en voz alta. En cambio, dije:

—¿Quién es?, ¿Cardarelli?

—¿Qué? —preguntó volviendo la cabeza y haciendo ondear el pelo.

—Nada, nada —contesté—. Déjeme ver.

Hermosos volúmenes con un sabor vetusto. No todos tenían un tejuelo en el lomo que indicara qué eran. Saqué uno. Instintivamente lo abrí para buscar una portada con el título y no la encontré.

—Incunable, pues. Encuadernación del dieciséis en piel de cerdo gofrada en seco. —Pasaba las manos sobre los planos experimentando un placer táctil—. Ligeramente fatigado en las cabeceras. —Lo hojeé tocando las páginas con los dedos para ver si crujían como decía Gianni. Crujían—. Limpio y con todos sus márgenes. Ah, ligeras manchas de humedad marginales en los últimos pliegos, taladros en el último cuaderno, que no afectan al texto. Hermoso ejemplar. —Fui al colofón, sabiendo que se llamaba así, y deletreé—: Venetiis mense Septembri… mil cuatrocientos noventa y siete. Vaya, si podría ser… —Volví a la primera página—: *Iamblichus de mysteriis Aegyptiorum*—. Es la primera edición del Jámblico de Ficino, ¿no?

—Es la primera… Monsieur Bodoni. ¿La reconoce?

—No, no reconozco nada, es algo que tiene usted que aprender, Sibilla. Sencillamente sé que el primer Jámblico traducido por Ficino es un mil cuatrocientos noventa y siete.

—Perdóneme, tengo que acostumbrarme. Es que usted estaba muy orgulloso de este ejemplar, verdaderamente espléndido. Y dijo usted que por ahora no lo pusiéramos a la venta, hay muy pocos en circulación, dejemos que salga en alguna subasta o en algún catálogo americano, que ellos son buenos para hacer que suban los precios, ya luego pondríamos el nuestro en el catálogo.

—Soy un sagaz mercader, pues.

—Yo decía que era una excusa, que quería quedárselo usted, para mirarlo de vez en cuando. Pero, puesto que había decidido sacrificar el Ortelius, le doy una buena noticia.

—Ortelius, ¿cuál?

—La edición de Plantino, de 1606, 166 láminas en color con el Parergon. Encuadernación de la época. Estaba usted tan contento de haberla descubierto al comprar por una suma casi ridícula la biblioteca completa del comendador Gambi… Por fin se había decidido usted a ponerla en el catálogo. Y mientras usted… mientras usted no se encontraba bien, he conseguido vendérsela a un cliente, uno nuevo, no me parecía un bibliófilo de verdad, más bien uno de esos que compran para invertir porque les han dicho que ahora los libros antiguos suben deprisa.

—Una pena, un ejemplar desaprovechado. Y… ¿a cuánto?

Parecía asustada de decir la cifra, cogió una ficha y me la pasó.

—Habíamos puesto en el catálogo Precio a Petición y estaba usted dispuesto a tratar. Yo dije enseguida el precio máximo y el comprador ni siquiera pidió un descuento, firmó el cheque, y fuera. A tocateja.

—Estamos ya a estos niveles… —No tenía noción de los precios corrientes—. Enhorabuena, Sibilla, ¿a nosotros cuánto nos costó?

—Diría que nada. Es decir, con el resto de la biblioteca Gambi poco a poco vamos amortizando tranquilamente la cifra que pagamos por todo, al peso. Ya he llevado el cheque al banco. Y, puesto que en el catálogo no figura el precio, creo que si el señor Laivelli nos ayuda, desde el punto de vista fiscal salimos muy bien parados.

—¿Así que soy uno de esos que defraudan a Hacienda?

—No, Monsieur Bodoni, usted hace lo que hacen sus colegas; en general, hay que pagarlo todo, pero con ciertas operaciones afortunadas es posible, cómo se dice, dejarse algo en el tintero. Es usted un contribuyente honrado en un noventa y cinco por ciento.

—Después de este negocio lo seré al cincuenta por ciento. He leído en algún sitio que un ciudadano debe pagar los impuestos hasta el último céntimo. —Me pareció como humillada—. No, no lo piense más, de todas formas —le dije paternalmente—, hablo yo con Laivelli.

¿Paternalmente? Le dije de manera casi brusca:

—Ahora déjeme ver un poco los demás libros. —Se apartó y fue a sentarse ante el ordenador, silenciosa.

Miraba los libros, los hojeaba: una *Divina Commedia* de Bernardino Benali, 1491; un *Liber Phisionomiae* de Scot, 1477; un *Quadripartito* de Ptolomeo, 1484; un *Calendarium* del Regiomontano de 1482. Para los siglos sucesivos tampoco estaba lo que se dice desabastecido, ahí tenía una buena primera edición del *Nuovo teatro* de Zonca, y un Ramelli que era una maravilla… Conocía cada una de esas obras, como todo anticuario que conoce de memoria los grandes catálogos, pero no sabía que tenía un ejemplar.

¿Paternalmente? Sacaba los libros y los volvía a colocar en su sitio, pero en realidad pensaba en Sibilla. Gianni me había hecho aquella alusión, sin duda maliciosa, Paola no me había hablado de ella hasta el último momento, y había usado expresiones casi sarcásticas, aunque el tono era neutro, incluso demasiado mona, un juego entre vosotros dos, no lo había dicho con inquina, pero me había parecido que estaba a punto de soltar que era una mosquita muerta.

¿Puedo haber tenido una historia con Sibilla? La muchacha desorientada que llega del Este, curiosa de todo, se encuentra con un señor maduro —aunque cuando llegó yo tenía cuatro años menos—, siente su autoridad, en el fondo es el jefe, sabe mucho más que ella sobre los libros, ella aprende, está pendiente de sus labios, lo admira, él ha encontrado la alumna ideal, guapa, inteligente, con ese *oui oui oui* de hipo trémulo, empiezan a trabajar juntos, todos los días y todo el día, solos en este estudio, cómplices en muchas pequeñas y grandes *trouvailles*, un día se rozan en la puerta, es un instante y empieza una historia. Pero cómo, a mi edad, eres una niña, búscate un chico de tu edad, santo Dios, no me tomes en serio, y ella no, es la primera vez que siento algo parecido, Yambo. ¿Estaba resumiendo una película que todos conocen? Entonces continúa como las películas, o las novelas: Yambo te quiero pero no podría seguir mirando a tu mujer a la cara, tan encantadora y tan amable, tienes dos hijas y eres abuelo —gracias por recordarme que ya huelo a cadáver, no no digas eso eres el hombre más... más... más... que he conocido nunca, los chicos de mi edad me dan risa, pero a lo mejor tienes razón, debo irme—, espera, podemos seguir siendo buenos amigos, basta con que sigamos viéndonos todos los días —pero es que no entiendes que precisamente si nos vemos todos los días nunca podremos ser amigos—, Sibilla, no me digas eso, razonemos un poco. Ella, un día, deja de venir a la librería, yo la llamo por teléfono y le digo que me mato, ella me dice que no sea infantil, *tout passe*, pero luego es ella la que vuelve, no ha podido resistir. Y así siguen, cuatro años. ¿O ya no siguen?

Parece que conozco todos los clichés pero no sé combinarlos de forma creíble. O tal vez estas historias son terribles y grandiosas porque todos los clichés se entremezclan de forma verosímil y ya no consigues separarlos. Claro que, cuando un cliché lo vives, es como si fuera la primera vez, y no sientes pudor.

¿Sería una historia verosímil? Estos días me parecía que ya no tenía deseos, pero, en cuanto la he visto, he aprendido qué es el deseo. Digo, con una que acabo de ver por primera vez. Imaginémonos si la frecuentara, si la siguiera, si la viera deslizarse a mi alrededor como si caminara sobre las aguas. Naturalmente hablo por hablar; jamás empezaría, en el estado en el que me encuentro, una historia de este tipo, y además con Paola me portaría como un verdadero cerdo. Sibilla para mí es como la Virgen Inmaculada, ni siquiera con el pensamiento. Excelente. ¿Y ella?

Ella podría estar todavía en plena historia, quizá quería saludarme con un tú o con mi nombre a secas, por suerte en francés se usa el *vous* incluso cuando uno se acuesta con una mujer, quizá quería saltarme al cuello, quién sabe cuánto habrá sufrido también ella estos días, y aquí llego yo, como un adonis, qué tal Mademoiselle Sibilla, le ruego que me deje mirar los libros, gracias, muy amable. Y entiende que nunca podrá contarme la verdad. Quizá sea mejor así, esta vez encuentra novio. ¿Y yo?

Que yo no esté exactamente en mis cabales está escrito en mi historial clínico. ¿Con qué me estoy devanando los sesos? Con una chica guapa en la librería es obvio que Paola interprete el papel de la mujer celosa, es sólo un juego entre viejos cónyuges. ¿Y Gianni? Gianni ha hablado de la guapa Sibilla, a lo mejor es él el que bebe los vientos por ella, pasa siempre por la librería con la excusa de los impuestos y se queda un rato fingiéndose hechizado por las páginas crujientes. Es Gianni, en una edad en la que también él huele a cadáver, el que intenta quitarme, el que me ha quitado a la mujer de mi vida. Y dale, ¿la mujer de mi vida?

Creí que conseguiría convivir con toda esta gente que no reconozco, pero éste es el escollo más duro, por lo menos desde que se me han metido en la cabeza estas fantasías seniles. Lo que me duele es que podría hacerle daño. Lo ves que… No, es natural que uno no quiera hacerle daño a su hija adoptiva. ¿Hija? ¿El otro día me sentía pedófilo y ahora descubro que soy incestuoso?

A fin de cuentas, santo Dios, ¿quién me ha dicho a mí que hayamos hecho el amor? Quizá se ha tratado sólo de un beso, una vez, quizá una atracción platónica, el uno entendía lo que la otra sentía y viceversa pero ninguno de los dos habló nunca de ello. Amantes tipo Mesa Redonda, hemos dormido durante cuatro años con la espada en medio.

Oh, tengo también una *Stultifera navis*; no me parece que sea la primera edición, y además no es un ejemplar muy bueno. ¿Y este *De proprietatibus rerum* de Bartolomeus Anglicus? Anotado de arriba abajo, una pena que la encuadernación sea moderna tipo antiguo. Hablemos de negocios.

—Sibilla, la *Stultifera navis* no es la primera edición, ¿verdad?

—Desgraciadamente no, Monsieur Bodoni, la nuestra es la de Olpe de 1497. La primera es igualmente de Olpe, Basilea, pero de 1494, y en alemán, *Das Narren Shyff*. La primera edición latina, como la nuestra, aparece en el noventa y siete, pero en marzo; la nuestra, si mira el colofón, es de agosto, y en medio hay una de abril y otra de junio. Lo malo no es la fecha, sino el ejemplar, ya lo ve usted que no es muy apetecible. No digo que se trate de un ejemplar de estudio, pero no es como para echar las campanas al vuelo.

—Cuántas cosas sabe, Sibilla, ¿qué haría yo sin usted?

—Me lo ha enseñado usted. Para poder dejar Varsovia me hice pasar por una *grande savante*, pero si no me llego a encontrar con usted seguiría siendo tan estúpida como cuando llegué.

Admiración, devoción. ¿Está intentando decirme algo? Murmuro:

—*Les amoureux fervents et les savants austères…* —me anticipo—. Nada, nada, me ha venido a la mente una poesía. Sibilla, es mejor que nos aclaremos las ideas. Quizá con el paso del tiempo le pareceré casi normal, pero no lo soy. Todo lo que me sucedió antes, entiende, todo todo, es como si fuera una pizarra por la que han pasado un borrador. Soy de una inmaculada negrura, si me perdona la contradicción, usted debe comprenderme, sin desesperarse y… estar a mi lado.

¿He hablado bien? Me parecía perfecto, podía entenderse en dos sentidos.

—No se preocupe, Monsieur Bodoni, lo he entendido, yo estoy aquí y de aquí no me voy. Espero…

¿Eres de verdad una mosquita muerta? Dices que esperas a que me recupere, como es obvio que harían todos, ¿o dices que esperas a que me acuerde de nuevo de eso? Y si es así, ¿qué harás para recordármelo los próximos días? ¿O quieres con toda tu alma que recuerde, pero no harás nada, porque no eres una mosquita muerta, sino una mujer enamorada, y callas porque no quieres turbarme? Sufres, no lo demuestras porque eres el ser maravilloso que eres, pero te estás diciendo que ésta es la ocasión definitiva para sentar cabeza; tú, ¿y yo? Te sacrificas, no harás nada para hacer que recuerde, una tarde no intentarás tocarme la mano como por casualidad, para que yo saboree mi magdalena, tú, que con el orgullo de todos los amantes sabes que los demás no tienen ese poder tuyo, ese ábrete Sésamo, para abrirme a los olores, y tú sólo, tú con quererlo podrías; te bastaría acariciarme la mejilla con tu pelo, mientras te inclinas para darme una ficha. ¿O decir otra vez, casi por casualidad, esa frase trivial que me dijiste la primera vez, con la que hemos jugado en estos cuatro años, citándola como una fórmula mágica, esa cuyo significado y poder conocíamos sólo tú y yo, aislados en nuestro secreto? Tipo: *Et mon bureau?* Pero esto es Rimbaud.

Intentemos por lo menos aclarar una cosa.

—Mire, Sibilla, quizá usted me llama Monsieur Bodoni porque es como si yo la acabara de conocer hoy mismo, pero a lo mejor, trabajando juntos, empezamos a tutearnos, como sucede en estos casos. ¿Cómo me llamaba usted?

Se ha sonrojado, ha emitido una vez más ese modulado y tierno hipo:

—*Oui, oui, oui*, en efecto, te llamaba Yambo. Intentaste enseguida hacer que me sintiera a gusto.

Los ojos iluminados por la felicidad, como si le hubiera quitado un peso del corazón. Claro que tutearse no quiere decir nada, también Gianni —fuimos a su despacho el otro día con Paola— se tutea con su secretaria.

—¡Pues entonces! —he dicho con alegría—. Empecemos exactamente como antes. Tú sabes que empezar todo como antes puede ayudarme.

¿Qué habrá entendido? ¿Qué querrá decir para ella empezar como antes?

En casa me pasé la noche en vela, y Paola me acariciaba la cabeza. Me sentía un adúltero, aunque no había hecho nada. Por otra parte, no me estaba preocupando por Paola, sino por mí. Lo hermoso de haber amado, me decía, está en recordar que se ha amado. Hay gente que vive de un único recuerdo. Eugenia Grandet, por ejemplo. Pero, ¿pensar haber amado y no poder recordar? Peor aún, haber amado, no recordarlo y sospechar no haber amado. O a lo mejor, en mi vanidad, no había contado con otra historia, yo locamente enamorado le tiro los tejos, ella me pone en mi lugar, con amabilidad, dulzura y firmeza. Luego se queda porque yo soy un caballero y desde ese día me porto como si nada hubiera pasado, ella en el fondo está a gusto en la librería, tal vez no puede permitirse perder un buen trabajo, tal vez se ha sentido halagada por mi propuesta, ni siquiera se da cuenta pero he tocado su vanidad femenina, no se lo confiesa ni a sí misma, pero nota que tiene sobre mí un cierto poder. Una *allumeuse*. Peor aún, esta mosca muerta se me ha comido un montón de dinero, me ha hecho hacer lo que ella quería, es evidente que he dejado todo en sus manos, incluidos los cobros y los ingresos, y a lo mejor hasta tiene firma en el banco; yo he cantado el quiquiriquí del profesor Unrath, era un hombre acabado, no conseguía salir ya del pantano; quizá lo logre gracias a este afortunado infortunio, no hay mal que por bien no venga. Qué miserable que soy, cómo puedo ensuciar hasta este punto todo lo que toco, a lo mejor todavía es virgen y estoy haciendo de ella una puta. Sea como sea, sólo la sospecha, aunque renegada, empeora las cosas: si ni siquiera recuerdas haber amado, tampoco sabes si la que amabas era digna de tu amor. Esa Vanna con la que me encontré hace unas mañanas, eso era un caso claro, un ligue, una noche o dos, luego quizá unos días de desilusión, y todo terminado. Pero aquí están en juego cuatro años de mi vida. Yambo, ¿no te estarás enamorando, ahora? Antes nada, ¿y ahora corres hacia tu ruina? Y pensar que hay dementes que be-

ben para olvidar. O toman drogas. Ah, si pudiera, quisiera olvidarme de todo, dicen. Sólo yo sé la verdad: olvidar es atroz. ¿Existen drogas para recordar?

Quizá Sibilla…

Ya vuelvo a empezar. *Cuando te veo pasar a tan regia distancia, con la cabellera suelta y todo tu cuerpo erguido, el vértigo se me lleva.*

A la mañana siguiente cogí un taxi y fui al despacho de Gianni. Le pregunté sin rodeos qué sabía de mí y de Sibilla. Me pareció que caía de las nubes.

—Pero Yambo, todos estamos un poco colgados de Sibilla, tus colegas, muchos de tus clientes, yo. Hay gente que pasa por la librería sólo para verla a ella. Pero es un juego, un asunto de colegiales. Nos tomamos el pelo el uno al otro, a menudo te hemos tomado el pelo a ti, a ver si va a haber algo entre la guapa Sibilla y tú, decíamos. Y tú te reías, a veces seguías la broma, y nos dabas a entender cosas marcianas, otras veces decías que paráramos, que podía ser tu hija. Juegos. Por eso la otra noche te pregunté por Sibilla, creía que ya la habías visto, quería saber qué impresión te había producido.

—¿Nunca te he contado nada sobre Sibilla y yo?

—¿Por qué? ¿Ha habido algo?

—No te pases de listo, sabes que no tengo memoria. Estoy aquí para preguntarte si alguna vez te he contado algo.

—Nada. Y eso que de tus aventuras me contabas siempre todo, quizás para darme envidia. De la tal Cavassi, de Vanna, de la americana en el salón del libro de Londres, de la guapa holandesita, que hasta te fuiste tres veces a Amsterdam adrede, de Silvana…

—Venga hombre, ¿cuántas historias he tenido?

—Muchas. Demasiadas para mí, que siempre he sido monógamo. Pero de Sibilla, te lo juro, nunca me has dicho nada. ¿Qué se te ha metido en la cabeza? Ayer la viste, te sonrió, y pensaste que era imposible tenerla cerca y quedarse cruzado de brazos. Es humano, tendría gracia que dijeras quién es este callo… además, nadie ha conseguido saber nunca si Sibilla tiene una vida propia. Siempre serena, dispuesta a ayudar a todo el mundo como si le hiciera un favor sólo a él; una puede ser coqueta precisamente porque no tiene nada de coquetería. La esfinge de hielo.

Gianni probablemente era sincero, pero eso no quería decir nada. Si con Sibilla había nacido lo más importante de todo, la Cosa, era evidente que no se lo había contado ni siquiera a Gianni. Tenía que ser una deliciosa conjura entre Sibilla y yo.

O a lo mejor no. La esfinge de hielo, después del trabajo, tiene su vida, tal vez salga con alguien, asunto suyo, ella es perfecta, no mezcla el trabajo con la vida privada. Roído por los celos hacia un rival desconocido. *Y aun así alguien te gozará, boca de manantial, alguien que no lo sabrá, un pescador de esponjas se hará con esa perla rara.*

—Una viuda para ti, Yambo —me dijo Sibilla guiñándome el ojo. Está tomando confianza, qué bien.

—¿Una viuda? —pregunté. Me explicó que los libreros anticuarios de mi rango tienen algunas formas de procurarse los libros. Está el tío que se pasa por la librería preguntándote si tal libro vale algo, y si lo vale depende de lo honrado que seas, pero desde luego intentas ganar algo. Claro que si el tío es un coleccionista en apuros y conoce el valor de lo que te ofrece, entonces como mucho puedes regatear un poco el precio. Otra forma es comprar en las subastas internacionales, y ahí el negocio te sale si eres el único en darte cuenta de cuánto vale el libro, pero no es que la competencia se chupe el dedo. Por lo cual, el margen es mínimo, y resulta interesante sólo si el libro vale un capital. Además compras libros a los colegas, porque uno puede tener un libro que a su tipo de cliente le interesa poco y mantiene el precio bajo, y tú, en cambio, conoces al coleccionista fanático. Por último, está el método del buitre. Localizas a las grandes familias en decadencia, con su palacio antiguo y su vetusta biblioteca, esperas a que muera el padre, el marido, el tío, a que los herederos tengan ya muchos problemas con la venta de los muebles y de las joyas y no sepan cómo valorar toda esa caterva de libros que no han abierto nunca. Se dice viuda por comodidad; puede ser el sobrino que quiere liquidez, poca, maldita y enseguida, mejor aún si tiene asuntos de faldas, o de drogas. Entonces vas a ver los libros, pasas dos o tres días en esas salas oscuras, y decides tu estrategia.

Esta vez se trataba precisamente de una viuda, a Sibilla alguien le había pasado el dato (son mis pequeños secretos, decía complacida y maliciosa) y parece ser que las viudas se me dan bien. Le pedí a Sibilla que me acompañara, porque yo corría el riesgo de no reconocer *el* libro. Qué casa tan bonita, señora, gracias, sí, un coñac sería estupendo. Y luego, venga, a hurgar, *bouquiner*, *browsing*… Sibilla me susurraba las reglas del juego. La norma es que encuentres doscientos o trescientos volúmenes que no valen nada, reconoces inmediatamente la serie de pandectas y las disertaciones de teología, y ésas van a parar a los puestos de la feria de San Ambrosio, o los dozavos decimonónicos con las *Aventuras de Telémaco* y los viajes utópicos, todos encuadernados igual, que van bien para los decoradores que los compran al metro. Luego muchas cosas del XVI de pequeño formato, Cicerones y retóricas a Herennio, cosas de poco valor que van a parar a los puestos de Piazza Fontanella Borghese en Roma, y los compran por el doble de su valor los que dicen que se dedican a coleccionar *cinquecentine*. Claro que, busca que te busca, y ahí me di cuenta yo también, aparece un Cicerón, sí, pero en cursiva aldina; lo mejor, una *Crónica de Nuremberg* en perfecto estado, un Rolewinck, un *Ars magna lucis et umbrae* de Kircher, con sus espléndidos grabados y sólo unas pocas hojas oscurecidas, que para el papel de la época es algo raro, e incluso un delicioso Rabelais Chez Jean Frédéric Bernard, 1741, tres volúmenes en cuarto con viñetas de Picart, espléndida encuadernación en marroquín rojo, planos estampados en oro, nervios y hierros dorados en el lomo, guardas de seda verde con puntillé también dorado (que el difunto había forrado solícitamente con papel azul para no estropearlas, y a primera vista no lucían nada). Está claro que no es la *Crónica de Nuremberg*, me murmuraba Sibilla, la encuadernación es moderna, aunque para coleccionistas, firmada Rivière & Son. Fossati se lo quedaría inmediatamente; ya te diré después quién es, colecciona encuadernaciones.

Al final localizamos diez volúmenes con los que, de venderlos bien, sacaríamos por lo menos cien millones de liras, quedándonos cortos, con la *Crónica* sola podíamos ganar como poco poco la mitad. Quién sabe por qué estaban allí, el difunto era notario y la biblioteca era un *status symbol*, pero debía de ser bastante agarrado y compraba sólo si no había que gastarse mucho. Los libros buenos debía de haberlos comprado por casualidad cincuenta años antes, cuando estaban tirados de precio. Sibilla me dijo qué se hace en estos casos, yo llamé a la señora y era como si siempre hubiera hecho ese trabajo. Le dije que ahí había muchas cosas, pero todas de escaso valor. Le puse encima de la mesa los libros más infelices, páginas enrojecidas, manchas de humedad, cajos débiles, el tafilete de los planos como si le hubieran pasado papel de lija, taladros de polillas como un bordado, mire éste, señor Bodoni, decía Sibilla, está tan combado que ya no vuelve a su estado normal ni siquiera en una prensa; yo cité la feria de libros de San Ambrosio.

—No sé ni siquiera si conseguiré colocarlos todos, señora, y usted entenderá que si se me quedan en la casa, los gastos de almacén se me suben a las nubes. Le ofrezco cincuenta millones de liras por todo el lote.

—¡¿Lo llama lote?! —Ah, no, cincuenta millones por esa espléndida biblioteca, su marido había dedicado toda su vida a reunirla, era una ofensa a su memoria.

Paso a la segunda fase estratégica.

—Entonces, señora, mire, a nosotros nos interesan como mucho estos diez. Quiero hacerle un favor y le ofrezco treinta millones sólo por éstos.

La señora calcula, cincuenta millones por una biblioteca inmensa es una ofensa a la santa memoria del difunto, treinta por sólo diez libros es un buen negocio, para los demás ya encontrará a un librero menos remilgado y más munífico. Bien, trato hecho.

Volvimos a la librería alegres como niños que acabaran de hacer una travesura.

—¿Es deshonesto? —pregunté.

—No, no, Yambo, los libreros somos así. —También ella habla con frases hechas, como yo—. En manos de algunos de tus colegas, se sacaba mucho menos. Y además, ya has visto los muebles y los cuadros y la plata, es gente forrada a la que los libros no les importan nada. Nosotros trabajamos para los que de verdad aman los libros.

Qué haría sin Sibilla. Dura y suave, astuta como una paloma. Y empecé de nuevo con mis ensoñaciones, volviendo a entrar en la maldita espiral de los días anteriores.

Por suerte la visita a la viuda me había dejado sin fuerzas. Volví enseguida a casa. Paola observó que llevaba unos días más desenfocado de lo normal, me estaba cansando demasiado. Mejor sería ir a la librería un día sí y un día no.

Me esforzaba en pensar en otros temas.

—Sibilla, mi mujer dice que recopilaba textos sobre la niebla. ¿Dónde están?

—Eran fotocopias horribles, he ido pasando todo poco a poco al ordenador. No me des las gracias, era muy divertido. Mira, te busco el archivo.

Sabía que existían los ordenadores (como sabía que existen los aviones), pero naturalmente tocaba uno por vez primera. Fue como con la bicicleta, le puse las manos encima y mis yemas recordaban ellas solas.

Había recogido por lo menos cincuenta páginas de citas sobre la niebla. Debía de ser algo que me llegaba al corazón. Ahí estaba *Flatland* de Abbott: un país de sólo dos dimensiones, sólo, donde viven únicamente figuras planas, triángulos, cuadrados y polígonos. ¿Y cómo se reconocen entre ellos si no pueden verse desde arriba y perciben sólo líneas? Gracias a la niebla. «Siempre que hay un rico suministro de niebla los objetos que están a una distancia de, por ejemplo, un metro, son perceptiblemente más imprecisos que los que están a una distancia de ochenta centímetros y el resultado es que, por una observación experimental cuidadosa y constante de claridad e imprecisión relativas, somos capaces de deducir con gran exactitud la configuración del objeto observado.» Felices esos triángulos que vagan en la bruma y ven algo, he aquí un hexágono, he aquí un paralelogramo. Bidimensionales, pero más afortunados que yo.

Sentía que podía anticipar de memoria la mayor parte de las citas.

—¿Cómo es posible —le pregunté luego a Paola—, si he olvidado todo lo que me concierne? La recopilación la he hecho yo, con una inversión personal.

—No las recuerdas —me dijo— porque las recopilaras; las recopilaste porque las recordabas. Son parte de la enciclopedia, como las demás poesías que me declamaste el primer día, aquí, en casa.

De todas maneras, las reconocía a primera vista. Empezando por Dante:

> *Como al ser los vapores esparcidos,*
> *cuando hay niebla, se aclara la figura*
> *que velaban estando reunidos,*
> *de ese modo, horadando el aura oscura...*

D'Annunzio tiene unas hermosas páginas sobre la niebla en el *Nocturno*: «Diviso a alguien que camina a mi lado sin ruido, como si estuviese descalzo… La niebla penetra en la boca, ocupa los pulmones. Hacia el Gran Canal flota y se acumula. El desconocido se hace más gris, más ligero; se torna una sombra… Bajo la casa donde está el anticuario, desaparece él de repente». Mira, el anticuario es como el agujero negro: lo que cae en él no vuelve a salir nunca más.

Está Dickens, el clásico principio de *Bleak House*: «Niebla por todas partes. Niebla río arriba, por donde corre sucia entre las filas de barcos y las contaminaciones acuáticas de una ciudad enorme (y sucia)». Encuentro a Emily Dickinson: «Let us go in; the fog is rising».

—No conocía a Pascoli —decía Sibilla—. Mira qué bonito…

Ahora se me había acercado mucho, para ver la pantalla del ordenador, habría podido acariciarme de verdad la mejilla con su pelo. Pero no lo hizo. Pronunciaba con una suave cadencia eslava:

> *Inmóviles entre la ligera*
> *neblina los árboles:*
> *largos quejidos de locomotora.*
>
> *Escondes las cosas lejanas,*
> *tú, niebla impalpable y apagada,*
> *tú, humo que aún retoñas*
> *en el alba…*

Se paró en la tercera cita:

—La niebla… ¿estila?

—Estilar, gotear.

—Ah. —Parecía excitada de poder aprender una palabra nueva.

> *La niebla estila; la ráfaga desatada*
> *llena de hojas estridentes el foso;*
> *ligero en el árido seto se sumerge*
> *el petirrojo;*
> *bajo la niebla vibra el sonoro*
> *cañizar su estremecimiento febril;*
> *lejano se eleva niebla arriba*
> *el campanil.*

Buena niebla en Pirandello, y pensar que era siciliano: «La niebla se cortaba… En torno a cada farola bostezaba un halo…». Pero era mejor la Milán de Savinio: «La niebla es cómoda. Transforma a la ciudad en una enorme bombonera, y a sus habitantes en otros tantos bomboncitos… Pasan en la niebla mujeres y jovencitas encapuchadas. Un humo ligero alienta en torno a la nariz y a la boca entrecerrada… Encontrarse en un salón alargado por los espejos… Abrazarse olorosos aún de niebla, mientras fuera la niebla se agolpa contra la ventana y la inopaca discreta, silenciosa, protectora…».

Las nieblas milanesas de Vittorio Sereni:

> *Las puertas abiertas de vacío en la noche de niebla*
> *nadie que suba o baje salvo*
> *una ventada de contaminación la voz del repartidor*
> *—paradójica— El Tiempo de Milán la coartada*
> *y el beneficio de la niebla cosas ocultas*
> *caminando al abrigo se mueven hacia mí*
> *de mí divergen pasado como historia pasado*
> *como memoria: el veinte el trece el treinta y tres*
> *años como cifras de tranvías…*

He recopilado de todo. Por aquí sale *King Lear* («Marchitad su belleza, pestíferos vapores que el potente sol aspira del fondo de los pantanos...»). ¿Y Campana? «Por la brecha de los bastiones rojos y corroídos en la niebla se abren silenciosamente las largas calles. El malvado vapor de la niebla se entristece entre los edificios, velando la cima de las torres, las largas calles silenciosas, desiertas como después del saqueo».

Sibilla se quedaba embelesada ante Flaubert: «Entraba por las ventanas sin cortinas una luz blanquecina. Se divisaban vagamente cimas de árboles, y, más lejos, la pradera, medio anegada en la niebla, que humeaba a la luz de la luna, siguiendo el curso del río». O ante Baudelaire: «Baña los edificios un océano de niebla, y los agonizantes, dentro, en los hospitales».

Pronunciaba palabras de otros, pero para mí era como si manaran de un hontanar. *Alguien tal vez te gozará, boca de manantial...*

Ella estaba ahí, la niebla no. Otros la habían visto y disuelto en sonidos. Quizá un día conseguiría yo penetrar la niebla de verdad, si Sibilla me llevara de la mano.

Ya me ha visitado Gratarolo, me ha hecho algunos controles, y en general ha aprobado lo que ha hecho Paola. Ha apreciado el hecho de que ya casi sea autónomo; se eliminan por lo menos las primeras frustraciones.

He pasado muchas veladas con Gianni, Paola y las niñas jugando al Scrabble, dicen que era mi juego preferido. Encuentro fácilmente las palabras, sobre todo las más abstrusas como *acrofobia* (pegándome a una *fobia*) o *zeugma*. Incorporando una *i*, una *u* y una *s* sueltas que abrían tres palabras verticales, a partir de la primera casilla roja de la primera línea horizontal, he llegado a la segunda casilla roja formando *enfiteusis*. Trece puntos multiplicados por nueve, más cincuenta de premio por haber usado todas mis letras, las siete, ciento setenta y seis puntos de una sola vez. Gianni se ha enfadado, menos mal que eres un desmemoriado, gritaba. Lo hace para infundirme confianza.

No sólo soy un desmemoriado, sino que quizá vivo ya de memorias ficticias. Gratarolo había aludido al hecho de que, en casos como el mío, alguien se inventaba retazos de pasado que nunca había vivido, así, para tener la impresión de recordar. ¿Habré tomado a Sibilla como pretexto?

Tenía que salir de todo esto de alguna manera. Ir a la librería se había convertido en un tormento. Le dije a Paola:

—*Trabajar cansa*. Veo sólo y siempre el mismo pedacito de Milán. Quizá me sentaría bien hacer algún viaje, la librería marcha por sí sola y Sibilla está preparando ya el nuevo catálogo. Podríamos ir, qué sé yo, a París.

—París me parece todavía un poco agotador para ti, con el viaje y todo. Déjame que lo piense.

—Tienes razón, a París no, *a Moscú, a Moscú…*

—¿A Moscú?

—Es Chéjov. Ya sabes que las citas son mis únicos faros en la niebla.

4

YO ME VOY POR LA CIUDAD

Me han enseñado muchas fotos de familia, que obviamente no me han dicho nada. Por otra parte, están sólo las que tenemos desde que conocí a Paola. Las de mi infancia, si existen, estarán en algún sitio en Solara.

He hablado por teléfono con mi hermana, en Sidney. Cuando supo que había estado mal quiso venir enseguida, pero acaba de sufrir una operación bastante delicada y los doctores le han prohibido hacer un viaje tan pesado.

Ada ha intentado evocar algo, luego lo ha dejado y se ha echado a llorar. Le he dicho que, cuando venga, me traiga de regalo un ornitorrinco para tenerlo en el salón, quién sabe por qué. En el estado en que se hallan mis entendederas, podría haberle pedido un canguro, pero evidentemente sé que en casa ensucian.

He ido a la librería sólo unas pocas horas al día. Sibilla está preparando el catálogo y naturalmente sabe moverse entre las bibliografías. Le echo una ojeada rápida, digo que marcha estupendamente, luego le digo que estoy citado con el doctor. Me mira salir con aprensión. Sabe que estoy enfermo, ¿no es normal? ¿O acaso piensa que quiero huir de ella? No voy a decirle: «No quiero tomarte como pretexto para reconstruirme una memoria ficticia, pobre amor mío», ¿no?

Le pregunté a Paola cuáles eran mis posiciones políticas.

—No me gustaría descubrir que soy, qué sé yo, un nazi.

—Eres lo que se dice un buen demócrata —dijo Paola—, pero más por instinto que por ideología. Yo te decía siempre que a ti la política te aburre, y tú, por chinchar me llamabas la pasionaria. Como si te hubieras refugiado en los libros antiguos por miedo o por desprecio hacia el mundo. No, soy injusta, no era desprecio, porque te inflamabas con los grandes problemas morales. Firmabas los llamamientos pacifistas y no violentos, te indignabas con el racismo. Incluso eras miembro de una asociación contra la vivisección.

—Animal, me imagino.

—Naturalmente. La vivisección humana se llama guerra.

—¿Y he sido así… siempre, aun antes de conocerte?

—Sobre tu infancia y adolescencia solías escurrir el bulto. Por otra parte, nunca he conseguido entenderte en estos temas. Siempre has sido una mezcla de piedad y cinismo. Si había una condena a muerte en alguna parte, firmabas para oponerte, mandabas dinero a una comunidad antidroga, pero si te decían que habían muerto diez mil niños, qué sé yo, en una guerra tribal en África central, te encogías de hombros, como si dijeras que el mundo ha salido mal y no hay nada que hacer. Siempre has sido un hombre jovial, te gustaban las mujeres guapas, el buen vino, la buena música, pero a mí me daba la impresión de que eso era un caparazón, una forma de esconderte. Cuando bajabas la guardia, decías que la historia es un enigma sangriento, y el mundo, un error.

—*Nada podrá quitarme de la cabeza que este mundo es el fruto de un dios tenebroso cuya sombra yo alargo.*

—¿Quién lo ha dicho?

—Ya no lo sé.

—Debe de ser algo que te hizo mella. El caso es que siempre te has desvivido si alguien necesitaba algo; cuando la inundación de Florencia, en el sesenta y seis, fuiste de voluntario a sacar del fango los libros de la Biblioteca Nacional. Eso es, eras piadoso con lo pequeño y cínico con lo grande.

—Me parece justo. Hacemos sólo lo que podemos. El resto es culpa de Dios, como decía Gragnola.

—¿Quién es Gragnola?

—También esto he dejado de saberlo. Se ve que una vez lo sabía.

¿Qué es lo que sabía una vez?

Una mañana me desperté, fui a prepararme el café (descafeinado) y me puse a canturrear «Roma non far la stupida stasera». ¿Por qué me vendría a la cabeza esa canción? Buena señal, dijo Paola, vuelves a empezar. Por lo visto, todas las mañanas al hacerme el café cantaba una canción. No había ninguna razón por la que se me hubiera ocurrido ésa y no otra. Ninguna de las investigaciones (¿qué has soñado esta noche?, ¿de qué hablamos anoche?, ¿qué leíste antes de quedarte dormido?) proporcionó una explicación creíble. A lo mejor, qué sé yo, la manera de ponerme los calcetines, el color de la camisa, un bote visto con el rabillo del ojo me despertaban una memoria sonora.

—Lo interesante —notó Paola— es que has cantado siempre y exclusivamente canciones de los años cincuenta en adelante; como mucho te remontabas a las de los primeros festivales de San Remo, «Vola colomba bianca vola» o «Lo sai che i papaveri». Nunca te remontabas más atrás, ninguna canción de los años cuarenta, o de los treinta, o de los veinte.

Paola tarareó «Sola me ne vo per la città», la gran canción de la posguerra, también ella (que por aquel entonces era pequeñísima) la tenía en los oídos porque en la radio la ponían sin parar. La verdad, me resultaba conocida, pero no reaccioné con interés, era como si me hubieran cantado Casta diva y, en efecto, parece ser que nunca he sido un fanático de la ópera. Nada en comparación con «Eleanor Rigby», por poner una, o «Que será será, whatever will be will be», o «Sono una donna non sono una santa». Por lo que respecta a las canciones antiguas, Paola atribuía mi desinterés a lo que ella llamaba la represión de mi infancia.

Había notado también, en el curso de los años, que yo sabía bastante de música clásica y jazz, iba de buen grado a los conciertos, escuchaba discos, pero nunca tenía ganas de encender la radio. Como mucho, la oía como música de fondo si alguien la tenía encendida. Evidentemente la radio era como la casa de campo, un asunto de otros tiempos.

El caso es que la mañana siguiente, al despertarme y prepararme el café, canté:

Sola yo me voy por la ciudad
paso entre la gente que no sabe
que no ve mi dolor,
buscándote voy, soñando contigo, que ya no eres mío...
Yo intento en vano olvidar
el primer amor no se puede borrar
llevo escrito sólo un nombre, un nombre en el fondo de mi corazón
te he conocido y ahora sé que eres el amor
el verdadero amor, el gran amor.

La melodía me salía sola. Y se me humedecieron los ojos.

—¿Por qué precisamente ésta? —preguntó Paola.

—Qué sé yo, quizá porque se llamaba «En busca de ti». De quién, no lo sé.

—Has superado la barrera de los años cuarenta —reflexionó Paola, intrigada.

—No es eso —repuse—, es que me he sentido algo por dentro. Como un escalofrío. No, no como un escalofrío. Como si... ¿Te acuerdas de *Flatland*?, lo has leído tú también. Pues bien, esos triángulos y esos cuadrados viven en dos dimensiones, sin saber lo que es el grosor. Ahora imagínate que alguno de nosotros, que vivimos en tres dimensiones, los toque desde arriba. Experimentarían una sensación que nunca han probado y serían incapaces de decir qué es. Como si alguien viniera a vernos desde la cuarta dimensión y nos tocara desde dentro, pongamos en el píloro, delicadamente. ¿Qué sientes si alguien te hace cosquillas en el píloro? Yo diría… una misteriosa llama.

—¿Qué quiere decir una misteriosa llama?

—No lo sé, me ha salido.

—¿Y es lo mismo que sentiste cuando viste la foto de tus padres?

—Casi. O sea, no. Pero en el fondo, ¿por qué no? Casi lo mismo.

—Ésta es una señal interesante, Yambo, hay que tomar nota.

Ella no ha perdido la esperanza de poder redimirme. Y yo a lo mejor sentía la misteriosa llama pensando en Sibilla.

Domingo.

—Ve a dar una vuelta —me dijo Paola—, te sentará bien. No salgas de las calles que conoces. En Largo Cairoli está el puesto ese de flores que suele abrir también los días de fiesta. Que te preparen un buen ramo primavera, o unas rosas, esta casa está de lo más lúgubre.

Bajé a Largo Cairoli y el puesto de flores estaba cerrado. Callejeé por Via Dante hasta la Piazza Cordusio, giré a la derecha hacia la Bolsa y vi que los domingos se daban cita ahí los coleccionistas de toda Milán. En Via Cordusio, puestos de sellos; a lo largo de toda Via Armorari, postales viejas, cromos; la transversal del Pasaje Central, ocupada por vendedores de monedas, soldaditos, estampitas sagradas, relojes de pulsera, incluso tarjetas telefónicas. El coleccionismo es anal, debería saberlo, la gente está dispuesta a coleccionar de todo, incluso tapones de Coca-Cola; en el fondo, las tarjetas telefónicas cuestan menos que mis incunables. En la Piazza Edison, a la izquierda, puestos de libros, periódicos, carteles de anuncios, y, enfrente, tenderetes donde se vendía toda suerte de baratijas, lámparas Liberty, seguramente falsas, bandejas de flores sobre fondo negro, bailarinas de porcelana.

En un puesto había cuatro recipientes cilíndricos, sellados, donde en una solución acuosa (¿formol?) estaban en suspensión unas formas de color marfil, algunas redondas, otras como judías, atadas por filamentos blanquísimos. Eran criaturas marinas, holoturias, trozos de pulpo, corales desvaídos, podrían haber sido incluso el parto morboso de la fantasía teratológica de un artista. ¿Yves Tanguy?

El señor del tenderete me explicó que eran testículos: de perro, de gato, de gallo y de otro bicho, con sus riñones y todas esas cosas.

—Mire, son cosas de un laboratorio científico del siglo pasado. Cuarenta mil cada uno. Sólo los recipientes valen el doble, fíjese que esto tiene por lo menos ciento cincuenta años. Cuatro por cuatro, dieciséis; se los doy, los cuatro, por ciento veinte mil liras. Una ganga.

Aquellos testículos me fascinaban. Por una vez, eran algo que no debería conocer por memoria semántica, como decía Gratarolo, y tampoco habían formado parte de mi experiencia pasada. ¿Quién ha visto alguna vez unos testículos de perro, quiero decir sin el perro a su alrededor, en su estado puro? Me hurgué en el bolsillo, tenía cuarenta mil en total, y en un puesto no vas a pagar con un cheque.

—Me llevo los del perro.

—Hace mal en dejar los demás, es una ocasión única.

No podemos tenerlo todo. Volví a casa con mis huevos de perro y Paola se puso pálida.

—Es curioso, parece de verdad una obra de arte, pero, ¿dónde los ponemos? ¿En la sala? ¿Para que cada vez que le ofrezcas a un invitado unos cacahuetes o unas aceitunas te vomite en la alfombra? ¿En nuestro cuarto? Mira, no. Te los llevas a la librería; los puedes poner al lado de algún buen libro de ciencias naturales del XVII.

—Pues creía que había hecho un negocio redondo.

—¿Pero te das cuenta de que eres el único hombre de este mundo, el único en la faz de la tierra desde Adán en adelante, que su mujer lo manda a comprar rosas y vuelve a casa con un par de cojones de perro?

—Por lo menos es un récord del Guinness. Además, ya lo sabes, estoy enfermo.

—Excusas. Estabas loco también antes. No es una casualidad que le hayas pedido un ornitorrinco a tu hermana. Una vez querías meternos en casa un flipper de los años sesenta que costaba como un cuadro de Matisse y armaba un ruido infernal.

Ahora bien, Paola ya conocía ese mercadillo, es más, dice que debería conocerlo yo también, una vez encontré la primera edición del *Gog* de Papini, tapas originales, intonso, por diez mil liras. Por eso, el domingo siguiente quiso acompañarme, nunca se sabe, a lo mejor vas y me vuelves a casa con unos testículos de dinosaurio y hay que llamar a un albañil para que agrande la puerta para que quepan.

Los sellos y las tarjetas de teléfono no, pero le intrigaban los periódicos viejos. Cosas de nuestra infancia, dijo. Y yo:

—Entonces dejémoslo.

Pero en determinado momento vi un álbum de Mickey Mouse. Lo cogí por instinto. No debía de ser antiguo, era una reimpresión de los años setenta, por lo que se podía deducir de la contraportada y por el precio. Lo abrí por en medio.

—No es un original, porque los de entonces estaban impresos a dos colores, con un matiz de rojo ladrillo y marrón, y éste está impreso en blanco y azul.

—¿Cómo lo sabes?

—No sé. Lo sé.

—Pero la portada reproduce la original, mira la fecha y el precio, 1937, una lira cincuenta.

El tesoro de Clarabella, campeaba en la portada en varios colores.

—Y se habían equivocado de árbol —dije.

—¿En qué sentido?

Hojeé deprisa el álbum y fui a tiro hecho a las viñetas correspondientes. Pero era como si no tuviera ganas de leer lo que estaba escrito en los bocadillos, como si estuvieran escritos en otra lengua o las letras se hubieran apelotonado. Más bien, recité de memoria.

—Pues que Mickey y Horacio han ido a buscar, siguiendo un antiguo mapa, el tesoro enterrado por el abuelo o por el bisabuelo de Clarabella con el artero señor Squick y el pérfido Patapalo pisándoles los talones. Llegan al sitio, consultan el mapa: hay que empezar desde un árbol grande, trazar una línea hasta uno más pequeño y hacer la triangulación. Excavan y excavan y no hay nada. Hasta que a Mickey se le enciende la bombilla, el mapa es de 1863, han pasado más de setenta años, es imposible que ya existiera por aquel entonces el árbol pequeño, por lo tanto, el que

ahora se ve más grande es el pequeño de entonces, y el grande se
ha caído, pero a lo mejor están sus restos por ahí. En efecto, busca que te busca, por ahí aparece un trozo de tronco, vuelven a
triangular y a excavar y ahí está, precisamente en ese punto, el tesoro.

—¿Pero tú cómo lo sabes?

—Lo sabe todo el mundo, ¿no?

—No, no. No lo sabe todo el mundo —dijo Paola excitada—.
Ésta no es la memoria semántica. Ésta es memoria autobiográfica.
¡Estás recordando algo que te impresionó de niño! Y te lo ha evo-
cado esta portada.

—No, no es la imagen. Si acaso, el nombre, Clarabella.

—*Rosebud*.

Naturalmente compramos el álbum. Me pasé la tarde con aquella
historia, pero no conseguía sacar nada más de ella. Lo sabía, y eso
era todo, ninguna misteriosa llama.

—No saldré de ésta jamás, Paola. Nunca entraré en la caverna.

—Pero has recordado de golpe lo de los dos árboles.

—Por lo menos Proust recordaba tres. Papel y más papel,
como todos los libros de este piso, y los de la librería. Tengo una
memoria de papel.

—Aprovecha el papel, visto que las magdalenas no te dicen nada. No eres Proust, vale. Tampoco Zasetski lo era.

—*Ay de mí, que ni siquiera sé lo que no sé...*

—Sí, ay de ti. Mira, hay algo que casi se me había olvidado y me lo recordó Gratarolo. Siendo psicóloga, no podía no haber leído *El hombre con su mundo destrozado*, un caso clásico. Sólo que fue hace mucho tiempo, y por interés académico. Hoy me lo he vuelto a leer con entusiasmo, es un librito delicioso que te fundes en dos horas. Pues bien, Luria, el gran neuropsicólogo ruso, siguió el caso de este Zasetski, que durante la última guerra mundial fue herido por un fragmento de granada que le provocó lesiones en la región occipitoparietal izquierda del cerebro. También él se despierta, pero en medio de un caos terrible, no consigue percibir ni siquiera la posición de su cuerpo en el espacio. Algunas veces piensa que partes de su cuerpo han cambiado, que su cabeza se ha vuelto desmedidamente grande, que su tronco es extremadamente pequeño, que las piernas se le han desplazado hacia la cabeza.

—No me parece que ése sea mi caso. ¿Las piernas en la cabeza? ¿Y el pene en lugar de la nariz?

—Espera. Lo de las piernas en la cabeza era lo de menos, le pasaba sólo de vez en cuando. Lo peor era la memoria. La tenía hecha trizas, como si se hubiera pulverizado, ni punto de comparación con la tuya. Tampoco él recordaba ni dónde había nacido ni el nombre de su madre, pero además no sabía ya ni leer ni escribir. Luria se pone a seguirlo, Zasetski tiene una voluntad de hierro, aprende de nuevo a leer y escribe, escribe, escribe. Durante veinticinco años anota no sólo lo que desentierra de la caverna devastada de su memoria, sino también lo que le sucede día a día. Era como si su mano, con sus automatismos, consiguiera poner en orden lo que la cabeza no conseguía. Como si dijéramos que el que escribía era más inteligente que él. De esa forma, en el papel, se fue reencontrando a sí mismo, poco a poco. Tú no eres él, pero lo que me ha llamado la atención es que él se reconstruyó una memoria de papel. Y tardó veinticinco años. Tú el papel ya lo tienes, pero evidentemente no es el que hay aquí. Tu caverna está en la casa de campo. Lo he estado pensando estos días, ¿sabes? Cerraste bajo llave con demasiada decisión tus papeles de la infancia, y los de tu adolescencia. Quizás allí haya algo que te toca en lo más íntimo. Así es que ahora me vas a hacer el santo favor de irte a Solara. Tú solo; primero, porque yo no puedo dejar el trabajo, y segundo, porque creo que es algo que debes hacer tú solo. Tú y tu pasado lejano. Te quedas allá lo que haga falta, y ves qué te pasa. A lo sumo, perderás una semana, quizá dos, y respirarás aire sano, que no te sentará mal. Ya he llamado a Amalia.

—¿Y quién es Amalia?, ¿la mujer de Zasetski?

—Sí, su abuela. No te he contado todo de Solara. Desde los tiempos de tu abuelo vivían allí los aparceros, Maria y Tommaso, al que todos conocían como Masulu, porque entonces la casa tenía mucho terreno, viñas sobre todo, y bastante ganado. Maria te vio crecer y te quería con locura. Y también Amalia, su hija, que tendrá unos diez años más que tú y te hizo de hermana mayor, de tata, de todo. Eras su ídolo. Cuando tus tíos vendieron las tierras, incluido el caserío de arriba, quedaban todavía una pequeña viña, el huerto con sus frutales y hortalizas, la pocilga, la conejera y el gallinero. No tenía sentido hablar ya de aparcería, y tú le dejaste todo a Masulu, como si fuera propiedad suya, con la condición de que la familia cuidara de la casa. Luego también se fueron Maria y Masulu; Amalia no se casó nunca (nunca ha sido una gran belleza) y siguió viviendo allí; vende huevos y pollos en el pueblo, el matarife va cuando es la hora de matarle el cerdo, unos primos la ayudan a dar el cardenillo a las vides y a hacer su pequeña vendimia; en fin, que está contenta, aunque se siente un poco sola y es feliz cuando van las niñas con los críos. Le pagamos por lo que consumimos: huevos, pollos o salchichones; la fruta y la verdura no hay manera. Es cosa vuestra, dice. Una joya de mujer, una cocinera que ya verás. Sólo de pensar que vas a ir allí no cabe en sí de gozo, el señorito Yambo por aquí, el señorito Yambo por allá, qué maravilla, verá que su enfermedad se la hago pasar yo con la ensalada que tanto le gusta...

—El señorito Yambo. Qué lujo. A propósito, ¿por qué me llamáis Yambo?

—Para Amalia seguirás siendo el señorito también a los ochenta años. En cuanto a Yambo, me lo explicó precisamente Maria. Lo decidiste tú de pequeño. Decías yo me llamo Yambo, el del copetillo. Y te convertiste en Yambo para todos.

—¿Con el copetillo?

—Se ve que por aquel entonces tenías tu buen copete. Y no te gustaba Giambattista, puedo entenderlo. Pero dejemos de lado los problemas bautismales. Tú te vas. No puedes ir en tren porque tendrías que cambiar cuatro veces, de modo que te acompaña Nicoletta, que tiene que pasarse por allí para recoger lo que se olvidó en Navidades; luego vuelve a Milán enseguida y te deja en manos de Amalia, que te mimará, sabe estar ahí cuando la necesites y desaparecer cuando quieras estar solo. En la casa pusimos el teléfono hace cinco años y podemos hablar a cualquier hora. Inténtalo, te lo ruego.

Le pedí algunos días para pensármelo. Yo había sido el primero en hablar de un viaje, para librarme de las tardes en la librería. Pero, ¿de verdad quería librarme de las tardes en la librería?

Estaba en un laberinto. Tomara la dirección que tomase, no era la buena. Además, ¿de dónde quería salir? ¿Quién dijo *Ábrete, Sésamo, quiero salir*? Yo quería entrar, como Alí Babá. En las cavernas de la memoria.

Se encargó Sibilla de resolverme el problema. Una tarde, emitió un hipo irresistible, se cubrió de un ligero rubor (*en la sangre, que tiene resonancias de llama en tu cara, el cosmos retoza entre risas*), atormentó durante algunos segundos un montoncito de fichas que tenía en la mano y dijo:

—Yambo, tienes que ser el primero en saberlo... Me voy a casar.

—¿Cómo? ¿Te casas? —reaccioné, casi como si le dijera «¿Cómo te atreves?».

—Me caso. ¿Sabes eso de que un hombre y una mujer se intercambian los anillos y los demás les tiran arroz?

—No, quiero decir... ¿y me dejas?

—¿Y por qué? Él trabaja en un estudio de arquitectura pero todavía no gana mucho, tendremos que trabajar los dos. Además, ¿acaso podría yo dejarte?

Le hundía un cuchillo en el corazón y lo hacía girar dos veces. Final del *Proceso*, mejor dicho, final del proceso.

—¿Y es algo... que dura desde hace mucho?

—No mucho. Nos conocimos hace algunas semanas, ya sabes cómo funcionan estas cosas. Es un buen chico, ya lo conocerás.

Cómo funcionan estas cosas. Quizá antes hubiera habido otros buenos chicos, quizá Sibilla haya aprovechado mi trastorno para acabar con una situación insostenible. Tal vez se ha arrojado a los brazos del primero que se le ha puesto por delante, un salto en la oscuridad. En ese caso, yo le he hecho daño dos veces. Pero, ¿quién le ha hecho daño, imbécil? Va todo como suele ir, es joven, encuentra a uno de su edad, se enamora por primera vez... Por primera vez, ¿de acuerdo? *Y aun así alguien te gozará, boca de manantial, y será su gracia y su fortuna no haberte buscado...*

—Tendré que hacerte un buen regalo.

—Hay tiempo, lo decidimos anoche, pero me gustaría esperar a que te hayas repuesto, así me podré tomar una semana de vacaciones sin remordimientos.

Sin remordimientos. Qué delicadeza.

¿Cómo era la última ficha sobre la niebla que había visto? *Cuando llegamos a la estación de Roma, la tarde del Viernes Santo, y nos separamos y ella se alejó en el coche entre la niebla, ¿no me parecía haberla perdido para siempre sin remedio?*

La historia se acababa por su cuenta. Por mucho que hubiera pasado antes, todo quedaba borrado. Pizarra de puro negro borrada. De ahora en adelante, sólo como una hija.

A estas alturas, podía marcharme. Es más, debía. Le dije a Paola que iría a Solara. Estaba feliz.

—Verás lo a gusto que vas a estar.

—*Rodaballo, rodaballo, rodaballo de la mar, la bruja de mi mujer quiere hacer su voluntad.*

—Eres un mal nacido. Al campo, al campo.

Aquella noche, mientras Paola en la cama me daba las últimas recomendaciones antes de irme, le acaricié el pecho. Gimió, con ternura, y yo experimenté algo que se parecía al deseo, pero mezclado con dulzura, y quizá gratitud. Hicimos el amor.

Como con el cepillo de dientes, evidentemente mi cuerpo había conservado la memoria de cómo se hacía. Fue algo tranquilo, a ritmo lento. Ella tuvo su orgasmo antes (siempre era así, me dijo luego), yo poco después. En el fondo, era para mí la primera vez. Es verdaderamente algo tan hermoso como dicen. No me sorprendió: era como si lo supiera ya, de cabeza, y con el cuerpo descubriera sólo entonces que era verdad.

—No está mal —dije abandonándome boca arriba—, ahora entiendo por qué la gente le toma tanto gusto.

—Jesús —comentó Paola—, me ha tocado desvirgar a mi marido a los sesenta años.

—Mejor tarde que nunca.

Pero no pude evitar preguntarme, mientras me quedaba dormido con la mano de Paola en la mía, si con Sibilla hubiera sido lo mismo. Imbécil, me murmuraba mientras perdía lentamente la conciencia, total, no lo sabrás jamás.

Me marché. Nicoletta conducía, y yo la miraba, de perfil. A juzgar por las fotos de la época de mi boda, la nariz era la mía, y también el corte de la boca. Era de verdad mi hija, no me habían encasquetado el fruto de la culpa.

(Habiéndosele abierto ligeramente el corpiño, divisó de repente en su pecho un medallón con una Y finamente grabada. Por todos los cielos, ¿quién os lo ha dado? Siempre lo he llevado conmigo, señor, y ya lo llevaba al cuello cuando me expusieron, siendo tierna niña de pecho, en la escalinata del convento de las clarisas de Saint-Auban, dijo ella. ¡El medallón de tu madre la duquesa, exclamé! ¿Acaso tienes tú cuatro pequeños lunares en forma de cruz en el hombro izquierdo? Sí, señor, pero ¿cómo podéis saberlo? ¡Pues entonces, entonces tú eres mi hija y yo soy tu padre! ¡Padre mío, padre mío! No, ¡oh, tú!, casta inocente, no pierdas ahora los sentidos. ¡Nos saldríamos de la calzada!)

No hablábamos, pero ya me había dado cuenta de que Nicoletta es lacónica por naturaleza, y en aquel momento, desde luego, estaba apurada, temía aludir a algo de lo que me hubiera olvidado y no quería turbarme. Le preguntaba sólo en qué dirección íbamos.

—Solara está en el límite entre las Langhe y el Monferrato, es un sitio precioso, ya verás, papá.

Me gustaba oírme llamar papá.

Al principio, nada más salir de la autopista, veía señales que me hablaban de ciudades conocidas, Turín, Asti, Alejandría, Casale. Luego nos adentramos por carreteras comarcales donde los carteles mencionaban pueblos que nunca había oído. Tras algunos kilómetros de llanura, pasado un pequeño desnivel, divisé a lo lejos el perfil azulado de algunas colinas. De repente, el perfil desapareció porque teníamos delante una muralla de árboles, y el coche se introdujo en ella avanzando en medio de una galería frondosa que me hacía pensar en una selva tropical. *Que me font maintenant tes ombrages et tes lacs?*

Una vez recorrida esa galería, con la impresión de que seguíamos viajando por la llanura, nos encontramos en una cuenca dominada por las colinas, que se alzaban a ambos lados y detrás: evidentemente, habíamos entrado en el Monferrato subiendo por una imperceptible y continua pendiente, las alturas nos habían rodeado sin que me diera cuenta, y ya entraba yo en otro mundo, en una fiesta de viñas aún jóvenes. Se trataba, vistas desde la distancia, de cimas de varias alturas, algunas sobresalían apenas entre puntas más bajas, otras más escarpadas, muchas dominadas por construcciones —iglesias o grandes casas solariegas y una especie de castillos— que se enrocaban con entrometimiento desproporcionado y, en lugar de complementarse con dulzura, daban a las cimas un empujón hacia el cielo.

Tras una hora de viaje entre aquellas colinas, donde a cada curva se abría un paisaje distinto, como si de repente pasáramos de una región a otra, vi un cartel que decía Mongardello. Dije:

—Mongardello. Luego Corseglio, Montevasco, Castelletto Vecchio, Lovezzolo, y hemos llegado, ¿no?

—¿Cómo lo sabes?

—Lo sabe todo el mundo —dije. Pero evidentemente no era verdad, ¿en qué enciclopedia se habla de Lovezzolo? ¿Estaría empezando a penetrar en la caverna?

SEGUNDA PARTE

UNA MEMORIA DE PAPEL

5

EL TESORO DE CLARABELLA

No conseguía explicarme por qué de adulto no iba de buen grado a Solara; me lo preguntaba mientras me iba acercando a los lugares de mi infancia. No era Solara en sí, poco más que un pueblo, que se rozaba dejándolo en su cuenca, en medio de las viñas entre colinas bajas, sino después, cuando se subía. Llegados a cierto punto, tras algunas curvas cerradas, Nicoletta tomó una carreterita secundaria y bordeamos a lo largo de al menos dos kilómetros un talud, un camino tan estrecho que a duras penas permitía que se cruzaran dos coches; se abría al vacío a ambos lados, dejando ver dos paisajes distintos. A la derecha, el paisaje monferrino, formado por cimas suavísimas engalanadas con hileras de vides, que dulcemente se multiplicaban, verdes contra el cielo límpido del verano reciente, en la hora en la que (sabía) hace furor el espíritu meridiano. Por el otro lado, se veían ya las últimas ramificaciones de las Langhe, con relieves más crudos y menos modulados, diríase una fila de suaves cordilleras, una tras otra, cada una con una perspectiva marcada por un color distinto, hasta desvanecerse en el añil de las más alejadas.

Descubría ese paisaje por primera vez, y aun así lo sentía mío y tenía la impresión de que, de haber tenido que lanzarme en una loca carrera valle abajo, habría sabido dónde poner los pies y dónde ir. En cierto sentido, era como haber sido capaz de conducir recién salido del hospital aquel coche que nunca había visto. Me sentía en casa. Era presa de una indefinida leticia, de una desmemoriada felicidad.

El ribazo empezó a encaramarse cuesta arriba por la ladera de una colina que de improviso lo dominaba, y ahí estaba, al final de un camino bordeado de castaños de Indias, la casa. Nos paramos en una especie de patio salpicado de parterres de flores; se divisaba, detrás del edificio, una colina un poco más alta donde se extendía la que debía de ser la pequeña viña de Amalia. Nada más llegar, era difícil determinar la forma de esa casona, con grandes ventanales en el primer piso; a primera vista, se presentaba como un amplio cuerpo central, con una hermosa puerta de roble encajada en un arco de medio punto, debajo de un balcón, justo enfrente del camino, y dos alas laterales más cortas y con la entrada más modesta. No se entendía hasta qué punto la casa se extendía hacia atrás, hacia la colina. El patio se abría, a mi espalda, a los dos paisajes que acababa de admirar, y con ciento ochenta grados de panorama, porque el camino de entrada se iba elevando poco a poco y la carretera que habíamos recorrido desaparecía hacia abajo, sin impedir la vista.

Fue una impresión breve, porque entre fuertes gritos de júbilo apareció inmediatamente una mujer que, por lo que se me había descrito, no podía ser sino Amalia, corta de piernas, bastante robusta, de edad incierta (como me había anunciado Nicoletta, entre los veinte y los noventa años), con la cara de castaña pilonga iluminada por una alegría incontenible. En fin, ceremonia de bienvenida, besos y abrazos, púdicas meteduras de pata seguidas de inmediato por un gritito que una mano llevada rápidamente a la boca entrecortaba (se acuerda señorito Yambo de esto y de aquello, reconoce usted verdad, etcétera, con Nicoletta detrás de mí, que debía de estar fulminándola con la mirada).

Un torbellino, poco espacio para razonar o preguntar, el tiempo apenas de sacar las maletas y llevarlas al ala izquierda, que era donde se había establecido Paola con las niñas y donde podría dormir yo también, a menos que quisiera establecerme en el cuerpo central, el de los abuelos y mi infancia, que siempre había permanecido cerrado, como un santuario («ya sabe usted que voy a menudo a quitar el polvo y a ventilarlo un poco, claro que sólo de vez en vez, que parece que una se da la vuelta y se forman malos olores, pero eso sí, sin incomodar esas habitaciones, que para mí son tan santas como la iglesia»). En la planta baja, esas grandes estancias vacías estaban abiertas porque allí se ponían las manzanas, los tomates y muchas otras cosas ricas para que maduraran y se conservaran al fresco. Y, en efecto, una vez dados algunos pasos por esos zaguanes, se notaba el perfume punzante de especias y frutas y verduras, y en una mesa grande estaban ya los primeros higos, los primeros de verdad, y no pude negarme a probar uno y a aventurar que ese árbol seguía siendo verdaderamente prodigioso, pero Amalia gritaba: «¡Cómo que ese árbol, *esos* árboles, son cinco, bien que lo sabe usted, ande, a cual más hermoso!». Perdone, Amalia, estaba distraído, pues imagínese, con todas las cosas importantes que tiene en la cabeza el señorito Yambo, gracias, Amalia, ojalá tuviera todas esas cosas en la cabeza, lo malo es que se han volatilizado, pfff, una mañana de finales de abril, y una higuera o cinco higueras, para mí son lo mismo.

—¿Hay ya uvas en la viña? —pregunté, más que nada para mostrarme activo de cabeza y de sentimientos.

—Otra. Si es que ahora la uva son racimos chiquinines que parecen un niñito en la panza de su madre, aunque este año, con la calor que hace, todo ha madurado antes que de costumbre, que ahora a ver si el tiempo trae lluvia. Ya la verá, la uva, porque bien querrá quedarse aquí hasta septiembre. Que ha estado usted un poco enfermo y la señora Paola me ha dicho que tengo que hacer que se recobre, comida sana y rica. Para esta noche le he preparado lo que le gustaba a usted de pequeñín, la ensaladita con su baño de aceite y su salsa de tomate, su apio troceadito y sus cebolletas bien picadas, con todas las hierbas que Dios manda, y tengo el pan que le gustaba a usted, unos bichulanes para chuparse los dedos, vamos, que puede hacer usted barquitos en el aceite. Y un pollo de los míos, no de esos de las tiendas, que los crían con porquerías, claro que, si lo prefiere, hay conejo al romero. ¿Conejo? Conejo, ahora mismo voy a dejar en su sitio al más hermoso; pobre animal, así es la vida. Ay, Señor de mi alma, la Nicoletta, que se nos marcha enseguida. Hay que desengañarse, pero, bueno, nos quedamos aquí nosotros dos y usted hace lo que le da en gana, que yo no voy a meterme en nada. Por la mañana, le llevo el café con leche, y a la hora de la comida, eso es lo que me ha de ver. Y usted va y viene como más guste.

—Bueno, papá —me dijo Nicoletta mientras cargaba en el coche lo que había venido a recoger—, parece que Solara está lejos, pero detrás de la casa hay una vereda que baja directamente al pueblo, cortando todas las curvas de la carretera. Hay una cuesta un poco empinada, pero tiene como unos escalones, y llegas inmediatamente a la parte llana. Un cuarto de hora para bajar y veinte minutos para volver cuesta arriba. Siempre me has dicho que sienta fenomenal para el colesterol. En el pueblo encontrarás los periódicos y el tabaco, pero puedes pedírselos a Amalia, ella baja a las ocho de la mañana, baja siempre de todas formas, para sus recados y para ir a misa. Lo que tienes que hacer es escribirle en un papel el nombre de los periódicos, y todos los días, porque si no, se le olvida y te puede traer el mismo número de la primera revista que encuentre siete días seguidos. ¿No necesitas nada más, de verdad? Yo me quedaría contigo, pero mamá dice que te sentará bien quedarte solo entre tus viejas cosas.

Nicoletta se marchó, Amalia me enseñó mi habitación, mía y de Paola (olor a lavanda). Arreglé mis cosas, me cambié con ropa vieja y cómoda que fui encontrando por ahí, incluidos unos zapatos sin talón que tenían por lo menos veinte años, zapatos de terrateniente, y me quedé media hora mirando las colinas del lado de las Langhe.

En la mesa de la cocina había un periódico, de las Navidades (estuvimos la última vez en esas fechas), y me puse a leerlo mientras me servía un vaso de moscato, listo en una cubitera con agua helada del pozo. A finales de noviembre, la ONU había autorizado el uso de la fuerza para liberar a Kuwait de los iraquíes, acababan de salir hacia Arabia Saudí las primeras tropas americanas, se hablaba de un último intento por parte de Estados Unidos de negociar en Ginebra con los ministros de Sadam y convencerle para que se retirase. El periódico me ayudaba a reconstruir algunos acontecimientos y lo leía como si fueran las noticias de última hora.

De repente, me di cuenta de que por la mañana, con la tensión del viaje, no había ido al baño. Allá me fui, excelente ocasión para acabar de leer el periódico, y desde la ventana vi la viña. Me asaltó un pensamiento, o mejor dicho, una gana antigua: hacer mis necesidades entre las cepas. Me metí el periódico en el bolsillo y abrí, no sé si por casualidad o en virtud de un radar interno mío, una puertecilla que daba a la parte de atrás de la casa. Crucé un huerto muy bien cuidado. En la otra parte del ala de los caseros había unos recintos de madera y, por el cloquear y el gruñir que se oían, debía de ser el gallinero con las conejeras y la porqueriza. En el fondo del huerto había una vereda para subir a la viña.

Amalia tenía razón, las hojas de las vides todavía eran pequeñas, y los granos de uva parecían bayas. Daba igual, yo me sentía en una viña, con los terrones bajo las suelas desgastadas y las matas de hierbajos entre una hilera y la otra. Busqué instintivamente con los ojos unos árboles de melocotones, pero no los vi. Qué raro, había leído en alguna novela que entre las hileras —pero tienes que andar descalzo por en medio, con el talón un poco calloso, desde pequeño— hay unos melocotones amarillos que crecen sólo en las viñas, se parten con la presión del pulgar, y el hueso sale casi solo, limpio como tras un tratamiento químico, con la salvedad de algún gusanillo gordo y blanco de pulpa que se queda pegado por un simple átomo. Puedes comértelos casi sin advertir el terciopelo de la piel, que hace que te estremezcas desde la lengua hasta la ingle. Por un instante, sentí el entremecimiento en la ingle.

Me agaché, en el gran silencio del mediodía, roto sólo por algunas voces de pájaros y por el zumbido de las cigarras, y defequé. *Silly season. He read on, seated calm above his own rising smell.* Los seres humanos aman el perfume de sus propios excrementos pero no el olor de los ajenos. En el fondo, forman parte de nuestro cuerpo.

Estaba experimentando una satisfacción antigua. El movimiento tranquilo del esfínter, entre toda esa vegetación, me despertaba confusas experiencias previas. O es un instinto de la especie. Yo tengo tan poco de lo que es individual, y tanto de lo que es específico (tengo una memoria de humanidad, no de persona) que quizá estaba disfrutando sencillamente de un placer ya experimentado por el hombre de Neanderthal. Que debía de tener menos memoria que yo, no sabía ni siquiera quién era Napoleón.

Cuando acabé, se me ocurrió que debía limpiarme con hojas; debía de ser un automatismo, porque desde luego no lo había aprendido en ninguna enciclopedia. Tenía conmigo el periódico y arranqué la página de los programas de la televisión (al fin y al cabo, en Solara no hay tele).

Me levanté y miré mis heces. Una hermosa arquitectura de caracola, todavía humeante. Borromini. Debía de tener bien el intestino, porque ya se sabe que hay que preocuparse sólo si las heces son demasiado blandas o incluso líquidas.

Veía por primera vez mi caca (en la ciudad te sientas en la taza y luego tiras enseguida el agua sin mirar). Ya la estaba llamando caca, como creo que hace la gente. La caca es lo más personal y reservado que tenemos. El resto pueden conocerlo todos, la expresión de tu cara, tu mirada, tus gestos. También tu cuerpo desnudo, en la playa, en el médico, mientras haces el amor. Incluso tus pensamientos, porque sueles expresarlos, o te los adivinan los demás por cómo miras o por lo apurado que te muestras. Claro, habrá también pensamientos secretos (Sibilla, por ejemplo, aunque yo me había traicionado en parte con Gianni, y quién sabe si ella no se sospechaba algo, a lo mejor se casa precisamente por eso), pero en general también los pensamientos se manifiestan.

En cambio, la caca no. Exceptuando un período brevísimo de tu vida, cuando tu madre te cambia los pañales, después es sólo tuya. Y como mi caca de ese momento no debía de ser distinta de las que había producido en el curso de mi vida pasada, entonces, en ese instante me estaba reencontrando con el yo de los tiempos olvidados, y probaba la primera experiencia capaz de enlazarse con un sinnúmero de otras experiencias previas, incluso las infantiles cuando hacía mis necesidades en las viñas.

Quizá, si miraba bien a mi alrededor, encontraría todavía los restos de la caca que había hecho entonces y, si triangulaba de forma adecuada, el tesoro de Clarabella.

Pero ahí me paraba. La caca todavía no era mi infusión de tila; habría sido curioso, ¿cómo podía pretender llevar a cabo mi *recherche* con el esfínter? Para recobrar el tiempo perdido no se requiere diarrea sino asma. El asma es pneumática, es soplo (aunque trabajoso) del espíritu: es para los ricos que pueden permitirse habitaciones tapizadas de corcho. Los pobres, en los campos, no hacen de alma, sino de vientre.

Aun así, no me sentía desheredado sino contento, quiero decir verdaderamente contento, de una manera que nunca había experimentado tras el despertar. Los caminos del Señor son infinitas, me dije, pasan también por el agujero del culo.

La jornada se acabó así. Vagabundeé un poco por las habitaciones del ala izquierda, vi la que debía de ser la habitación de mis nietos (un cuarto grande con tres camas, muñecos y triciclos aún tirados por los rincones), en mi habitación estaban los últimos libros que había dejado en la mesilla, nada especialmente significativo. No me aventuré a entrar en el ala antigua. Calma, tenía que tomar confianza con el lugar.

Cené en la cocina de Amalia, entre viejos aparadores, mesas y sillas todavía de sus padres, y el olor de las ristras de ajos colgadas de las vigas. El conejo estaba exquisito, pero la ensalada valía todo el viaje. Me daba gusto mojar el pan en ese caldo rosado moteado de zonas oleosas, pero era el placer del descubrimiento, no el del recuerdo. De mis papilas no debía esperarme ayuda alguna, ya lo sabía. Bebí abundantemente: el vino de esa zona es mejor que todos los vinos franceses juntos.

Conocí a los animales de la casa: un viejo perro pelado, Pippo —excelente como guardián, según afirmaba Amalia, aunque inspiraba poquísima confianza, por lo viejo, ciego de un ojo e ido—, amén de tres gatos. Dos eran ariscos y tiñosos, el tercero era una especie de gato de angora negro, con el pelaje tupido y suave, y sabía pedir la comida con gracia, arañándome los pantalones y esbozando un ronroneo seductor. Me gustan todos los animales, creo (¿no era miembro de una asociación contra la vivisección?), pero a la simpatía instintiva no se le dan órdenes. Preferí el tercer gato y le pasé los mejores bocados. Le pregunté a Amalia cómo se llamaban los gatos, y contestó que los gatos no se llaman, porque no son cristianos como los perros. Pregunté si podía ponerle Matù al gato negro y me contestó que podía, si no me bastaba con hacer minino minino, pero tenía el aire de estar pensando que los de la ciudad, señorito Yambo incluido, tenían la cabeza como una olla de grillos.

Los grillos (los de verdad) armaban fuera un gran estruendo, y salí al patio a escucharlos. Miré el cielo, esperando descubrir figuras conocidas. Constelaciones, sólo constelaciones de atlas astronómico. Reconocí la Osa Mayor, pero como una de esas cosas de las que tanto había oído hablar. Había ido hasta allí para aprender que las enciclopedias tienen razón. *Redi in interiorem hominem* y encontrarás la Larousse.

Me dije: Yambo, tienes una memoria de papel. No de neuronas, de páginas. Quizá un día inventen una diablura electrónica que permita al ordenador viajar a través de todas las páginas escritas desde el principio del mundo hasta nuestros días, para que pasemos de la una a la otra con una simple presión de dedos, sin entender ya dónde nos encontramos y quiénes somos, y entonces todos serán como tú.

A la espera de tener todos esos compañeros de desventura, me fui a dormir.

Me estaba adormilando cuando oí que alguien me llamaba. Me invitaba a la ventana con un «pssst pssst» insistente y mascullado. ¿Quién podía llamarme desde fuera, colgado de los postigos? Los abrí de golpe y vi huir una sombra blanquecina en la noche. Tal como me explicó Amalia la mañana siguiente, era una lechuza: cuando las casas están vacías, a esos animales les gusta vivir no sé si en las cornisas o en los canalones, pero en cuanto se dan cuenta de que hay gente por los alrededores cambian de refugio. Qué pena. Porque esa lechuza en fuga en la noche me había hecho sentir de nuevo lo que con Paola había definido como la misteriosa llama. Esa lechuza, o una de su hermandad, evidentemente me pertenecía, me había despertado otras noches, y otras noches había huido en la oscuridad, fantasma desmañado y chulandario. *¿Chulandario?* Tampoco esta palabra podía haberla leído en las enciclopedias, por lo cual me salía de dentro, o de antes.

Dormí sueños agitados y en un determinado momento me desperté con un fuerte dolor en el pecho. Al principio pensé en un infarto —es notorio que empieza así—, luego me levanté y sin reflexionar fui a buscar en la bolsa de medicamentos que me había dado Paola y me tomé un Maalox. Maalox, ergo gastritis. Uno tiene un ataque de gastritis cuando ha comido algo que no debía. En realidad había comido demasiado: Paola me había dicho que me controlara; mientras ella estaba cerca de mí, no me quitaba ojo, como un perro guardián; ahora había que aprender a hacerlo solo. Amalia no me ayudaría, para la tradición campesina comer mucho siempre sienta bien, uno está mal sólo cuando no hay de qué comer.

Cuántas cosas me quedan aún por aprender.

6

EL «NUOVISSIMO MELZI»

Bajé al pueblo. Un poco duro volver a subir, pero fue un hermoso paseo, y tonificante. Menos mal que me había traído algunos cartones de Gitanes, porque en el pueblo tienen sólo Marlboro Light. Gente de campo.

Le conté a Amalia la historia de la lechuza. No se rió cuando le dije que creía que era un fantasma. Se puso seria.

—¿Fantasma? Las lechuzas no, que son buenos animales que no le hacen daño a nadie. Claro que allá —y aludía a la vertiente de las Langhe—, allá todavía hay mascas. ¿Que qué son las mascas? Casi me da miedo decirlo, debería saberlo usted porque mi pobre padre a usted le contaba siempre estas historias. A ver, usted tranquilo, que aquí no vienen, ésas van a meterles miedo en el cuerpo a los campesinos ignorantes, no a los señores, que ya se barruntarán la palabrita buena para hacer que escapen con los pelos de punta. Las mascas son unas mujeres malas que van de noche. Y si hay niebla o tormenta, mejor aún, que así andan bien arregostadas.

No quiso decirme más, pero había mencionado la niebla, y le pregunté si allí había mucha.

—Demasiada, demasiada, tan cierto como que me llamo Amalia. A veces no se ve de mi puerta al principio del camino; qué me digo, desde aquí no veo la fachada de la casa, y si hay alguien dentro de noche, ni así se divisa la luz que sale de la ventana, más deslucida que una vela. Y cuando no llega hasta aquí arriba, si usted lo viera, llena la cuenca hasta las colinas. No se ve nada hasta un cierto punto, luego es como si se encorpara algo, un risco, una iglesita, y luego blanco y más blanco detrás. Tal que hubieran caído allá abajo el cubo de la leche. Si todavía está usted aquí en septiembre, casi casi que la ve, porque por estas tierras, niebla, excepto en junio y agosto, haberla, hayla siempre. Abajo, en el pueblo, está el Salvatore, un nápoles que vino a trabajar aquí hace veinte años, ya sabe, en el sur es todo miseria y más miseria, y todavía no se ha acostumbrado; anda diciendo que allá abajo hace bueno hasta en Reyes. Si usted supiera la de veces que se ha perdido por los campos, que iba y caía en el torrente y tenían que salir a buscarle de noche con las linternas. En fin, será buena gente, no digo yo que no, pero como nosotros no son.

Yo me recitaba en silencio:

> Miré al valle: ¡había desaparecido
> todo!, ¡sumergido! Un gran mar yacente
> gris, gris, sin olas, sin playas, unido.
> Apenas, aquí y allá, la infrecuente
> algarabía salvaje y escasa:
> vagas aves de un mundo indiferente.
> Altos en el cielo, esqueletos de haya,
> suspendidos, y sueños de vestigios
> y silenciosos vacíos de gente.

De momento, los vestigios y las soledades que buscaba, si estaban, estaban ahí, a pleno sol, no menos invisibles, porque yo la niebla la llevaba dentro. ¿O acaso debía buscarlos a la sombra? El momento había llegado. Tenía que entrar en el ala central.

Le dije a Amalia que quería ir solo, meneó la cabeza y me dio las llaves. Parece que las habitaciones son muchas, y Amalia las tiene todas cerradas porque nunca se sabe que no vaya a entrar algún malintencionado. Así pues, me dio un manojo de llaves grandes y pequeñas, algunas oxidadas, y me dijo que ella se las conocía todas de memoria pero que, si de verdad quería subir por mi cuenta, tenía que industriarme para ir probándolas una por una. Como si dijera: «Tú te lo has buscado, ya que sigues tan caprichoso como cuando eras pequeño».

Amalia debía de haber pasado por allá arriba por la mañana temprano. El día antes, las contraventanas estaban cerradas, y ahora estaban entreabiertas, lo suficiente para dejar que se filtrara la luz a los pasillos y a las habitaciones, y ver dónde ponía uno los pies. Aunque Amalia viniera a airear de vez en cuando, había olor a cerrado. No era malo, como si emanara de los muebles antiguos, de las vigas del techo, de las telas blancas extendidas sobre los sillones (¿no tenía que haberse sentado Lenin en ellos?).

Pasemos por alto la aventura de probar y volver a probar todas esas llaves, que me sentía como el carcelero jefe de Alcatraz. La escalera de acceso daba a una sala, una especie de antecámara bien amueblada, con los sillones que le habrían gustado a Lenin, precisamente, y una serie de horribles paisajes al óleo, de estilo decimonónico, bien enmarcados, en las paredes. Todavía no conocía los gustos del abuelo, pero Paola me lo había descrito como un coleccionista curioso: no podían gustarle esos emplastos. Así que debían de ser cosas de familia, quizá los ejercicios pictóricos de algún bisabuelo o bisabuela. Con todo, en la penumbra de ese ambiente, apenas se notaban y formaban una mancha en las paredes, y a lo mejor era justo que estuvieran allí.

La sala daba por un lado al único balcón de la fachada y, por el otro, a dos pasillos, que corrían a lo largo de la parte trasera de la casa, amplios y umbríos, con las paredes casi completamente cubiertas por viejas estampas en colores. En el pasillo de la derecha había piezas de *Imagérie d'Epinal*, que representaban acontecimientos históricos, *Bombardement d'Alexandrie, Siège et bom-*

*bardement de Paris par les Prussiens, Les grandes journées de la Ré-
volution Française, Prise de Pékin par les Alliées*; otras eran españolas, una serie de pequeños seres monstruosos, *Los Orrelis*, una
Colección de monos filarmónicos, un *Mundo al revés*, y dos de esas
escalas alegóricas con las edades de la vida, una para los hombres
y otra para las mujeres, la cuna y los niños con sus nodrizas en el
primer escalón, y luego arriba hasta la edad adulta en lo más alto,
con los personajes bellos y radiantes en un podio olímpico; a continuación, el lento descenso de figuras cada vez más ancianas que,
en el último escalón, tal y como quería la Esfinge, eran ya seres
con tres patas, dos trémulos puntales torcidos y el bastón, junto a
una imagen de la muerte a la espera.

La primera puerta daba a una amplia cocina a la antigua, con
un gran hogar de leña y una inmensa chimenea de donde colgaba
aún un caldero de cobre. Utensilios, todos los que había, de otros
tiempos, acaso heredados ya del tío abuelo del abuelo. Todo era
de anticuario. A través de los cristales transparentes del aparador
veía platos con dibujos de flores, cafeteras, tazas de desayuno.
Busqué instintivamente un revistero y, por lo tanto, sabía que había uno. Lo había, colgado en un rincón cerca de la ventana, de

madera pirograbada, con grandes amapolas encendidas sobre un fondo amarillo. Si durante la guerra había escasez de leña y carbón, la cocina debía de ser el único lugar caliente, y quién sabe cuántas veladas pasé en esa habitación…

Después había un cuarto de baño, también estilo antiguo, con una bañera enorme de metal y grifos curvados que parecían fuentecillas. El lavabo parecía una pila de agua bendita. Probé a abrir el agua y tras una serie de convulsiones salió algo amarillo que empezó a aclararse sólo dos minutos más tarde. La taza y la cisterna me recordaron unos Balnearios Reales de finales del XIX.

Más allá del baño, la última puerta introducía a una habitación con pocos mueblecitos de madera verde tierno decorada con mariposas, y una camita individual donde, contra la almohada, estaba sentada una muñeca en paño Lenci, tan cursi como puede serlo una muñeca de fieltro de los años treinta. Había sido, sin duda, el cuarto de mi hermana, como también delataban algunos vestiditos en un pequeño armario, pero parecía que la habían vaciado de cualquier otro objeto y cerrado para siempre. Sabía sólo a humedad.

Después del cuarto de Ada, el pasillo acababa con un armario al fondo: lo abrí, se percibía aún, fuerte, el olor de alcanfor, y había, en buen orden, sábanas bordadas, mantas y una colcha.

Volví hacia atrás por el pasillo hasta la antesala y enfilé el de la parte izquierda. Aquí, en las paredes, había estampas alemanas, con una composición muy precisa, *Zur Geschichte der Kostüme*, espléndidas mujeres de Borneo y guapas javanesas, mandarines chinos, eslavos de Sebenico con las pipas tan largas como los bigotes, pescadores napolitanos y bandoleros romanos con su trabuco, españoles de Segovia y Alicante, pero también trajes históricos, emperadores bizantinos, papas y caballeros de época feudal, templarios, damas del siglo XIV, mercaderes judíos, mosqueteros del rey, ulanos, granaderos napoleónicos. El grabador alemán había captado cada figura con el traje de las grandes ocasiones, de suerte que no sólo los poderosos se exhibían cargados de joyas, armados con pistolas en cuyas culatas lucían arabescos, armaduras de desfile, dalmáticas suntuosas, sino que también el africano más miserable y el plebeyo más desheredado se presentaban con fajas multicolores en la cintura, capas, sombrerajos llenos de plumas, turbantes variopintos. Quizá, antes que en muchos libros de aventuras, yo exploré la policromada pluralidad de las razas y pueblos de la tierra en esos grabados, enmarcados sin dejar margen alguno, muchos de ellos desvaídos por años y años de luz solar que habían convertido aquellas imágenes, a mis ojos, en epifanías de lo exótico. «Razas y pueblos de la tierra», me repetí en voz alta, y pensé en una vulva pelosa. ¿Por qué?

La primera puerta daba a un comedor, que al fondo comunicaba también con la antesala. Dos aparadores estilo siglo XV de imitación, con las puertas de cristales multicolores, en círculo y en rombo, algunas jamugas que parecían sacadas del *Trovador* y una lámpara de hierro forjado, amenazadora, encima de la gran mesa. Me dije «capón y pasta real», pero no sabía por qué. Más tarde le pregunté a Amalia por qué debía haber, en la mesa del comedor, capón y pasta real, y qué era la pasta real. Me explicó que, en Navidades de cada año que Nuestro Señor mandaba a la tierra, la comida de Navidad contemplaba el capón con su buena *mostarda* de frutas dulce y picante y, antes, la pasta real, que eran como unas albondiguillas de pasta amarilla que se cocían en el caldo del capón y luego se deshacían en la boca.

—Sabe Dios lo buena que era la pasta real, un crimen que hayan dejado de hacerla, quizá porque echaron al rey, una criatura del Señor también él, ¡ya me gustaría a mí ir a corrérselas al Duce!

—Amalia, ya no hay Duce, lo saben incluso los que han perdido la memoria…

—Yo no me entiendo de política, pero sé que lo echaron una vez y luego volvió. Ande, no se haga de nuevas, que ése está por ahí esperando y un día, nunca se sabe… De todas formas, su señor abuelo, que Dios lo tenga en Su gloria, no toleraba que no hubiera capón y pasta real, que si no, no era Navidad.

Capón y pasta real. ¿Serían la forma de la mesa, la lámpara que debía de haber iluminado aquellos platos a finales de diciembre las que me los trajeron a la memoria? No había recordado el gusto de la pasta real, sólo su nombre. Como en ese pasatiempo donde mesa debe vincularse con silla o con comedor o con sopa. A mí hacía que me viniera a la mente la pasta real, siempre por asociación entre palabras.

Abrí la puerta de otra pieza. Era un cuarto de matrimonio, y tuve un momento de vacilación al entrar, como si fuera un lugar prohibido. Los perfiles de los muebles me parecían inmensos en la penumbra y la cama, todavía de las de dosel, parecía un altar. ¿Sería el cuarto del abuelo, donde no podía entrar? ¿Murió allí, consumido por el dolor? ¿Y yo estaba con él, para darle el último adiós?

También el cuarto siguiente era un dormitorio, pero con un mobiliario de época indefinible, una suerte de chinesco, sin esquinas y todo curvas, como curvadas eran también las puertas laterales del gran armario con luna y la cómoda. Allí se me hizo un nudo en el píloro, como cuando en el hospital había visto la foto de mis padres el día de su boda. La misteriosa llama. Cuando intenté describirle el fenómeno al doctor Gratarolo, me había preguntado si era como una extrasístole. Puede ser, pero se acompaña de una tibieza que sube a la garganta; pues entonces, no —había dicho Gratarolo—, las extrasístoles no son así.

Es que había divisado un libro, pequeño, encuadernado en marrón, sobre el mármol de la mesilla de la derecha y fui derecho a abrirlo diciéndome «riva la filotea». *Riva la filotea.* Tuve la sensación de que ese misterio me había acompañado durante años, en una suerte de sincretismo lingüístico, o de léxico familiar, donde se mezclaban italiano y dialecto (¿lo hablaba pues?), y a la pregunta en piamontés *La riva? Sa ca l'è c'la riva?*, yo respondía «Llega la filotea, la filotea», pensando en el italiano *filobus*, un trolebús, y bien podía ser un tranvía en medio de la noche o un funicular misterioso.

Abrí el libro, con la sensación de cometer un sacrilegio, y era *La Filotea*, del sacerdote milanés Giovanni Riva, 1888, una antología de oraciones, meditaciones pías, con lista de las fiestas de guardar y calendario de santos. El libro estaba casi desencuadernado y las hojas se rompían bajo los dedos con sólo tocarlas. Lo recompuse religiosamente (al fin y al cabo, mi oficio sigue siendo tratar con cuidado los libros antiguos), pero vi que en el lomo había un tejuelo rojo, con letras de oro ya deslavadas, «Riva La Filotea». Debía de ser el libro de oraciones de alguien, que yo nunca había osado abrir pero que, con esa leyenda ambigua, sin distinción entre autor y título, me anunciaba la inminente llegada de alguna inquietante diligencia unida por un trole a un cable eléctrico.

Luego me di la vuelta y vi que en los lados abombados de la cómoda se abrían dos puertecitas: me abalancé a abrir la de la derecha con cierta trepidación, mirando alrededor como si temiera que me espiaran. Dentro había tres baldas, también ellas de contorno curvo, pero vacías. Me sentía turbado como si hubiera cometido un robo. Quizá se tratara de un robo antiguo: yo iba a curiosear en aquellos anaqueles porque tal vez contenían algo que no habría debido tocar, o ver, y lo hacía a escondidas. A esas alturas ya estaba seguro. Ése era el cuarto de mis padres, la *Filotea* era el libro de oraciones de mi madre, en esos anaqueles de la cómoda yo iba a fisgar algo íntimo, qué sé yo, vieja correspondencia, o un monedero, o sobres con fotos que no podían figurar en el álbum de familia...

Pero si aquél era el dormitorio de mis padres, puesto que Paola me había dicho que yo había nacido allí, en el campo, se trataba de la habitación donde yo había venido al mundo. Que uno no recuerde la habitación en la que vino al mundo es natural, pero el cuarto que durante años te habían enseñado diciéndote que ahí naciste tú, en esa cama enorme, donde ciertas noches pretendías dormir entre mamá y papá, donde quién sabe cuántas veces, cuando ya no tomabas el pecho, quisiste oler una vez más el perfume del seno que te había amamantado, esa habitación por lo menos debería haber dejado una huella en mis malditos lóbulos. No, también en este caso mi cuerpo había conservado sólo la memoria de algunos gestos repetidos una y otra vez, y nada más. Como decir que, si quisiera, podría repetir instintivamente el movimiento de succión de la boca que se aferra a un pezón, pero luego todo acabaría ahí, sin saber de quién era el seno ni cómo era el sabor de la leche.

¿Vale la pena haber nacido, si después no te acuerdas? Y, técnicamente hablando, ¿había nacido? Lo decían los demás, como siempre. Por lo que yo sabía, yo nací a finales de abril, a mis sesenta años, en la habitación de un hospital.

El señor Pipino, nacido viejo y muerto niño. ¿Qué historia era? A ver, el señor Pipino nace en un repollo a sus sesenta años, con una buena barba blanca, empieza una serie de aventuras, rejuveneciendo cada día un poco, hasta que se vuelve un jovencito, luego un niño de pecho, y se apaga mientras emite su primer (o último) vagido. Debía de haber leído esa historia en algún libro de mi infancia. No, imposible, la habría olvidado como lo demás; la habría visto citada tal vez a los cuarenta años en una historia de la literatura infantil: ¿acaso no lo sabía todo sobre la infancia de Vittorio Alfieri y nada sobre la mía?

En cualquier caso, debía lanzarme a la conquista de mi identidad allí, en la sombra de esos pasillos, para al menos poder morir en pañales viendo por fin el rostro de mi madre. Oh, Dios, ¿y si me moría viendo la cara de una de esas comadronas tipo cachalote, con barbas de ballena o de directora de colegio? García la Orca.

Al final de aquel pasillo, tras un arcón colocado bajo la última ventana, había dos puertas, una en el fondo y la otra a la izquierda. Abrí la del fondo y entré en un amplio despacho, acuoso y severo. Una mesa de caoba, dominada por una lámpara verde, de las de biblioteca nacional, estaba iluminada por dos ventanales con los cristales coloreados, que daban a la parte de atrás del ala izquierda, la parte quizá más silenciosa y reservada de la casa, y ofrecían un paisaje soberbio. Entre las dos ventanas, la fotografía de un señor anciano, con bigotes blancos, detenido en su pose para un Nadar de campo. Imposible que el retrato estuviera ya cuando el abuelo vivía, una persona normal no se pone su foto justo delante de los ojos. No podían haberla puesto mis padres si el abuelo murió después que ellos, y precisamente por el dolor de su ausencia. Quizá los tíos, al liquidar la casa de la ciudad y los campos en torno a ésta, reorganizaron aquella habitación como un cenotafio. Y, en efecto, nada revelaba que hubiera sido un lugar de trabajo, un sitio habitado. La sobriedad era mortuoria.

En las paredes había otra serie de Images d'Epinal, con muchos soldaditos con uniformes azules y rojos, que ya se habían vuelto celestes y rosa, *Infanterie, Cuirassiers, Dragons, Zouaves*.

Me llamó la atención la librería, también de caoba: corría a lo largo de tres paredes pero estaba prácticamente vacía. En cada repisa había dispuestos sólo dos o tres libros, como decoración, como hacen precisamente los malos arquitectos que le agencian a su cliente un pedigrí de cultura falsa, dejando sitio para jarrones de Lalique, fetiches africanos, bandejas de plata, botellas de cristal. Pero allí no estaban ni siquiera estas piezas de bisutería cara: sólo viejos atlas, una serie de revistas francesas en papel satinado, un diccionario de 1905, el *Nuovissimo Melzi*, vocabularios de francés, inglés, alemán, español. Era imposible que un abuelo librero y coleccionista viviera ante una librería vacía. En efecto, en un estante, en un marco de plata, se veía una foto, tomada evidentemente desde un rincón del cuarto mientras el sol entraba por las ventanas e iluminaba el escritorio: el abuelo estaba sentado con aire un poco sorprendido, en mangas de camisa (pero con el chaleco), y casi se metía entre dos pilas de cartapacios que ocupaban la mesa. Detrás de él, los estantes estaban abarrotados de libros; entre ellos se elevaban pilas de periódicos, amontonados en desorden. En el rincón, en el suelo, se divisaban otros montones, quizá revistas, y cajas llenas de todo tipo de papelotes que parecían abandonados ahí precisamente para no tirarlos. Así es, así debía de ser el despacho del abuelo cuando era un lugar habitado, el almacén de un salvador de toda clase de material tipográfico que otros tirarían a la basura, la bodega de un navío fantasma que transportaba documentos olvidados entre uno y otro mar, un lugar donde perderse, puestos a rebuscar en cada uno de esos cartapacios. ¿Dónde habían ido a parar todas esas maravillas? Evidentemente, vándalos respetuosos habían hecho desaparecer todo lo que podía generar desorden, todo fuera. ¿Vendido todo a un miserable chamarilero?, ¿tirado a la basura? ¿Acaso fue tras esa catártica depuración cuando no quise volver a ver esos cuartos, cuando intenté olvidar Solara? Aun así, en esa habitación, año tras año, debí de pasar horas y horas con el abuelo para descubrir con él quién sabe qué portentos. ¿También el último asidero a mi pasado me había sido sustraído?

Salí del despacho y entré en el cuarto de la izquierda, mucho más pequeño y menos austero: muebles más claros, hechos quizá por un carpintero local, sin pretensiones, apropiados para un chico. Una camita en un rincón, muchos estantes, prácticamente vacíos, excepto una fila de hermosas encuadernaciones rojas. En una mesita de estudiante, bien ordenada con su carpeta de piel negra en el centro y otra lámpara verde, había una copia gastada del Campanini Carboni, el diccionario de latín. En una pared, sujeta con dos chinchetas, una imagen que me provocó otra misteriosísima llama. Era la portada de una partitura, o el anuncio de un disco, *Vorrei volare*, pero sabía que remitía a una película. Reconocía a George Formby, con su sonrisa caballuna, sabía que cantaba acompañándose con su ukelele, y me lo volvía a ver entrando con una moto fuera de control en un pajar, saliendo por el otro lado entre un revuelo de gallinas, mientras al coronel que iba en el sidecar le caía un huevo en la mano, un huevito lindo para ti, y luego veía a Formby precipitarse dando vueltas como un trompo con un avión de otros tiempos en el que se había metido por equivocación, y luego empinarse, alzarse y caer otra vez en picado, oh, qué risa, para morirse de risa, «lo vi tres veces, lo vi tres veces» casi gritaba. «El cinema más de risa que he visto en mi vida», repetí, y dije *cinema*, como evidentemente decíamos en aquellos tiempos, por lo menos en el campo.

Había sido sin duda mi habitación, cama y lugar de estudio, pero, salvo esas pocas cosas, lo demás estaba huero, como si fuera el cuarto del gran poeta en la casa donde nació, una oferta a la entrada, y puesta en escena para poder sentir el perfume de una inevitable eternidad. Aquí se compusieron el *Canto de agosto*, la *Oda por las Termópilas*, *La elegía del barquero moribundo*... ¿Y él, el Ínclito? Él ya nos dejó, consumido por la tisis a la edad de veintitrés años, precisamente en esa cama, y mire el piano, aún abierto como Él lo dejó, el último día que pasó en esta tierra, ¿lo ve? En el *la* central todavía está la huella de la mancha de sangre que le resbaló de los labios pálidos mientras tocaba el *Preludio de la gota*. Esta habitación sólo recuerda la brevedad de su paso terrenal, consagrado a sus sudadísimos papeles. Pero, ¿y los papeles? Los papeles están encerrados en la Biblioteca del Colegio Romano y pueden verse sólo con el permiso del Abuelo. ¿Y el Abuelo? Está muerto.

Furibundo, volví al pasillo y me asomé a la ventana que daba al patio llamando a Amalià. ¿Será posible, le pregunté, que en esas habitaciones ya no haya ni libros ni nada de nada, que en mi cuarto no encuentre mis juguetes?

—Pero, señorito Yambo, si usted seguía usando ese cuarto cuando era un bachiller, que ya tendría arriba de quince años. ¿Y quería seguir andándose con juguetes a esa edad? ¿Pero cómo es que se le ocurre buscarlos ahora que tiene más de cincuenta?

—Vale, vale. Pero, ¿y el despacho del abuelo? Debía de estar lleno de cosas. ¿Dónde han ido a parar?

—Al desván, todo al desván. ¿Se acuerda del desván? Parece un cementerio, a mí me entra la melancolía al llegarme allá arriba, voy sólo para poner aquí y allá los platillos con la leche. ¿Que por qué? Pues porque así a los gatos les da por subirse hasta allá y ya arriba se divierten cazando ratones. Fue una idea de su señor abuelo: en el desván hay mucho papel y hay que mantener alejados a los ratones, que ya sabe usted, en el campo, por mucho que se haga… A medida que usted iba creciendo, lo de antes acababa en el desván, como las muñecas de su hermana. Después, cuando sus señores tíos metieron las manos aquí dentro, bueno, no es por criticar, es que por lo menos podían haber dejado lo que había donde estaba. Pues no, como si hicieran las faenas para las fiestas. Todo fuera, todo al desván. Es natural que ese piso donde está usted ahora se haya convertido en un velorio, así que cuando volvió con la señora Paola nadie se hacía a vivir ahí, y por eso se fueron a la otra ala, más pobre, pero más fácil de llevar, y la señora Paola la arregló como Dios manda, que los niños pueden andar sueltos sin sentirse como perros en una iglesia…

Si esperaba encontrar la cueva de Alí Babá en el ala grande, con todas sus ánforas llenas de monedas de oro, diamantes gruesos como una avellana y las alfombras voladoras listas para el despegue, nos habíamos equivocado completamente, Paola y yo. Los aposentos del tesoro estaban vacíos. ¿Acaso había de ir arriba, al desván, y bajar aquí todo lo que pudiera descubrir, para devolverlo a su estado originario? Ya, pero debería recordar cómo era su estado originario y, en cambio, tenía que hacer todo ese tejemaneje precisamente para recordarlo.

Volví al despacho del abuelo y me di cuenta de que en una mesita rinconera había un tocadiscos. No un viejo gramófono, sino un tocadiscos con altavoz incorporado. Por el diseño, debía de ser

de los años cincuenta, sólo para setenta y ocho revoluciones. ¿Así es que el abuelo escuchaba discos? ¿Los coleccionaba, como todo lo demás? ¿Y dónde estaban? ¿En el desván también ellos?

Empecé a hojear las revistas francesas. Eran revistas de lujo, de gusto floral, con páginas que parecían miniaturas, con los bordes historiados e ilustraciones en color de estilo prerrafaelista, pálidas damas en coloquio con los caballeros del Santo Grial. Y luego, relatos y artículos, también ellos entre marcos trazados por volutas de lirios, y páginas de moda, algunas de estilo art déco, con señoras filiformes, cabellos a lo *garçon* y vestidos de chiffon o de seda bordada, con la cintura baja, cuellos desnudos y amplios escotes en la espalda, labios sangrantes como una herida, largas boquillas para extraer perezosas volutas de humo azulado, sombreritos con veleta. Estos artistas menores sabían dibujar el olor a polvos de tocador.

Las revistas alternaban la vuelta nostálgica a un Liberty recién vivido y la exploración de lo que estaba de moda, y quizá la alusión a bellezas ligeramente obsoletas confería un velo de nobleza a las propuestas de la Eva futura. Pero en una Eva que, evidentemente, se había pasado de moda hacía muy poco me detuve con una palpitación en el corazón. No era la misteriosa llama, era taquicardia en toda regla, sobresalto de nostalgia del presente.

Se trataba de un perfil femenino, con largos cabellos de oro, una velada fragancia de ángel caído. Me recité mentalmente:

> *Y larguísimos lirios de una sacra palidez*
> *morían entre tus manos como cirios apagados.*
> *Espirabas de tus dedos perfumes que languidecían*
> *en el aliento agotado del supremo dolor.*
> *De tus claros ropajes poco a poco exhalaban*
> *el amor y la agonía.*

Por Dios, ese perfil debía de haberlo visto yo de niño, de muchacho, de adolescente, quizá aún en el umbral de la edad adulta, y se me había quedado grabado en el corazón. Era el perfil de Sibilla. Así pues, conocía a Sibilla desde un tiempo inmemorable; en la librería, hace un mes, yo simplemente la había reconocido. Pero el reconocimiento, en lugar de gratificarme y moverme a ternuras renovadas, me encogía ahora el ánimo. Porque en ese momento me daba cuenta de que, al ver a Sibilla, yo simplemente había vuelto a dar vida a un camafeo de mi infancia. A lo mejor fue lo que hice cuando la encontré por primera vez: pensé en ella enseguida como objeto de amor porque objeto de amor había sido esa imagen. Luego, cuando volví a encontrarla tras el despertar, nos atribuí a nosotros dos una historia que era sólo la que anhelaba cuando llevaba pantalones cortos. ¿Entre Sibilla y yo no había habido nada más que ese perfil?

¿Y si no hubiera habido nada más que ese rostro entre todas las mujeres que he conocido y yo? ¿Si no hubiera hecho nada más que perseguir esa cara que vi en el despacho del abuelo? De repente, la búsqueda que me disponía a llevar a cabo en esas habitaciones adquiría otro valor. No era sólo el intento de recordar lo que había sido antes de dejar Solara, sino también entender qué había hecho después de Solara. Pero ¿de verdad era así? No exageremos, me decía, en el fondo, acabas de ver una imagen que te ha evocado una mujer que encontraste apenas ayer. Quizá esta figura te recuerda a Sibilla sólo porque es esbelta y rubia, y a otro le recordaría, qué sé yo, a Greta Garbo o a la chica de la puerta de al lado. Eres tú el que sigues estando soliviantado, y, como el salido del chiste (me lo había contado Gianni cuando le hablaba de los tests del hospital), ves siempre eso en todas las manchas de tinta que te enseña el doctor.

Pero, venga, estás aquí para volver a encontrar a tu abuelo, ¿y te pones a pensar en Sibilla?

Fuera las revistas, ya las miraría después. Me atrajo inmediatamente el *Nuovissimo Melzi* de 1905, con 4.260 grabados, 78 tablas sinópticas ilustradas, 1.050 retratos, 12 cromolitografías, Antonio Vallardi, Milán. En cuanto lo abrí, nada más ver esas páginas amarilleadas con sus caracteres de cuerpo ocho y sus pequeñas figuras al principio de las entradas más importantes, busqué lo que sabía que había de encontrar. Las torturas, las torturas. En efecto, ahí estaba la página con los distintos tipos de suplicios, la hervencia, la crucifixión, el aguijón, con la víctima que primero se izaba y luego se dejaba caer con los glúteos sobre un cojín de puntas de hierro afiladas; el brasero, con el achicharramiento de la planta de los pies; la parrilla, el enterramiento, la pira, la hoguera, la rueda, el desuello, el espetón; el trucidamiento, atroz parodia de un espectáculo de prestidigitación, con el condenado metido en una caja y los dos verdugos con una gran sierra de mano, sólo que aquí al final al individuo lo cortaban en dos de verdad; el desmembramiento, casi como el anterior, excepto que aquí un serrucho accionado mediante una palanca presumiblemente debía dividir al infeliz en sentido longitudinal; luego el arrastre, con el culpable atado a la cola de un caballo; la empulguera en los pies y, el más impresionante de todos, el palo —por aquel entonces no debía de saber nada de los bosques de empalados ardiendo a cuya luz cenaba el voivoda Drácula—, y más y más aún, treinta tipos de tortura, a cada cual más feroz.

Las torturas… Cerrando los ojos, nada más ver esa página, podía citarlas una a una, y el blando horror, la tranquila exaltación que estaba experimentando eran los míos de ahora, no los de otro que no conocía ya.

Cuánto debo de haberme demorado en esa página. Y cuánto en las otras, algunas en color (llegaba a ellas sin encomendarme ni siquiera al orden alfabético, como si siguiera la memoria de mis yemas): las setas, carnosas, con las más bellas de todas, las venenosas, la falsa oronja, con el sombrerillo rojo moteado de blanco, la amanita sanguínea de un amarillo pestilente, la lepiota naucina, el hongo de Satanás, la rúsula como un labio carnoso abierto en

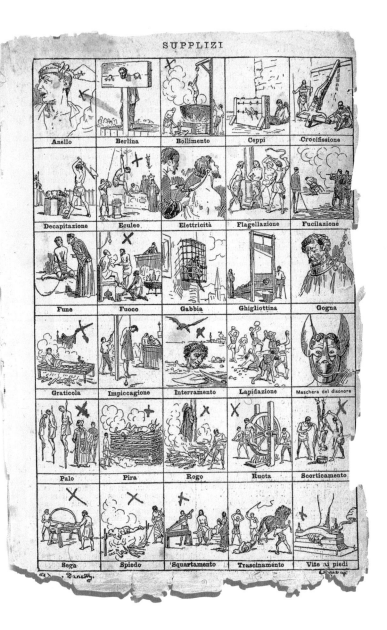

un rictus; y luego, los fósiles, el megaterio, el mastodonte y el dinornis; los instrumentos músicos antiguos (el ramsinga, el olifán, la buccina romana, el laúd, el rabel, el arpa eolia y el arpa de Salomón); las banderas de todo el mundo (con países que se llamaban China y Cochinchina, Malabar, Kong, Tabora, Marath, Nueva Granada, Sáhara, Samos, Sandwich, Valaquia, Moldavia); los vehículos, con el ómnibus, el faetón, el sociable de capota, el landó, el cabriolé, el *cab*, el *sulky*, la diligencia, el carro de guerra etrusco, la biga, la torre elefantina, el lombardísimo *carroccio*, la berlina, el palanquín, la litera, el trineo, el carricoche, el birloche; los veleros (¡y yo que creía haber absorbido de quién sabe qué relatos de aventuras marinas términos como bergantín y mesana, sobremesana, castillo de proa, gavia, maestro, trinquete, perroquete, papafigo, trinquetilla, foque y petifoque, botavara, pico de cangreja, bauprés, cofa, amurada, ¡orza la mayor contramaestre del diablo, cuerpo de mil bombardas, truenos de Hamburgo, suelta el papafigo, todos a la banda de babor, hermanos de la Costa!); y seguía, las armas antiguas, el majador, el fustablo, el espadón del justiciero, la cimitarra, el puñal de tres hojas, la daga, la alabarda, el arcabuz de doble rueda, la bombarda, el ariete, la catapulta; y la gramática de la heráldica, campo, faja, palo, banda, barra, partido, cortado, partido en banda, cuartelado, angrelado... Ésta debe de haber sido la primera enciclopedia de mi vida y debo de haberla hojeado largo y tendido. Los bordes de las páginas estaban gastados, muchas entradas estaban subrayadas, a veces aparecían al lado rápidas anotaciones en una caligrafía infantil, más que nada para transcribir términos difíciles. Este volumen se había usado hasta la saciedad, leído y releído y sobado, y muchas hojas se estaban soltando ya.

¿Aquí se formó mi primer saber? Espero que no, me dije sardónico tras empezar a leer algunas voces, y precisamente las más subrayadas:

Platón. *Íncl. filós. gr., el mayor de los filós. de la Antigüedad. Fue discípulo de Sócrates, cuya doctrina expuso en los* Diálogos. *Reunió una buena colección de utensilios ant. (429-347 antes de J.C.)*

Baudelaire. *Poeta paris., extravagante y artificial en el arte.*

Evidentemente, uno se puede liberar también de una mala educación. Luego crecí en edad y sabiduría, y en la universidad leí casi todo Platón. Nadie me confirmó nunca que hubiera reunido una buena colección de utensilios antiguos. Pero ¿y si fuera verdad? ¿Y si para él eso era lo más importante, y lo demás era para ganarse el pan y permitirse ese lujo? En el fondo, esas torturas existieron, no creo que los libros de historia que circulan en las escuelas las enseñen, y hacen mal; debemos saber de qué pasta estamos hechos, nosotros, estirpe de Caín. ¿He crecido, pues, pensando que el hombre era irremisiblemente malvado y la vida un relato lleno de gritos y furor? ¿Por eso decía Paola que me encogía de hombros cuando morían un millón de niños en África? ¿Fue el *Nuovissimo Melzi* el que me inculcó la duda sobre la naturaleza humana? Seguía hojeándolo:

Schumann (Rob.). *Cel. comp. al. autor de* El Paraíso *y la* Peri, *muchas* Sinfonías, Cantatas, *etc. 1810-1856 — (Clara). Distinguida pianista, viuda del ant. 1819-1896.*

¿Por qué «viuda»? ¿En 1905 no habían muerto ambos hacía tiempo?, ¿se dice acaso que Calpurnia era la viuda de Julio César? No, era su mujer, aunque le sobreviviera. ¿Por qué viuda sólo Clara? Santo Dios, el *Nuovissimo Melzi* era sensible también a los chismes, y fue tras la muerte del marido, puede que incluso antes, cuando Clara tuvo una relación con Brahms. Léanse las fechas (el Melzi, como el oráculo de Delfos, no dice y no esconde, sino que alude), Robert muere cuando ella tiene sólo treinta y siete años, destinada a vivir otros cuarenta. ¿Qué tenía que hacer a esa edad una bella y distinguida pianista? Clara pertenece a la historia como viuda, y el Melzi lo recogía. ¿Cómo llegué yo a saber, después, la historia de Clara? Quizá porque el Melzi me había instigado una curiosidad a propósito de ese «viuda». ¿Cuántas palabras sé porque las aprendí en este diccionario?, ¿por qué sigo sabiendo ahora, con adamantina seguridad, y a despecho de mi tormenta cerebral, que la capital de Madagascar es Tananarive? Allí encontré términos con el sabor de una fórmula mágica, avenenfeza, badomía, berbecí, cacaraña, cerasta, crisopeya, dogmática, galipodio, grandevo, inánime, lodiento, mampostor, pulicán, postemero, solejar, sépalo, versuto, Adrasto, Alóbroge, Riu-kiu, Kafiristán, Dongola, Sardanápalo, Filopátor...

Hojeé los atlas: algunos eran viejísimos, de antes aún de la guerra de 1914-1918, y en África, de un color gris azulado, todavía estaban las colonias alemanas. En mi vida debía de haber frecuentado muchos atlas, ¿acaso no acababa de vender un Ortelius? Pero ahí, algunos nombres exóticos adquirían un aire familiar, como si hubiera de partir de esos mapas para recuperar otros. ¿Qué unía mi infancia a la Deutsch-Ostafrika, a las Nederlandsch-Indien y sobre todo a Zanzíbar? Fuera como fuese, lo que era indudable es que allí, en Solara, cada palabra evocaba otra. ¿Me remontaría por esa cadena hasta la palabra final? ¿Cuál? ¿«Yo»?

Volví a mi cuarto. Una cosa me pareció saberla sin vacilaciones. En el Campanini Carboni no está la palabra *mierda*. ¿Cómo se dice en latín? ¿Qué exclamaba Nerón cuando, al colgar un cuadro, se machacaba el dedo con el martillo? *¿Qualis artifex pereo?* En mi adolescencia, ésos debían de ser problemas serios, y la cultura oficial no daba respuestas. Entonces recurríamos a los diccionarios no escolares, pienso. Y, en efecto, el Melzi registra mierda, merdellón, merdoso, merdúseo, mierdica, incluso palabras desterradas para siempre como *merdocco*, «afeite para quitar los pelos, usado sobre todo por los judíos»; y me veo preguntándome cuántos pelos tenían, pues, los judíos. Tuve como una iluminación y oí una voz: «El diccionario de mi casa dice que una *pitana* es una mujer que hace sus ganancias a cuerpo». Alguien, un compañero de colegio, había ido a buscar en otro diccionario lo que ni siquiera figuraba en el Melzi; tenía en los oídos la voz prohibida en forma semidialectal (la palabra debía de ser *pütan'na*), y debió de intrigarme durante mucho tiempo ese «hace sus ganancias a cuerpo». ¿Qué había de tan prohibido en obtener ganancias sin llevar abrigo? Está claro, la puta del prudente diccionario hacía ganancia *de su* cuerpo, pero mi informador había traducido mentalmente de la única manera posible en que para él eso resultaba una alusión maligna, de las que oía en casa: «Será descocada. Si todos hiciéramos ganancias a cuerpo...».

¿Reviví algo?, ¿el lugar?, ¿el chico? No, era como si afloraran frases, secuencias de palabras, escritas en un relato leído una vez. *Flatus vocis.*

Los libros encuadernados no podían ser míos. Seguramente había hecho que el abuelo me los regalara, o los tíos los habían llevado allá desde el despacho del abuelo, por razones escenográficas. La mayor parte eran *cartonnés* de la Collection Hetzel, todas las obras de Verne, encuadernación en rojo con orlas doradas, tapas variopintas con decoraciones en oro... Quizá aprendí mi francés en esos libros, y también en este caso iba a tiro hecho a las imágenes más memorables, el capitán Nemo que desde el gran ojo de buey del *Nautilus* ve el pulpo gigantesco, el bajel aéreo de Robur el Conquistador, erizado de pértigas tecnológicas, el globo que cae en la Isla Misteriosa (*¿Ascendemos? —Al contrario, descendemos. —Peor que eso, míster Cyrus. ¡Caemos!*), el enorme proyectil que apunta hacia la luna, las grutas del centro de la tierra, Keraban el obstinado y Miguel Strogoff... Quién sabe cuánto me inquietarían esas figuras que emergían siempre de un fondo oscuro, delineadas por finos trazos negros alternados con heridas blanquecinas, un universo que carecía de zonas cromáticas homogéneas, una visión hecha de arañazos, estrías, reflejos deslumbrantes por ausencia de trazo, un mundo visto por un animal con una retina muy personal, tal vez lo ven así los bueyes y los perros, o las lagartijas. Un mundo espiado de noche a través de una persiana con tablillas finísimas. A través de estos grabados entraba en el mundo claroscurado de la ficción: alzaba los ojos del libro, me salía, me hería la plenitud del sol, y de nuevo abajo, como un submarinista que se sumerge en profundidades donde no se distinguen ya los colores. ¿Habrán conseguido sacar películas en color de Verne? ¿En qué se convierte Verne sin esos trazos de buril, esas abrasiones que generan luz sólo allá donde el instrumento del grabador ha excavado o dejado en relieve la superficie?

El abuelo había hecho encuadernar otros volúmenes de la misma época, pero salvando las viejas cubiertas ilustradas, *Los misterios de París*, *El conde de Montecristo*, *Los tres mosqueteros*, y otras obras maestras del romanticismo popular.

Vaya, *Les ravageurs de la mer* de Jacolliot en dos ediciones, la francesa y la italiana de Sonzogno, *Il capitano Satana*. Los mismos grabados, quién sabe en qué versión lo leería. Sabía que en determinado momento se desarrollaban dos escenas terribles: primero el malvado Nadod, de un hachazo, parte en dos la cabeza del buen Harald y luego mata a su hijo Olaus; después, al final, el justiciero Guttor agarra la cabeza de Nadod y se pone a apretarla poco a poco con sus poderosas manos, hasta que el cerebro del miserable salpica hasta el techo. En esa ilustración, los ojos de la víctima y los del verdugo se salen casi de las órbitas.

La mayor parte de las historias se desarrollan en mares helados cubiertos por una bruma boreal. Son cielos de madreperla, que los grabados devuelven como neblinosos en contraste con la blancura de los hielos. Una cortina de vapores grises, un matiz lechoso aún más intenso… Un polvo blanco, muy fino, parecido a ceniza, que vuelve a caer sobre la canoa… De las profundidades del océano surge un resplandor luminoso, una luz irreal… Una lluvia abrumadora de ceniza blanca, con grietas momentáneas detrás de las cuales se adivina un caos de flotantes y confusas imágenes… Y una figura humana amortajada, de proporciones mucho más amplias que las de ningún habitante de la tierra, y el tono de su piel con la blancura perfecta de la nieve... No, qué me digo, éstas son memorias de otra historia. Enhorabuena, Yambo, tienes una buena memoria a corto plazo. ¿No eran las primeras imágenes, o las primeras palabras que recordaste en el momento del despertar en el hospital? Debe de ser Poe. Pero, si esas páginas de Poe se han grabado tan profundamente en tu memoria pública, ¿no será que de pequeño viste en privado los mares pálidos de los *ravageurs*?

Me quedé leyendo (¿releyendo?) el libro hasta entrada la tarde, me di cuenta de que había empezado de pie y luego me había acurrucado con la espalda contra la pared, el libro en las rodillas, desmemoriado del tiempo, hasta que vino a sacarme del trance Amalia, gritando:

—¡Si es que le sentará mal a los ojos, ya se lo decía siempre su pobre madre! Cristo bendito, en lugar de salir al aire, que hoy ha hecho una tarde tan hermosa que por sí misma basta. Y ni siquiera me ha venido a comer a mediodía. Vamos, fuera, ¡que ya es hora de cenar!

Así pues, había repetido un rito antiguo. Estaba agotado. Me tragué la cena como un chico que tiene que alimentarse y crecer, luego me metí enseguida en la cama. Normalmente, decía Paola, siempre leía un buen rato antes de dormirme, pero aquella noche nada de libros, como si me lo hubiera mandado mamá.

Me dormí inmediatamente y soñé con tierras y mares del Sur formados por franjas de crema dispuestas en largas andanas en un plato de mermelada de moras.

7

OCHO DÍAS EN UN DESVÁN

¿Qué he hecho en los últimos ocho días? He leído, en gran parte en el desván, pero el recuerdo de un día se entremezcla con el del otro. Sé sólo que he leído de forma desordenada y furiosa.

No he leído todo de cabo a rabo. Algunos libros, ciertos fascículos, los he ojeado como si estuviera sobrevolando un paisaje, y al trasvolarlos sabía que sabía lo que tenían escrito. Como si una sola palabra evocara otras mil, o floreciera en un resumen sustancioso, como esas flores japonesas que se ponen en agua para que se abran. Como si algo fuera a depositarse en mi memoria por su cuenta, para hacerle compañía a Edipo o Hans Castorp. A veces, el cortocircuito me lo activaba un dibujo, tres mil palabras por una imagen. Otras veces, leía lentamente, saboreando una frase, un pasaje, un capítulo, advirtiendo quizá las mismas emociones provocadas por la primera y olvidada lectura.

Inútil hablar de la gama de misteriosísimas llamas, ligeras taquicardias, repentinos rubores que muchas de aquellas lecturas suscitaban por un breve instante y se disolvían como habían llegado, para dejar lugar a nuevas oleadas de calor.

Durante ocho días, para aprovechar la luz, me levantaba pronto, subía al desván y me quedaba hasta el ocaso. A mediodía, Amalia, que la primera vez se había asustado al no encontrarme, me subía un plato con pan y salchichón, o queso, dos manzanas y una botella de vino («Señor, Señor, esta criatura se me va a ir en esas letras, y qué le digo yo a la señora Paola, hágalo por mí, sea bueno, déjelo usted ya, ¡que se me vuelve ciego!»). Luego se iba llorando, yo me trasegaba casi toda la botella y seguía con mi trasiego ocular de papeles en estado de embriaguez, y es obvio que no consiga relacionar ya los antes y los después. A veces bajaba con los brazos cargados de libros e iba a emboscarme a otro sitio, para no caer presa del desván.

Antes de subir, llamé a casa, para dar noticias. Paola quería saber de mis reacciones y fui cauto: «Tomo confianza con los lugares, el tiempo es espléndido, doy paseos al aire libre, Amalia es un tesoro». Me preguntó si ya había ido a la farmacia del pueblo a que me tomaran la tensión. Tenía que hacerlo cada dos o tres días. Con lo que me había pasado no tenía que andarme con bromas. Y, sobre todo, las pastillas, por la mañana y por la noche.

Con algún remordimiento, pero con una sólida coartada profesional, inmediatamente después llamé a la librería. Sibilla seguía ocupada en el catálogo. Recibiría las galeradas dentro de dos o tres semanas. Con muchas y paternales palabras de aprecio por lo presente y lo futuro, colgué.

Me pregunté si todavía seguía sintiendo algo por Sibilla. Es extraño, pero los primeros días en Solara ya habían proyectado todo en una perspectiva distinta. Ahora Sibilla empezaba a convertirse en algo como un lejano recuerdo de infancia, mientras lo que excavaba poco a poco entre las nieblas del pasado iba convirtiéndose en mi presente.

Amalia me explicó que se sube al desván por el ala izquierda. Me imaginaba una escalera de caracol, de madera, y en cambio se trataba de escalones de piedra cómodos y practicables; de otro modo, entendí más tarde, ¿cómo lograrían transportar arriba todo lo que habían amontonado allí?

Por lo que yo sabía, nunca había visto un desván. Ni siquiera una bodega, si he de ser franco, pero hay ideas extendidas sobre las bodegas, subterráneas, oscuras, húmedas, frescas en cualquier caso, donde hay que ir con una vela. O una antorcha. La novela gótica es rica en subterráneos donde sombrío vaga Ambrosio el Monje. Subterráneos naturales como las cuevas de Tom Sawyer. El misterio de la oscuridad. Todas las casas tienen un trastero, no todas tienen un desván, sobre todo en las ciudades, donde tienen un ático. Pero, ¿de verdad no existe una literatura sobre los desvanes? ¿Y qué es entonces *Ocho días en un desván*? El título me vino a la cabeza, pero sólo eso.

Aun sin recorrerlos todos de una vez, se comprende que los desvanes de la casa de Solara ocupan las tres alas: se entra en un espacio que va de la fachada a la parte trasera del edificio, pero luego se abren pasajes más estrechos y aparecen separadores, tablones colocados para dividir sectores, trazados definidos por librerías metálicas o viejas cómodas, desviaciones de un laberinto sin fin. Me aventuré por un pasillo a la izquierda, doblé una o dos veces y me hallé ante la puerta de entrada.

Sensaciones inmediatas. El calor, ante todo, como es natural en un desván. Luego la luz: procede en parte de una serie de buhardillas, que se aprecian mirando la fachada, pero en gran parte están obstruidas desde dentro por la cantidad de cachivaches encastillados debajo, de suerte que a veces el sol apenas consigue filtrarse y forma cuchillas amarillas donde se ven agitarse infinitos corpúsculos, que revelan cómo en la penumbra circunstante baila una multitud de mónadas, semillas, átomos primordiales enzarzados en escaramuzas brownianas, cuerpos primos que bullen en el vacío (¿quién hablaba de ello, Lucrecio?). Otras veces, esos aceros de luz juguetean al escardillo sobre los cristales de algún aparador descuajeringado, o sobre alguna luna que, desde otro ángulo visual, parece una superficie opaca apoyada contra el muro. Luego, de vez en cuando, unos lucernarios, empañados por décadas de detritos pluviales incrustados en el exterior, pero aún capaces de formar en el suelo una zona más clara.

Por último, el color dominante. El color del desván, fruto de las vigas, de las cajas amontonadas aquí y allá, de madera o de cartón, de los retazos de cajoneras medio desarticuladas, un color de carpintería, formado por un sinfín de matices de marrón, desde el amarillento de la madera sin barnizar hasta las ternuras del arce, las tonalidades más oscuras de las cómodas con sus barnices levantados, pasando por el marfil de los papeles que se desbordan de las cajas.

Si una bodega anuncia los infiernos, un desván promete un paraíso un poco fané, donde los cuerpos muertos se ofrecen en una pulverulenta claridad, un elíseo vegetal que, en su vacío de verde, hace que te sientas en un bosque tropical mustio, en un cañaveral artificial donde te sumerges en una sauna blanda.

Pensaba que las bodegas simbolizaban el abrigo del útero materno, con sus humores amnióticos, pero he ahí que ese útero aéreo lo suplía con su calor casi medicamentoso. Y en ese dédalo luminoso, que bastaba con apartar dos tejas para encontrarse a cielo abierto, recalaba un olor cómplice a cerrado, un olor a silencio y sosiego.

Por otra parte, al cabo de un poco ya ni sentía el calor, embargado como estaba por el frenesí de descubrirlo todo. Porque sin duda mi tesoro de Clarabella estaba ahí, salvo que debía excavar largo y tendido y no sabía por dónde empezar.

Tuve que desgarrar muchas telarañas: los gatos se ocupaban de los ratones, había dicho Amalia, pero Amalia nunca se había preocupado por las arañas. Si no lo habían invadido todo, era por selección natural, una generación moría y sus telas se deshacían, y seguían deshaciéndose estación tras estación.

Empecé a hurgar en unas repisas, corriendo el riesgo de que se me cayera encima todo el cajerío apilado. Porque el abuelo, evidentemente, coleccionaba también cajas, sobre todo si eran de metal y multicolores. Cajas de latón historiado, las galletas Wamar con sus querubines en un columpio, la cajita de las pastillas Arnaldi, o la del borde dorado y los motivos vegetales de la brillantina Coldinava, la bombonera de las plumillas Perry, el cofre suntuoso y brillante de los lápices Presbitero, seguían estando alineados e intonsos, como una sabia cartuchera, y por último, el bote del cacao Talmone «Due Vecchi», con la imagen de los dos ancianos que le daban el nombre: ella le ofrecía con ternura la digerible bebida a él, vejete sonriente, *ancien régime*, todavía vestido con *culottes*. Espontáneamente, se me ocurrió identificarlos con mis abuelos, sobre todo con esa abuela a quien apenas debí de conocer.

Me cayó entre las manos el bote, estilo *fin de siècle*, de los litines Brioschi. Unos caballeros prueban con delectación copas de agua de mesa ofrecidas por una graciosa camarera. Las primeras en recordar fueron mis manos. Se coge el primer sobrecito, con un polvo blanco y suave, se vierte despacio en el cuello de la botella llena de agua del grifo, y se agita un poco el recipiente, para que el polvo se deshaga bien bien y no se quede engrudado en el cuello; luego se coge un segundo sobrecito, donde el polvo es granuloso, con diminutos cristales, y se vierte también, pero rápidamente, porque al pronto el agua empieza a borbotear y hay que cerrar a toda prisa el tapón de porcelana, y esperar que el milagro químico se cumpla en ese caldo primordial, entre borbollones e intentos del líquido de salirse mediante burbujitas por los intersticios de la junta de goma. Al final, la tempestad se aplaca, y el agua con gas está lista para beber, agua de mesa, vino de los niños, agua mineral hecha en casa. Me dije: el *aguavichí*.

Pero, después de mis manos, algo más se activó, casi como aquel día ante el *Tesoro de Clarabella*. Buscaba otra caja, sin duda de época posterior, la que tantas veces abriera antes de que nos sentáramos a la mesa. El dibujo debía de ser un poco distinto: siempre los mismos caballeros, que saboreaban, siempre en largas copas de champán, el agua maravillosa, pero ahora, en la mesa, se divisaba nítidamente una caja igual igual a la que uno tenía en las manos; y en esa caja estaban representados los mismos caballeros bebiendo ante una mesa donde había otra caja de agua de mesa, también ella con caballeros bebiendo... Y así por los siglos de los siglos. Sabías que te habría bastado una lupa o un microscopio poderosísimo para ver otras cajas representadas en las cajas, *en abîme* (cajas chinas, matrioskas). El infinito, percibido por los ojos de un niño antes de saber de la paradoja de Zenón. La carrera para alcanzar una meta inalcanzable, ni la tortuga, ni Aquiles llegarán nunca a la última caja, a los últimos caballeros y a la última cama-rera. La metafísica del infinito y el cálculo infinitesimal los apren-demos de pequeños, sólo que todavía no sabemos lo que estamos intuyendo, y podría ser la imagen de una Regresión Sin Fin o, al contrario, la espantosa promesa del Eterno Retorno, y de la rota-ción de las épocas que se muerden la cola, porque, una vez llega-dos a la última caja, de existir una última caja, en el fondo de ese torbellino nos descubriríamos quizá a nosotros mismos con la caja del principio entre las manos. ¿Por qué decidí hacerme librero an-ticuario si no era para remontarme a un punto fijo, al día en que Gutenberg imprimió la primera Biblia en Maguncia? Por lo me-nos, sabes que antes no existía nada, o mejor dicho, existían otras cosas, y sabes que puedes pararte, porque, si no, no serías librero sino descifrador de manuscritos. Se elige un oficio que se concen-tra sólo en cinco siglos y medio porque de niños se fantaseaba con el infinito de las cajas del aguaviché.

Todo lo que estaba acumulado en el desván no podía caber en el despacho del abuelo, ni en otras partes de la casa; por lo tanto, también cuando el despacho estaba poblado por cartapacios, ha-bía ya muchas cosas allá arriba. Así pues, fue allá arriba donde en-sayé mis exploraciones infantiles, allá arriba estaba mi Pompeya donde iba a desenterrar restos remotos que se remontaban a antes de mi nacimiento. Allá arriba, tal y como estaba haciendo en ese momento, allá olisqueaba el pasado. Así pues, seguía celebrando una Repetición.

Junto a la caja de latón, había dos cajas de cartón, llenas de sobrecitos y cajetillas de cigarrillos. También ésas las recogía, el abuelo, y desde luego su esfuerzo le costaría írselas a requisar a los viajeros, quién sabe dónde y de dónde, porque en aquellos tiem-pos el coleccionismo de cosas mínimas no estaba organizado como hoy en día. Se trataba de marcas que jamás había oído, Mjin Ciga-rettes, Makedonia, Turkish Atika, Tiedemann's Birds Eye, Calyp-so, Cirene, Kef Orientalske Cigaretter, Aladdin, Armiro Jakobstad, Golden West Virginia, El Kalif Alexandria, Stanbul, Sasja Mild Russian Blend, cajetillas suntuosas, con imágenes de pachás y khedivés, y odaliscas orientales, como en los Cigarrillos Excelsior de la Abundancia, o marineros ingleses emperifolladísimos de blanco y azul, con la barba cuidada de un rey Jorge quizá quinto, y luego cajetillas que me parecía reconocer, como si las hubiera visto en manos de las señoras, las blanco marfil de las Eva, y las Serraglio, y por último, sobres de papel, sobajados y estrujados, de pitillos populares, como los Africa o los Milit, que nadie había pensado nunca en conservar, y a Dios gracias si alguien recogió uno de la basura, para futura memoria.

Me estuve por lo menos diez minutos ante el sapo aplanado y desfilachado de N.º 10 Sigarette Macedonia, lire 3, murmurando, «Duilio, los Macedonia te ponen todas las yemas amarillas...». De mi padre todavía no sabía nada, excepto que estaba seguro de que fumaba esos Macedonia, y a lo mejor precisamente *los* de ese paquete, y que mi madre se quejaba de sus yemas amarillas de nicotina, «amarillas como una gragea de quinina».

Adivinar la imagen paterna a través de una pálida tonalidad de tanino no era mucho, pero suficiente para justificar el viaje a Solara.

Reconocí también los prodigios de la caja de al lado, de la que me atraía el tufillo de perfumes baratos. Todavía se encuentran, pero carísimos, los vi hace pocas semanas en los puestos del Cordusio, son los almanaques de barbero, tan insoportablemente perfumados que aún conservaban reminiscencias, incluso a cincuenta años de distancia, o más, una sinfonía de *cocottes*, de damas en crinolina un poco desvestidas, de bellezas en columpio, de amantes perdidos, de bailarinas exóticas, de reinas de Egipto... Los Peinados Femeninos a Través de los Siglos, Las Damiselas de la Suerte, El Firmamento Italiano, con María Denis y Vittorio De Sica, Su Majestad la Mujer, Salomé, Almanaque Perfumado Estilo Imperio con Madame Sans-Gêne, Tout Paris, el Grand Savon

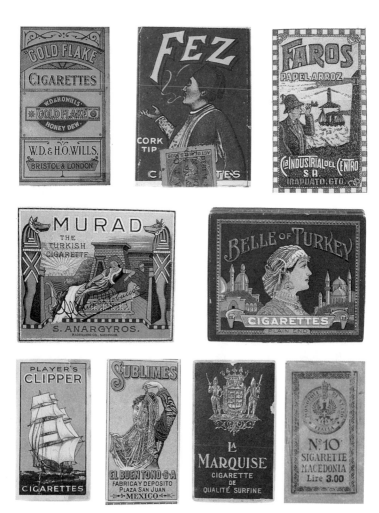

Quinquine, jabón universal de toilette, antiséptico, indispensable en los climas cálidos, eficaz contra el escorbuto, las fiebres palúdicas, el eczema seco [*sic*], con su monograma de Napoleón: Dios sabe por qué, pero en la primera imagen aparece el emperador recibiendo de un turco la noticia de la gran invención, y la aprueba. Y un calendario con el vate Gabriele D'Annunzio: los barberos no tenían pudor.

Olisqueaba con alguna reserva, como el intruso en un reino prohibido. Los almanaques de barbero podían encender morbosamente la fantasía de un niño, tal vez me los habían prohibido. Quizá en el desván entendería algo sobre la formación de mi conciencia sexual.

El sol hería ya en picado las buhardillas, y yo no estaba satisfecho. Había visto muchas cosas, pero ningún objeto que hubiera sido de verdad y únicamente mío. Di vueltas al azar y me atrajo una cajonera cerrada. La abrí, y estaba llena de juguetes.

Las semanas anteriores, había visto los juguetes de mis nietos, todos de plástico de colores, la mayor parte electrónicos. De una lancha motora que le regalé, Sandro me dijo inmediatamente que

no tirara la caja, porque en el fondo debía de estar la pila. Mis juguetes de antaño eran de madera y latón. Sables, pequeños fusiles con su tapón, un casquito colonial de la época de la conquista de Etiopía, todo un ejército de soldaditos de plomo, y otros más grandes hechos con un material friable, algunos ya sin cabeza, otros sin un brazo, o mejor dicho, sólo con un alambre que sobresalía allá donde había de adherirse esa especie de arcilla barnizada. Tuve que haber vivido con esos fusiles y esos héroes mutilados día a día, presa de furores bélicos. A la fuerza, en aquel entonces un niño debía ser educado en el culto de la guerra.

Debajo estaban las muñecas de mi hermana, a quien quizá se las había pasado mi madre, que a su vez las había heredado de mi abuela (debían de ser tiempos en los que los juguetes se heredaban): tez de porcelana, boquita de rosa y mejillas encendidas; el vestidito de organdí, los ojos aún se movían lánguidamente. Una, al agitarla, todavía dijo mamá.

Rebuscando entre un fusil y otro, encontré unos soldaditos curiosos, planos, de madera perfilada, con su quepis rojo, el jubón azul y los pantalones largos, rojos con una raya amarilla, montados sobre ruedecitas. Los rasgos no eran marciales, sino grotescos, con la nariz de patata. Pensé que uno de ellos era el Capitán de La Patata del regimiento de Soldaditos de Bengodi. Estaba seguro de que se llamaban así.

Por último saqué una rana de latón, si le aprietas la tripa emite todavía un crac crac apenas perceptible. Si no quiere los caramelos de leche de don Osimo, pensé, querrá ver la rana. ¿Qué tenía que ver don Osimo con la rana? ¿A quién quería enseñársela? Oscuridad total. Había que reflexionarlo, y me guardé la rana en el bolsillo.

Al hacer ese gesto, me salió espontáneo decir que Angelo Oso tenía que morir. ¿Quién era Angelo Oso? ¿Qué relación tenía con la rana de latón? Sentía vibrar algo, estaba seguro de que tanto la rana como Angelo Oso me unían a alguien, pero en la aridez de mi memoria puramente verbal no tenía asideros. Es decir, murmuré

LA SCALA D'ORO

I Miserabili

romanzo

riduzione di VICCARDO BALSAMO-CRIVELLI
illustrato da FILIBERTO MATELDI

SERIE VII
N. 8.
U.T.E.T.

EMILIO SALGARI

I COR-
SARI
DELLE
BER-
MUDE

ILLUSTRAZIONI DI
G. AMATO

CASA EDITRICE SONZOGNO · MILANO
della SOCIETÀ ANONIMA ALBERTO MATARELLI

VIAGGI STRAORDINARISSIMI
DI
SATURNINO FARANDOLA
NELLE 5 O 6 PARTI DEL MONDO
ed in tutti i paesi visitati e non visitati da GIULIO VERNE
PER
G. ROBIDA

Opera illustrata da 450 disegni colorati e non colorati.

CASA EDITRICE SONZOGNO MILANO

GIVLIO VERNE

I FIGLI
DEL CAPITANO
GRANT

ROMANZO

E. SUE

I Misteri
del Popolo

STORIA
DI UNA FAMIGLIA DI PROLETARI
ATTRAVERSO I SECOLI

Illustrazioni di E.T. MATELDI

Vol. V.

LA
STRANA MORTE
DEL

Ogni
pagina
un'emozione!

A·M

SIGNOR BENSON

S.S. VAN DINE

Il più bel libro per la gioventù!

SENZA FAMIGLIA

ROMANZO DI ETTORE MALOT

CASA EDITRICE SONZOGNO · MILANO

IL ROMANZO MENSILE
LIRE 2

IL BARONE
ALLE STRETTE

A. MORTON

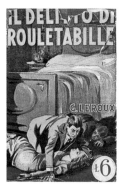

IL DELITTO DI
ROULETABILLE

G. LEROUX

£6

dos versos: «Va a empezar la cabalgata, / Capitán de La Patata». Luego, nada más: estaba de nuevo en el presente, en el silencio avellana del desván.

El segundo día subió a visitarme Matù. Se me encaramó a las rodillas mientras comía y se mereció unas cortezas de queso. Tras la botella de vino, ya de ordenanza, me moví al azar, hasta que vi dos grandes armarios tambaleantes que se mantenían erguidos frente a una buhardilla mediante unas rudimentarias cuñas de madera colocadas para sostenerlos más o menos verticales. Me costó bastante esfuerzo abrir el primero, siempre a punto de desplomárseme encima, y nada más abrirlo una lluvia de libros me cayó a los pies. No conseguía contener esa ruina, parecía que aquellos búhos, murciélagos, mochuelos aprisionados desde hacía siglos, aquellos genios en la botella, no esperaran sino a un imprudente que les diera una vengativa libertad.

Entre los que se me acumulaban a los pies y los que intentaba extraer a tiempo para que no se derrumbaran, era toda una biblioteca lo que descubría; qué digo, probablemente el stock de la antigua tienda del abuelo que los tíos habían liquidado en la ciudad.

Nunca conseguiría verlo todo, pero ya me traspasaban agniciones que se iluminaban y se apagaban en un solo instante. Eran libros en lenguas distintas, y de distintas épocas, algunos títulos no me provocaban llama alguna, porque pertenecían al repertorio de lo ya conocido, como muchas viejas ediciones de novelas rusas, salvo que, con sólo pasar las páginas, me llamaba la atención su italiano enajenado, debido —como decían las portadas— a señoras con un doble apellido, que evidentemente traducían a los rusos del francés, porque los personajes tenían nombres con desinencias en *ine*, como si dijéramos Mishkine y Rogochine.

Muchos de esos volúmenes, sólo con tocar las hojas, se me atomizaban en las manos, como si el papel, tras décadas de oscuridad sepulcral, no consiguiera soportar la luz del sol. De hecho, el papel no soportaba el roce de los dedos y durante años había yacido a la espera de desmenuzarse en diminutos jirones, despedazándose en los márgenes y en los cantos en láminas finísimas.

Me atrajo el *Martín Eden* de Jack London y fui a buscar maquinalmente la última frase, como si mis dedos supieran que había de estar ahí. Martín Eden, en el colmo de la gloria, se mata dejándose caer al mar desde el ojo de buey de un transatlántico, siente cómo el agua le penetra lentamente en los pulmones, entiende en un último vislumbre de lucidez algo, quizá el sentido de la vida, pero, «en cuanto lo supo, dejó de saberlo».

¿Es realmente preciso pretender la última revelación si en cuanto uno la tiene se abisma en la oscuridad? Ese descubrimiento había arrojado como una sombra sobre lo que estaba haciendo. Quizá debería detenerme, visto que la suerte ya me había concedido el olvido. Pero había empezado y no podía sino continuar.

Me pasé el día hojeando aquí y allá, a veces intuía que grandes obras maestras que consideraba haber absorbido en mi memoria pública y adulta las había leído por vez primera en las adaptaciones para niños de la «Scala d'Oro». Me resultaban familiares las líricas de *Il cestello*, poesías para la infancia de Angiolo Silvio Novaro: *Esa llovizna de marzo, ¿qué dice tan cantarina en las tejas repicando y en el tiesto de la ursina?* O también: *Baila, baila primavera, baila leve hasta mi puerta. ¿Sabes tú lo que me traes? Campanillas de albohol y un sinfín de mariposas.* ¿Así pues sabía lo que eran el albohol y la ursina? Pero inmediatamente después me cayeron bajo la vista las portadas de la serie de Fantomas, que me hablaban de *Las hazañas de Fantomas*, del *Polizonte apache* o del *Tesoro del cadáver*, con sus historias oscuras de persecuciones por las cloacas de París, de muchachas que asomaban de una tumba, de cuerpos descuartizados, cabezas degolladas, y la figura del príncipe del delito en frac, siempre dispuesto a resuci-

tar y a dominar con su carcajada sardónica un París nocturno y subterráneo.

Y junto a Fantomas estaba la serie de Rocambole, otro señor del delito, donde, en apertura de página de *Las miserias de Londres*, leía esta descripción:

En el ángulo sudeste de la plaza de Wellclose hay una calleja que no tendrá unos dos metros de ancha.

Hacia el centro de ésta hay un teatro, en el que los asientos de preferencia cuestan dos peniques y la entrada general uno.

El primer galán es un negro.

Allí se fuma y se bebe durante el espectáculo.

Las mujerzuelas que ocupan los palcos van descalzas.

El público de la galería se compone sólo de ladrones.

No conseguí resistir a la fascinación del mal, y a Fantomas y a Rocambole les dediqué el resto del día, entre lecturas erráticas y fulgurantes, mezclándolas con las historias de otro criminal, éste de guante blanco, Arsenio Lupin, y de otro aún más caballeroso si cabe, el elegantísimo Barón, aristocrático ladrón de joyas con sus múltiples disfraces, y con su imagen exageradamente anglosajona (según creo, obra de un dibujante italiano y anglófilo).

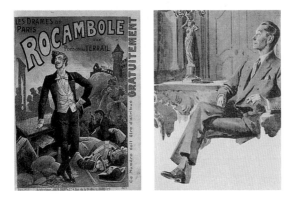

.... il serpente si rizzò all' improvviso
come una molla....

= 220 =

YAMBO

LE AVVENTURE
DI CIUFFETTINO
**Libro per
i ragazzi**

Ardía de nervios ante una hermosa edición de *Pinocho*, ilustrada por Mussino en 1911, con sus páginas rozadas y sus manchas de café con leche. Todos saben lo que cuenta *Pinocho*, de Pinocho se me había quedado una imagen de risueño cuento de hadas, y quién sabe cuántas veces se lo contaría a mis nietos para que estuvieran alegres, y, aun así, experimenté un escalofrío ante ilustraciones aterradoras, realizadas en dos colores, amarillo y negro o verde y negro, en las que, con sus volutas Liberty, me asaltaban la barba fluvial de Comefuego, los inquietantes cabellos azules del hada, las visiones nocturnas de los Asesinos o el rictus del Pescador Verde. ¿Me rebujaría bajo las mantas las noches de tormenta, después de haber mirado ese *Pinocho*? Hace algunas semanas, cuando le preguntaba a Paola si todas esas películas de violencia y de muertos vivientes de la televisión no eran perjudiciales para los niños, me dijo que un compañero psicólogo le había confiado que en toda su carrera clínica nunca había visto a niños que hubieran desarrollado neurosis a causa de alguna película, excepto una vez, y a este niño, herido sin remedio en lo más hondo de su ser, lo había echado a perder *Blancanieves* de Walt Disney.

Estando en ésas, también descubrí que mi mismo nombre procedía de visiones igual de aterradoras. Ahí estaban *Las aventuras de Ciuffettino* de un tal Yambo, y de Yambo eran otros libros de aventuras, con dibujos todavía art nouveau y decorados oscuros, castillos que se recortaban en la cima de un picacho, negros en la noche oscura, bosques fantasmagóricos con lobos con ojos de fuego, visiones submarinas de un Verne casero y póstumo, y Ciuffettino, niño pequeñito y mono con su copete de matasiete de cuento: «Un copete inmenso de pelo que le daba un aire curioso y hacía que se pareciera a un plumero. ¡Y él, ya lo sabéis, a su copete le tenía mucho aprecio!». Allí nació el Yambo que soy, y que quise ser. Bueno, en el fondo, mejor que identificarme con Pinocho.

¿Ésa fue mi infancia? ¿O peor? Porque rebuscando saqué a la luz (envueltos en papel de estraza azul y sujetos con gomas) varios tonos del *Giornale Illustrato dei Viaggi e delle Avventure di Terra e di Mare*. Se trataba de fascículos semanales, y la recopilación del abuelo contenía números a partir de las primeras décadas del siglo, con alguna copia francesa del *Journal des Voyages*.

Muchas portadas representaban a prusianos feroces que fusilaban a zuavos valientes, pero en su mayoría se trataba de aventuras de despiadada crueldad en los países más lejanos, *coolies* chinos empalados, vírgenes ligeras de ropa arrodilladas ante un lóbrego consejo de los diez, hileras de cabezas decapitadas izadas en palos afilados en los contrafuertes de alguna mezquita, matanzas de niños llevadas a cabo por bandidos tuaregs armados con cimitarras, cuerpos de esclavos despedazados por tigres inmensos; parecía que la tabla de las torturas del *Nuovissimo Melzi* hubiera inspirado a dibujantes perversos, presa de un innatural frenesí de emulación: era una crestomatía del Mal en todas sus formas.

Ante tanta abundancia, anquilosado por mis sentadas en el desván, me llevé los fascículos a la espaciosa sala de las manzanas de la planta baja, porque esos días el calor se había vuelto insoportable. Tenía la impresión de que las manzanas alineadas en la gran mesa se habían puesto todas mohosas, pero luego me di cuenta de que el olor salía precisamente de esas páginas. ¿Cómo podían oler a humedad tras haber estado cincuenta años en la atmósfera seca del desván? Quizá en los meses fríos y lluviosos, el desván no era, al fin y al cabo, tan seco y absorbía humedad de los tejados; quizá esos fascículos, antes de llegar allá arriba, habían estado durante décadas en algún trastero, con el agua que rezumaba de las paredes, donde el abuelo había ido a descubrirlos (también él debía de hacer la corte a las viudas), y se habían podrido hasta tal punto que no habían perdido ese tufo ni siquiera con el calor que los había resecado como la piel de un tambor. Sin embargo, mientras leía de historias atroces y venganzas despiadadas, el moho no me evocaba sentimientos de crueldad, sino a los Reyes Magos y al Niño Jesús. ¿Por qué?, ¿cuándo había tenido yo algo que ver con los Reyes Magos, y qué tenían que ver los Reyes Magos con las escabechinas del mar de los Sargazos?

De momento, mi problema seguía siendo otro. Si había leído todas esas historias, si había visto sin margen de duda todas esas cubiertas, ¿cómo podía aceptar yo a la primavera leve y bailarina? ¿Acaso tenía una capacidad instintiva para escindir el universo de los buenos sentimientos familiares de esas aventuras que me hablaban de un mundo cruel modelado a imagen del Grand Guignol, un universo de degollinas, desuellos, hogueras y ahorcamientos?

El primer armario lo había vaciado casi completamente, aunque no pude ver todo lo que contenía. El tercer día me medí con el segundo, menos lleno. Allí los libros estaban alineados en buen orden, no como los habrían podido colocar, furiosamente, los tíos, empeñados en estibar los trastos de los que querían deshacerse, sino el abuelo, tiempo antes. O yo. Eran todos libros apropiados para la infancia, y quizá pertenecían a mi pequeña biblioteca personal.

Saqué la colección completa de la *Biblioteca dei miei Ragazzi*, de la editorial Salani, cuyas cubiertas reconocía, y recitaba sus títulos antes aun de sacar el volumen, con la misma seguridad con la que se localizan, en los catálogos de los colegas, o en la biblioteca de la última viuda, los libros más conocidos, la *Cosmographia* de Münster o el *De sensu rerum et magia* de Campanella: *El muchacho que vino del mar, La herencia del gitano, Las aventuras de Flor-de-sol, La tribu de los conejos salvajes, Los fantasmas maliciosos, Las prisioneras de Casabella, El carrito pintado, La torre del norte, El brazalete indio, El secreto del hombre de hierro, El circo Barletta...*

Demasiados, si seguía en el desván me iba a quedar tan agarrotado como el jorobado de Notre-Dame. Cogí una brazada y bajé. Podía ir al despacho, sentarme en el jardín, y, en cambio, oscuramente quería otra cosa.

Cuando llegué a la parte de atrás de la casa, me fui hacia la derecha, allí donde el primer día había oído gruñir a los cerdos y cloquear a las gallinas. Allá, en la parte de atrás del ala de Amalia, había una era como las de antaño, donde revoloteaban los pollos, y más adelante se veían las conejeras y las porquerizas. En la planta baja había un local grande lleno de aperos, rastrillos, bieldos, palas, cubos para la cal viva, viejas tinas.

Al fondo de la era, un sendero llevaba a una huerta, verdaderamente rica y fresquísima, y la primera tentación fue subirme a la rama de un árbol, a horcajadas, y ponerme a leer allí. Quizá era lo que hacía de niño, pero a mis sesenta años la prudencia nunca es poca y, además, ya mis pies me estaban llevando a otro lugar. Tomé una escalerita de piedra entre la vegetación y bajé a un espacio circular, rodeado por muretes cubiertos de hiedra. Justo enfrente de la entrada, contra la pared, había una fuente, con el agua que goteaba al caer. Soplaba un viento ligero, el silencio era total, y me acurruqué en un saliente de piedra, entre la fuente y el muro, disponiéndome a la lectura. Algo me había llevado allá, adonde a lo mejor iba precisamente con esos libros. Acepté esa elección de mis espíritus animales, y me sumergí en mis libros. A menudo acudía a mi pensamiento toda la historia con una sola ilustración.

Algunos libros, por sus dibujos bastante años cuarenta, y por el nombre de su autor, se entendía que eran italianos, como *La teleferica misteriosa*, y también por sus títulos, como el tan milanés *Saettino puro sangue meneghino*. Muchos se inspiraban en sentimientos patrióticos y nacionalistas, pero la mayor parte estaban traducidos del francés, escritos por unos tales B. Bernage, M. Goudareau, E. de Cys, J. Rosmer, Valor, P. Besbre, C. Péronnet, A. Bruyère, M. Catalany: una insigne legión de desconocidos cuyo

LA TELEFERICA
MISTERIOSA
A.F. PESSINA

BIBLIOTECA DEI MIEI RAGAZZI

ANTASMI
ALIZIOSI
M. GOUDAREAU

BIBLIOTECA DEI MIEI RAGAZZI

GUARDIANI
DEL FARO

BIBLIOTECA DEI MIEI RAGAZZI

OTTO GIORNI
IN UNA SOFFITTA
H. GIRAUD

BIBLIOTECA DEI MIEI RAGAZZI

La Torre
del Nord
M. GOUDAREAU

Biblioteca dei miei ragazzi

LA TRIBÙ DEI
CONIGLI SELVATICI
A. BRUYÈRE

BIBLIOTECA DEI MIEI RAGAZZI

IL CIRCO
BARLETTA
M. CATALANY

BIBLIOTECA DEI MIEI RAGAZZI

L'erede
di Ferralba
H. BOURCET

BIBLIOTECA DEI MIEI RAGAZZI

LA PICCOLA
PANTOFOLA D'ARGENTO
M. DE CARNAC

BIBLIOTECA DEI MIEI RAGAZZI

nombre de pila, quizá, el editor italiano incluso ignoraba. El abuelo había recogido también algunos originales, aparecidos en la *Bibliothèque de Suzette*. Las ediciones italianas habían salido con una década de retraso o más, y las ilustraciones remitían como poco a los años veinte. De lector niño, pues, debería haber respirado un clima amablemente añejo, y mucho mejor: se proyectaba todo en un mundo de ayer, descrito por señores que tenían todo el aire de ser señoras, que escribían para jovencitas de buena familia.

Al final, me parecía que todos aquellos libros contaban la misma historia: solía haber tres o cuatro chicos de noble extracción (con los padres, quién sabe por qué, siempre de viaje a algún sitio) que llegan a casa de un tío en un antiguo castillo, o en una extraña finca, y se tropiezan con apasionantes y misteriosas aventuras, por criptas y torreones, para descubrir al final un tesoro, los manejos de algún encargado infiel, el documento que devuelve a una familia decaída las propiedades usurpadas por un primo felón. Final feliz, elogio del valor de los chicos, observaciones afables de los tíos o de los abuelos sobre los peligros de la temeridad, aun siendo generosa.

La ambientación francesa de las historias quedaba clara por los blusones y los zuecos de los campesinos, pero los traductores habían obrado equilibrismos milagrosos para verter los nombres al italiano y para conseguir que la historia se desarrollara en alguna región de nuestro país, a pesar del paisaje y de la arquitectura, ora bretones, ora auverneses.

Tenía dos ediciones del que, evidentemente, era el mismo libro (de M. Bourcet), pero en la edición de 1932 se llamaba *L'erede di Ferlac* (y los nombres de los personajes eran franceses) y en la edición de 1941 se había convertido en *L'erede di Ferralba*, con protagonistas italianos. Estaba claro que, en el intervalo, alguna disposición superior o una censura espontánea habían impuesto la italianización de las historias.

Y ahí, por fin, quedaba explicada esa expresión que me había pasado por la cabeza mientras entraba en el desván: formaba parte de esa serie *Ocho días en un desván* (tenía también el original, *Huit jours dans un grenier*), deliciosa historia de unos chicos que durante una semana dan cobijo, en el desván de su villa, a Nicoletta, una niña que se ha escapado de casa. Lo que no sabía yo era si el amor por el desván me había entrado gracias a esa lectura, o si ese libro lo había encontrado precisamente vagando por el desván. ¿Y por qué le puse Nicoletta a mi hija?

En el desván, Nicoletta estaba con Matù, una especie de gato de angora muy negro y majestuoso, y de ahí me había venido lo de tener a un Matù todo mío. Los dibujos representaban a chicos delgados y bien vestidos, a veces con encajes, el pelo rubio y los rasgos delicados, y no eran menos las madres, pelo a lo *garçon* bien cuidado, cintura baja, falda hasta las rodillas con triple volante, seno aristocrático muy poco pronunciado.

En esos dos días en la fuente, cuando la luz del día se atenuaba y podía identificar sólo las figuras, pensaba que en las páginas de esa colección se había educado sin duda mi gusto por lo fantástico, a pesar de vivir en un país donde, aunque el autor se llamaba Catalany, los protagonistas tenían que llamarse «Liliana» o «Maurizio».

¿Era ésa la educación nacionalista? ¿Entendía yo que esos chicos que se me presentaban como pequeños y valientes compatriotas de mi época habían vivido en un ambiente extranjero décadas antes de mi nacimiento?

De vuelta en el desván, finalizadas aquellas vacaciones en la fuente, recuperé un paquete atado con un cordel que contenía unas treinta entregas (sesenta céntimos cada una) con las aventuras de Buffalo Bill. No estaban recopiladas en su orden de publicación y la vista de la primera cubierta me provocó una descarga de llamas misteriosas. *El medallón de brillantes*: Buffalo Bill, con los puños tendidos hacia atrás, está a punto de lanzarse, con cara de pocos amigos, contra un forajido con la camisa rojiza que lo amenaza con una pistola.

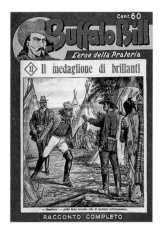

Mientras miraba ese número 11 de la serie, sabía anticipar otros títulos, *El pequeño correo*, *Las grandes aventuras de la selva*, *Bob el salvaje*, *Don Ramiro el esclavista*, *La estancia maldita…* Me llamó la atención que las cubiertas dijeran *Buffalo Bill, el héroe de la pradera*, mientras dentro la portada decía *Buffalo Bill, el héroe italiano de la pradera*. La historia —por lo menos para un librero anticuario— estaba clara; bastaba con ver el primer número de una nueva serie, de 1942, donde una vistosa nota en negrita decía que William Cody se llamaba en realidad Domenico Tombini y era de Romaña (como el Duce, aunque la nota omitía púdicamente esta prodigiosa casualidad). En 1942 ya estábamos en guerra —me parecía— con Estados Unidos, y eso lo explicaba todo. El editor (Nerbini, de Florencia) había impreso las portadas en una época en la que William Cody podía ser tranquilamente americano, luego se decidió que los héroes tenían que ser siempre y únicamente italianos. No quedaba sino mantener, por razones económicas, la antigua portada en color y recomponer sólo la primera página.

Qué curioso, me dije, mientras me adormilaba con la última aventura de Buffalo Bill: me alimentaban con material de aventuras francés y americano, pero naturalizado. Si era ésta la educación nacionalista que recibía un muchacho durante la dictadura, se trataba de una educación bastante blanda.

No, no fue blanda. El primer libro que tuve entre mis manos el día siguiente era *Muchachos de Italia en el mundo*, de Pina Ballario, con ilustraciones modernas, nerviosas en un juego de zonas cromáticas negras y rojas.

Algunos días antes, cuando en mi cuarto había visto los libros de Verne y de Dumas, tuve la sensación de haberlos leído acurrucado en un balcón. Entonces no le presté atención, fue sólo un relámpago, una simple impresión de *déjà vu*. Ahora, en cambio, reflexionaba que hay un balcón que se abre de verdad en el centro del ala del abuelo, y se ve que allí devoré aquellas aventuras.

Para verificar la experiencia del balcón, decidí releer allí *Muchachos de Italia en el mundo*, y así lo hice, intentando sentarme incluso con las piernas colgando por fuera, metidas entre los barrotes de la barandilla. Pero mis piernas ya no pasaban por aquellas angosturas. Me achicharré durante horas al sol, hasta que el astro dobló la fachada, que se volvió más templada. Pero así sentía yo el sol andaluz, vamos, lo que debí de haber entendido por aquel entonces, porque la historia se desarrollaba en Barcelona. Un grupo de jóvenes italianos, emigrados con su familia a España, eran sorprendidos por la rebelión antirrepublicana del generalísimo Franco, aunque en mi historia los usurpadores parecían ser los milicianos rojos, borrachos y sanguinarios. Los jóvenes italianos recobraban su orgullo fascista, recorrían impávidos en camisa negra toda Barcelona, sacudida por toda suerte de tumultos, salvaban el banderín de la Casa del Fascio que los republicanos habían cerrado, y el valiente protagonista conseguía incluso convertir a su padre, socialista y borrachín, al verbo del Duce. Una lectura que habría debido hacerme arder de orgullo lictorio. ¿Me identificaba yo con estos muchachos de Italia, con los pequeños parisinos del tal Bernage o con un señor que, a fin de cuentas, seguía llamándose Cody y no Tombini? ¿Quién habitaba mis sueños de niño? ¿Los muchachos de Italia en el mundo o la jovencita del desván?

Un regreso al desván me regaló otras emociones. Ante todo, *La isla del tesoro*. Era obvio que reconociera el título, es un clásico, pero se me había olvidado la historia, señal de que se había convertido en parte de mi vida. Me llevó casi dos horas recorrérmelo de un tirón, pero de capítulo en capítulo me volvía a la mente lo que había de seguir. Había vuelto a la huerta, donde había divisado, hacia el fondo, unos arbustos de avellanas silvestres, y allí, sentado en el suelo, alternaba la lectura con el atracón de avellanas. Con una piedra partía tres o cuatro a la vez, soplaba los fragmentos de las cáscaras y me metía el botín en la boca. No tenía el barril de manzanas donde se escondió Jim para espiar los conciliábulos de John el Largo, pero sin duda debí de leer ese libro de ese modo: mascando frutos secos, como se hace en los barcos.

La historia era la mía. Sobre la base de un exiguo manuscrito, se emprende la búsqueda del tesoro del capitán Flint. Hacia el final, fui a coger una botella de aguardiente que había entrevisto en el aparador de Amalia, y alternaba esa historia de piratas con largos tragos. Quince hombres van en El Cofre del Muerto, ay, ay, ay la botella de ron.

Después de *La isla* encontré la *Historia de Pipino, que nació viejo y murió siendo niño*, de Giulio Granelli. Era tal y como había aflorado en mi memoria algunos días antes, aunque el libro me contaba de una pipa aún caliente que, abandonada en una mesa junto a la estatuilla de arcilla de un viejecito, decidía dar calor a esa cosa muerta para que retoñara, y nacía un pequeño ancianito. *Puer senex*, un tópico muy antiguo. Al final, Pipino muere niño en la cuna y sube al cielo por obra de las hadas. Era mejor como lo recordaba yo, Pipino nacía viejo en un repollo y moría niño de pecho en otro. En cualquier caso, el viaje de Pipino hacia la infancia era el mío. Quizá, al volver al momento de mi nacimiento, me disolvería en la nada (o en el Todo) como él.

Aquella noche llamó Paola, preocupada porque no daba señales de vida. Trabajo, trabajo, le dije, no te preocupes por la tensión, todo normal.

Pero al día siguiente estaba de nuevo hurgando en el armario; estaban todas las novelas de Salgari, con sus tapas florales, donde entre volutas amables aparecía hosco y despiadado el Corsario Negro, con su cabellera corvina y su hermosa boca roja bien dibujada en su cara melancólica; el Sandokán de los *Dos tigres*, con su cabeza feroz de príncipe malayo que se entroncaba en su cuerpo felino, la voluptuosa Surama y los *prahos* de los *Piratas de la Malasia*. El abuelo había recogido también traducciones españolas, francesas y alemanas.

Era difícil decir si volvía a descubrir algo o sencillamente ponía en marcha mi memoria de papel, porque de Salgari se sigue hablando hoy en día y críticos sofisticados le dedican artículos que rezuman nostalgia. También mis nietos, las semanas pasadas, cantaban «Sandokán, Sandokán» y parece ser que lo habían visto en la tele. Habría podido escribir una entrada para una pequeña enciclopedia, aun sin venir a Solara.

Naturalmente, tenía que haber devorado aquellos libros de pequeño pero, si había que volver a poner en marcha una memoria individual, se confundía con la general. Los libros que más ha-

E. SALGARI

SANDOKAN alla RISCOSSA

ILLUSTRATO DA G. D'AMATO

BEMPORAD EDITORE FIRENZE

I MISTERI DELLA JUNGLA NERA

LE TIGRI DI MOMPRACEM

E. SALGARI

SALGARI

IL CORSARO NERO

A. DONATH - EDITORE - GENOVA

bían marcado mi infancia eran, quizá, los que me remitían sin sobresaltos a mi saber adulto e impersonal.

Siempre guiado por el instinto, leí gran parte de Salgari en la viña (luego me llevé unos cuantos volúmenes a mi cuarto, con los cuales pasé las noches siguientes). También en el viñedo hacía mucho calor, pero los ardores solares me conciliaban con desiertos, praderas y selvas en llamas, mares tropicales donde hacían cabotaje los pescadores de *trepang*, y entre las cepas y los árboles que sobresalían por el borde de la colina, al levantar de vez en cuando la mirada para limpiarme el sudor, divisaba baobabs, pombos colosales como los que rodeaban la cabaña de Giro-Batol, mangles, repollos de palma con su pulpa harinosa con sabor a almendra, el sicómoro sagrado de la jungla negra, casi oía el sonido del *ramsinga* y me esperaba ver aparecer entre las hileras un hermoso babirusa para ensartarlo en el asador, entre dos palos de horquilla clavados en el suelo. Habría querido que Amalia me preparara para cenar un poco de *blaciang*, que tanto les gusta a los malayos, mezcla de cangrejitos de mar y pescado triturado, dejados pudrir al sol y luego salados, con un olor que incluso Salgari pretendía inmundo.

Qué delicia. Quizá por eso, como me había dicho Paola, amaba la cocina china, y en especial las aletas de tiburón, los nidos de golondrina (recogidos entre el guano) y la oreja marina, tanto más rica cuanto más sabe a podrido.

Pero, aparte del *blaciang*, ¿qué sucedía cuando un muchacho de Italia en el mundo leía a Salgari, donde los de color solían ser los héroes y los blancos eran los malos? Eran odiosos no sólo los ingleses, sino también los españoles (lo que habré odiado al marqués de Montelimar). Ahora bien, si los tres corsarios Negro, Rojo y Verde eran italianos, y condes de Ventimiglia por añadidura, otros héroes se llamaban Carmaux, Wan Stiller o Yáñez de Gomera. Los portugueses tenían que parecer buenos porque eran un poco fascistas, pero ¿no eran fascistas también los españoles? Quizá mi corazón latía por el valiente Sambigliong, que disparaba cañonazos cargados de clavos, sin que yo me preguntara de qué isla de la Sonda venía. Kammamuri y Suyodhana podían ser uno bueno y el otro malo, aunque ambos fueran indios. Salgari debió de haber confundido bastante mis primeros tientos de antropología cultural.

Luego saqué del fondo del mueble revistas y volúmenes en inglés. Muchos números del *Strand Magazine*, con todas las aventuras de Sherlock Holmes. Por aquel entonces, ciertamente, no sabía inglés (Paola me había dicho que lo aprendí de mayor), pero por suerte había también muchas traducciones. Claro que la mayor parte de las ediciones italianas no estaban ilustradas, así que tal vez leía en italiano y luego iba a buscarme las figuras correspondientes en el *Strand*.

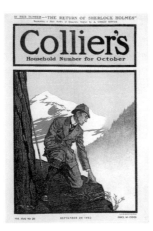

Arrastré todo Holmes al despacho del abuelo. Era más apropiado para revivir en un ambiente civilizado ese universo donde, ante la chimenea de Baker Street, se sentaban unos señores muy correctos empeñados en sosegadas conversaciones. Nada más dis-

tinto de los subterráneos húmedos y de las macabras cloacas por donde se deslizaban los personajes de los folletines franceses. Las pocas veces que Sherlock Holmes aparecía con una pistola apuntando a un criminal tenía siempre la pierna y el brazo derechos extendidos, en una pose casi de estatua, sin perder el *aplomb*, como corresponde a un *gentleman*.

Me llamó la atención la reiteración casi obsesiva de imágenes de Sherlock Holmes sentado, con Watson o con otros, en un reservado de tren, en un *brougham*, ante el fuego, en un sillón cubierto de tela blanca, en una mecedora, junto a una mesita, a la luz tal vez verdusca de una lámpara, ante un cofre recién abierto; o de pie, mientras lee una carta o descifra un mensaje cifrado. Esas figuras me decían *de te fabula narratur*. Sherlock Holmes era yo, en ese mismo momento, empeñado en recuperar y recomponer acontecimientos remotos de los que antes no sabía nada, sin moverme de casa, encerrado, quizá incluso (de controlar todas esas páginas) en un desván. También él, como yo, inmóvil y aislado del mundo, descifrando puros signos. Él, además, conseguía hacer que reaflorara lo reprimido. ¿Lo conseguiría yo? Por lo menos tenía un modelo.

Y como él, tenía que batirme con y en la niebla. Bastaba con abrir al azar *Estudio en escarlata* o *El signo de los cuatro*:

Era un anochecer del mes de septiembre; no habían dado todavía las siete, pero el día había sido tristón y una bruma densa y húmeda se asentaba a poca altura sobre la gran ciudad. Nubes de color del barro flotaban tristemente sobre las fangosas calles. A lo largo del Strand *las lámparas del alumbrado no eran sino manchones nebulosos de luz difusa, que proyectaban un débil brillo circular sobre las pegajosas aceras. El resplandor amarillo de los escaparates se alargaba por la atmósfera envuelta en vaho vaporoso y difundía por la concurrida calle una luminosidad triste y de variada intensidad.*

Para mi manera de ver, había algo terrible y fantasmal en el cortejo sin fin de caras que pasaban flotando al través de aquellas estrechas franjas de luz; caras tristes y alegres, macilentas y jubilosas.

Era una mañana de bruma y nubes, y sobre los tejados de las casas colgaba un velo color pardo, que producía la impresión de ser un reflejo del color del barro de las calles que había dejado. Mi compañero estaba del mejor humor y fue chachareando acerca de los violines de Cremona y las diferencias que existen entre un Stradivarius y un Amalfi. Yo, por mi parte, iba callado, porque el tiempo tristón y lo melancólico del asunto en que nos habíamos metido deprimían mi ánimo.

Como contraste, por la noche, en la cama, abrí *Los tigres de Mompracem* de Salgari:

En la noche del 20 de diciembre de 1849, un violentísimo huracán azotaba a Mompracem, isla salvaje de siniestra fama, guarida de piratas formidables, situada en el mar de la Malasia, a pocos centenares de millas de las costas occidentales de Borneo.

Empujadas por un viento irresistible, corrían por el cielo, como caballos desbocados en confusa mescolanza, negras masas de nubes que, de cuando en cuando, dejaban caer sobre los sombríos bosques de la isla furiosos aguaceros...

¿Quién era el que, a pesar de aquella tempestad, velaba en la isla de los sanguinarios piratas?...

Una de las habitaciones de aquella vivienda estaba iluminada. Sus paredes aparecían cubiertas con pesadas telas rojas, de terciopelo y de brocado de gran precio; pero en varios sitios estaban arrancadas y manchadas, y los tapices de Persia, con hilos de oro, que cubrían el pavimento, rotos a trechos y arrugados...

En el centro de la habitación había una mesa de ébano, incrustada en nácar y adornada con filetes de plata, cargada de botellas y vasos del más puro cristal; en los rincones, grandes vitrinas medio rotas, llenas de brazaletes de oro, de pendientes, de anillos, de medallones, de preciosos objetos sagrados, torcidos, rotos; perlas procedentes, sin duda, de las famosas pesquerías de Ceilán; esmeraldas, rubíes y diamantes que brillaban como otros tantos soles bajo los rayos de una lámpara dorada suspendida del techo…

En aquella habitación, de tan extraño modo amueblada y decorada, había un hombre sentado en una poltrona coja. Era de alta estatura, de musculatura vigorosa, de facciones enérgicas, temibles y, al mismo tiempo, de una belleza extraña.

¿Quién era mi héroe? ¿Holmes, que leía una carta delante de la chimenea y a quien su solución al siete por ciento había dejado educadamente atónito, o Sandokán, que se desgarraba furiosamente el pecho pronunciando el nombre de su adorada Mariana?

Después recogí otras ediciones en rústica, impresas en un papel malísimo, donde yo probablemente había hecho lo demás, estrujándolas en múltiples relecturas, escribiendo mi nombre en el margen de muchas páginas. Había libros completamente desencolados, que se mantenían juntos de milagro, otros estaban más o menos recompuestos, probablemente por mí, con un lomo nuevo de papel de envolver y pegado con cola de carpintero.

Ya no conseguía ni mirar los títulos, llevaba ocho días en ese desván. Lo sabía, debería releerme todo de cabo a rabo, pero ¿cuánto tardaría? Calculando que hubiera aprendido a deletrear al final de mi quinto año de vida, y que hubiera vivido entre esos hallazgos por lo menos hasta los años del bachillerato, necesitaría por lo menos diez años, no ocho días. Sin contar con que muchos libros, sobre todo si estaban ilustrados, me los contaron mis padres o el abuelo cuando yo todavía era un analfabeto.

Si quería volver a hacerme a mí mismo, de la cabeza a los pies, entre todos esos papeles, me convertiría en Funes el Memorioso, reviviría instante a instante todos los años de mi infancia, todos los temblores de las hojas escuchados por la noche, todos los aromas de café con leche inspirados por la mañana. Demasiado. ¿Y si siguieran siendo únicamente y para siempre palabras, para confundir aún más mis neuronas enfermas sin accionar la aguja desconocida que daría vía libre a mis recuerdos más verdaderos y escondidos? *¿Qué hacer?* Lenin en el sillón blanco de la entrada. Quizá me haya equivocado del todo, y del todo se ha equivocado Paola: sin volver a Solara sólo me habría quedado algo ido; al volver, podía salir de allí loco.

He vuelto a colocar todos los libros en los dos armarios y he decidido abandonar el desván. Pero, en el trayecto, he divisado una serie de cajas que llevaban una etiqueta, escrita con buena caligrafía casi gótica: «Fascismo», «Años 40», «Guerra»… Ésas, con toda seguridad, eran cajas que el abuelo había colocado allí. Otras parecían más recientes, los tíos debían de haber usado sin criterio las cajas vacías que habían encontrado allá arriba, Vino Fratelli Bersano, Borsalino, Cordial Campari, Telefunken (¿había una radio en Solara?).

Me agobiaba abrirlas. Tenía que salir de allí e ir a pasear por las colinas, ya volvería después. Estaba agotado. Quizá tenía fiebre.

Se acercaba la hora del ocaso y Amalia ya me llamaba a voz en cuello anunciando una *finanziera* para chuparme los dedos. Las primeras vagas sombras, que invadían los rincones más alejados del desván, me prometían la emboscada de algún Fantomas que esperaba a que claudicara para arrojárseme encima, atarme con una soga y dejarme colgado en el abismo de un pozo sin fondo. Más que nada para demostrarme a mí mismo que no era ya el niño que hubiera querido volver a ser, me he demorado impávidamente para echar una ojeada a la zona menos iluminada. Hasta que me ha asaltado de nuevo un olor de moho antiguo.

He arrastrado una gran caja hacia una buhardilla de donde procedían las últimas luces de la tarde; la parte de arriba estaba cuidadosamente cubierta con papel de embalar. Una vez quitada esa cobertura empolvada, me han caído entre los dedos dos estratos de musgo, musgo de verdad, aunque disecado: una cantidad tal de penicilina que se podía mandar a casa en una semana a toda la colonia de *La montaña mágica*, y adiós a las hermosas conversaciones entre Naphta y Settembrini. Eran como terrones de hierba, recogidos con su tierra que los mantenía unidos, y si los ponías uno al lado del otro podías hacer un prado tan grande como la mesa del abuelo. No sé por obra de qué milagro el musgo había conservado algo de su olor punzante, quizá por una zona de humedad que se había creado bajo la protección del papel, o por gracia de todos esos inviernos y jornadas en que el tejado del desván era batido por lluvia, nieve y granizo.

Debajo del musgo había embalados, entre virutas rizadas que había que ir desplumando poco a poco para no echar a perder lo que cubrían, una cabaña de madera o cartón, revocada con yeso de colores, con la cubierta de paja apelmazada; había, de paja y madera, un molino, con su rueda que giraba a duras penas; había, de cartón pintado, muchas casitas y castillos que debían de hacer de fondo a la cabaña en alguna altura, en perspectiva. Y, por último, entre viruta y viruta, ahí estaban las estatuas, los pastores con el corderillo en los hombros, el afilador, el molinero con dos burritos, la campesina con su cesta llena de fruta en la cabeza, dos gaiteros, un árabe con dos camellos y los Reyes Magos —por fin— con olor a moho también ellos, más que a incienso y mirra; cerraban la procesión el burro, el buey, la mula, José, María, la cuna, el Niño, dos ángeles con los brazos abiertos, inmovilizados en un gloria que duraba por lo menos un siglo, la cometa dorada, una tela enrollada azul por dentro y bordada de estrellas, una palangana de metal llena de cemento para formar el lecho de un arroyo, con sendos agujeros de salida y entrada para el agua, y lo que me ha hecho retrasar la cena media hora, para pensar un poco en ello, una extraña máquina formada por un cilindro de cristal de donde salían largos tubos de goma.

Un belén completo. No sabía si el abuelo y mis padres eran creyentes (si acaso mi madre, puesto que tenía la Filotea en la mesilla), pero desde luego hacia Navidades alguien sacaba esa caja y en alguna habitación de abajo se ponía el belén. Conmoción de belén: eso es lo que me parecía sentir, pero temía que fuera la reacción a otro lugar común. Aun así, esas estatuillas me estaban recordando no otro nombre sino una imagen, que no había visto en el desván, pero que debía de estar por alguna parte, tan vívida como me hería en ese instante.

3 e, con passo lieve lieve
sul tappeto della neve,

s'incolonnan dietro a quello
misterioso pastorello

¿Qué significaba el belén para mí? Entre Jesús y Fantomas, Rocambole y mis poesías infantiles, entre el moho de los Reyes Magos y el de los empalados del Gran Visir, ¿con quién estaba yo?

He entendido que esos días en el desván los había empleado mal: había releído páginas que había hojeado a los seis o a los doce años, otras a los quince, conmoviéndome cada vez con historias distintas. No es así como se reconstruye una memoria. La memoria amalgama, corrige, transforma, es verdad, pero rara vez confunde las distancias cronológicas, uno debe saber perfectamente si algo le pasó a los seis o a los diez años, también yo ahora conseguía distinguir el día en que desperté en el hospital de aquel en que salí para Solara, y sabía perfectamente que entre el uno y el otro había habido una maduración, un cambio de opiniones, una comparación de experiencias. En cambio, en estas tres semanas lo he absorbido todo como si de pequeño me lo hubiera tragado de un tirón, todo de golpe. A la fuerza tenía la sensación de que me habían aturdido con un brebaje embriagador.

Así pues, tenía que renunciar a esa *grande bouffe* de viejos papeles, volver a poner las cosas en orden y dosificarlas según el fluir de los tiempos. ¿Qué podía decirme lo que había leído y visto a los seis y no a los diez años? He reflexionado un poco y he entendido: era imposible que entre todos esos embalajes no estuvieran mis libros y mis cuadernos de colegio. Ésos eran los documentos que había que encontrar. Bastaba con seguir su lección, dejándome llevar de la mano.

Durante la cena le he preguntado a Amalia por el belén. Ande que no le gustaba al abuelo. No, el abuelo no era de misa, pero el belén era como la pasta real, si no se ponía, no era Navidad, y si no hubiera tenido a los nietos quizá lo habría hecho para sí mismo. Empezaba a trabajar en él a principios de diciembre, mire usted bien en el desván y aparecerá todo el armadón donde se colocaba la tela del cielo, con muchas bombillitas dentro del bastidor delantero que hacían relucir las estrellas.

—Ay, qué bonito el Nacimiento de su señor abuelo; a mí me entraban ganas de llorar todos los años. Y el agua corría de verdad por el río, calcule que una vez se salió, mojó todo el musgo que había llegado fresco fresco ese año, y en el musgo florecieron muchas florecillas azules y fue de verdad el milagro del Niño Jesús, que vino incluso el párroco a verlo y no creía lo que veían sus ojos.

—¿Cómo corría el agua?

Amalia se ha puesto colorada y ha farfullado algo, luego se ha decidido:

—En el cajón del Nacimiento, que ayudaba yo todos los años después de Reyes a arreglarlo, todavía tiene que haber algo así como un botellón de cristal sin cuello. ¿Lo ha visto? Bueno, a lo mejor ahora eso ya no se usa, pero era un aparato, hablando con perdón, para hacer lavativas. ¿Sabe lo que son las lavativas? Menos mal. Sólo faltaría que tuviese que explicárselo, vaya vergüenza. Y entonces, su señor abuelo se pensó que si ponía debajo del Nacimiento la máquina de las lavativas y les daba la vuelta a los tubos de la manera apropiada, el agua salía y volvía a entrar. Un espectáculo, se lo digo yo, que el cinema no es nada a su lado.

8

CUANDO LA RADIO

Tras los ocho días en el desván me decidí a bajar al pueblo para que el farmacéutico me tomara la tensión. Demasiado, diecisiete. Gratarolo me había dado de alta en el hospital con el compromiso de que la mantuviera a trece, y trece tenía cuando me vine a Solara. El farmacéutico me dijo que, si me la tomaba después de haber bajado por la colina hasta el pueblo, a la fuerza la tendría alta. Si me la tomaba por la mañana, nada más levantarme, la tendría más baja. Cuentos. Yo sabía qué había sido, había vivido días y días como un poseso.

Llamé a Gratarolo, me preguntó si había hecho algo que no debía y tuve que admitir que había acarreado cajas, bebido por lo menos una botella de vino con cada comida, fumado veinte Gitanes al día, y me había provocado muchas tiernas taquicardias. Me regañó: estaba convaleciente, si la tensión se me subía a las nubes, podía repetirse el episodio y a lo mejor esa vez ya no salía tan bien parado como la primera. Le prometí que me cuidaría, me aumentó la dosis de pastillas y añadió otras para eliminar la sal a través de la orina.

Le dije a Amalia que pusiera menos sal a las comidas y me contestó que, durante la guerra, para conseguir un kilo de sal había que dar saltos mortales y regalar dos o tres conejos, así es que la sal es una gracia de Dios que, si falta, las comidas no saben a nada. Le dije que me la había prohibido el médico y me contestó que los doctores estudian mucho y luego son más bestias que los demás, no hay que hacerles caso, que la mirara a ella, que nunca había visto a un doctor en su vida y ahí estaba con sus setenta y pico, que se dejaba el alma todo el santo día en mil menesteres, y no tenía siquiera ciática como todos los demás. Paciencia, eliminaría su sal con mi orina.

Bien pensado, había que interrumpir las visitas al desván, moverme un poco, distraerme. Llamé a Gianni: quería saber si todo lo que yo había leído esos días le decía algo también a él. Parece ser que hemos tenido experiencias distintas —él no tenía un abuelo coleccionista de materiales pasados de moda—, aunque muchas lecturas habían sido comunes, entre otras cosas porque nos prestábamos los libros el uno al otro. Sobre Salgari nos retamos durante más de media hora a un *trivial*, como en un programa de televisión. ¿Cómo se llamaba el griego, alma negra del rajá de Assam? Teotokris. ¿Qué apellido tenía la bella Honorata a quien el Corsario Negro no podía amar porque era la hija de su enemigo? Wan Guld. ¿Y quién se casa con Darma, la hija de Tremal-Naik? Sir Moreland, el hijo de Suyodhana.

Lo intenté también con Ciuffettino, pero a Gianni no le decía nada. Él leía más bien tebeos, y ahí se rehízo, me ametralló con una ráfaga de títulos. Los tebeos debí de haberlos leído también yo, y algunos de los nombres que Gianni me citaba me resultaban familiares, La Banda Aérea, Fulmine contra Flattavion, Mickey Mouse y Borrón, sobre todo Cino y Franco, los agentes de la Patrulla del Marfil... Pero de ellos no había encontrado rastro en el desván. Tal vez el abuelo, a quien le gustaban Fantomas y Rocambole, consideraba que los tebeos eran bazofias que echaban a perder a los niños. ¿Y Rocambole no?

¿Había crecido sin tebeos? Era inútil imponerse largas paradas y forzados descansos. Se me estaba reactivando el frenesí de la búsqueda.

Me salvó Paola. Esa misma mañana, hacia el mediodía, llegó por sorpresa con Carla, Nicoletta y los tres niños. No se había quedado muy convencida por mis pocas llamadas. Teníamos ganas de pasar un día en el campo, y de abrazarte, dijo, nos volvemos antes de cenar. Pero me escrutaba, me estudiaba.

—Has engordado —me dijo. Afortunadamente no estaba pálido, con todo el sol que había tomado en el balcón y en la viña, pero un ligero exceso de peso lo había ganado. Le dije que eran las cenas de Amalia, y Paola me prometió que la llamaría al orden. No le dije que llevaba días acurrucado donde se terciara, sin moverme durante horas y horas.

Un buen paseo es lo que necesitamos, dijo, y adelante con toda la familia hacia el Conventino, que no era un convento sino una pequeña capilla que se recortaba en una cima a pocos kilómetros de allí. La cuesta era continua, y por consiguiente casi imperceptible, salvo unos pocos metros antes del final, y mientras me paraba para tomar aliento animaba a los niños a que compusieran un ramo de rosas y violetas. Paola me invitaba tajante a que oliera los perfumes y me dejara de citas, entre otras cosas porque los poetas mienten, embusteros como todos los de su estirpe, las primeras rosas florecen cuando las violetas ya se han ido de vacaciones, y en cualquier caso rosas y violetas no se pueden recoger en un solo ramillete, probar para creer.

Para demostrar que no recordaba sólo pasajes de enciclopedia, desenfundé algunas de las historias que había aprendido esos días, y los niños retozaban alrededor pendientes de mi boca, porque nunca las habían oído.

A Sandro, el mayor, le conté *La isla del tesoro*. Le expliqué cómo, saliendo de la posada del «Almirante Benbow», me embarqué en la *Hispaniola*, con el squire Trelawney, el doctor Livesey y el capitán Smollett; por lo visto, los dos que le caían mejor eran John Silver el Largo, por lo de su pata de palo, y ese desgraciado de Ben Gunn. Abría los ojos excitado, divisaba a piratas agazapados entre los arbustos, decía más más, y en cambio, colorín colorado, porque, una vez conquistado el tesoro del capitán Flint, la historia se acababa. Para desquitarnos, cantamos durante bastante tiempo *Quince hombres van en El Cofre del Muerto, ¡ay, ay, ay, la botella de ron...!*

Para Giangio y Luca di lo mejor de mí mismo evocando las travesuras de Giannino Stoppani, en su *Giornalino di Gian Burrasca*. Aquella vez que metí un bastoncito por el fondo de la maceta del díctamo blanco de la tía Bettina y, mientras ella lo regaba y le hablaba, la planta empezó a crecer y crecer hasta que la tía se me desmayó; y aquella otra en que me puse a pescar mientras el señor Venanzio roncaba y le arranqué el único diente que le quedaba. No paraban de reír, por lo que entendían a sus tres años, y quizá mis relatos les gustaron más a Carla y a Nicoletta, a las que nunca nadie, triste señal de los tiempos, les había contado nada de Gian Burrasca.

A ellas me pareció más fascinante contarles cómo, en el pellejo de Rocambole, para eliminar a mi maestro en el arte del delito, sir William, que estaba ya ciego pero era aún un embarazoso testigo de mi pasado, lo tiraba al suelo y le plantaba en la nuca un largo pasador puntiagudo, tras lo cual me industriaba después para que desapareciera la pequeña mancha de sangre que se había formado entre el pelo, de modo que todos pensaran en una apoplejía.

Paola gritaba que no tenía que contar esas historias delante de los niños, suerte que hoy en día en nuestras casas ya no hay agujas de ésas, porque, si no, seguro que lo intentaban con el gato. Pero lo que más la intrigaba era que hubiera contado todas esas peripecias como si me hubieran sucedido a mí.

—Si lo haces para que los niños se diviertan —me decía—, es una cosa; pero si te estás identificando demasiado con lo que lees, eso es tomar prestada la memoria de otros. ¿Tienes clara la distancia entre esas historias y tú?

—Venga, vamos —decía yo—, desmemoriado sí, pero loco no, ¡lo hago por los niños!

—Esperemos —dijo—. Has venido a Solara para encontrarte a ti mismo, porque te sentías oprimido por una enciclopedia de Homeros, Manzonis o Flauberts, y resulta que entras en la enciclopedia de la paraliteratura. No es un gran avance.

—Sí que lo es —respondía yo—. En primer lugar, porque Stevenson no es paraliteratura, y, en segundo, porque no es culpa mía si ese individuo que quiero encontrar comía y cenaba paraliteratura. Además, has sido precisamente tú, con la historia del tesoro de Clarabella, la que me has mandado aquí.

—Es verdad, perdóname. Si tú sientes que te sirve, sigue adelante. Pero con cuidado, no te dejes intoxicar por todo lo que lees.

Para cambiar de tema me preguntó por la tensión. Le mentí: le dije que acababa de tomármela y tenía trece. Estaba feliz, pobre querida mía.

De regreso de la excursión, Amalia había preparado una buena merienda y agualimón fresca para todos. Luego se fueron.

Esa noche me porté bien y me fui a dormir temprano, como las gallinas.

La mañana siguiente recorrí las habitaciones del ala antigua, que, al fin y al cabo, había visitado muy deprisa. Volví a entrar en el cuarto del abuelo, que apenas había mirado, presa de un reverente temor. También allí había una cómoda y un gran armario con su luna, como en todos los dormitorios de antaño.

Lo abrí y me encontré con la gran sorpresa. En el fondo, casi escondidos por trajes colgados, que conservaban una resonancia a naftalina difunta, había dos objetos. Un gramófono de bocina, de los de carga manual, y una radio. Ambos habían sido tapados con hojas de una revista que recompuse: se trataba del *Radiocorriere*, una publicación dedicada a los programas de radio, un número de los años cuarenta.

En el gramófono había todavía un viejo setenta y ocho revoluciones, emplastado por un estrato de porquería. Limpiarlo me llevó media hora, escupiendo en mi pañuelo. El título decía *Amapola*. Puse el gramófono sobre la cómoda, le di cuerda y de la bocina salieron sonidos confusos. Se reconocía apenas la melodía. El viejo arnés se hallaba en estado de demencia senil, nada que hacer. También es verdad que ya cuando yo era niño debía de ser una pieza de anticuario. Si quería oír música de esa época, tenía que usar el tocadiscos que había visto en el despacho. Pero los discos, ¿dónde estaban? Tendría que preguntárselo a Amalia.

La radio, aunque protegida, igualmente se había llenado de polvo en cincuenta años, tanto que uno podía escribir con el dedo, y tuve que limpiarla con cuidado. Era una Telefunken (eso explicaba el embalaje que había visto en el desván) bonita, color caoba, con su altavoz recubierto por una tela de hilos gruesos (que quizá servía para hacer que resonara mejor la voz).

Al lado del altavoz, el recuadro con las estaciones, oscuro e ilegible, y debajo tres botones. Evidentemente, era una radio de válvulas, y al agitarla se oía bailar algo en su interior. Todavía tenía el cable con su enchufe.

Me la llevé al despacho, la apoyé con cuidado en la mesa y conecté el enchufe. Un medio milagro, señal de que en aquellos tiempos se construían cosas sólidas: la bombilla que iluminaba el recuadro de la estaciones, aunque débilmente, seguía funcionando. El resto no, como es lógico las válvulas se habían estropeado. Pensé que en algún sitio, quizá en Milán, podía descubrir a uno de esos apasionados que saben hacer funcionar de nuevo estos receptores, porque tienen un almacén lleno de componentes antiguos, como los mecánicos que arreglan coches de época usando las piezas sanas de los que se mandan a desguazar. Luego caí en lo que me diría un viejo electricista con todo su buen sentido común: «No quiero robarle el dinero. Mire que si consigo que funcione, no oirá lo que transmitían entonces, sino lo que transmiten ahora, y para eso más le vale comprarse una nueva, que le va a costar menos que arreglar ésta».

El muy condenado. Estaba jugando una partida perdida de antemano. Una radio no es un libro antiguo, que abres y encuentras lo que pensaron, dijeron e imprimieron hace quinientos años. Esa radio me habría permitido oír, con algún graznido más, espantosa música rock o como la llamen hoy. Algo así como pretender recrear en las papilas el toque efervescente del aguavichí bebiendo cualquier agua con gas recién comprada en el supermercado. Esa caja rota me prometía sonidos perdidos para siempre. Si pudieran renacer, como las palabras congeladas de Pantagruel... Aunque mi memoria cerebral pudiera volver un día, ésta, hecha de ondas hertzianas, ya era imposible de recuperar. Solara no podía ayudarme con sonido alguno que no fuera el ruido ensordecedor de sus silencios.

Con todo, quedaba ese recuadro luminoso con los nombres de las estaciones, amarillos para las ondas medias, rojos para las cortas, verdes para las largas, nombres sobre los que mucho debía de haber elucubrado mientras desplazaba el indicador móvil e intentaba oír sonidos desacostumbrados de ciudades mágicas como Stuttgart, Hilversum, Riga, Tallin. Nombres que nunca había oído antes, que a lo mejor asociaba a Makedonia, Turkish Atika, Virginia, El Kalif y Stanbul. ¿Soñaría más con un atlas o con esa lista de emisoras y sus susurros? Pero había también nombres domésticos como Milán y Bolzano. Me puse a canturrear:

> *Cuando la radio desde Turín transmite*
> *es que te dice que un beso y un convite,*
> *si de repente cambia la sintonía*
> *es que no puedo: que está aquí mi tía.*
> *Aquí Radio Bolonia, mi amor te testimonia,*
> *Aquí Radio Milán, me atraes como un imán,*
> *Aquí Radio Sanremo, que sí que nos veremos…*

Los nombres de las ciudades, una vez más, eran palabras que me evocaban otras palabras.

El aparato se remontaba, a ojo, a los años treinta. Por aquel entonces una radio debía de costar cara, y desde luego entró en la familia sólo en un determinado momento, como símbolo de categoría social.

Quería saber qué se hacía con una radio entre los años treinta y cuarenta. Volví a llamar a Gianni.

Al principio dijo que iba a tener que pagarle a destajo, visto que lo usaba como un submarinista para sacar a la luz ánforas sumergidas. Luego añadió con voz conmovida:

—Ah, la radio… Nosotros la compramos hacia 1938, no antes. Costaban mucho, mi padre era un empleado, pero no como el tuyo, trabajaba en una pequeña empresa y ganaba poco. Vosotros os ibais de vacaciones en verano y nosotros nos quedábamos en la ciudad; por la tarde íbamos a tomar el fresco a los jardines públicos, y helado una vez a la semana. Mi padre era un hombre taciturno. Aquel día volvió a casa, se sentó a la mesa, comió en silencio, luego, al final, sacó un paquete de pasteles. ¿Cómo, si no es domingo?, le pregunta mi madre. Y él: pues porque me da la gana. Comimos los pasteles y después mi padre, rascándose la cabeza, dice: Mara, parece ser que estos meses el negocio ha ido bien y hoy el dueño me ha regalado mil liras. A mi madre le dio como un ataque, se llevó las manos a la boca y gritó: ¡oh, Francesco, entonces nos compramos la radio! Tal cual. En aquellos años circulaba «Se potessi avere mille lire al mese». Era la canción de un empleado modesto que soñaba con un sueldo de mil liras, con las que comprarle muchas cosas a su mujercita joven y bonita. Mil liras eran el equivalente de un buen sueldo, quizá más de lo que se sacaba mi padre; en cualquier caso, eran como una paga doble que nadie se esperaba. Y así entró la radio en mi casa. Déjame que piense, era una Phonola. Una vez a la semana daban el concierto de ópera «Martini e Rossi», y otro día la comedia. Ah, Tallin y Riga, si estuvieran todavía en mi radio de ahora, que sólo tiene números... Y luego, con la guerra, la única habitación caliente era la cocina, la radio se desplazó allí, y por la noche, con el volumen bajo bajo que, si no, nos metían en la cárcel, escuchábamos Radio Londres. Encerrados en casa, con los cristales forrados de papel azul, el de envolver el azúcar, por lo del oscurecimiento. ¡Y las canciones! Cuando vuelvas, si quieres, te las canto todas, hasta los himnos fascistas. Ya sabes que no soy un nostálgico, pero algunas veces me entran ganas de himnos fascistas, para sentirme otra vez como en aquellas veladas junto a la radio... ¿Cómo decía aquel anuncio? La radio, la voz que canta y encanta...

Le pedí que lo dejara. Es verdad que había empezado yo, pero ahora estaba contaminando mi tábula rasa con *sus* memorias. Tenía que revivir esas veladas yo solo. Serían distintas: él tenía una Phonola y yo una Telefunken. Pero, ¿de veras se conseguía captar Tallin, para oír hablar estonio?

Bajé a comer y, saltándome a la torera las recomendaciones de Gratarolo, bebí, pero sólo para olvidar. Precisamente yo, olvidar.

Tenía que olvidarme de los nervios de la última semana y conseguir que me entraran ganas de dormir, en la penumbra de la sobremesa, tumbado en la cama, con *Los tigres de Mompracem*, que antaño tal vez me mantenían despierto hasta la madrugada, pero que las últimas dos noches habían resultado ser benéficamente soporíferos.

Sin embargo, entre un bocado para mí y un trocito para Matù, tuve una idea sencilla pero luminosísima: la radio transmite lo que ponen en onda ahora, pero un gramófono te permite oír lo que había en un disco de entonces. Las palabras congeladas de Pantagruel. Para tener la impresión de oír la radio de hace cincuenta años, necesitaba los discos.

—¿Los discos? —refunfuñó Amalia—. Piense usted en comer, más le vale, que los discos no se comen; no vaya a ser que todas estas delicias se le atraganten y se me ponga usted tóxico ¡y, hala, al doctor! Los discos, los discos, los discos... ¡Ay, santapulenta, como que no están en el desván! Cuando sus señores tíos lo organizaron todo, yo les ayudé y a ver, espérese... me pensé que esos discos que estaban en el despacho de su señor abuelo, de llevarlos todos arriba, se me escapaban de las manos y al final seguro que caían por las escaleras. Entonces los metí... los metí... usted perdone; ande, no es que me falte memoria, aunque a mi edad no estaría de más, es que han pasado cincuenta años y pico y no me he estado aquí ni tan parada pensando en ellos. Ah, sí, ¡qué cabeza!, ¡los metería en el arcón que está delante del despacho de su señor abuelo!

Me salté la fruta y subí a identificar el arcón. No le había hecho mucho caso en el curso de mi primera visita: lo abrí y ahí estaban los discos, uno encima del otro, todos ellos con sus buenas setenta y ocho revoluciones y su sobre de protección. Amalia los había colocado allí sin orden ni concierto, y había de todo. Tardé media hora en transportarlos a la mesa del despacho y empecé a colocarlos con algún orden en la librería. El abuelo debía de ser un amante de la buena música, estaban Mozart y Beethoven, arias de ópera (incluso un Caruso) y mucho Chopin, y también había partituras de canciones de la época.

Miré el viejo *Radiocorriere*: tenía razón Gianni, había un programa semanal de música de ópera, las comedias, algún que otro concierto sinfónico, los diarios hablados, y todo lo demás era música ligera, o melódica, como se decía entonces.

Tenía que volver a oír las canciones, puesto que aquél debía de ser el mobiliario sonoro con el que había crecido: quizá el abuelo se encerraba en su despacho a escuchar a Wagner, y el resto de la familia se dedicaba a oír canciones de la radio.

Localicé enseguida la canción de las mil liras: era de Innocenzi y Soprani. El abuelo había puesto una fecha en muchas fundas, no sé si de cuando salió la canción o de cuando compró el disco, pero podía calcular de forma aproximada el año en que la canción ya se transmitía, o se seguía transmitiendo, por la radio. En este caso, era el año 1938, Gianni se acordaba perfectamente, la canción salió cuando su familia estaban comprándose la Phonola.

Intenté poner en marcha el tocadiscos. Seguía funcionando: el altavoz no era un prodigio, pero quizá era justo que todo graznara como antaño. Así, con el recuadro de la radio iluminado, como si el aparato estuviera vivo, y el tocadiscos en función, escuchaba una transmisión del verano de 1938:

> *¡Ay si yo tuviera mil liras al mes,*
> *sin exagerar podría yo encontrar*
> *la mayor felicidad!*
> *Un humilde empleo, más yo no pretendo:*
> *¡quiero trabajar para al fin hallar*
> *la mayor tranquilidad!*
> *Una linda casita, justo en las afueras,*
> *con una mujercita*
> *tan joven y bonita, como lo eres tú.*
> *¡Ay si yo tuviera mil liras al mes,*
> *por ti las gastaría, pues todos tus deseos*
> *te los realizaría!*

Los días anteriores me había preguntado cómo sería el yo dividido de un niño expuesto a mensajes de gloria nacional mientras, al mismo tiempo, soñaba con las nieblas de Londres, donde se encontraba con Fantomas batiéndose con Sandokán, entre una lluvia de clavos que desfondaban los pechos y descuajaban los brazos y las piernas de los compatriotas educadamente perplejos de Sherlock Holmes; y ahora venía a saber que, en esos mismos años, la radio me proponía como ideal de vida a un contable de pocas aspiraciones que anhelaba sólo la tranquilidad de las afueras. Pero puede que fuera una excepción.

Tenía que ordenar todos los discos, por fecha, cuando la llevaban. Tenía que recorrer año por año el formarse de mi conciencia a través de los sonidos que escuchaba.

En el transcurso de mi arreglo, bastante desquiciado, entre una serie de amor amor tráeme rosas rojas, no tú ya no eres mi niña, mi dulce enamorada, hay una pequeña iglesia amor mío escondida entre las flores, vuelve pequeña mía, toca sólo para mí oh violín gitano, tu música divina, una hora sola te querría, florecilla de los prados y chiribiribín; con la gran participación de las orquestas de Cinico Angelini, Pippo Barzizza, Alberto Semprini y Gorni Kramer, en discos que se llamaban Fonit, Carisch, La Voz de su Amo, con el perrito que escuchaba con el hocico apuntado hacia los sonidos que salían de la bocina de un gramófono, pues bien, entre todo eso me topé con discos de himnos fascistas, que el abuelo había reunido con un cordel, como para protegerlos, o segregarlos. El abuelo, ¿era fascista o antifascista, o todo lo contrario?

Me pasé la noche en vela escuchando cosas que no me resultaban ajenas, aunque de algunos cantos me venían a los labios sólo las letras, y de otras sólo la melodía. No podía no conocer un clásico como «Giovinezza», creo que era el himno oficial de todas las concentraciones fascistas, aunque tampoco podía ignorar que probablemente mi radio me la ponía a poca distancia de tiempo de «El pingüino enamorado», cantado, como indicaba la funda del disco, por el Trío Lescano.

Me parecía conocer desde hacía mucho tiempo esas voces femeninas. Conseguían cantar las tres por intervalos de tercera y sexta, con un efecto de aparente cacofonía, que resultaba agradabilísimo al oído. Y mientras los muchachos de Italia en el mundo me enseñaban que el mayor privilegio era ser italiano, las hermanas Lescano me narraban de los tulipanes de Holanda.

Decidí alternar himnos y canciones (probablemente así me llegaban a través de la radio). Pasé de los tulipanes al himno de los Balilla, y en cuanto puse el disco seguí la canción como si la recitara de memoria. El himno exaltaba a ese joven valiente que (fascista de antemano, visto que, como bien saben las enciclopedias, Giovan Battista Perasso vivió en el siglo XVIII), arrojando su piedra contra los austríacos, desencadenó la sublevación de Génova.

Al fascismo no debían de disgustarle los gestos terroristas, y

Cuando desde la trinchera
cerca suena la batalla
el primero es llama negra
que al enemigo avasalla.
Con la bomba en la mano,
con la fe en el corazón
él avanza, lejos marcha
fuerte de gloria y valor.

Juventud, Juventud,
    primavera de belleza
en la más dura aspereza
    tu canto resuena y va.

De Orsini he aquí la bomba
con el puñal del terror,
cuando el obús rimbomba
saco el pecho luchador,
pues mí espléndida bandera
defendíla con honor
y una hermosa llama negra
todos inflamó de ardor.

Juventud, Juventud,
    primavera de belleza
en la más dura aspereza
    tu canto resuena y va.

Por Benito Mussolini
Eja Eja Alalá.

Redonda en el cielo de mayo
    cual queso de bola
alta sube la luna con su rayo
    que enamora…
de amor habla un
    tuli tuli tuli tulipán,
en coro susurra otro
    tuli tuli tuli tulipán…
Oye el canto delicioso
    con su encanto tan gracioso.
Habla de amor el
    tuli tuli tuli tulipán.
Delícioso corazón el
    tuli tuli tuli tulipán
¡y de mí te hablarán
maravillosas flores y ese
    tuli tuli tuli tulipán!

Silba la piedra, el nombre vibra
del muchacho de Portoria,
ya el intrépido Balilla
entra gigante en la Historia.

Era bronce ese mortero
que en el fango bien se hundió
pero el niño fue de acero
y a la Madre liberó.

Raudo el paso, audaz el ojo,
alto el grito de valor:
«Al vil la piedra yo arrojo,
va al amigo mi calor».

Somos masas de simiente,
somos llamas de valor:
por nosotros ríe la fuente
por nosotros brilla el sol.

Mas el día de la batalla
que a los héroes llegará,
bien seremos la metralla
de la Santa Libertad.

Cuando todo calla y alta en el cielo la
    luna sube,
con mi más dulce y amable miau,
llamo a Maramiau.
Veo a todos los mininos en los tejados
    pasear,
también ellos sin ti están tan tristes
    como yo.

Maramiau, ¿por qué te has muerto?
Vino y pan no te faltaban,
la ensalada está en el huerto
y una casa tenías tú.
Las gatitas enamoradas
por ti siguen ronroneando,
pero la puerta está cerrada
y ya no respondes tú.

Maramiau… Maramiau
cantan los gatos en coro:
Maramiau… Maramiau
miau, miau, miau, miau, miau…

en mi versión de «Giovinezza» había escuchado también lo de «de Orsini he aquí la bomba, con el puñal del terror», y creo que Orsini intentó matar a Napoleón III.

Mientras escuchaba, había caído la noche, y del huerto o de la colina, o del jardín, llegaba un fuerte olor a lavanda y a otras hierbas que no conozco (¿tomillo?, ¿albahaca?, creo que nunca se me ha dado bien la botánica —además, yo era el tipo al que le mandaron a comprar rosas, y volvió a casa con unos testículos de perro—, quizá eran tulipanes de Holanda). ¿Tenían perfume esas otras flores que Amalia me había enseñado a reconocer, las dalias y las zinnias?

Apareció Matù, y se puso a restregarse contra mis pantalones, ronroneando. Había visto un disco con un gato en la portada, y lo sustituí al himno de los Balilla, abandonándome a ese oficio de difuntos felino. *Maramiau, ¿por qué te has muerto?*

¿De verdad los niños de las juventudes fascistas cantaban «Maramiau»? Quizá debía regresar a los himnos del régimen. A Matù no le importaría mucho si cambiaba de canción. Me senté cómodamente, me lo puse en el regazo rascándole la oreja derecha, encendí un cigarrillo y me zambullí de lleno en el universo de un Balilla.

Tras una hora de escucha, mi mente era un engrudo de frases heroicas, de incitaciones al asalto y a la muerte, de ofrecimientos de obediencia al Duce, hasta el supremo sacrificio. Fuego de Vesta que fuera del templo alumbras con alas y llamas el destino universal hacia una varonil juventud con romana voluntad combatirá no nos importó antaño la cárcel no nos importó antaño la triste suerte para preparar a esta gente fuerte a la que ahora no le importa la muerte el mundo sabe que la camisa negra se viste para combatir y morir por el Duce y por el Imperio, eja eja, alalá salve oh Rey Emperador nueva ley dio al mundo el Duce y a Roma el nuevo Imperio yo me despido pues voy a Abisinia querida Virginia pero volveré y de África te mandaré una bella flor nacida bajo el cielo del ecuador Niza Saboya Córcega fatal Malta baluarte de romanidad Túnez italiana riberas montes y mar resuena la libertad.

¿Quería Niza italiana o mil liras al mes, cuyo valor desconocía? Un niño que juega con los fusiles y los soldaditos quiere liberar la Córcega fatal y no maramaullar entre tulipanes y pingüinos enamorados. Sin embargo, Balilla aparte, ¿oía «El pingüino enamorado» mientras leía a Jacolliot e imaginaba entonces pingüinos en los mares helados del Norte? Y siguiendo *La vuelta al mundo en ochenta días*, ¿veía a Phileas Phogg viajar entre campos de tulipanes? ¿Y cómo conciliaba a Rocambole con su pasador y la piedra de Giovan Battista Perasso? *Tulipán* era de 1940, de cuando empezó la guerra: sin duda entonces cantaba «Giovinezza», pero ¿quién me decía que los *Ravageurs* y Rocambole no los había leído yo en 1945, acabada la guerra, cuando de los cantos fascistas se había perdido el rastro?

Era preciso recuperar a toda costa mis libros escolares. Allí tendría ante los ojos mis verdaderas primeras lecturas, las canciones con su fecha me dirían con qué sonidos las acompañaba, y quizá me aclararían la relación entre *nada nos importa la muerte* y las matanzas con las que me tentaba el *Giornale Illustrato dei Viaggi e delle Avventure*.

Era inútil imponerme unos días de tregua. La mañana siguiente tenía que volver a subir al desván. Si el abuelo era metódico, los libros escolares no debían de estar lejos de las cajas con los libros de mi infancia. Si los tíos no habían ordenado todo en desorden.

De momento, estaba cansado de llamadas a la gloria. Me asomé a la ventana. Mientras el perfil de las colinas se recortaba oscuro contra el cielo, la noche sin luna estaba *bordada de estrellas*. ¿Por qué se me había ocurrido esa expresión gastada por el uso? Era de una canción, ciertamente. Estaba viendo el cielo tal y como lo había oído cantar antaño.

Me puse a rebuscar entre los discos y elegí todos aquellos cuyo título hacía pensar en la noche y en algún espacio sideral. El tocadiscos del abuelo era ya de los que se podían preparar con los discos apilados uno encima del otro, de modo que, acabado uno, el siguiente caía en el plato. Como si la radio me cantara, ella sola, sin que yo tuviera que girar el sintonizador. Lo puse en marcha y me dejé acunar, en el alféizar, ante el cielo estrellado encima de mí, con el sonido de toda esa buena mala música que había de despertar algo dentro de mí.

Esta noche mil estrellas palpitan... Una noche, con las estrellas y contigo... Háblame, háblame bajo las estrellas, dime las cosas más bellas, en el dulce hechizo de amor... Allá, bajo el cielo de las Antillas, donde las estrellas más que la luna brillan, me embrujan los mil efluvios del amor... Maîlù, bajo el cielo de Singapur, en un sueño de estrellas de oro allá donde nació nuestro amor... Bajo la bóveda de las estrellas que tiernas nos miran, bajo esta bóveda estrellada yo te quiero besar... Vivir sin ti es vivir sin luna, cantemos pues a las estrellas y a la luna, y quién sabe si me sonreirá la fortuna... Luna luna marinera qué bonito es el amor que no se aprende... Venecia, la luna y tú, en la luz incierta de tus calles, un rayo de luna me besó... Solos en la noche, tarareando al unísono nuestra canción... Cielo de Hungría, suspiro de nostalgia, con infinito amor yo pienso en ti... Voy al tuntún donde el cielo siempre es azul, oigo a los gorriones entre los árboles, y gorjean tú por tú...

El último disco debí de ponerlo por equivocación, no tenía nada que ver con el cielo, era una voz sensual, como de un saxofón en celo, que cantaba:

Allá en Capocabana,
En Capocabana la mujer es reina, es la soberana...

Me sobresaltó el ruido de un motor lejano, quizá un coche que pasaba por el valle, sentí un atisbo de taquicardia y me dije: «¡Es Pipetto!».

Como si alguien se presentara puntual en el momento esperado, y aun así su llegada me inquietara. ¿Quién era Pipetto? Es Pipetto, decía, pero eran solamente y una vez más mis labios los que recordaban. *Flatus vocis*, nada más. No sabía quién era Pipetto. O mejor dicho, algo en mí lo sabía, pero ese algo se regodeaba sardónico en la región herida de mi cerebro.

Excelente tema para mi biblioteca juvenil, *El secreto de Pipetto*. ¿Era acaso una adaptación italiana de, qué sé yo, *El secreto de Lantenac*?

Me devanaba los sesos con el secreto de Pipetto y a lo mejor no había secreto alguno, salvo el que una radio susurraba, entrada la noche, a quien la escuchara.

9

PIPPO NO LO SABE

Han pasado otros días (¿cinco, siete, diez?) en que los recuerdos se amalgaman, y quizá es algo positivo, porque lo que a mí me ha quedado ha sido, cómo diría yo, la quintaesencia de un montaje. He pegado testimonios desiguales, cortando, enlazando, ya sea por natural secuencia de ideas y emociones, ya sea por contraste. Lo que me ha quedado ya no es lo que he visto y oído en estos días, ni siquiera lo que podía haber visto y oído de niño: es el figmento, la hipótesis elaborada a los sesenta años de lo que podría haber pensado a los diez. Poco, para decir «sé que pasó eso», bastante para exhumar, en hojas de papiro, lo que presumiblemente podía haber sentido entonces.

Volví al desván, y empezaba a temer que de mis cosas del colegio no hubiera quedado nada, cuando me llamó la atención una caja, cerrada con esmero, en la que se veía el rótulo «Primaria y Bachillerato Yambo». Había otra con «Primaria y Bachillerato Ada». Pero no tenía que reactivar también la memoria de mi hermana. Con la mía tenía bastante.

Quería evitar otra semana de tensión alta. Llamé a Amalia e hice que me ayudara a transportar la caja al despacho del abuelo. Luego pensé que la primaria y los primeros años del bachillerato debí de cursarlos entre el 37 y el 45, y bajé también las cajas donde ponía «Guerra», «Años Cuarenta» y «Fascismo».

En el despacho, lo vacié todo y lo ordené en varios estantes. Libros de primaria, manuales de historia y geografía de bachillerato, y muchos cuadernos, con mi nombre, el año y la clase. Había muchos periódicos. Parece ser que el abuelo, desde la guerra de Etiopía en adelante, conservó los números importantes, el del histórico discurso del Duce sobre la conquista del Imperio, el de la declaración de guerra del 10 de junio de 1940, y mucho más, hasta el lanzamiento de la bomba atómica sobre Hiroshima y el final de la guerra. Además, había postales, carteles, folletos, algunas revistas.

Decidí proceder con el método de un historiador, esto es, controlando los testimonios mediante un cotejo recíproco. Es decir, si leía libros y cuadernos de cuarto grado, 1940-1941, hojeaba los periódicos de los mismos años y, en la medida de lo posible, ponía en el tocadiscos las canciones de esos mismos años.

Me había dicho que, si los libros eran del régimen, del régimen habían de ser también los periódicos, y ya se sabe que, por ejemplo, el *Pravda* de los tiempos de Stalin no les daba a los buenos soviéticos las noticias correctas. Pero tuve que cambiar de idea. A pesar de ser laxamente propagandísticos, los periódicos italianos, incluso los del tiempo de la guerra, permitían entender lo que estaba sucediendo. A distancia de tiempo, el abuelo me estaba dando una gran lección, civil e historiográfica a la vez: hay que saber leer entre líneas. Y entre líneas leía él, subrayando no tanto los artículos de grandes titulares sino más bien los sueltos, los alcances, las noticias que podían escaparse a una primera lectura. Un *Corriere della Sera* del 6-7 de enero de 1941 decía en el titular: «En el frente de Bardia la batalla prosigue con gran tesón». A media columna, el parte de guerra (había uno al día, y enumeraba burocráticamente incluso los aviones enemigos abatidos) decía con indiferencia que «otros baluartes han caído tras denodada resistencia de nuestras tropas, que han causado al enemigo pérdidas considerables». ¿Otros baluartes? Por el contexto se entendía que Bardia, en África septentrional, había caído en manos inglesas. De todas formas, en el margen el abuelo había señalado con tinta roja, como en muchos otros números: «RL, caída B. 40.000 pris». RL quería decir evidentemente Radio Londres, y el abuelo comparaba las noticias de Radio Londres con las oficiales. No sólo Bardia había caído, sino que cuarenta mil soldados nuestros habían tenido que entregarse al enemigo. Como se ve, el *Corriere* no mentía, a lo sumo daba por descontado lo que callaba con reticencia. El mismo *Corriere*, el 6 de febrero, titulaba «Contraataques de nuestras tropas en el frente norte de África oriental». ¿Cuál era el frente norte de África oriental? Mientras en muchos números del año anterior, cuando se daba cuenta de nuestras primeras penetraciones en Somalia británica y en Kenia, aparecían mapas precisos, para que se entendiera por dónde andábamos saltándonos las fronteras victoriosamente, en aquella noticia del frente norte no había mapa, y sólo si mirabas un atlas entendías que los ingleses habían entrado en Eritrea.

El *Corriere* del 7 de junio de 1944 había titulado victoriosamente, a nueve columnas: «La masa de fuego de la defensa alemana derrota a las unidades aliadas en las costas de Normandía». ¿Qué hacían los alemanes y los aliados en la costa de Normandía? Es que el 6 de junio había sido el famoso D-Day, el principio de la invasión, y el periódico, que seguramente no podía haber hablado de ello el día anteior, daba el asunto por sobrentendido, excepto para precisar que el mariscal Von Runstedt no se había dejado sorprender, desde luego, y la playa estaba llena de cadáveres enemigos. No se podía decir que no era verdad.

Procedía yo con método y reconocía la sucesión de los acontecimientos reales, gracias a la prensa fascista leída como debía leerse, y como probablemente todos leían. Encendí el cuadrante de la radio, puse en marcha el tocadiscos y reviví. Naturalmente era como revivir la vida de otro.

Primer cuaderno del colegio. En aquellos tiempos, lo primero que se enseñaba era a hacer los palotes, y se pasaba a las letras del alfabeto sólo cuando uno era capaz de llenar una página con rayas bien alineadas, todas ellas bien derechas. Educación de la mano, y de la muñeca: la caligrafía contaba algo, cuando la máquina de escribir la tenían sólo en las oficinas. Pasé al *Libro de primer grado*, «recopilado por la señorita Maria Zanetti, con ilustraciones de Enrico Pinochi», Librería del Estado, año XVI.

Balilla.

Ài udito mai narrare
la storia di
Battista Perasso?
Ora te la narrerò io.

Be… be… Bésame, chiquilla,
en la bo… bo.. boca chiquitina;
dame tan… tan… tantos besos tú,
tarataratarataratú.

Ni… ni… niña travesuela,
tú eres gua… gua… guapa y muy
    pilluela,
ay qué ten… ten… tentación resultas
    tú,
tereteretereteretú.

Be, A: BA; Be, E: BE.
Deletrea tú conmigo
Be, O: BO; Be, U: BU.
Ay qué deliciosas son
estas sílabas de amor.

En la página de los primeros diptongos, después de *io*, *ia*, *aia*, estaban *Eia! Eia!* y un haz de lictor. El alfabeto se aprendía, pues, al son de «Eja Eja Alalà»; y yo que creía que era una interjección de D'Annunzio. Para la B había palabras como *Benito*, y una página dedicada a los Balilla; precisamente mientras *mi* radio cantaba otro silabario: *be, be, bésame, chiquilla.* ¿Cómo aprendería yo la B, visto que mi Giangio todavía la confunde con la V?

Balilla y los Hijos de la Loba. Una página con un chico de uniforme, camisa negra y una especie de bandolera blanca cruzada en el pecho con una M en el medio. «Mario es un hombre», decía el texto.

Hijo de la Loba. Es el 24 de mayo. Guillermo viste su bonito uniforme nuevo, su uniforme de Hijo de la Loba. «Papá, yo también soy un soldadito del Duce, ¿no es verdad? Me convertiré en un Balilla, llevaré el gallardete, tendré el mosquetón, seré Vanguardista. Quiero hacer yo también los ejercicios como los soldados de verdad, quiero ser el mejor de todos, quiero merecerme muchas medallas…»

Inmediatamente después había una página que se parecía a las Images d'Epinal, pero no eran zuavos o coraceros franceses, sino los uniformes de las distintas formaciones juveniles fascistas.

Para enseñar el sonido /ll/ el libro traía como ejemplo *gallardete, batalla, metralla*. A niños de seis años. A los de la primavera leve y bailarina. Claro que hacia la mitad de la cartilla me enseñaban algo sobre el ángel de la guarda:

> *Anda un niño por el largo camino*
> *solo, solo sin saber su destino…*
> *Pequeño es el niño en tan gran montaña*
> *hasta que un ángel le ve y le acompaña.*

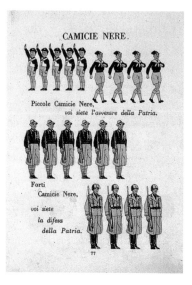

CAMICIE NERE.

Piccole Camicie Nere,
voi siete l'avvenire della Patria.

Forti
Camicie Nere,

voi siete
la difesa
della Patria.

77

¿Adónde había de conducirme el ángel? ¿Allá donde cantaba la metralla en la batalla? Por lo que sabía, entre la Iglesia y el Fascismo se habían firmado hacía tiempo los Acuerdos de Letrán, por lo que tenían que educarnos para convertirnos en Balilla sin olvidarnos de los Ángeles.

¿Desfilaba también yo de uniforme por las calles de la ciudad? ¿Quería ir a Roma y convertirme en un héroe? La radio cantaba ahora un himno marcial que evocaba la imagen de un desfile de jóvenes Camisas Negras, pero inmediatamente después el panorama cambiaba, y por la calle pasaba ahora un tal Pippo, poco dotado por la madre naturaleza y por su sastre personal, que sobre el chaleco llevaba la camisa. Pensando en el perro de Amalia, me vi a este transeúnte con la cara alicaída, los párpados derrumbados encima de dos ojos acuosos, la sonrisa alelada y desdentada, dos piernas desarticuladas y los pies planos.

El Pippo de la canción llevaba la camisa por encima del chaleco. Pero las voces de la radio no decían «camisa» sino «camisáa».

Fuego de Vesta que fuera del templo
  alumbras,
con alas y llamas la juventud avanza.
Antorchas ardientes en las aras y en
  las tumbas,
nosotros somos de la nueva edad la
  esperanza.

Duce, Duce, ¿quién no sabrá morir?
¿Quién osará el juramento renegar?
¡Desenvaina la espada! Cuando tú lo
  ordenes,
gallardetes al viento, a tu voz
  acudiremos.
Armas y banderas de los antiguos
  héroes,
por Italia y por el Duce, al sol brillar
  haremos.

Y va, la vida va,
consigo nos lleva y nos promete el
  porvenir.

Una viril juventud
con romana voluntad combatirá.

Llegará, ese día llegará
en que la Madre de los Héroes nos
  llamará
¡por el Duce, oh Patria, por el Rey,
  juventud, arriba!
¡Te daremos gloria e imperio en
  ultramar!

Ay, Pippo, Pippo que es verdad,
que cuando pasas ríe toda la ciudad:
las modistillas,
con sus risillas,
te leen la cartilla.

Mas Pippo con gran seriedad
saluda a todos, sus respetos y se va,
se cree tan mono,
como un Apolo
y da saltitos como un pollo.

Sobre el abrigo va la chaqueta
y sobre el chaleco va la camisa.
Sobre el zapato los calcetines,
no hay rastro de botones
pues con los cordones se sujeta los
  calzones.

Ay, Pippo, Pippo que es verdad,
y serio, serio vas por la ciudad,
te crees tan mono,
como un Apolo
y das saltitos como un pollo.

Debía de ser para hacer cuadrar la letra con la música. Tenía la sensación de haber hecho yo lo mismo, pero en otro contexto. Volví a cantar «Giovinezza», que había escuchado la noche anterior, pero diciendo *Por Benito y Mussolini, Eja Eja Alalá.* No cantábamos *Por Benito Mussolini,* sino *por Benito* y *Mussolini.* Esa conjunción era evidentemente eufónica, servía para darle más energía a ese *Mussolini.* Por Benito y Mussolini, encimá del chalecó la camisáa.

Ahora bien, ¿quién pasaba por las calles de la ciudad, los Balilla o Pippo? Y la gente, ¿de quién se reía? ¿Quizá el régimen advertía en el asunto de Pippo una sutil alusión? ¿Era acaso la sabiduría popular, que nos consolaba con cantaletas casi infantiles de esa retórica del heroísmo que habíamos de soportar a cada instante?

Casi pensando en otras cosas, llegué a una página sobre la niebla.

Una imagen: Alberto y su padre, dos sombras que se recortan contra otras sombras, todas ellas negras, todas ellas perfiladas contra un cielo gris, en el cual afloran, de un gris un poco más oscuro, las siluetas de las casas de la ciudad. El texto me decía que en la niebla las personas parecen sombras. ¿Así era la niebla?

¿Ese cielo gris no habría debido envolver, como leche, o como agua y anís, también las sombras humanas? Por lo que me decía mi recopilación de citas, en la niebla las sombras no se recortan, sino que nacen de ella, se confunden con ella: la niebla nos hace ver sombras también allá donde no hay nada, y nada allá donde después aflorarán sombras... ¿Acaso el libro de primer grado también mentía sobre la niebla? En efecto, acababa con una invocación al claro sol: que viniera a llevarse la niebla. Me decía que la niebla era una fatalidad, e indeseable. ¿Por qué me enseñaban que la niebla era mala, si luego me ha quedado dentro su oscura nostalgia?

Oscura, *oscurecimiento.* Palabras que evocan palabras. Durante la guerra, me había dicho Gianni, la ciudad estaba sumida en la oscuridad, para que los bombarderos enemigos no la identificaran, y no debía traslucirse ni siquiera un rayo de luz de las ventanas de las casas. Vista la situación, se bendecía a la niebla, que extendía sobre nosotros su manto protector. La niebla era buena.

Estaba claro que del oscurecimiento no podía hablarme el libro de primer grado, que llevaba la fecha de 1937. Hablaba sólo de niebla lóbrega y desapacible, como la que llovizneando subía a las enhiestas colinas. Hojeé los libros de los grados siguientes, pero no había alusiones a la guerra ni siquiera en el de quinto, y era de 1941, cuando ya hacía un año que había empezado. Era una edición de los años anteriores, y se hablaba sólo de los héroes de la guerra de España y de la conquista de Etiopía. No estaba bien hablar en los libros escolares de las incomodidades de la guerra; se eludía el presente para celebrar las glorias pasadas.

En el libro de cuarto, curso 1940-1941 (estábamos en el otoño del primer año de guerra), había sólo historias de hazañas gloriosas de la Primera Guerra Mundial, con imágenes que representaban a los miembros de nuestra infantería en el Carso, desnudos y musculosos como gladiadores romanos.

En otras páginas aparecían, para conciliar el Balilla con el ángel, cuentos sobre la Nochebuena, llenos de dulzura y de bondad. Puesto que no sabíamos que perderíamos toda el África oriental a finales del año cuarenta y uno, cuando ese libro circulaba ya por los colegios, en él campeaban todavía nuestras valientes tropas coloniales, y lo que veía era un dubat somalí, con su hermoso uniforme característico, apropiado para las costumbres de esos indígenas que estábamos civilizando, con el torso desnudo excepto por una banda blanca que se anudaba en la cartuchera. Poesía aclaratoria, *el Águila legionaria alza el vuelo dominando el mundo entero: sólo Dios la detendrá*. Ahora bien, Somalia había caído en manos inglesas en febrero, quizá mientras leía por primera vez esa página. ¿Lo sabía al leerlo?

De todas maneras, en la misma cartilla leía también las poesías infantiles del *Cestello* reciclado: *¡Adiós, furor de tormenta!/ ¡Adiós, estruendo de truenos! / Huyen ya los nubarrones / y muy terso el cielo queda…/ Consolado el mundo calla, / de aflicciones se reposa, / como un bálsamo rebosa / la serena amiga paz.*

¿Y la guerra en curso? En el libro de quinto había más bien una meditación sobre las diferencias raciales, con un capitulito sobre los judíos y el ojo con el que había que andarse con esta estirpe traidora, que «habiéndose infiltrado astutamente entre los pueblos Arios… inoculó en los laboriosos pueblos norteños un espíritu nuevo hecho de mercantilismo y sed de ganancias». En las cajas había localizado también algunos números de *La difesa della Razza*, una revista nacida en 1938, y no sé si el abuelo permitió nunca que cayera en mis manos (pero, ya se sabe, antes o después había ido a curiosear por doquier). Había fotos de aborígenes que se comparaban con las de un mono, otras que mostraban el resultado monstruoso del cruce entre un chino y un europeo (ahora bien, se trataba de fenómenos de degeneración que según parece sucedían sólo en Francia). Se hablaba bien de la raza japonesa y se señalaban los estigmas imprescindibles de la raza inglesa, mujeres con bocio, caballeros rubicundos con la nariz de alcoholizados, y una viñeta mostraba a una mujer con el casco británico, impúdicamente cubierta por algunas hojas del *Times* como si fueran un tutú: la mujer se miraba en el espejo y *Times*, al contrario, daba *Semit*. En cuanto a los judíos de verdad, las posibilidades eran numerosas: era un catálogo de narices aguileñas y barbas descuidadas, de bocas porcinas y sensuales con la dentadura saliente, de cráneos braquicéfalos, de pómulos marcados y ojos tristes de Judas jerosolimitano, de panzas incontinentes de tiburones con frac, incluida la leontina de oro en el chaleco, las manos rapaces tendidas hacia las riquezas de los pueblos proletarios.

El abuelo, creo, había metido entre aquellas páginas una postal de propaganda donde un semita repugnante, con la Estatua de la Libertad en el fondo, extendía sus garras hacia el que miraba. En cualquier caso, no se libraba nadie, porque otra postal mostraba a un negrazo borracho con sombrero de vaquero que manoseaba con sus zarpas el blanco ombligo de la Venus de Milo. El dibujante había olvidado que habíamos declarado la guerra también a Grecia, y por consiguiente, ¿por qué había de importarnos que ese bruto manoseara a una helénica mutilada, cuyo marido andaba por esos mundos con faldas y un pompón en los zapatos?

Como contraste, la revista mostraba los perfiles puros y viriles de la raza itálica, y si Dante o algunos caudillos renacentistas no tenían lo que se dice una nariz pequeña y recta, se hablaba en esos casos de «raza aquilina». Y por si la remisión a la pureza aria de mis compatriotas no me hubiera convencido del todo, en mi libro de lecturas tenía una fuerte poesía sobre el Duce (*Cuadrada es su imperturbable barbilla / y más cuadrado aún su firme pecho; / su paso, una columna que camina, / y su voz, el cercén del hombre hecho*) con la comparación entre los rasgos viriles de Julio César y los de Mussolini (que luego César se acostara con sus legionarios, es algo que sabría sólo después, a través de las enciclopedias).

Los italianos eran todos guapos. Apuesto Mussolini, que desde un número de *Tempo*, revista ilustrada, aparecía en la portada a caballo con la espada desenvainada (era una foto, verdadera, no una invención alegórica: ¿iba por esos mundos con la espada?), para celebrar la entrada en guerra; guapo el Camisa Negra que proclamaba tanto «Odiemos al enemigo» como «¡Venceremos!», hermosas las espadas romanas apuntadas hacia el contorno de la Gran Bretaña, hermosa la mano rural que con el pulgar abajo apuntaba a una Londres en llamas, hermoso el orgulloso legionario que se recortaba contra las ruinas de Amba Alaji destruida asegurando: «¡Volveremos!».

Optimismo. La radio seguía cantándome que era tan alto, que era tan gordo, que lo llamaban Bómbolo, intentó bailar, se empezó a tambalear, de tumbo en tumbo, rodó hacia acá, como una pelota rebotó allá, y por destino fatal cayó en un canal donde por arte de magia empezó a flotar.

Pero sobre todo eran hermosas, guapas, en todas esas revistas y carteles publicitarios, las muchachas de pura raza italiana, pecho grande y curvas suaves, espléndidas máquinas para hacer hijos, opuestas a las huesudas y anoréxicas misses inglesas y a la mujer-crisis de plutocrática memoria. Hermosas, guapas, eran las señoritas que participaban en el concurso *Cinco mil liras por una sonrisa*; hermosas, guapas, las señoras procaces, con el trasero bien marcado por la falda culpable, que atravesaban a grandes pasos un cartel de publicidad mientras la radio me aseguraba que serán bonitos los ojos negros, serán bonitos los ojos azules, pero las piernas, ay las piernas, son lo que a mí me gusta más.

Hermosas, guapísimas eran las chicas de las canciones, ya fueran bellezas itálicas y muy rurales, «las generosas campesinas», ya fueran bellezas urbanas como la «linda pequeñina» milanesa que con su carita medio empolvada paseaba por la avenida más frecuentada, o las bellezas en bicicleta, símbolo de una feminidad atrevida y alocada de piernas esbeltas y hermosas.

Feos eran obviamente los enemigos y en algunos ejemplares del *Balilla*, semanal para los muchachos de la Juventud Italiana del Lictorio, aparecían las ilustraciones de De Seta acompañando a historias donde se mofaban del enemigo, siempre caricaturizado de forma animalesca: *Por miedo a la guerra /el rey Jorgito de Inglaterra / pide ayuda y protección / al ministro Churchillón*, y luego intervenían los otros dos malos, Rusveltacho y el terrible Estalín, ogro rojo del Cremlín.

Con la carita medio empolvada
tu bella sonrisa despreocupada
caminas por la avenida más
    frecuentada
la sombrerera de novedades llena.
Oh, linda pequeñina,
pasas tan matutina
andando feliz entre la gente
canturreando alegremente.
Oh, linda pequeñina,
eres tan tan pillina
que toda te sonrojas
si alguien sin aviso
te suelta sus lisonjas,
por ti tan derretido
que saluda y ya se ha ido.

Dónde vas belleza en bicicleta
pedaleando con tanta prisa y tal
    ardor,
las piernas bellas, torneadas y esbeltas
me han llenado el pecho de pasión.
Dónde vas con el pelo al viento,
el corazón contento y el gesto
    encantador…
Con tú quererlo, antes o después,
llegaremos a la meta del amor.

Cuando vemos una chica pasear,
¿qué hacemos? Nos ponemos en su pos
y con ojo astuto intentamos adivinar
lo que hay de los pies a la cabeza.
Serán bonitos los ojos negros
serán bonitos los ojos azules,
pero las piernas,
ay, las piernas,
a mí me gustan más.
Serán bonitos los ojos azules
y la naricita respingona,
pero las piernas,
ay, las piernas,
a mí me gustan más.

Al alba, cuando sale el sol,
allá en el dorado Abruzzo,
las generosas campesinas
descienden los valles en flor.
Campesina bella,
tú eres la Reina.
¡En tus ojos luce el sol,
el color de las violetas
y los valles en flor!
Cuando cantas es tu voz
una armonía de paz,
que se difunde veloz:
«¡Si tú quieres ser feliz,
aquí tienes que vivir!».

Los ingleses eran malos porque usaban el *Lei*, mientras que los buenos italianos tenían que usar exclusivamente, incluso en las relaciones interpersonales, el italianísimo *Voi*. De lo poco que se sabe de las lenguas extranjeras, son los ingleses y los franceses los que usan la segunda persona (*you*, *vous*); la tercera persona, en cambio, el *Lei*, es muy italiana, a lo sumo un residuo españolista, pero, claro, con los españoles franquistas éramos ya uña y carne. Y también, el *Sie* alemán es un *usted* o un *ustedes*, no un *vos*. De todas formas, tal vez por escaso conocimiento de lo extranjero, eso habían decidido en las alturas, y el abuelo había conservado unos recortes muy explícitos y harto rigurosos al respecto. Había tenido también la agudeza de conservar el último número de una revista femenina, *Lei*, donde se anunciaba que a partir del número siguiente se llamaría *Annabella*. Era evidente que el título de la revista no representaba un apelativo dirigido a la lectora ideal («permítame *usted*, señora») sino que era una referencia al público femenino (es decir, *ella*, no él). Pero la cuestión era que ese *Lei*, aun con otra función gramatical, se había vuelto tabú. Me preguntaba si el episodio había hecho reír también a las lectoras de entonces, pero estaba claro que era un hecho consumado y todos lo habían digerido.

Existían, además, las bellezas coloniales, porque los tipos negroides se parecían a los monos y los abisinios estaban minados por enfermedades múltiples, pero se hacía una excepción por la bella abisinia. Cantaba la radio *Carita negra, bella abisinia, ya se acercan a ti nuestras insignias, y cuando cerca de ti estemos, otra ley y otro rey te daremos.*

Lo que había de hacerse con la bella abisinia lo decían las viñetas en color de De Seta, el mismo de Churchillón, donde se veían legionarios italianos comprando negritas semidesnudas en un mercado de esclavos para mandárselas a los amigos a la patria, cual un paquete postal.

Ahora bien, las bellezas femeninas de Etiopía eran anheladas desde el principio de la campaña de conquista con un canto triste, nostálgico y debidamente caravanero: *Van, las caravanas del Tigré, siguiendo una estrella que ya siempre brillará y yo de amor palpitaré.*

Y yo, en este torbellino de optimismo, ¿qué pensaba? Me lo decían mis cuadernos de mis primeros cinco cursos. Bastaba mirar las tapas, que ya invitaban a pensamientos de audacia y de victoria. Excepto algunos, que tenían un papel blanco y recio (debían de ser los más caros) y llevaban en el centro el retrato de algún Gran Hombre (la de castillos que debo de haber construido en torno a la cara enigmática y sonriente —y al nombre— de un señor llamado Shakespeare, y seguramente lo pronunciaría tal como se escribe, visto que había repasado con pluma las letras, como para interrogarlas o memorizarlas), en fin, los demás cuadernos llevaban imágenes del Duce a caballo, imágenes de heroicos combatientes con camisa negra que tiraban bombas de mano contra el enemigo, imágenes de cazatorpederos agilísimos que hundían acorazados enemigos, imágenes de estafetas con sublime espíritu de sacrificio que, con las manos machacadas por una granada, seguían corriendo bajo los restallidos de la metralla enemiga llevando el mensaje entre los dientes.

El maestro (¿por qué maestro y no maestra? No lo sé, me salió «señor maestro») nos había dictado los fragmentos fundamentales del histórico discurso del Duce el día de la declaración de guerra del 10 de junio de 1940, y había introducido, siguiendo las crónicas de los periódicos, las reacciones de la muchedumbre oceánica que lo escuchaba ante el balcón del Palacio Venecia:

¡Combatientes de tierra, mar y aire! ¡Camisas Negras de la revolución y de las legiones! ¡Hombres y mujeres de Italia, del Imperio y del Reino de Albania! ¡Escuchad! La hora marcada por el Destino suena en el cielo de nuestra Patria. Es la hora de las decisiones irrevocables. La declaración de guerra ha sido ya entregada (aclamaciones, formidables gritos de «¡Guerra! ¡Guerra!») *a los embajadores de Gran Bretaña y Francia. Entramos en guerra para combatir las democracias plutocráticas y reaccionarias de Occidente, que en todo tiempo, han entorpecido la marcha de Italia, y muchas veces han amenazado incluso la propia existencia del pueblo italiano...*

Según la ley de la moral fascista, cuando se tiene un amigo se marcha con él hasta el fin (gritos de ¡Duce! ¡Duce! ¡Duce!). *Así lo hemos hecho y lo seguiremos haciendo con Alemania, con su pueblo, con sus victoriosos Ejércitos. En vísperas de este acontecimiento histórico, dirigimos nuestros pensamientos a la Majestad del Rey Emperador* (la multitud prorrumpe en grandiosas aclamaciones dirigidas a la Casa de Saboya), *que, como siempre, ha interpretado el alma de la Patria. Y saludamos a la voz al Führer, el jefe de la gran Alemania aliada* (el pueblo aclama largo y tendido a Hitler). *La Italia proletaria y fascista está en pie por tercera vez, fuerte, orgullosa y unida como nunca* (la multitud clama con una sola voz: «¡Sí!»). *La consigna es una sola, categórica y obligatoria para todo el mundo. Esta consigna ondea ya sobre nosotros y hace palpitar los corazones desde los Alpes hasta el Océano Índico: ¡Vencer! ¡Y venceremos!* (el pueblo prorrumpe en formidables aclamaciones).

Eran los meses en que la radio debió de poner en circulación *Vincere*, haciéndose eco de la palabra vencedora del jefe.

> *¡Forjada por mil pasiones*
> *la voz de Italia resonó!*
> *«¡Centurias, cohortes y legiones,*
> *en pie que la hora ya llegó!»*
> *¡Adelante, juventud!*
> *¡Todo vínculo u obstáculo*
> *hemos de superar!*
> *¡La esclavitud que nos sofoca*
> *hemos de quebrantar*
> *prisioneros de nuestro mar!*
> *¡Venceremos!, ¡venceremos!, ¡venceremos!*
> *¡Y venceremos por aire, tierra y mar!*
> *Es la consigna audaz*
> *de una suprema voluntad:*
> *¡venceremos!, ¡venceremos!, ¡venceremos!*
> *¡Cueste lo que cueste! ¡Nada nos detendrá!*
> *¡Exultante el corazón*
> *por el ansia de cumplir!*
> *¡En la boca el juramento:*
> *o vencer o morir!*

¿Cómo habré vivido el principio de una guerra? Como una hermosa aventura, iniciada al lado del camarada alemán. Se llamaba Richard, y me lo decía en 1941 la radio: *Camarada Richard, bienvenido...* Cómo veía yo en aquellos años de gloria al camarada Richard (que la métrica obligaba evidentemente a pronunciar a la francesa, Richárd, no a la alemana, Ríchard) me lo decía la tapa de otro cuaderno, donde Richard aparecía junto al camarada italiano, ambos de perfil, ambos varoniles y decididos, con la mirada fija en la meta de la victoria.

Pero *mi* radio, después de «Camarada Richard», transmitía ya (estaba convencido a esas alturas de que la recibía en directo) otra canción. Ésta era en alemán, era un canto triste, casi una marcha fúnebre que mis entrañas —así me parecía— acompañaban con imperceptibles estremecimientos. Una voz femenina profunda y ronca, desesperada y pecadora cantaba: *Vor der Kaserne, vor dem großen Tor / stand eine Laterne und steht sie noch davor…*

El abuelo tenía ese disco, pero yo entonces no podía haber seguido la canción en alemán. Y, en efecto, acto seguido escuché un disco italiano, donde la traducción era más bien una paráfrasis, o una adaptación, en la que es él quien la espera a ella, cerca del cuartel, sumido en la incertidumbre sobre su futuro.

La letra italiana callaba también que la farola bajo la que aguardaba Lili Marleen surgía en medio de la niebla, *Wenn sich die späten Nebel drehn*, cuando la niebla humea. Claro que yo, por aquel entonces y en cualquier caso, no podía comprender que, bajo la farola (probablemente mi problema residía en cómo podía encenderse una farola durante el oscurecimiento), esa voz triste en medio de la niebla era la de la misteriosa *pitana*, mujer que hacía sus ganancias a cuerpo. Por eso, años después, me anotaría lo de la farola de Corazzini: *Turbia y triste en la solitaria calle / delante de la puerta del prostíbulo / languidece, y el incienso del turíbulo / quizá sea la niebla que ofusca el aire.*

«Lili Marleen» había salido no mucho después del enfervorizado «Camarada Richard». O nosotros éramos más optimistas que los alemanes o, mientras tanto, algo había pasado, el pobre camarada se había entristecido y, cansado de andar en medio del fango, soñaba sólo con volver bajo esa farola. Pero me estaba dando cuenta de que la secuencia misma de las canciones de propaganda podía decirme cómo se había pasado del sueño de la victoria al del seno acogedor de una prostituta tan desesperada como sus clientes.

Tras los primeros entusiasmos, nos habíamos acostumbrado no sólo al oscurecimiento y, me imagino, a los bombardeos, sino también al hambre. ¿Por qué, si no, había que aconsejarle al pequeño Balilla, en 1941, que cultivara en su propio balcón un huertecito de guerra, como no fuera para poder sacar cuatro hortalizas incluso del espacio más reducido? ¿Y por qué el Balilla no recibe ya noticias de su padre en el frente?

> *Querido papá, te escribo y la mano*
> *casi me tiembla, tú lo comprenderás.*
> *Hace tantos días que te hallas lejos*
> *y ya no dices dónde estás.*
> *Las lágrimas que humedecen mi cara*

son lágrimas de orgullo, créeme.
Con tu sonrisa franca te iluminas,
bien lo sé, abrazando fuerte a tu Balilla.
También yo combato, también yo hago mi guerra,
con fe, con honor y disciplina:
deseo que dé frutos mi tierra
y mi huerto cuido con diligencia matutina…
¡El pequeño huerto de guerra!
Y a Dios ruego
que vele por ti, padre mío querido.

Zanahorias para la victoria. Por otra parte, leí en un cuaderno otra página donde el maestro hacía que anotáramos que nuestros enemigos ingleses eran el pueblo de las cinco comidas. En puridad, yo también comía cinco veces al día, mi buen desayuno de café con leche con su pan y mermelada, el bocadillo de las diez en el colegio, y comida, merienda y cena, pero quizá no todos los niños eran tan afortunados como yo y un pueblo que comía cinco veces al día debía de suscitar resentimiento en los que tenían que cultivar tomates en sus balcones.

Entonces, ¿por qué los ingleses eran tan delgados? ¿Por qué, en una postal que el abuelo había recogido, detrás del imperativo *¡Callad!* aparecía un inglés maligno que intentaba espiar noticias militares que el imprudente camarada italiano se dejaba escapar quizá en el bar? ¿Pero cómo era posible, si todo el pueblo había acudido como un solo hombre a las armas? ¿Había italianos que hacían de espías? Los subversivos, ¿no habían sido derrotados por el Duce, como me explicaban los relatos del libro de lecturas, con la Marcha sobre Roma?

Varias páginas de los cuadernos hablaban de la victoria casi inminente. Pero mientras leía dio la casualidad de que del plato del tocadiscos salió una canción bellísima. Narraba la última resistencia de un baluarte nuestro en el desierto, Giarabub, y la his-

La escarcha, la nieve y la niebla al sol
    se derriten,
malvados ingleses que en la bodega
    duermen
trincando las botellas, chupando las
    pastillas,
el tiempo va a cambiar, que a las ratas
    pregunten.
Abril no llega con vuelo de palomas
si arroja de los cielos lluvia de
    bombas,
mas lanza sus torpedos con denuedo
este Abril de Italia que gloria nos
    da…
Malvada Inglaterra, tú pierdes la
    guerra,
nuestra victoria sobre tu cabeza
    orgullosa está.

Ahora llega lo bueno,
ahora llega lo bueno,
islota de pescador
al norte regresarás.
Ahora llega lo bueno,
ahora llega lo bueno,
Inglaterra, Inglaterra
tu fin marcado está.

Suspendida en el palmar
inmóvil vela la luna,
a caballo de la duna
está el antiguo alminar.
Toques, máquinas, banderas,
bombas, sangre, dime tú,
camellero, ¿eso qué era?
¡La saga de Giarabub!

Coronel, no quiero pan,
mas plomo para el fusil,
con la tierra de mi morral
bien por hoy me bastará.

Coronel, no quiero agua,
mas el fuego destructor,
con la sangre de mi pecho
bien la sed se apagará.

Coronel, no quiero el cambio,
que aquí nadie vuelve atrás,
no se cede ni de un metro
si no es la muerte al pasar.

Coronel, no quiero encomios,
yo he muerto por mi Tierra,
pero el fin de Inglaterra
en Giarabub marcado está.

toria de esos asediados, vencidos al fin por el hambre y la falta de municiones, adquiría dimensiones épicas. Algunas semanas antes en la tele, en Milán, había visto una película en color sobre la resistencia de Davy Crockett y Jim Bowie en el fortín de El Álamo. Nada es más exaltante que el *topos* del fortín asediado. Me imagino que cantaría esa elegía triste con la misma emoción de un chico que hoy sigue las películas del Oeste.

Cantaba que el fin de Inglaterra debía empezar por Giarabub, pero la canción debería haberme recordado el funeral felino de *Maramiau por qué te has muerto*, puesto que era la celebración de una derrota, y me lo decían hasta los periódicos del abuelo: el oasis de Giarabub había caído en Cirenaica, tras una tenaz resistencia, precisamente en marzo del cuarenta y uno. Electrizar a un pueblo sobre una derrota me parecía un recurso harto extremo.

¿Y esa otra canción, del mismo año, que prometía la victoria? «¡Ahora llega lo bueno!» Se prometía lo bueno para abril, fecha en que perderíamos Addis Abeba. ¿Por qué había de llegar lo bueno en abril? Señal de que ese invierno en el que la canción se cantó por primera vez se deseaba que con la llegada de la primavera cambiara la suerte.

Toda la propaganda heroica con la que nos alimentaban aludía a una frustración. ¿Qué quería decir el estribillo «¡Volveremos!» como no fuera que se esperaba, se confiaba, se ansiaba volver allá de donde nos habían echado?

¿Y de cuándo era el himno de los Batallones M?

> *Batallones del Duce, Batallones*
> *de la muerte, creados para la vida,*
> *¡en primavera se abre la partida,*
> *de tierras en llamas brotará una flor!*
> *Para vencer llegan ya los leones*
> *de Mussolini armados de valor.*

Batallones de la muerte,
batallones de la vida,
vuelve a empezar la partida,
donde no hay odio no hay amor.
«M» roja igual a suerte,
lazo negro de escuadrista
bien que hemos visto la muerte
con dos bombas y en la boca una flor.

Según las fechas del abuelo, debía de ser de 1943, y volvía a hablar de otra primavera, de dos años más tarde (en septiembre firmaríamos el armisticio). Aparte de la imagen, que debe de haberme fascinado, de la muerte acogida con dos bombas y en la boca una flor, ¿por qué la partida había de volverse a abrir en primavera, por qué había de volver a empezar? ¿Se había detenido, pues? Aun así, hacían que lo cantáramos, con espíritu de inquebrantable confianza en la victoria final.

El único himno optimista que la radio me propuso fue la «Canción de los Submarinistas»: «Vagar por el vasto mar, plantando cara al Destino y a su Señora la Muerte…». Pero esas palabras me evocaban otras, y fui a buscar la canción, «Señoritas, no miréis a los marineros».

Ésta no podían hacérmela cantar en el colegio. Evidentemente la transmitía la radio. La radio transmitía tanto el himno de los submarinistas como la reconvención de las señoritas, aunque fuera a horas distintas. Dos mundos.

Y al escuchar las demás canciones, parecía precisamente que la vida corría por dos raíles distintos: por un lado, los partes de guerra; por el otro, la continua lección de optimismo y alegría difundida a toda marcha por nuestras orquestas. ¿Empezaba la guerra de España, y los italianos morían en un bando y en el otro, mien-

Acarician negras olas
en la densa oscuridad,
desde las altas torretas
la mirada atenta está.
¡Tan callados e invisibles
marchan los sumergibles!
¡Corazones y motores
a asaltar la Inmensidad!

Vagar
por el vasto mar,
¡plantando cara al Destino
y a su Señora la Muerte!
¡Golpear
y enterrar
a todo enemigo que se encuentre en
    el camino!
¡Así vive el marinero
en el corazón profundo
del tan sonoro mar!
De viles y adversidades
a él qué le ha de importar,
si sabe que vencerá.

Quién sabe por qué las muchachas
    hoy en día
se pirran por la marinería…
No saben que hay que desconfiar,
que del dicho al hecho
hay de mar un trecho…

Señoritas, no miréis a los marineros
porque, porque
problemas os podrían causar.
Porque, porque…

Conjugando el verbo amar,
ellos os enseñan a nadar
y luego os dejan ahogar.

Señoritas, no miréis a los marineros
porque, porque…

tras el Jefe Supremo nos lanzaba mensajes inflamados a fin de prepararnos para un conflicto mayor y más sangriento? Pues Luciana Dolliver cantaba (qué dulcísima llama) no olvides nunca mis palabras, pues no sabes niña lo que es el amor, la orquesta Barzizza tocaba niña enamorada, esta noche te he soñado, dormida sobre mi corazón, y me sonreías tú, mientras todos decían florecilla dulce flor qué bello es junto a ti el amor. ¿El régimen celebraba la belleza campesina y las madres prolíficas poniendo un impuesto sobre el celibato? La radio avisaba de que los celos ya no están de moda, son una locura que ya ha dejado de privar.

¿Estallaba la guerra, había que oscurecer las ventanas y estar pegados a la radio? Alberto Rabagliati nos susurraba baja tu radio, por favor, para que puedas oír los latidos de mi corazón. ¿Comenzaba mal la campaña en la que deberíamos «partirle el espinazo a Grecia» y nuestras tropas empezaban a morir en el fango? Nada hay que temer, no se hace al amor cuando empieza a llover.

¿De verdad Pippo no lo sabía? ¿Cuántas almas tenía el régimen? Arreciaba bajo el sol africano la batalla de El Alamein, y la radio entonaba quiero vivir así, con el sol en la frente y feliz canto, beatíficamente. Entrábamos en guerra contra Estados Unidos, y nuestros periódicos celebraban el bombardeo japonés de Pearl Harbor, y por las ondas nos llegaba que bajo las estrellas de Hawai, en el embrujo nocturnal, con el paraíso has de soñar (pero quizá el público de la radio no sabía que Pearl Harbor estaba en las islas Hawai y que Hawai era territorio americano). Von Paulus se rendía en Stalingrado entre montones de cadáveres de ambos bandos, y nosotros escuchábamos tengo una piedrecita en el zapato, ay, que me duele mucho mucho.

Empezaba el desembarco aliado en Sicilia y la radio (¡con la voz de Alida Valli!) nos recordaba que el amor no, el amor no puede desvanecerse con el oro de los cabellos. Se producía la primera incursión aérea sobre Roma y Jone Caciagli trinaba día y noche solos solos, con las manos en tus manos hasta el alba de mañana.

No olvides nunca mis palabras,
pues no sabes niña lo que es el amor.
Es algo tan hermoso como el sol
y más que el sol te da calor.
Baja despacio por las venas
hasta inundarte de pasión.
Así nacen las primeras penas
con los primeros sueños de amor.

Pero el amor mío no
no puede no mi amor
perderse en el viento con las rosas
es tan fuerte que no cederá,
no marchitará.
Yo lo cuidaré,
yo lo defenderé
de todos esos venenos
que quisieran arrancarlo del corazón,
mi pobre amor.

Niña mía enamorada,
esta noche te he soñado
dormida sobre mi corazón
y me sonreías tú.
Niña mía enamorada,
la boca te he besado,
ese beso te ha despertado,
no lo olvides nunca tú.

¡Florecilla dulce flor,
qué bello es junto a ti el amor!
Tú me haces soñar, tú me haces palpitar,
quién sabe por qué.
Dulce flor de margarita,
¿qué será la vida
sin nuestro amor
que fuerte el corazón
hace latir?
Dulce flor de verbena,
si amarga pena el amor nos da…
¡Haz como el viento,
que en un momento
pasa y se va!
Mas cuando tú estás conmigo
yo soy feliz porque…
¡Florecilla dulce flor,
qué bello es junto a ti el amor!

Los celos no están de moda ya
son una locura que ha dejado de
    privar:
un corazón contento no es ingratitud
sino el estilo moderno
de gozar la juventud.
Si triste estás, bebe Whisky y Soda,
así en amar no pensarás:
tómate el mundo alegremente
siempre sonriente
que feliz feliz te verás tú.

Los aliados desembarcaban en Anzio y en la radio hacía furor «Bésame, bésame mucho»; se producía la matanza de las Fosas Ardeatinas y la radio nos mantenía alegres preguntándose dónde estaría Zazà; Milán era martirizada por los bombardeos y Radio Milán nos hablaba de los aperitivos del Biffi Scala...

¿Y yo?, yo, ¿cómo vivía esta Italia esquizofrénica? ¿Creía en la victoria, amaba al Duce, quería morir por él?, ¿creía en las frases históricas del Jefe Supremo que el maestro nos dictaba: es el arado el que traza el surco pero es la espada la que lo defiende; nada nos hará retroceder; si avanzo, seguidme, si retrocedo, matadme?

Encontré una redacción que hice en clase, en un cuaderno de quinto, 1942, año XX de la Era Fascista:

ARGUMENTO. *«Niños, habéis de ser durante toda la vida los guardianes de la nueva heroica civilización que Italia está creando» (Mussolini).*

DESARROLLO. *Vemos avanzar por el camino polvoriento una columna de niños.*

Son los Balilla, que, orgullosos y gallardos bajo el tibio sol de la primavera en ciernes, marchan disciplinados y obedientes a las tajantes órdenes impartidas por sus oficiales; son los niños que, cuando tengan veinte años, dejarán la pluma para empuñar el mosquetón y defender así a Italia de las asechanzas del enemigo. Esos Balilla que vemos desfilar por las calles los sábados, y aplicarse inclinados sobre los pupitres del colegio los demás días, se convertirán a su debida edad en fieles e incorruptibles guardianes de Italia y de su civilización.

¿Quién podría imaginar, al ver desfilar a las legiones de la «Marcha de la Juventud», que esos jóvenes imberbes, muchos de los cuales aún son Vanguardistas, habían teñido ya con su sangre las arenas inflamadas de Marmárica? ¿Quién se imagina, al ver a esos chicos alegres y siempre con ganas de bromear, que dentro de pocos

años podrán incluso morir en el campo de batalla con el nombre de Italia en los labios?

Mi pensamiento más asiduo siempre ha sido éste: cuando sea alto, seré soldado. Y ahora que por la radio me entero de los infinitos actos de valor, de heroísmo y de abnegación llevados a cabo por nuestros valientes soldados, este deseo se ha arraigado con mayor vigor si cabe en mi corazón y ninguna fuerza humana podrá arrebatármelo.

¡Sí! Seré soldado, combatiré y, si Italia lo pide, moriré por su nueva, heroica, santa civilización, que llevará al mundo el bienestar, la misión que Dios ha querido encomendar a Italia.

¡Sí! Los Balilla alegres y bromistas cuando sean altos se convertirán en leones si un enemigo osa profanar nuestra santa civilización. Y si eso sucediera, combatirían como fieras bravías, caerían y se pondrían de nuevo en pie para seguir combatiendo, y vencerían haciendo que triunfara una vez más Italia, la inmortal Italia.

Y con el recuerdo ejemplar de las glorias pasadas, con los resultados de las presentes, y con la esperanza de las futuras, que serán obra de los Balilla, niños de hoy pero soldados de mañana, Italia sigue su glorioso camino hacia la alada victoria.

¿Me lo creía o repetía frases hechas? ¿Qué decían mis padres viéndome traer a casa, con una excelente nota, esos textos? Quizá debían de creérselo también ellos, porque habían absorbido frases semejantes antes del fascismo. ¿Acaso no habían nacido y crecido en un clima nacionalista donde se alababa el primer conflicto mundial como un lavacro purificador?, ¿no decían los futuristas que la guerra era la única higiene del mundo? Algunas palabras de mi redacción me evocaron otras palabras, y fui a releerme *Corazón*. Entre los heroísmos del pequeño patriota paduano y los actos generosos de Garrone, sabía que tenía que haber una página donde el padre de Enrico le dice lo siguiente al hijo, como elogio del Real Ejército:

Todos esos jóvenes, llenos de fuerza y de esperanzas, pueden de un día a otro ser llamados a defender nuestro país, y en pocas horas caer hechos trizas por las balas y la metralla. ¡Siempre que oigas gritar en una fiesta ¡viva el Ejército!, ¡viva Italia!, represéntate más allá de los regimientos que pasan, una campiña cubierta de cadáveres y hecha un lago de sangre, y entonces, el viva al Ejército te saldrá de lo más profundo del corazón, y la imagen de Italia te aparecerá más severa y más grande!

Así pues, no sólo yo, también mis mayores habían sido educados en una concepción del amor por la propia tierra como un tributo de sangre, donde no debíamos horrorizarnos sino, más bien, excitarnos ante un campo anegado en sangre. Por otra parte, ¿no cantaba cien años antes Leopardi, el poeta de la serenidad por excelencia, *Oh felices, y queridas y benditas las antiguas edades, en que a la muerte por la Patria corrían las gentes en multitud*?

He entendido por qué las masacres del *Giornale Illustrato dei Viaggi e delle Avventure* no me resultaban en absoluto exóticas, porque nos educaban en el culto del horror. Y no se trataba sólo de un culto italiano, porque precisamente en los relatos del *Giornale Illustrato* había leído de otras exaltaciones bélicas y de redención por baño de sangre, pronunciadas por heroicos *poilus* franceses, que hacían de la afrenta de Sedán su mito rabioso y vengador, como nosotros haríamos con Giarabub. Nada incita más al holocausto que el rencor por una derrota. Así nos enseñaban a vivir, a padres y a hijos, contándonos lo hermoso que era morir.

Pero, ¿hasta qué punto quería morir yo de verdad y qué podía saber de la muerte? Precisamente en el libro de lecturas de quinto había un relato, *Loma Valente*. Las páginas eran las más manoseadas de todo el volumen, el título estaba marcado con una cruz hecha con lápiz, muchos pasajes subrayados. Era un episodio heroico de la guerra de España: un batallón de Flechas Negras está apostado ante una cima, una loma, dura y escabrosa, que ofrece escaso apoyo para el ataque. Uno de los pelotones está al mando de un atleta moreno de veinticuatro años, Valente, que en Italia estudiaba filosofía y letras y escribía poesías, pero que también había ganado los Juegos Lictorios de boxeo, y se había alistado voluntario en España, allá donde «tenían cabida para el combate también los boxeadores y los poetas». Valente ordena el ataque consciente del peligro, el relato describe las varias fases de esta heroica empresa, los rojos («Malditos, ¿dónde están? ¿Por qué no salen?») disparan con todas sus armas, un diluvio, «como si echaran agua a un incendio que crece y se acerca». Valente da unos pocos pasos más para conquistar la cima, y un tiro en la frente, seco y repentino, le llena los oídos de un terrible estruendo.

Luego, oscuridad. Valente tiene la cara entre la hierba. La oscuridad ahora es menos oscura; es roja. El ojo del héroe más cercano a la tierra ve dos o tres briznas de hierba gruesas como palos.

Se acerca un soldado, susurra a Valente que han conquistado la cima. Por Valente ahora hablaba el autor: «¿Qué significa morir? Es la palabra, por lo común, la que da miedo. Ahora que muere, y lo sabe, no siente ni frío, ni calor ni dolor». Sabe sólo que ha cumplido con su deber y que la loma que ha conquistado llevará su nombre.

Por el temblor que acompañaba mi lectura adulta, entendí que esas pocas páginas me habían relatado por primera vez la verdadera muerte. Esa imagen de las briznas de hierba gruesas como palos parece haber habitado mi mente desde tiempos inmemoriales, porque al leer casi las veía. Es más, tenía la impresión de que, de niño, había repetido varias veces, como un rito sagrado, un descenso al huerto, donde me tumbaba boca abajo, con la cara casi aplastada contra alguna hierba olorosa, para ver de verdad esos palos. Esa lectura fue la caída en el camino de Damasco que me marcaría quizá para siempre. Sucedía en los mismos meses en que escribía la redacción que tanto me había turbado. ¿Era posible tal doblez? ¿No leería yo el relato después de la redacción, y a partir de ahí todo cambió?

Había llegado al final de mis años de primaria, que se cerraban con la muerte de Valente. Los libros de los primeros años de bachillerato eran menos interesantes; cuando hablas de los siete reyes de Roma o de los polinomios, ya seas fascista o no, tienes que decir más o menos lo mismo. Pero de aquellos años encontré unos cuadernos de «Crónicas». Había habido alguna reforma en los programas, y ya no se mandaban redacciones con un tema determinado, evidentemente se nos estimulaba a contar episodios de nuestra vida. Y había cambiado el profesor, que ahora se leía todas las crónicas y con el lápiz rojo apuntaba no una nota sino un comentario crítico, sobre el estilo o sobre la inventiva. Por algunas desinencias de esos apuntes («gratamente sorprendida por la vivacidad con la que…») se entendía que teníamos que vérnoslas con una mujer. Sin duda, una mujer inteligente (quizá la adorábamos, porque al leer esos mensajes en rojo sentía que tenía que ser joven y guapa y, Dios sabe por qué, amante de los muguetes), que intentaba animarnos a ser sinceros y originales.

Una de las crónicas más elogiadas era ésta, fechada en diciembre de 1942. Yo tenía ya once años, pero escribía sólo nueve meses después de la redacción anterior.

Crónica. *El vaso irrompible*

Mamá había comprado un vaso irrompible. De cristal, de cristal de verdad, y era algo que me asombraba porque cuando sucedió este acontecimiento el que esto firma tenía apenas pocos años, y sus facultades mentales no estaban todavía tan desarrolladas como para imaginar que un vaso, un vaso parecido a los que al caer hacen

¡trinn! (procurándole una buena dosis de capones a su portador), pudiera ser irrompible.

¡Irrompible! Me parecía una palabra mágica. Prueba una, dos, tres veces, el vaso se cae, rebota con estruendo endemoniado, y ahí se queda, intacto.

Una noche, vienen unas visitas y les ofrecemos bombones (nótese que entonces esos manjares todavía existían; y en abundancia). Con la boca llena (no recuerdo ya si eran «Gianduia», «Strelio» o «Caffarel-Prochet»), me voy a la cocina y vuelvo trayendo el famoso vaso.

—Señoras y señores —exclamo con la voz de un propietario de circo que llama a los transeúntes para que asistan al espectáculo—, les presento un vaso mágico, especial, irrompible. Ahora lo tiro al suelo y verán que no se rompe. —Y añado con gesto grave y solemne—: QUEDARÁ INTACTO.

Lo tiro y... ni que decir tiene que el vaso se quiebra en mil pedazos.

Noto que me pongo rojo, miro alucinado esos añicos que, heridos por la luz de la lámpara, relucen como perlas... y me echo a llorar.

Final de mi historia. Intentaba, ahora, analizarla como si fuera un texto clásico. Mi relato hablaba de una sociedad pretecnológica donde un vaso irrompible era algo extraordinario, y se compraba sólo uno de prueba. Romperlo no era sólo una humillación, sino también un *vulnus* procurado a las finanzas familiares. Por lo tanto, era la historia de un derrota en toda línea.

Mi relato evocaba, en 1942, un período anterior a la guerra como época feliz, donde todavía resultaban accesibles los bombones, y de marca extranjera por añadidura, y se recibía a las visitas en un salón o en un comedor iluminado por una lámpara. El llamamiento que hacía a la asamblea no imitaba las históricas proclamas que se pronunciaban desde el balcón del Palacio Venecia, sino que tenía el tono grotesco del charlatán que quizá había oído en el mercado. Yo evocaba una apuesta, un designio de victoria e inquebrantable seguridad, y luego, con un buen anticlímax, daba la vuelta a la situación y reconocía haber perdido.

Una de las primeras historias mías de verdad; no era la repetición de clichés escolares y tampoco el recuerdo de una buena novela de aventuras. La comedia de un pagaré no solventado. En esos añicos que, heridos por la lámpara, brillaban (de mentira) como perlas, yo celebraba a mis once años mi *vanitas vanitatum*, y profesaba un pesimismo cósmico.

Me había convertido en el narrador de un fracaso, cuyo quebradizo correlato objetivo yo representaba. Me había vuelto existencial aunque irónicamente amargo, radicalmente escéptico, impermeable a cualquier ilusión.

¿Cómo podía cambiar uno tanto en el espacio de nueve meses? El crecimiento natural, seguro; al crecer nos volvemos más listos, pero había algo más: el desengaño por promesas de gloria no mantenidas (quizá también yo, todavía en la ciudad, leía los periódicos subrayados por el abuelo), el encuentro con la muerte de Valente, el acto heroico que se resolvía en la visión de aquellos terribles palos de color verde podrido, última valla que me separaba de los infiernos y del cumplirse del destino natural de todos los mortales.

En nueve meses había alcanzado la cordura, una cordura sarcástica y desengañada.

¿Y todo lo demás?, ¿las canciones, los discursos del Duce, las niñas enamoradas y la muerte vista con dos bombas y en la boca una flor? A juzgar por los encabezamientos de los cuadernos de bachillerato, en primero, época en que escribí esa crónica, todavía estaba en la ciudad; los dos cursos siguientes los hice en Solara. Señal de que la familia había decidido evacuar definitivamente al campo porque también a nosotros nos habían llegado los primeros bombardeos. Me había convertido en ciudadano de Solara en la estela del recuerdo del vaso roto, y las demás crónicas, de segundo y de tercero, eran sólo recuerdos de los tiempos pasados, cuando al oír una sirena sabías que se trataba de una fábrica y decías «Es mediodía, papá vuelve a casa», relatos de lo bonito que sería volver a una ciudad en paz, fantasías sobre las Navidades *d'antan*. Había prescindido del uniforme de Balilla y me había vuelto un pequeño decadente, consagrado ya a la búsqueda del tiempo perdido.

¿Cómo viviría los años entre el 43 y el final de la guerra, los más oscuros, con la lucha partisana y con los alemanes que ya no eran camaradas? Los cuadernos callaban, como si hablar del espantoso presente fuera tabú y los profesores nos alentaran a no hacerlo.

Todavía me faltaba un eslabón, quizá muchos. En un momento determinado cambié, pero no sabía por qué.

10

LA TORRE DEL ALQUIMISTA

stoy más confundido que cuando llegué. Por lo menos antes no recordaba nada, cero absoluto. Ahora sigo sin recordar, pero he aprendido demasiado. ¿Quién fui?, ¿el Yambo del colegio y de la educación pública, que se desarrollaba según arquitecturas lictorias, postales de propaganda, carteles, canciones?, ¿el de Salgari y Verne, el de *Les Ravageurs*, el de las atrocidades del *Giornale Illustrato dei Viaggi*, el de los delitos de Rocambole, el del Paris Mysterieux de Fantomas, el de las nieblas de Sherlock Holmes?, o aún, ¿el de Ciuffettino y el del vaso irrompible?

He llamado, perplejo, a Paola, le he contado mis preocupaciones, y ella se reía.

—Yambo, para mí, mi primera infancia es un conjunto de memorias confusas, he conservado la imagen de alguna noche en un refugio antiaéreo, me despertaban de golpe y me llevaban abajo, yo tendría cuatro años. Mira, déjame que te haga de psicóloga: un niño puede vivir en mundos distintos, como hacen nuestros pequeños, que aprenden a encender la tele y ven el telediario y luego piden que les contemos cuentos, miran libros ilustrados con monstruos verdes de ojos bondadosos y lobos que hablan. Sandro no para de hablar de dinosaurios, que habrá visto en algunos dibujos animados, y aun así no espera encontrarse uno a la vuelta de la esquina. Yo le cuento Cenicienta y luego él va y se levanta de la cama sin que sus padres se den cuenta y mira la tele desde la puerta, y ve a los marines matando a diez caras de limón con una sola ráfaga de ametralladora. Los niños son mucho más equilibrados que nosotros, distinguen perfectamente entre los cuentos y la realidad, tienen un pie aquí y otro allá y no se confunden nunca, excepto algunos niños enfermos que ven volar a Superman, se atan una toalla a los hombros y se tiran por la ventana. Ésos son casos clínicos, y la culpa casi siempre es de los padres. Tú no eras un caso clínico, y te movías perfectamente entre Sandokán y los libros del colegio.

—Sí, pero, ¿cuál era para mí el mundo imaginario? ¿El de Sandokán o el del Duce acariciando a los Hijos de la Loba? Te he hablado de esa redacción, ¿no? ¿De verdad quería batirme a los diez años como un animal bravío y morir por la Italia inmortal? Digo a los diez años, cuando claramente seguía habiendo censura pero también acarreábamos ya nuestras dosis de bombardeos, y en 1942 nuestros soldados morían como moscas en Rusia.

—Mira, Yambo, cuando Carla y Nicoletta eran pequeñas, y todavía hace poco con los nietos, decías que los niños son unos carotas. Deberías recordarlo, esto sí, porque pasó hace unas semanas: Gianni vino a casa cuando estaban los críos y Sandro le dijo: «Me pongo muy contento cuando vienes a vernos, tío Gianni». «Ya ves cuánto me quiere», dijo Gianni. Y tú: «Gianni, los niños son unos carotas de cuidado; éste sabe que le traes siempre chicles. Y no hay más». Los niños son oportunistas. Y tú lo eras. Querías sacar buenas notas y escribías lo que le gustaba al maestro. Traduce de Totò, que siempre has definido como un maestro de vida: carota se nace, y yo modestamente lo nací.

—Muy simple me lo pones. Una cosa es tener cara con el tío Gianni, otra con la Italia inmortal. Y entonces, ¿por qué al año siguiente era ya un maestro de escepticismo y, con esa historia del vaso irrompible, escribía la alegoría de un mundo sin objeto? Porque es eso lo que quería decir, lo tengo muy claro.

—Simplemente porque habías cambiado de profesor. Un profesor nuevo puede liberar el espíritu crítico que otro no te dejaba desarrollar. Además, a esas edades, nueve meses son un siglo.

Algo debía de haber pasado en esos nueve meses. Lo he entendido al volver al despacho del abuelo. Hojeando aquí y allá, mientras me tomaba un café, he sacado de la pila de las revistas un semanario humorístico de finales de los años treinta, el *Bertoldo*. El número era de 1937, pero seguramente lo leería con retraso, porque antes no habría sabido apreciar esos dibujos filiformes y ese humorismo demencial. Ahora leía un diálogo (salía uno a la semana en la columna de apertura a la izquierda) que quizá me llamara la atención precisamente en el trascurso de esos nueve meses de transformación profunda:

> *Pasó Bertoldo entre todos aquellos señores del séquito e inmediatamente fue a tomar asiento junto al Gran Duque Trombón, el cual, benigno por naturaleza y amante de las agudezas, de tal guisa empezó a preguntarle.*
>
> GRAN DUQUE: *Buenos días, Bertoldo, ¿cómo era la cruzada?*
> BERTOLDO: *Gloriosa.*
> GRAN DUQUE: *¿Y la obra?*
> BERTOLDO: *Magna.*
> GRAN DUQUE: *¿Y el impulso?*
> BERTOLDO: *Generoso.*
> GRAN DUQUE: *¿Y el arrebato de solidaridad humana?*
> BERTOLDO: *Conmovedor.*
> GRAN DUQUE: *¿Y el ejemplo?*
> BERTOLDO: *Luminoso.*
> GRAN DUQUE: *¿Y la iniciativa?*
> BERTOLDO: *Valerosa.*
> GRAN DUQUE: *¿Y la ofrenda?*
> BERTOLDO: *Espontánea.*

GRAN DUQUE: *¿Y el gesto?*

BERTOLDO: *Exquisito.*

Se rió el Gran Duque y, cuando hubo llamado a su alrededor a todos los Señores de la Corte, ordenó la Revuelta de los Ciompi (1378), que una vez que hubo acontecido, volvieron todos los cortesanos a sus puestos y de esta forma el Gran Duque y el plebeyo reanudaron su conversación.

GRAN DUQUE: *¿Cómo es el trabajador?*

BERTOLDO: *Rudo.*

GRAN DUQUE: *¿Y la comida?*

BERTOLDO: *Sencilla pero sana.*

GRAN DUQUE: *¿Y la tierra?*

BERTOLDO: *Fértil y soleada.*

GRAN DUQUE: *¿Y la población?*

BERTOLDO: *Muy hospitalaria.*

GRAN DUQUE: *¿Y el paisaje?*

BERTOLDO: *Soberbio.*

GRAN DUQUE: *¿Y los alrededores?*

BERTOLDO: *Amenos.*

GRAN DUQUE: *¿Y la villa?*

BERTOLDO: *Señorial.*

Se rió el Gran Duque y, cuando hubo llamado a su alrededor a todos los Señores de la Corte, ordenó la Toma de la Bastilla (1789) y la Derrota de Montaperti (1266), que una vez que hubieron acontecido, volvieron todos los cortesanos a sus puestos y de esta forma el Gran Duque y el plebeyo reanudaron su conversación…

Ese diálogo se mofaba al mismo tiempo de la lengua de los poetas, de la de los periódicos y de la de la retórica oficial. Si era un chico despierto, tras esos diálogos no podía seguir escribiendo redacciones como la de marzo de 1942. Estaba preparado para el vaso irrompible.

Se trataba sólo de una hipótesis. Quién sabe cuántas cosas más me habían pasado entre la redacción heroica y la crónica desencantada. He decidido suspender otra vez mis búsquedas y mis lecturas. He bajado al pueblo: se me han acabado los Gitanes y he tenido que adaptarme a los Marlboro Light; mejor así, fumaré menos, porque no me gustan. He vuelto a la farmacia para que me tomaran la tensión. Será que la conversación con Paola me había calmado, porque la tenía a catorce. Iba mejorando.

A la vuelta me han entrado ganas de comer una manzana y he entrado en las dependencias de la planta baja del ala central. Vagabundeando entre frutas y hortalizas, he visto que varios cuartos estaban destinados a almacenes, y en una habitación del fondo había un montón de tumbonas. Me he llevado una al jardín. Me he sentado ante el panorama, he medio leído los periódicos, me he dado cuenta de que me interesaba muy poco el presente y me he puesto a mirar la fachada y la colina a sus espaldas. Me he dicho qué busco, qué quiero, no bastaría con quedarme aquí y mirar la colina, que es tan hermosa, como decía esa novela, ¿cómo se llamaba? Erigir tres pabellones, Señor, uno para Ti, uno para Moisés y otro para Elías, y vegetar sin pasado y sin futuro. A lo mejor así es el paraíso.

Pero el poder diabólico del papel se ha salido con la suya. Al cabo de poco tiempo me he dedicado a fantasear cosas sobre la casa, imaginándome como un héroe de la Biblioteca Juvenil ante el castillo de Ferlac o de Ferralba, en pos de la cripta o del granero donde había de yacer el pergamino olvidado. Se aprieta el centro de una rosa esculpida en un blasón, la pared se abre y aparece una escalera de caracol...

Veía las buhardillas en el tejado, luego el primer piso, con las ventanas del ala del abuelo, ahora abiertas todas ellas para iluminar mis vagabundeos. Sin darme cuenta, las iba contando. En el centro está el balcón de la antecámara. A la izquierda, tres ventanas, la del comedor, la del cuarto de mis abuelos y la del cuarto de mis padres. A la derecha, la de la cocina, la del baño y la del dormitorio de Ada. Simétrico. A la izquierda no se ven las ventanas del despacho del abuelo y las de mi cuarto, porque están al fondo del pasillo, donde la fachada forma un ángulo con nuestra ala, y las ventanas se abren en un costado.

Me ha entrado una sensación de desazón, como si algo molestara mi sentido de la simetría. El pasillo de la izquierda acaba en mi habitación y en el despacho del abuelo, pero el de la derecha se acaba inmediatamente después del cuarto de Ada. Por lo tanto, el pasillo de la derecha es más corto que el de la izquierda.

Estaba pasando Amalia y le he pedido que me describiera las ventanas de su ala.

—Calcule —me ha dicho—, en la planta baja está donde comemos, ya lo sabe; ese ventanuco de ahí es el baño, el que su señor abuelo quiso hacer adrede para nosotros porque no quería que fuéramos por los cerros como los demás campesinos, que Dios lo guarde en gloria. Lo demás, que son las otras dos ventanas que ve usted allí, es un almacén para los enseres, que uno entra también por detrás. Arriba, en el piso, allá está la ventana de mi cuarto, y las otras dos son el cuarto de mis pobres padres, que en paz descansen, y su comedor, que los he dejado como están y no los abro nunca por respeto.

—Así que la última ventana es el comedor, y esta sala acaba entre la esquina de su ala y la del abuelo.

—Claro que sí —ha confirmado Amalia—, lo demás es todo del ala de los señores.

Todo parecía tan natural que no le he preguntado nada más. Pero he ido a darme una vuelta por detrás del ala derecha, en la zona de la era y del gallinero. Se ve inmediatamente la ventana posterior de la cocina de Amalia, luego el portal desvencijado por el que pasé hace unos días, y se entra en el almacén de los enseres que ya visité. Pero, claro, me he dado cuenta de que el almacén es demasiado largo y sigue, por lo tanto, más allá del ángulo formado por el ala derecha con el cuerpo central: en otras palabras, el almacén sigue por debajo del extremo del ala del abuelo, para ir a dar, por fin, a la viña, y se puede apreciar por una ventanita que permite divisar las primeras formas de la colina.

No hay nada extraordinario, me he dicho, pero ¿qué hay en el primer piso por encima de esta parte, dado que los cuartos de Amalia se acaban en el ángulo entre las dos alas? En otras palabras, ¿qué hay aquí encima, que corresponde al espacio ocupado a la izquierda por el despacho del abuelo y mi habitación?

He salido a la era y he mirado hacia arriba. Se veían tres ventanas, como las tres del otro lado (dos del despacho y una de mi cuarto), pero las tres tenían las persianas cerradas. Encima, las habituales buhardillas del desván, que, como ya sabía, corría ininterrumpido a lo largo de toda la casa.

He llamado a Amalia, que estaba ajetreada en el jardín, y le he preguntado qué había detrás de esas tres ventanas. Nada, me ha contestado con el aire más natural del mundo. ¿Cómo que nada? Si hay ventanas tiene que haber algo, y no es el cuarto de Ada, cuya ventana se abre en la fachada. Amalia ha intentado cortar por lo sano.

—Eran cosas de su señor abuelo, yo no sé nada.

—Amalia, no me haga quedar como un estúpido. ¿Cómo se entra allá arriba?

—A ver cómo he de decirle que no se entra, que ya no hay nada. Se lo habrán llevado las mascas.

—Le he dicho que no me tome por tonto. ¡Se subirá desde su casa o desde algún maldito sitio!

—No diga usted blasfemias, por favor, señorito, que maldito es sólo el diablo. Qué quiere que le diga, su señor abuelo me hizo jurar que no diría nada, y yo no rompo un juramento, no vaya el diablo a llevárseme de veras.

—¿Pero cuándo se lo juró usted?, ¿y qué le juró?

—Se lo juré aquella tarde, que luego por la noche llegaron las Brigadas Negras y su señor abuelo nos dijo a mí y a la madre jurad que no sabéis nada y no habéis visto nada; es más, no os permito que veáis nada de lo que hacemos el Masulu y yo, que el Masulu era el pobre padre, porque luego vienen las Brigadas Negras, os queman los pies y no conseguís resistir y algo decís, conque mejor que no sepáis nada porque ésa es mala gente y saben hacerle hablar a uno incluso después de cortarle la lengua.

—Amalia, si todavía existían las Brigadas Negras, eso ocurrió hace casi cuarenta años, el abuelo y Masulu han muerto, estarán muertos también los de las Brigadas Negras, ¡el juramento ya no vale!

—Su señor abuelo y el pobre padre bien muertos están, que los mejores son siempre los primeros en irse, pero esos otros no, raza perra que no se muere nunca.

—Amalia, las Brigadas Negras ya no existen, la guerra se acabó, nadie le va a quemar los pies.

—Si usted lo dice, para mí tal que el evangelio, pero el Pautasso que estaba en las Brigadas Negras, bien que me acuerdo, y que entonces no tendría arriba de veinte años, sigue vivo, está en Corseglio y una vez al mes viene a Solara para sus negocios, porque en Corseglio se puso una fábrica de ladrillos y tiene el riñón bien cubierto, y todavía hay en el pueblo quien no se ha olvidado del asunto y cuando lo ve cruza al otro lado de la calle. Puede que ya no le queme los pies a nadie, pero un juramento es un juramento y ni siquiera el párroco puede darme la absolución.

—Conque no me lo va a decir usted a mí, y eso que aún estoy enfermo; y mi mujer que confiaba en que con usted empezaría a mejorar; usted no me lo dice, y a lo mejor hasta me sienta mal.

—Que el Señor me abra el alma en canal si quiero hacerle daño, señorito Yambo, pero un juramento es un juramento, ¿no?

—Amalia, ¿de quién soy nieto, yo?

—De su señor abuelo, lo dice la palabra misma.

—Y yo soy el heredero universal del abuelo, el dueño de todo lo que se ve aquí. ¿No es así? Y si usted no me dice cómo se entra ahí es como si me robara lo que es mío.

—¡Que el Señor me escarmiente con un lametazo en este mismo momento si quiero robarle algo suyo! ¡Habráse oído nada parecido, cuando llevo una vida derrengándome por esta casa para mantenérsela como los chorros del oro!

—Además, como soy el heredero del abuelo, y todo lo que digo ahora es como si lo hubiera dicho él, yo ahora solemnemente la libero de su juramento. ¿Vale?

Había puesto en juego tres argumentos muy convincentes: mi salud, mis derechos de propiedad y la descendencia directa, con todos los privilegios de la primogenitura. Amalia no ha podido resistir y ha cedido. El señorito Yambo valdrá algo más que el párroco o las Brigadas Negras, ¿no?

Amalia me ha llevado al primer piso del ala central, hasta el fondo del pasillo de la derecha, donde éste, tras el cuarto de Ada, acaba en el armario que huele a alcanfor. Me ha pedido que la ayudara a correr el mueble por lo menos un poco y me ha enseñado que detrás había una puerta tapiada. Por ahí se entraba, en tiempos de su señor abuelo, en la Capilla, porque en la casa, cuando todavía vivía el tío abuelo, el que se la dejaría en herencia al abuelo, estaba en función una capilla, no muy grande pero suficiente para que toda la familia oyera misa los domingos, y subía a decirla el cura del pueblo. Cuando luego el amo fue el abuelo, aunque le tenía afecto al belén, no era hombre de misa, y la capilla quedó abandonada. Sacaron los bancos para repartirlos por aquí y por allá en las salas de abajo, y yo, como nadie la usaba, le pedí al abuelo que me dejara llevar hasta allí algunas librerías del desván, para poner mis cosas; y a menudo allí me escondía para hacer Dios sabe qué. Ahora que, cuando lo supo el párroco de Solara, pidió que le permitieran llevarse por lo menos las reliquias del altar, para evitar sacrilegios, y el abuelo le dejó quedarse también con una estatua de la Virgen, las vinajeras, la patena y el sagrario.

Una tarde, era casi de noche, y era la época en que en los alrededores de Solara estaban ya los partisanos, que hoy del pueblo se apoderaban ellos y al día siguiente los de las Brigadas Negras, y ese mes de invierno les tocaba a las Brigadas Negras, mientras que los partisanos se habían atrincherado allá arriba, en la zona de las Langhe, pues eso, alguien vino a decirle al abuelo que había que esconder a cuatro muchachos que los fascistas andaban buscando. Quizá todavía no eran partisanos, por lo que he entendido, sino desbandados que intentaban pasar por aquí precisamente para sumarse a la resistencia, allá en la montaña.

Nosotros y nuestros padres no estábamos, habíamos ido dos días a ver al hermano de mi madre evacuado en Montarsolo. Estaban sólo el abuelo, Masulu, Maria y Amalia, y el abuelo hizo jurar a las dos mujeres que no hablarían jamás de lo que estaba pasando, es más, las mandó a la cama directamente. Pero Amalia hizo como que se acostaba y se apostó en algún sitio para espiar. Los muchachos llegaron hacia las ocho; el abuelo y Masulu les hicieron entrar en la Capilla, les dieron comida, luego fueron a buscar ladrillos y unos cubos de cemento y ellos solos, aunque no eran del oficio, tapiaron la puerta y pusieron delante ese mueble que antes estaba en otro sitio. Acababan de terminar cuando llegaron los de las Brigadas Negras.

—Si usted supiera qué caras. Por suerte el que mandaba era una persona distinguida, gastaba hasta guantes, y con el señor abuelo se portó; se ve que le habían dicho que era uno que tenía tierras, y perro no muerde perro, con perdón de su señor abuelo. Dieron vueltas por aquí y por allá, se llegaron hasta el desván, pero, a ver, que tenían prisa y lo hacían para poder decir que habían estado aquí, porque todavía tenían que ir a un montón de caseríos donde ellos se pensaban que era más fácil que nosotros, los campesinos, escondiéramos a alguno de los nuestros. No descubrieron nada, el de los guantes pidió perdón por las molestias, dijo viva el Duce, y su señor abuelo y el padre, que se las pintaban más que el más pintado, dijeron viva el Duce, y amén.

¿Cuánto permanecieron allá arriba los cuatro clandestinos? Amalia no lo sabía, se había quedado muda y sorda; sólo sabía que durante unos días Maria y ella habían tenido que preparar unas cestas con pan, embutidos y vino, y luego basta. Cuando volvimos nosotros, el abuelo dijo simplemente que el suelo de la Capilla estaba cediendo, habían puesto unos refuerzos provisionales y los albañiles habían tapiado la entrada, para evitar que los niños fuéramos a curiosear y nos hiciéramos daño.

Vale, le he dicho a Amalia, hemos aclarado el misterio. Pero, si entraron, los clandestinos tendrían que salir, y Masulu y el abuelo durante unos días les llevaron hasta comida. Así que, una vez tapiada la puerta, tenía que haber quedado alguna abertura.

—Se lo juro a usted que ni siquiera me pregunté si pasaban y por qué agujero. Lo que hacía su señor abuelo, bien hecho estaba. ¿La había cerrado? Cerrada estaba, y para mí la Capilla ya no existía, es más, sigue sin existir ahora, y si usted no me hacía hablar era como si ya no la tuviera en mientes.

—Ya, pero era necesaria.

—Será capaz, ¡en una capilla! ¿Cómo iban a tener una necesaria…?

—No, no, que era necesaria una entrada, un acceso por el que entrar y salir.

—Ande, a lo mejor les pasaban la comida por la ventana, y los de arriba tiraban de la cesta con una cuerda, y los hicieron salir mismamente por esa ventana la noche siguiente, ¿no?

—No, Amalia, porque entonces una ventana se habría quedado abierta y, en cambio, está claro que están todas cerradas desde dentro.

—Si es lo que yo siempre he dicho, que el señorito era el más inteligente de todos. En eso no había caído, a ver. Y entonces, ¿por dónde pasaban el padre y su señor abuelo?

—Pues sí, *that is the question*.

—¿Qué?

Con cuarenta y cinco años de retraso, el caso es que Amalia se había planteado correctamente el problema. Pero yo tenía que resolverlo solo. He vagado por toda la casa para identificar una portezuela, un agujero, una reja, he vuelto a recorrer de cabo a cabo las habitaciones y los pasillos del ala central, planta baja y primer piso, he inspeccionado como un brigadista negro la planta baja y el primer piso del ala de Amalia.

No hacía falta ser Sherlock Holmes para llegar a la única respuesta posible: a la Capilla se entraba también desde el desván. De la Capilla se llegaba al desván por una escalerilla, sólo que en el desván la salida había sido ocultada. A prueba de Brigadas Negras pero no de Yambo. Imaginémonos que yo volvía del viaje, el abuelo nos decía que la Capilla ya no existía y yo me conformaba, con la de cosas que tendría allá dentro, cosas además que eran muy mías. Siendo el corredor de desvanes que era, el pasadizo tenía que conocerlo bien, y seguiría yendo a la Capilla, es más, con más gusto que antes, porque se había convertido en mi escondite y, una vez allá dentro, nadie conseguía encontrarme.

No quedaba sino subir al desván y explorar el ala derecha. Acababa de estallar una tormenta en ese momento, así que no hacía demasiado calor. Podía hacer con menos esfuerzo un trabajo considerable, porque se trataba de correr todo lo que estaba amontonado, y en esa ala de la casona no había piezas de colección, sino todo tipo de armatostes, puertas viejas, vigas salvadas de alguna obra, rollos de antiguas alambradas, lunas rotas, amasijos de mantas viejas envueltas apenas con hule y un cordel, aparadores y arcones inservibles, carcomidos desde hacía siglos y apilados unos encima de los otros. Corría las cosas, se me caían encima tablones, me arañaba con clavos oxidados, pero de pasadizos secretos, nada de nada.

Luego he pensado que no tenía que buscar una puerta, porque ninguna puerta podía abrirse en las paredes, que daban al exterior por los cuatro lados, los largos y los cortos. Pues si no había una puerta, habría una trampilla. Qué tonto por no haberlo pensado antes, justo lo que sucedía en mi Biblioteca Juvenil. No tenía que inspeccionar las paredes sino el suelo.

Decirlo era fácil. El suelo era peor que las paredes, he tenido que pasar por encima o pisotear todo tipo de trastos, más tablones tirados desordenadamente, somieres de camas o camastros ya destruidos, haces de varillas de hierro para la construcción, el viejísimo yugo de un buey, incluso una silla de montar. Y, en medio de todo, grumos de moscas muertas, todavía del año anterior, que se habían refugiado allí con los primeros fríos para resistir y no lo habían conseguido. Por no hablar de las telarañas que corrían de una pared a la otra, como las cortinas, antaño suntuosas, de una casa embrujada.

Las buhardillas se encendían de relámpagos cercanísimos, y el ambiente se había vuelto oscuro; aunque al final no ha llovido y la tormenta ha descargado en algún otro lugar. La torre del alquimista, el misterio del castillo, las prisioneras de Casabella, el misterio de Morande, la Torre del Norte, el secreto del hombre de hierro, el viejo molino, el misterio de Acquaforte… Santo cielo, estaba en medio de una tormenta de verdad, quizá un rayo hacía que se me derrumbara encima el tejado, y yo lo vivía todo como un librero anticuario. El Desván del Anticuario, podría escribir otra historia firmando como Bernage o Catalany.

Por suerte ha habido un momento en que he tropezado: debajo de un estrato de cachivaches informes había algo así como un escalón. Lo he quitado todo de en medio, me he despellejado las manos, y ahí estaba el Premio para el muchacho valiente: una trampilla. Por allí habían pasado el abuelo, Masulu y los fugitivos, y por allí quién sabe cuántas veces había pasado yo, reviviendo aventuras ya soñadas en muchas hojas de papel. Qué infancia maravillosa.

La trampilla no era grande y se alzaba fácilmente, aunque yo levantara una nube de partículas, porque en esos intersticios se habían acumulado casi cincuenta años de polvo. ¿Qué tenía que haber debajo de una trampilla? Una escalerilla, elemental, querido Watson, y no demasiado empinada, ni siquiera para mis piernas anquilosadas por dos horas de tracciones y flexiones; seguramente, por aquel entonces, me la recorría de un salto, pero es que ya voy camino de los sesenta, y estaba allí como si todavía fuera un niño capaz de comerse las uñas de los pies (juro que no había reparado nunca en ello, pero me parece normal que, en la cama a oscuras, intentara comerme el dedo gordo, a ver qué me apuesto).

En pocas palabras, he bajado. Había una oscuridad casi completa, apenas rayada por algún hilo de luz que pasaba por las persianas que ya cerraban mal. En la oscuridad, ese espacio parecía inmenso. He ido a abrir inmediatamente las ventanas: la Capilla, como era de prever, es del tamaño del despacho del abuelo y de mi cuarto juntos. Había restos de un altar de madera dorada, dilapidados, y contra el altar, seguían apoyados todavía cuatro colchones: las camas de los fugitivos, sin duda, pero de ellos no quedaba ninguna huella más, señal de que la Capilla había sido habitada también después, por lo menos por mí.

A lo largo de la pared opuesta a las ventanas he visto una estantería de madera sin barnizar, llena de papel impreso, periódicos o revistas en pilas de altura desigual, como si se tratara de colecciones distintas. En el medio, una mesa larga, con dos sillas. Al lado de la que debía de ser la puerta de entrada (marcada por la tapia salvaje construida en una hora por el abuelo y Masulu, con el yeso que desbordaba entre ladrillo y ladrillo, claro que habían podido nivelar todo con la paleta por la parte del pasillo, pero no desde dentro), había un interruptor de la luz. Lo he girado sin esperanzas y, en efecto, no se ha encendido nada, aunque del techo colgaran a distancia regular algunas bombillas bajo su plato blanco. Tal vez los ratones en cincuenta años han roído los cables, si han conseguido llegar hasta aquí por la trampilla; claro que los ratones ya se sabe... Puede ser que el abuelo y Masulu lo estropearan al tapiar la puerta.

A esa hora la luz del día era suficiente. Me sentía como lord Carnavon entrando en la tumba de Tutankamón tras milenios y el único problema era que me picara un escarabajo misterioso que había permanecido allí al acecho por los siglos de los siglos. Dentro, todo estaba tal como probablemente lo había dejado yo la última vez. Es más, no debía abrir mucho las ventanas, lo suficiente para poder ver, a fin de no perturbar esa atmósfera dormida.

Ni siquiera osaba mirar qué había en las estanterías. Fuera lo que fuera, eran cosas mías y sólo mías, de lo contrario, habrían estado en el despacho del abuelo y los tíos las habrían puesto en el desván. A estas alturas, ¿por qué intentar recordar? Para los humanos, la memoria es un apaño, para los humanos el tiempo corre, y lo que pasa, ha pasado. Yo gozaba del prodigio de un inicio *ab ovo*. Estaba volviendo a hacer lo que hacía entonces; como Pipino, salía de la vejez para llegar a mi primera juventud. A partir de ese momento, tendría que retener sólo lo que me sucediera después, al fin y al cabo sería igual a lo que me había pasado entonces.

En la Capilla el tiempo se había detenido, no, mejor dicho, había girado hacia atrás, de la misma manera en que se colocan en el día de antes las manecillas de un reloj, y no cuenta que marquen las cuatro como hoy, basta saber (y lo sabía sólo yo) que ésas son las cuatro de ayer, o de hace cien años. Así debía de sentirse lord Carnavon.

Si los de las Brigadas Negras me descubrieran ahora aquí, he pensado, creerían que estoy en el verano de mil novecientos noventa y uno, mientras que yo (sólo yo) sabría que estaba en el verano de mil novecientos cuarenta y cuatro. Y también ese oficial con guantes habrá de descubrirse la cabeza, porque está entrando en el Templo del Tiempo.

11

ALLÁ EN CAPOCABANA

Muchos días pasé en la Capilla y, al caer la tarde, agarraba un montón de cosas e iba a mirármelas durante toda la noche al despacho del abuelo, bajo la lámpara verde, con la radio encendida (como había llegado a creer), para fundir lo que escuchaba con lo que leía.

Las repisas de la Capilla contenían, sin encuadernar, pero dispuestos en pilas ordenadas, las revistas y los álbumes de historietas de mi infancia. No eran cosas del abuelo, y las fechas empezaban por 1936 y acababan hacia 1945.

Quizá, como ya imaginara al hablar con Gianni, el abuelo era un hombre de otros tiempos y prefería que yo leyera a Salgari o Dumas, y yo, para reafirmar los derechos de mi fantasía, tenía esas cosas fuera de su esfera de control. Claro que algunas publicaciones se remontaban a 1936, cuando todavía no iba al colegio, y eso significaba que, si no era el abuelo, algún otro me compraba los tebeos. A lo mejor se había creado cierta tensión entre el abuelo y mis padres: «¿Por qué dejáis que vea esas bazofias?», y ellos me lo consentían, porque de pequeños algo de eso habían leído también ellos.

Efectivamente, en la primera pila había algunos volúmenes de *Il Corriere dei Piccoli*, y los números de 1936 llevaban el epígrafe «Año XXVIII», no de la Era Fascista, sino de su fundación. Así pues, el *Corriere dei Piccoli* existía desde los primeros años del siglo y había alegrado la infancia de mi padre y de mi madre: quizá les gustaba más a ellos contármelo que a mí que me lo contaran.

En cualquier caso, hojear el *Corrierino* (me salía espontáneamente el diminutivo) era como revivir las tensiones que había advertido los días anteriores. Con absoluta indiferencia, el *Corrierino* hablaba de glorias fascistas y de universos fantásticos poblados por personajes fabulosos y grotescos. Me ofrecía relatos o historietas serias de absoluta ortodoxia lictoria y páginas divididas en grandes recuadros que, por lo que sé, eran de origen americano. Como única concesión a la tradición, habían eliminado todos los bocadillos de una serie de historias que en su origen debían de tenerlos; otras veces los aceptaban a guisa de decoración: todas las historietas del *Corrierino* tenían largos textos bajo los recuadros por lo que respecta a los relatos serios, y versos rimados para las tiras cómicas.

Aquí empieza la aventura / del señor Buenaventura, y algo desde luego me decían las peripecias de este señor con unos inverosímiles pantalones blancos casi en forma de trapecio que cada vez, como premio por una intervención suya absolutamente casual, recibía un millón (en plena época de mil liras al mes) y en la historia siguiente era de nuevo pobre, a la espera de otro giro de la fortuna. Quizá despilfarraba, como el señor Pampurio, que, supercontento —en cada episodio—, quiere cambiar de apartamento. Estas historietas, por el estilo o por la firma del dibujante, me parecían relatos de origen italiano, como las peripecias de Formichino y Cicalone, muy en línea con las fábulas edificantes, o del Sor Calogero Sorbara, que para salir se prepara; de Martin Muma, que más ligero que una pluma volaba transportado por el viento; del profesor Lambicchi, quien había inventando el portentoso archibarniz, que al aplicarse daba vida a las imágenes, y tenía la casa invadida por los más incómodos personajes del pasado, ya fuera un Orlando Paladín, ya fuera un rey de los naipes, irritado y vengativo por haber sido sustraído de su reino en el País de las Maravillas.

CORRIERE dei PICCOLI

ANNO — REGNO ESTERO
SEMESTRE — L. 19. L. 32.-
L. 10. L. 17.-

SUPPLEMENTO ILLUSTRATO
del CORRIERE DELLA SERA
SI PUBBLICA OGNI SETTIMANA

UFFICI DEL GIORNALE
VIA SOLFERINO, N° 28
MILANO.

PER LE INSERZIONI RIVOLGERSI ALL'AMMINISTRAZIONE DEL «CORRIERE DELLA SERA» - VIA SOLFERINO, 28 - MILANO

Anno XXXI - N. 42   15 Ottobre 1939-XVII   Centesimi 40 il numero

1. Nelle tattiche, che inizio
hanno presso San Sulpizio,
colonnelli e capitani
stan studiando i vari piani.

2. Un reparto " nazionale „
(Marmitton n'è il caporale)
deve entrar nell'intricato
campo avverso trincerato.

3. Le difese formidabili
sono affatto insormontabili.
Non si vede che una via:
passar sotto, in galleria.

4. Marmitton e i suoi soldati,
zappatori diventati,
incominciano lo scavo,
e ciascun si mostra bravo.

5. Si lavora, scava, sterra,
come talpe, sotto terra:
dei lavori ha Marmittone
la suprema direzione.

6. " - Siamo, sotto, metri venti
e mi sembran sufficienti;
or pian piano si risale
in iscavo verticale. „

7. Giunti all'ultimo diaframma
si delinea questo dramma:
che a sboccar vanno bel bello
dove dorme il Colonnello.

8. Or rimugina, in prigione,
l'accaduto Marmittone:
" - Certamente ora sbagliato
il disegno dei tracciam'. „

En cambio, era de claro cuño americano toda una serie de personajes que se movían en paisajes surrealistas. En los puestos de Milán había visto las colecciones de Felix the Cat, o de los pillos coloniales Katzenjammer y su capitán, de Happy Hooligan o de Jiggs y Maggie (donde, en interiores tipo Chrysler Building, los personajes de los cuadros se salen del marco). Ahora descubría que en mi infancia se llamaban Mio Mao, Bibì y Bibò, Fortunello, Arcibaldo, Petronilla…

Era increíble que el *Corrierino* me propusiera las aventuras del soldado Marmittone (¡vestido exactamente como mis soldaditos de Bengodi!), que, por gafe genético, o por estupidez de generales engalonados con bigotes decimonónicos, iba a parar siempre al calabozo.

Muy poco marcial y fascista era Marmittone. Y, sin embargo, le estaba permitido convivir con otras historias que contaban, no en tono grotesco sino épico, de jóvenes heroicos italianos que se batían para civilizar Etiopía (en *El último ras*, a los abisinios que resistían a la invasión se les denominaba «bandidos») o que, como en *El héroe de Villahermosa*, ayudaban a las tropas franquistas contra los despiadados republicanos con camisa roja. Naturalmente, esta última historia no me decía que, si bien los italianos combatían al lado de los falangistas, otros italianos luchaban en el otro bando, con las Brigadas Internacionales.

Junto a la colección del *Corrierino* estaba la del *Vittorioso*, un semanal con grandes álbumes a todo color, de 1940 en adelante. Así pues, hacia los ocho años, debo de haber pretendido literatura *adulta*, en cómics.

La esquizofrenia era total también en estos álbumes, y de las deliciosas vicisitudes de Zoolandia, con personajes como Giraffone, el pez Aprilino y el monito Jojò, o de las aventuras heroico-cómicas de Pippo, Pertica y Palla, o de Alonzo Alonzo alias Alonzo, arrestado por robo de jirafa, se pasaba a la celebración de las glorias pasadas de nuestro país y a historias inspiradas directamente en la guerra en curso.

Las que más me han llamado la atención eran las historietas de Romano el legionario, por la precisión técnica de las máquinas bélicas, los aviones, los tanques, los torpederos y los sumergibles. Gracias a la revisitación del conflicto a través de los periódicos del abuelo, ya no me chupaba el dedo y había aprendido a controlar las fechas. Por ejemplo, el relato *Hacia A.O.I.* empezaba el 12 de febrero de 1941. Precisamente en enero los ingleses atacaban en Eritrea, y el 14 de febrero ocuparían Mogadiscio, en Somalia, aunque, a fin de cuentas, parecía que Etiopía seguía firmemente en nuestras manos, y era justo hacer que el héroe (que entonces combatía en Libia) se desplazara al frente africano oriental. Se le enviaba en misión confidencial a donde el duque de Aosta, entonces comandante en jefe de las fuerzas de África oriental, para llevarle un mensaje secreto, y salía de África septentrional atravesando el Sudán angloegipcio. Extraño, dado que existía la radio, y al final se vería que el mensaje no era para nada secreto porque decía «Resistir y vencer», como si el duque de Aosta se estuviera rascando la tripa. De todas maneras, Romano emprendía su misión junto con sus amigos y vivía varias aventuras con tribus salvajes, tanques ingleses, duelos aéreos y todo lo que permitiera al dibujante alardear de bruñida ferretería.

En los números de marzo, cuando ya los ingleses habían penetrado ampliamente en Etiopía, el único que parecía no saberlo era Romano, que por el camino se deleitaba cazando antílopes. El 5 de abril los italianos evacuaban Addis Abeba, se atestaban en Galla Sidamo y en Amara, y el duque de Aosta se atrincheraba en Amba Alaji. Romano seguía avanzando, más recto que un tiralíneas, concediéndose incluso la captura de un elefante. Probablemente sus lectores y él pensaban que todavía tenía que ir a Addis

Abeba, donde, sin embargo, ya había retomado posesión de su cargo el Negus destronado exactamente cinco años antes. Bien es verdad que en el número del 26 de abril una bala de fusil había destrozado la radio de Romano, pero eso era una señal de que antes la tenía, y no se entiende cómo no le habían puesto al corriente de temas.

A mediados de mayo los 7.000 soldados de Amba Alaji, sin víveres ni municiones, se rendían, y con ellos quedaba prisionero el duque de Aosta. Los lectores del *Vittorioso* podían no saberlo, pero por lo menos el pobre duque de Aosta debería de haberse dado cuenta; en cambio, Romano, el 7 de junio, llega hasta él en Addis Abeba y lo encuentra fresco como una rosa y radiante de optimismo. Por supuesto, el Duque lee el mensaje y afirma: «Naturalmente, y resistiremos hasta que la victoria sea nuestra».

Está claro que las planchas habían sido dibujadas meses antes pero, ante la rápida sucesión de acontecimientos, la redacción del *Vittorioso* no había tenido el valor de interrumpir los episodios.

Habían seguido adelante pensando que los chicos ignoraban las diversas y atroces noticias, y tal vez era verdad.

La tercera colección era la de *Topolino*, un semanal que, junto a las historietas de Mickey Mouse y los demás personajes de Walt Disney, publicaba las peripecias de Balillas valientes como *El grumete del sumergible*. Pero precisamente en algunos volúmenes de *Topolino* he podido notar el cambio que se verificó hacia 1941, cuando en diciembre Italia y Alemania declararon la guerra a Estados Unidos; he ido a comprobarlo en los periódicos del abuelo, y fue así, exactamente. Yo creía que, en un cierto momento, los americanos se habían cansado de los desmanes de Hitler y entraron en guerra, pero no, fueron Hitler y Mussolini los que les declararon la guerra a ellos, pensando quizá en derrotarlos en pocos meses con la ayuda de los japoneses. Puesto que evidentemente resultaba difícil enviar al punto una escuadrilla de SS o de Camisas Negras a que ocuparan Nueva York, se empezó por la guerra a la historieta; desde hacía ya algunos años, los bocadillos habían desaparecido, sustituidos por leyendas debajo de la viñeta. Luego, como he podido ver en otros tebeos, con el tiempo se desvanecieron en el aire los personajes americanos, reemplazados por imitaciones italianas y, por último, y creo que fue la última y dolorosa barrera en caer, mataron a Mickey, a Topolino. De una semana para otra, sin aviso alguno, la misma aventura seguía como si nada hubiera pasado, pero el protagonista era ahora un tal Toffolino, humano, no animal, siempre con cuatro dedos por mano como los animales antropomorfos de Disney; su amiga pasaba a llamarse Mimma, en lugar de Minnie, y Pippo seguía igual, pues Goofy había sido italianizado desde un principio. ¿Cómo acogería yo ese derrumbamiento de un mundo? Quizá con la mayor tranquilidad, dado que de un momento a otro los americanos se habían vuelto malos. Pero, ¿era consciente, entonces, de que Topolino era americano? Debo de haber vivido una ducha escocesa de golpes de

C. C. Postale - Anno I - N. 1 - Firenze, 14 Ottobre 1934-XII.   Centesimi 30   CASA EDITRICE NERBINI - FIRENZE

LA DISTRUZIONE DEL MONDO !!

efecto y, mientras me emocionaba con los golpes de efecto de las historias que leía, tomaba como obvios los golpes de efecto de la Historia que vivía.

Después de *Topolino* había algunos volúmenes de *L'Avventuroso*, y ahí cambiaba todo. El primer número era de octubre de 1934.

No podía haberlo comprado yo, que por aquel entonces tenía menos de tres años, y no creo que me lo hubieran comprado mamá o papá, porque sus historias no eran en absoluto infantiles, eran cómics americanos concebidos para un público adulto, aunque no plenamente desarrollado. Así pues, se trataba de ejemplares que me agenciaría más tarde, cambiándolos por otros tebeos. Los que sí me había comprado yo, algunos años después, eran sin duda unos álbumes de gran formato con las portadas coloreadísimas, donde aparecían escenas de la historia que se contaba dentro, como un «próximamente» cinematográfico.

Tanto el semanal como los álbumes debían de haberme abierto los ojos a un nuevo mundo. Empezando por la primera aventura, en la primera página del primer número de *L'Avventuroso*, titulada «La destrucción del mundo». El héroe era Flash Gordon, que por no sé qué desatino de un tal doctor Zarkov iba a parar al planeta Mongo, dominado por un dictador cruel y despiadado, Ming, de nombre y rasgos diabólicamente asiáticos. Mongo: rascacielos de cristal que se erigían sobre plataformas espaciales, ciudades submarinas, reinos que se extendían por árboles y árboles de una inmensa selva y personajes que iban desde los melenudos Hombres Leones a los Hombres Halcones y a los Hombres Mágicos de la Reina Azura, todos ellos vestidos con sincrética desenvoltura, ya fuera con atuendos que evocaban una Edad Media cinematográfica, cual muchos Robin Hood, ya fuera con lorigas y yelmos más de tipo bárbaro, pero a veces (en la corte) uniformes de coraceros o ulanos o dragones de opereta de principios de siglo. Y todos, los buenos y los malos, estaban provistos incongruentemente o de armas blancas y flechas, o de prodigiosos fusiles de rayos fulminadores, del mismo modo que sus pertrechos podían ir del carro falcado al cohete interplanetario con la punta acicular y los colores brillantes de los autos de choque de un parque de atracciones.

Gordon era guapo y rubio como un héroe ario, pero tenía que haberme dejado boquiabierto, y mucho, la naturaleza de su misión. Hasta entonces, ¿qué héroes había conocido? Desde los libros del colegio a los tebeos, los héroes eran unos valientes que luchaban por el Duce y, a la orden, anhelaban la muerte; en las novelas decimonónicas del abuelo, si ya las leía por aquel entonces, los héroes eran forajidos, que se batían contra la sociedad casi siempre por interés personal o vocación hacia la maldad, exceptuando, tal vez, al conde de Montecristo, que de todas maneras quería vengarse de los agravios que había sufrido él, no la comunidad. En el fondo, los mismos tres mosqueteros, que estaban en el bando de los buenos y no carecían de su sentido personal de la justicia, hacían lo que hacían por espíritu de cuerpo, los hombres del Rey contra los del Cardenal, por algún beneficio o por una patente de capitán.

Gordon no, él luchaba por la libertad contra un déspota, quizá en aquella epoca podía yo pensar que Ming el despiadado era como el terrible Estalín, ogro rojo del Cremlín, aunque no podía no reconocer en sus rasgos los del Dictador casero, dotado de un indiscutible poder de vida y muerte sobre sus fieles. Y, por lo tanto, con Flash Gordon debería haber tenido la primera imagen —está claro que podía decirlo sólo ahora, al releer, no entonces— de un héroe de guerra de liberación combatida en un Dondequiera Absoluto, donde se hacían estallar asteroides fortificados en lejanas galaxias.

Hojeando otros álbumes, en un crescendo de misteriosas llamas que me iban inflamando, un fascículo tras otro, descubría héroes de los que mis libros escolares nunca me habían hablado. Cino y Franco exploraban la jungla, en una sinfonía de colores pálidos, con las camisas celestes de la Patrulla del Marfil, en parte claramente para contener a tribus indóciles pero, sobre todo, para detener a los traficantes de marfil y de esclavos que explotaban a las poblaciones coloniales (¡cuántos blancos malos contra hombres buenos de piel negra!), entre apasionantes cacerías tanto de traficantes como de rinocerontes, donde sus carabinas no hacían bang bang o incluso pum pum como en las historietas caseras, sino crack crack. Y ese crack tenía que habérseme quedado impreso de alguna manera en los recovecos más secretos de esos lóbulos frontales que estaba intentando descerrajar, porque aún sentía esos sonidos como una promesa exótica, el índice que me señalaba un mundo distinto. De nuevo, más que las imágenes eran los ruidos, o mejor aún, su transcripción alfabética, los que tenían el poder de evocarme la presencia de una pista que aún se me escapaba.

Arf arf bang crack blam buzz cai spot ciaf ciaf clamp splash crackle crackle crunch deleng gosh grunt honk honk cai meow mumble pant plop pwutt roaaar dring rumble blomp sbam buizz sfrassc slam puff puff slurp smack sob gulp sprank blomp squit swoom bum thump plack clang tomp smash trac uaaaagh vrooom giddap yuk spliff augh zing slap zoom zzzzzz sniff...

Ruidos. Los veía todos, hojeando tebeo tras tebeo. Me había educado desde pequeño al *flatus vocis*. Entre los distintos ruidos se me ha ocurrido *sguiss*, y mi frente se ha perlado de sudor. Me he mirado las manos, y temblaban. ¿Por qué? ¿Dónde leí ese sonido? ¿O quizá es el único que no leí, sino oí?

Luego me he sentido casi en casa, al encontrar los álbumes del Hombre Enmascarado, forajido del bien, embutido de forma casi homoerótica en su malla roja, su cara apenas cubierta por un antifaz negro que dejaba ver el blanco animal de sus ojos, pero no la

pupila, lo que lo volvía aún más misterioso. La bella Diana Palmer debe de haber enloquecido de verdad las pocas veces que llegaba a besarlo, notando con un estremecimiento los músculos del héroe bajo la tela de esa funda que jamás abandonaba (a veces, cuando lo herían con arma de fuego, lo curaban sus acólitos salvajes con un vendaje de cirujano, siempre por encima de la malla, sin duda hidrorrepelente, dado lo adherente que le seguía quedando incluso cuando, tras una larga inmersión en los mares tórridos del sur, volvía a la superficie).

Pero esos raros besos eran momentos hechizados, porque inmediatamente Diana le era sustraída de alguna forma: o por un equívoco, o por un aspirante rival, o por algunos de sus apremiantes compromisos de bella viajera internacional, y el duende que camina no podía seguirla y casarse con ella, encadenado como estaba por un juramento ancestral, condenado a su propia misión: proteger a las poblaciones de la jungla de Bengali de las tropelías de piratas indios y aventureros blancos.

Así que después, o al mismo tiempo, junto con viñetas o canciones que me enseñaban cómo someter a los abisinios bárbaros y feroces, había encontrado un héroe que fraternalmente vivía con los pigmeos bandar y con ellos combatía a los colonialistas malos. Y Guran, el brujo bandar, era mucho más culto y sabio que los siniestros tipos de piel pálida que ayudaba a derrotar, no era un mero dubat fiel, sino un compañero y socio de pleno derecho en esa mafia benignamente justiciera.

Luego había otros héroes, que no parecían especialmente revolucionarios (si así podía imaginar, estos días pasados, mi crecimiento político), como Mandrake el Mago, que más bien parecía usar a su siervo negro, Lotar, como guardaespaldas y esclavo fiel, aun tratándolo como a un amigo. Pero también Mandrake, que derrotaba a los malos por arte de magia, y haciendo un gesto transformaba la pistola del adversario en un plátano, era un héroe burgués, sin uniforme negro o rojo, sino con un siempre impecable frac y su sombrero de copa. Y héroe burgués era el Agente Secreto X9, que no seguía a los enemigos de un régimen, sino a malhechores y barones ladrones, para protección de los contribuyentes, con su impermeable, su chaqueta y su corbata, con pequeñas y galantes pistolas de bolsillo, que a veces incluso aparecían, el colmo del encanto, entre las manos de señoras rubias con vestidos de seda, el cuello adornado de plumas y cuidadosamente maquilladas.

Otro mundo, que hubiera debido arruinarme la lengua que la escuela se industriaba en hacerme usar con propiedad, porque las traducciones anglicanizantes ofrecían un italiano aproximativo, con calcos tipo «Si no equivoco él puede estar espiándonos»; y el

primero, o uno de los primeros álbumes de Mandrake, mencionaba en la cubierta al héroe epónimo como «Mandrache». ¿Pero
qué importa? Está claro que en estos álbumes tan poco respetuosos con la gramática, encontraba yo a héroes distintos de los que
me proponía la cultura oficial, y quizá en esas viñetas con sus colores vulgares (¡pero tan hipnóticos!) me inicié en una visión distinta del Bien y del Mal.

No acababa ahí. Inmediatamente después había una serie completa de Álbumes de Oro con las primeras hazañas de Mickey Mouse,
que se desarrollaban en un contexto urbano que no podía ser el
mío (no sé si entonces entendía que se trataba de la pequeña ciudad
o de la gran metrópoli americana). *Mickey y la banda de los fonta-
neros* (¡oh, el inefable señor Tubos!), *Mickey y el gorila Spooks*,
Mickey en la casa de los fantasmas, *Mickey y el tesoro de Clarabella*
(ahí estaba, por fin, igual a la reproducción anastática de Milán,
pero con colores ocre y variedades de marrón), *Mickey agente de
la policía secreta* —no porque fuera militar o esbirro, sino que por
deber cívico aceptaba verse implicado en una historia de espiona-
je internacional, y corría aventuras terribles en la Legión Extranjera, perseguido por el traidor Trigger Hawkes y el malvado Patapalo—, *Viva, viva, ya verás, Mickey Mouse, que en el desierto
morirás…*

El que más había leído, a juzgar por el estado periclitante de mi ejemplar, era *Mickey periodista*: era impensable que bajo el régimen dejaran publicar una historia sobre la libertad de prensa, pero se ve que a los censores del Estado las historias de animales no les resultaban realistas y peligrosas. Dónde habré oído «¡Es la prensa, nena, y tú no puedes hacerle nada!». Debe de haber sido después. En cualquier caso, Mickey, con escasos medios, pone en marcha su *Eco del Mundo* —el primer número sale con horribles gazapos— y sigue publicando impávido *all the news that's fit to print*, aunque gángsteres sin escrúpulos y políticos corruptos intenten detenerle con todos los medios. ¿Quién me había hablado nunca, hasta entonces, de una prensa libre, capaz de sustraerse a cualquier censura?

Algunos misterios de mi esquizofrenia infantil empezaban a aclararse. Leía los libros escolares y los tebeos, y probablemente la conciencia civil me la iba construyendo, no sin esfuerzo, a través de estos últimos. Por ello, sin duda, había conservado esos cascotes de mi derrumbada historia, incluso después de la guerra, cuando me habían caído en las manos (quizá las trajeran las tropas americanas) páginas de periódicos de allá, con las tiras dominicales en color que permitían conocer a otros héroes, como Li'l Abner o Dick Tracy. Creo que nuestros editores de antes de la guerra no osaban publicarlas porque el dibujo era ultrajantemente modernista y evocaba lo que los nazis denominaban arte degenerado.

Una vez crecido en edad y sabiduría, ¿me habré acercado a Picasso por el estímulo de Dick Tracy?

Desde luego, no por el estímulo de los tebeos de entonces, si exceptuamos a Gordon. Las reproducciones, sacadas quizá directamente de las publicaciones americanas, sin pagar derechos, estaban mal impresas, a menudo con los trazos confusos, los colores dudosos. Por no hablar de otras páginas, tras la prohibición de las importaciones desde las costas enemigas, cuando el Hombre Enmascarado se presentaba con una malla verde, imitado malamente por un dibujante italiano, y con otras señas de identidad. Por no hablar tampoco de los héroes autárquicos, inventados probablemente para hacer frente al panteón del *Avventuroso*, dibujados a la buena de Dios, aunque al fin y al cabo simpáticos, como el gigante Dick Fulmine, con su mandíbula volitiva y mussoliniana, que a puñetazo limpio causaba estragos entre los bandidos de origen seguramente no ario, como el negro Zambo, el sudamericano Barreira y más tarde un Mandrake mefistofelizado, maligno y alevoso, Flattavion, cuyo nombre evocaba razas malditas aunque imprecisas, y cuyo atuendo, con unos burdos capa y sombrero de casino rural, sustituía al frac del mago americano. «Adelante, palomitas, acercaos», gritaba Fulmine a sus enemigos, todos ellos con gorra y chaqueta arrugada, y venga una buena sarta de puñetazos vengadores. «Pero éste es un demonio», decían los bellacos, hasta que en la oscuridad aparecía el cuarto superenemigo de Fulmine, Maschera Bianca, que lo golpeaba en la nuca con un mazo o un saco de arena, y Fulmine se desplomaba diciendo «¡Viv…!». Pero por poco tiempo, porque, encadenado en una mazmorra donde el agua subía amenazadora, con una contracción de músculos se liberaba del engorro. Y poco después, ya había capturado y entregado a toda la banda, debidamente empaquetada, al comisario (un hombrecillo con la cabeza redonda y un monobigote más de empleado de banco que de devoto hitleriano).

El agua que sube en la mazmorra debía de ser un topos de las historietas de todos los países. Sentía como una brasa en el pecho y cogía el álbum *Juventus*, «El cinco de picas, último episodio del Alfil de la Muerte». Un hombre con traje de jinete, una máscara roja tubular que le cubría toda la cabeza y se prolongaba en una gran capa escarlata, con las piernas abiertas, los brazos extendidos hacia arriba, encadenado por todas sus extremidades a las paredes de una cripta, mientras alguien había abierto el grifo de un manantial subterráneo, destinado a sumergirlo poco a poco.

Pero en apéndice a esos mismos álbumes había otras historias por entregas, con un estilo más intrigante. Una se titulaba *En los mares de la China* y los protagonistas eran Gianni Martini y su hermano Mino. Me resultaría extraño que dos jóvenes héroes italianos corrieran aventuras en una zona donde no teníamos colonias, entre piratas orientales, bellacos con nombres exóticos y mujeres bellísimas con nombres aún más exóticos, como Drusilla y Burma. Pero sin duda me daría cuenta de la distinta calidad del dibujo. En unas pocas tiras americanas que quizá recogiera de los soldados en 1945, he visto que la historia se llamaba *Terry and the Pirates*. Las páginas italianas eran de 1939, así que fue por aquel entonces cuando se impuso la italianización de las historias extranjeras.

En mi pequeña colección de materiales extranjeros he visto, entre otras cosas, que los franceses en aquellos años tradujeron Flash Gordon como Guy l'Eclair, y los españoles llamaban Jorge y Fernando a los muchachos de la Patrulla del Marfil.

No conseguía separarme de esas portadas y de esas viñetas. Era como estar en una fiesta y tener la impresión de reconocer a todo el mundo: las caras con que te encuentras te producen una sensación de *déjà vu*, pero no puedes decir ni cuándo has conocido a quiénes; todo ello con la tentación de exclamar a cada instante qué tal, amigo, tendiendo la mano y retirándola inmediatamente por miedo a meter la pata.

Es embarazoso volver a visitar un mundo donde llegas por vez primera: como sentirse de vuelta de la guerra o del exilio en casa ajena.

No he leído en secuencia, ni según las fechas ni según las series y los personajes. A salto de mata, volvía atrás, pasaba de los héroes del *Corrierino* a los de Walt Disney, me daba por comparar un relato patriótico con las historias de Mandrake en lucha contra el Cobra. Y precisamente al volver al *Corrierino*, a la historia del último ras, con el heroico vanguardista Mario contra el ras Aitù, he visto una viñeta que me ha parado el corazón, he notado algo muy parecido a una erección. O mejor aún, algo todavía más liminar, lo que podría sucederles a los que están afectados de *impotentia coeundi*. Mario se escapa del ras Aitù llevando consigo a Gemmy, una mujer blanca, esposa o concubina del ras, la cual ha comprendido ya que el futuro de Abisinia está en las manos redentoras y civilizadoras de las Camisas Negras. Aitù, furioso por la traición de la mala pécora (que, en cambio, por fin se ha vuelto buena y virtuosa), ordena quemar la casa en la que se esconden los dos fugitivos. Mario y Gemmy consiguen subir al tejado y desde allí él divisa un euforbio gigante. «¡Gemmy —dice—, agarraos a mí y cerrad los ojos!»

No cabe pensar que Mario tuviera intenciones maliciosas, sobre todo en semejante momento. Pero Gemmy, como toda heroína de cómic, iba vestida con una suave túnica, una especie de peplo, que le descubría los hombros, los brazos y parte del pecho. Como documentaban las cuatro viñetas dedicadas a la fuga y al salto peligroso, ya se sabe, los peplos, sobre todo si son de seda, se levantan primero sobre los tobillos y luego sobre la pantorrilla, y si una mujer se cuelga del cuello de un vanguardista, y tiene miedo, ese apretón no puede transformarse sino en un abrazo estremecido, con su mejilla, ni que decir tiene que perfumada, contra la nuca sudada de él. De este modo, en la cuarta viñeta, Mario se aferraba a la rama del euforbio, preocupado sólo de no caer en manos del enemigo, pero Gemmy, ya segura, se abandonaba y, como si la falda tuviera una abertura, la pierna izquierda se extendía, desnuda ahora hasta la rodilla, para una hermosa pantorrilla que unos tacones altísimos hacían aún más esbelta y torneada, mientras que de la derecha se divisaba sólo el tobillo. Claro que la pierna, coqueta ella, se levantaba en ángulo recto hacia la cadera procaz, y la túnica (quizá por efecto del viento ardiente entre las rocas abisinias) se le pegaba húmedamente al cuerpo, de suerte que se le transparentaban las curvas y las formas cabales de sus nalgas y de toda la pierna. Era impensable que el dibujante no fuera consciente del efecto erótico que estaba creando, y sin duda se remitía a algunos modelos cinematográficos, o precisamente a las mujeres de Gordon, siempre embutidas en vestidos muy adherentes cuajados de piedras preciosas.

No podía decir si ésa era la imagen más erótica que hubiera visto nunca, pero sin duda (si la fecha del *Corrierino* era 20 de diciembre de 1936) era la primera. Y tampoco podía argumentar si a los cuatro años había experimentado alguna reacción física, un rubor, un estremecimiento de adoración, pero desde luego esa imagen había sido para mí la primera revelación del eterno femenino, tanto que me preguntaba si después pude acurrucarme todavía contra el seno de mi madre con la inocencia de antes.

Una pierna que asoma de un largo y suave vestido casi transparente y pone de relieve las curvas del cuerpo. Si aquélla había sido una imagen primordial, ¿había dejado una huella?

Me puse a recorrer de nuevo páginas ya examinadas, y buscaba con los ojos la menor rozadura en todos los márgenes, pálidas huellas de dedos sudados, pliegues, dobleces en las esquinas superiores de la hoja, ligeras abrasiones de la superficie como si allí hubiera pasado más de una vez los dedos.

Y encontré una serie de piernas desnudas que se dejan ver a través de las aberturas de mucha ropa femenina: con abertura los atuendos de las mujeres de Mongo, tanto Dale Arden como Aura, hija de Ming, y las odaliscas que alegraban los festines imperiales; con abertura los lujosos negligés de las señoras con las que se encontraba el Agente Secreto X9; con abertura las túnicas de las turbias muchachas de la Banda Aérea, desbaratada posteriormente por el

Hombre Enmascarado; con abertura se adivinaba el vestido negro de gran noche de la seductora Dragon Lady en *Terry y los Piratas*... Sin duda soñé despierto con esas mujeres lascivas, mientras las de las revistas italianas mostraban piernas sin misterio alguno, bajo una falda hasta la rodilla y con enormes tacones de corcho. *Pero las piernas, ay, las piernas...* ¿Cuáles me despertaron los primeros impulsos? ¿Las de las lindas pequeñinas y las de las bellezas en bicicleta o las de las mujeres de otros planetas y de remotas megalópolis? Era obvio que debían de haberme seducido más las bellezas inalcanzables que las de la muchacha, o señora madura, de la puerta de al lado. Pero, ¿quién podía decirlo?

Si he fantaseado con la vecina de la puerta de al lado o con las chicas que jugaban en el parque de debajo de casa, eso es un secreto mío, del que la industria editorial no ha dado ni tenido noticia.

Al final de la pila de tebeos, he sacado una serie de números descabalados de una revista femenina, *Novella*, que sin duda leía mi madre. Largas historias de amor, una serie de selectas ilustraciones con mujeres gráciles y caballeros con perfil británico, y fotos de actrices y de actores. Todo en un color marrón con mil matices, y marrón era también el carácter de los textos. Las portadas eran una galería de bellezas de la época, eternizadas en primerísimo plano, y con una el corazón se me ha encogido de repente, atenazado por una lengua de fuego. No he podido resistir el impulso de inclinarme sobre ese rostro y posar mis labios sobre los suyos. No he experimentado ninguna sensación física, pero eso es lo que debía de hacer furtivamente en 1939, a los siete años, presa ya sin duda de algunas inquietudes. ¿Se parecía ese rostro a Sibilla? ¿A Paola? ¿A Vanna, la dama del armiño, y a las demás cuyos nombres únicamente me había susurrado sarcástico Gianni, la Cavassi, la librera americana del Salón del Libro de Londres, Silvana o la holandesita por la que fui tres veces a Amsterdam aposta?

Quizá no. Ciertamente me había formado, a través de las muchas imágenes que me habían cautivado, una figura ideal propia y, si hubiera podido tener ante mis ojos todas las caras de las mujeres que había amado, habría podido extraer un perfil arquetípico, una Idea jamás alcanzada y perseguida toda la vida. ¿En qué se parecían el rostro de Vanna y el de Sibilla? Quizá más de lo que se diría a primera vista, quizá la doblez maliciosa de una sonrisa, la forma de dejar entrever los dientes mientras reían, el gesto con el que se arreglaban el pelo. Habría bastado la forma en que movían las manos…

La mujer que acababa de besar en efigie era de un tipo distinto. Si me hubiera encontrado con ella en ese momento no le habría dignado una mirada. Se trataba de una foto, y las fotos están siempre fechadas, no tienen la ligereza platónica de un dibujo, que deja adivinar. Con ella no había besado la imagen de un objeto de amor, sino la prepotencia del sexo, la evidencia de los labios marcados por un maquillaje vistoso. No había sido un beso trémulo y ansioso, había sido la manera salvaje de reconocer la presencia de la carne. Debí de olvidarme enseguida del episodio, como de algo turbio y prohibido, mientras que la Gemmy abisinia se me había presentado como una figura provocativa pero amable, una agraciada princesa lejana, mírame y no me toques.

Entonces, ¿cómo es que había conservado esas revistas maternas? Probablemente, una vez entrado en la adolescencia, quizá al final del bachillerato, al volver a Solara me dediqué a recuperar lo que ya entonces me parecía un pasado remoto, y consagraba los albores de la juventud a hollar de nuevo los pasos perdidos de la infancia. Estaba condenado ya a recuperar la memoria, sólo que entonces era un juego, con todas mis magdalenas a mi disposición, y ahora, en cambio, se trataba de un desafío desesperado.

En la Capilla, de todas formas, había entendido algo de mi descubrimiento tanto de la libertad como de la esclavitud de la carne. Bien, sería una manera de huir de la servidumbre de los desfiles de uniforme y del imperio asexuado de los ángeles de la guarda.

¿Eso era todo? Excepto el belén del desván, por ejemplo, nada me hablaba aún de mis sentimientos religiosos, y me parecía imposible que un niño no los hubiera cultivado, aunque estuviera educado en una familia laica. Y no había encontrado nada que me llevara a lo que había sucedido de 1943 en adelante. Puede ser que precisamente entre 1943 y 1945, después de que la Capilla fuera tapiada, decidiera yo esconder aquí los testimonios más íntimos de una infancia que ya se desvanecía desenfocada en la ternura del recuerdo: estaba tomando la toga viril, entrando en la edad adulta justo en el torbellino de los años más oscuros, y resolví guardar en una cripta un pasado al que había decidido dedicar mis nostalgias de adulto.

Entre los muchos álbumes de La Patrulla del Marfil, por fin me cayó en las manos algo que me ha hecho sentir en el umbral de una revelación final. El álbum, con la portada multicolor, se titulaba *La misteriosa llama de la reina Loana.* Allí estaba la explicación de las misteriosas llamas que me habían agitado tras el despertar, y el viaje a Solara adquiría por fin un sentido.

He abierto el álbum y me he encontrado con la historia más sosa que jamás mente humana haya podido concebir. Era un relato desmadejado que hacía agua por todas partes, las peripecias eran repetitivas, la gente se inflamaba de amores repentinos, sin razón, Cino y Franco tanto se sentían fascinados por la reina Loana como la consideraban un ser maléfico.

Cino y Franco, con dos amigos, en el centro de África, llegan a un reino misterioso donde una reina igual de misteriosa custodia una misteriosísima llama que proporciona larga vida, o incluso la inmortalidad, dado que Loana reina sobre su tribu salvaje, sin perder un ápice de su belleza, desde hace dos mil años.

Loana entraba en escena en un determinado momento, y no era ni atractiva ni turbadora: me evocaba, más bien, ciertas parodias de los espectáculos de variedades de los tiempos pasados que he visto hace poco en la tele. Durante el resto de la historia, hasta que se tiraba a un abismo sin fondo por mal de amores, Loana, inútilmente enigmática, vagaba de aquí a allá en peripecias birriosas que carecían de fascinación o de psicología. Quería solamente casarse con un amigo de Cino y Franco que se parecía (dos gotas de agua) a un príncipe al que había amado hacía dos mil años, y al que luego sacrificó y petrificó porque rechazaba sus encantos. No se entendía por qué Loana necesitaba a un sosia moderno (que además, también éste, no la quería, porque se había enamorado a primera vista de su hermana), cuando con su misteriosa llama podía devolverle la vida al amante momificado.

Entre otras cosas, como ya había visto en otras historietas, ni las mujeres fatales ni los varones satánicos de turno (tipo Ming con Dale Arden) querían nunca poseer, violar, encerrar en su harén o unirse carnalmente con el objeto de su morbo. Querían siempre casarse. ¿Hipocresía protestante de los originales americanos?, ¿exceso de verecundia impuesta a los traductores italianos por un gobierno católico consagrado a su batalla demográfica?

Volviendo a Loana, seguía una serie de catástrofes finales, la misteriosa llama se apagaba para siempre y adiós a la inmortalidad para nuestros protagonistas, que podían haberse ahorrado patearse media jungla para llegar hasta allá, porque al final parecía que no les importara nada haber perdido la llama, y eso que se habían metido en ese lío para encontrarla, pero quizá las páginas disponibles se habían acabado, el álbum tenía que terminar de alguna forma y los autores ya no sacaban en claro cómo y por qué habían empezado.

En definitiva, una historia insulsa. Pero era evidente que me había pasado como con el señor Pipino. Lees de pequeño una historia cualquiera, luego haces que crezca en la memoria, la transformas, la sublimas, y puedes elevar a mito una historia que carece de todo aliciente. En efecto, lo que había fecundado mi memoria adormecida, evidentemente, no había sido la historia en sí, sino el título. Una expresión como *la misteriosa llama* me había hechizado, por no hablar del nombre dulcísimo de Loana, aunque en realidad fuera una marisabidilla caprichosa disfrazada de bayadera. Había vivido todos los años de mi infancia —y quizá también después— cultivando no una imagen sino un sonido. Cuando me olvidé de la Loana «histórica», seguí persiguiendo el aura oral de otras llamas misteriosas. Y años más tarde, con la memoria descompuesta, había reactivado el nombre de una llama para definir la reverberación de delicias olvidadas.

La niebla seguía estando dentro de mí, perforada de vez en cuando por el eco de un título.

Hurgando por aquí y por allá he encontrado un álbum encuadernado en tela, con formato alargado. Bastaba abrirlo para darse cuenta de que se trataba de una colección de sellos. Sin duda la mía, porque al principio pone mi nombre y la fecha en que probablemente empecé a recogerlos, 1943. El álbum tiene una hechura casi profesional, una carpeta con anillas, y está organizado por países, en orden alfabético. Los sellos están sujetos con una lengüeta, pero algunos, piezas italianas de correos de aquellos años, están más abultados, con la parte de atrás áspera, engomada con algo; con ellos quizá inaugurara mi época filatélica, al encontrarlos en sobres y postales. Se entiende que, al principio, los debí de pegar en algún mal cuaderno usando goma arábiga. Luego, evidentemente, aprendí cómo se hacía, intenté salvar ese esbozo de colección sumergiendo las hojas del cuaderno en agua y los sellos se separaron, pero habían conservado los vestigios indelebles de mi ignorancia.

Que luego aprendiera cómo se hace lo decía un volumen que estaba debajo del álbum, una copia del Catálogo Yvert y Tellier, de 1935. Probablemente formaba parte de las pacotillas del abuelo. Era obvio que el catálogo resultaba obsoleto ya para un coleccionista serio de 1943, pero evidentemente para mí se había convertido en algo precioso, pues me enteraba no de los precios actualizados y de las últimas emisiones, sino del método, del modo de catalogar.

¿De dónde sacaba los sellos en aquellos años? ¿Me los había pasado el abuelo o se podían comprar en una tienda en sobres con piezas surtidas, como sucede aún hoy en día en los puestos entre Via Armorari y Cordusio en Milán? Es probable que invirtiera mi escaso capital en su totalidad en alguna papelería de la ciudad, que vendía precisamente a los coleccionistas jóvenes, por lo que piezas que a mí me parecían fabulosas eran moneda corriente. O quizá en aquellos años de guerra, bloqueados todos los intercambios internacionales —y en un determinado momento también los nacionales—, circulaba en el mercado material de algún valor, a muy buen precio, vendido por algún jubilado para poder comprarse mantequilla, un pollo, un par de zapatos.

Ese álbum debe de haber sido para mí, antes que un objeto venal, un receptáculo de imágenes oníricas. Un ardiente fervor me ha asaltado ante cada figura. Ni comparación con los viejos atlas. Sobre ese álbum me imaginaba los mares azulados enmarcados de púrpura de la Deutsch-Ostafrika; entre un entramado de trazos de alfombra árabe veía sobre un fondo verde noche las casas de Bagdad; en un campo azul oscuro enmarcado de rosa admiraba el perfil de Jorge V, señor de las Bermudas; en tonos de ladrillo me subyugaba el rostro del barbudo pachá o sultán o rajá del Bijawar State, quizá uno de los príncipes indios de Salgari; sin duda con ecos salgarianos se enriquecía el rectangulito verde guisante de la Labuan Colony; quizá leía de la guerra entablada por su causa, mientras manejaba el sello vinoso con matasellos de Danzig; leía *five rupies* en el sello del estado de Indore; fantaseaba con extrañas piraguas indígenas que se recortaban sobre el fondo alhelí de

una pieza de las British Salomon Islands; soñaba con un paisaje de Guatemala, con un rinoceronte de Liberia, con otra embarcación salvaje que dominaba el gran sello de Papúa (menor era el Estado, mayor era el sello, como iba aprendiendo), y me preguntaba dónde estaban Saargebiet o Swaziland.

En los años en los que estábamos como encerrados por barreras insuperables, estrujados entre dos ejércitos en lucha, viajaba yo por el vasto mundo sólo por interpósito sello. Estaban interrumpidos incluso los contactos ferroviarios, quizá desde Solara no se podía llegar a la ciudad más que en bicicleta, y yo trasvolaba desde el Vaticano hasta Puerto Rico, desde China hasta Andorra.

La última taquicardia me ha asaltado ante dos sellos de las islas Fiji. No eran más bonitos o más feos que los demás. Uno representaba a un salvaje, el otro llevaba el mapa de las islas. Quizá me habían costado largos y trabajosos intercambios y los amaba por encima de los demás, quizá me llamaba la atención la precisión del mapa, que me hablaba de islas del tesoro, quizá aprendí en esos rectangulitos el nombre jamás oído de aquellos territorios. Me parece que Paola había dicho que yo tenía una idea fija: un día quería ir a las Fiji. Comparaba los folletos de las agencias de viajes, pero lo posponía siempre porque se trataba de ir al otro lado del mundo, e ir por menos de un mes no tenía sentido.

Parado ante los dos sellos, me ha venido espontáneamente la canción que había oído unos días antes, «Allá en Capocabana». Y con la canción ha vuelto el nombre de Pipetto. ¿Qué unía los sellos a la canción, y ésta a ese nombre, sólo al nombre, de Pipetto?

El secreto de Solara era que cada dos por tres llegaba al borde una revelación y allí me detenía: en el borde de un precipicio con el abismo invisible bajo la niebla. Como el Vallone, me he dicho. ¿Qué era el Vallone?

12

AHORA LLEGA LO BUENO

Le pregunté a Amalia si sabía algo del Vallone.

—Claro que lo sé —contestó—. El Vallone... Espero que no se haya pensado usted de ir, porque ya había que andarse con ojo cuando el señorito era pequeño y, madre, ahora que, con perdón sea dicho, ya no es usted un niño, se llega usted allá y se me mata. Mire que llamo a la señora Paola.

La tranquilicé. Quería sólo saber qué era.

—¿El Vallone? Con que mire desde la ventana de su cuarto le basta, que se ve a lo lejos la cima de una colina donde se levanta San Martino, un pueblecito, qué me digo pueblecito, cuatro casas, que si hay cien personas ya son muchas, todos mala gente, mire usted, con un campanario que mide más que todo el pueblo, y se gastan unos aires porque allí tienen el cuerpo del beato Antonino, y bien sabe Dios que parece una algarroba, con la cara más negra que una boñiga, usted perdone la palabra. Si es que por debajo de la túnica le salen unos dedos que parecen palitroques, y el pobre padre, que en paz descanse, decía que hace cien años sacaron de debajo de la tierra a uno al azar, que ya olía mal, le pusieron vaya usted a saber qué porquería por encima y lo metieron debajo de un cristal para ganarse algo con los peregrinos, que encima no va nadie, a ver, qué se va a hacer uno con el beato Antonino, que ni siquiera es un santo de por aquí y tuvieron que cogerlo del calendario poniendo el dedo donde salía.

—¿Y el Vallone?

—El Vallone es que a San Martino se llega sólo por un camino que madre lo empinado que es, que incluso ahora su trabajo les cuesta a los coches. La carretera no es de cristianos como las nuestras, que dan vueltas a la colina y una curva y otra y, hala, llegan arriba. Ojalá. No, sube recto recto, o casi, y por eso lleva esas fatigas. ¿Y sabe por qué es así? Porque por la parte por donde sube el camino la colina de San Martino tiene sus árboles y algunos viñedos, que hubo que hacer bancales para poder ir a cuidarlos y no resbalarse valle abajo con el trasero por los suelos. Pero, mire usted, en todas las demás partes la colina baja como si se despeñara, nada más que zarzas y matojos y pedruscos, que uno no sabe dónde poner los pies, y ése es el Vallone, que hasta hay quien se ha matado porque se arriesgó sin saber lo perro que era. Y pase en verano pero, cuando llega la niebla, andar por el Vallone es como para coger una soga y ahorcarse ahí mismo de una viga del desván, que se muere uno antes. Que si luego uno tiene el valor, y se lo sube, pues están las mascas.

Era la tercera vez que Amalia me hablaba de las mascas, pero a cada pregunta era como si intentara esquivar el tema, y yo no entendía si era por un sagrado temor o porque, al fin y al cabo, no sabía ni siquiera ella qué eran. Debían de ser unas brujas, que aparentemente eran unas viejas solitarias, pero cuando caía la noche se reunían en las viñas más empinadas, y en lugares malditos como el Vallone, para hacer ciertos maleficios con gatos negros, cabras o víboras. Malas como la ponzoña, se divertían amascando a los que se les atragantaban y les arruinaban la cosecha.

—Una vez una se convirtió en gato, entró en una casa de aquí y se llevó a un niño. Ande que un vecino, que tenía miedo también por su pequeñín, se pasaba las noches al lado de la cuna con un hacha, y cuando entró el gato le cortó la pata de un tajo. Entonces se le ocurre una mala idea y va a casa de una vieja que estaba poco lejos y ve que de la manga no sale la mano, a saber, que le pregunta que cómo es posible, y la otra venga con unas excusas que ni buscadas con candil, pues que se había herido con una guadaña quitando las malas hierbas, y él que déjeme que vea, y ella va y ya no tenía la mano. El gato era ella, y entonces los del pueblo la cogieron y la quemaron.

—¿Y eso es verdad?

—Verdad o mentira, así me lo contaba abuela aunque aquella vez abuelo volvió a casa gritando las mascas, las mascas, porque volvía de la taberna con el paraguas al hombro y de vez en cuando alguien lo cogía por el mango y no le dejaba seguir adelante, pero abuela le dijo calla la boca, mal nacido, que no eres otra cosa, que estabas más borracho que una canica y te ibas de acá para allá por el camino y te enganchabas tú mismo con el mango en las ramas de los árboles, anda que si llegan a ser las mascas, y venga capones que lo dejó bien escocido. A saber si todas estas historias son de veras, aunque una vez había en San Martino un cura que le daba a eso del velador para hablar con los espíritus, porque era masón como todos los curas, y ése con las mascas sí se entendía bien; si le dabas una limosna para la iglesia entonces te hacía el conjuro, y te quedabas tranquilo para todo el año. Un año, ¿eh? Y luego otra limosna.

Claro que el problema del Vallone, explicó Amalia, era que cuando yo rondaba los doce o trece años me daba mis paseos por allá con una banda de gamberros como yo, que nos hacíamos la guerra con los de San Martino y queríamos sorprenderlos subiendo por ese lado. Que si ella me veía cuando iba para allá, me traía a casa a hombros, pero yo era como una lagartija y nadie sabía nunca dónde había ido a esconderme.

Será por eso que pensando en bordes y precipicios me había acudido al pensamiento el Vallone. También en ese caso, sólo una palabra. A media mañana ya no pensaba en el Vallone. Habían llamado del pueblo para decir que había llegado un paquete certificado para mí. Bajé a recogerlo. El paquete era de la librería y con él llegaban las galeradas del nuevo catálogo. Aproveché el viaje para pasar por la farmacia: la tensión me había vuelto a subir a diecisiete. Las emociones en la Capilla. Decidí que pasaría el día de forma tranquila, y las galeradas eran una buena ocasión. En cambio, fueron las galeradas las que casi consiguen que se me subiera la tensión a dieciocho, y puede que lo consiguieran y todo.

El cielo estaba cubierto y se estaba a gusto en el jardín. Tumbado y cómodo, empecé la revisión. Las fichas todavía no estaban compaginadas, pero los textos eran impecables. Nos presentábamos en la *rentrée* del otoño con una buena oferta de libros de valor, bien por Sibilla.

Iba a pasar por alto una edición aparentemente tranquila de obras de Shakespeare cuando me quedé bloqueado con el título: *Mr. William Shakespeares Comedies, Histories, & Tragedies. Published according to the True Original Copies.* Iba a darme un infarto. Bajo el retrato del Bardo, el editor y la fecha: «London, Printed by Isaac Iaggard and Ed. Blount. 1623». Revisé la colación, las medidas (sus buenos 34,2 por 22,6 centímetros, eran márgenes muy generosos): ¡truenos de Hamburgo, mil rayos, *sakkaroa*, pero si ése era el inencontrable infolio de 1623!

Todo anticuario, y creo que todo coleccionista, fantasea de vez en cuando con la viejecita nonagenaria. Hay una viejecita con un pie en el hoyo, no tiene ni para comprarse medicamentos, viene a decirte que quiere vender unos libros de su bisabuelo que se le han quedado en el trastero. Tú vas a ver, por puro escrúpulo, hay unos diez volúmenes de escaso valor, luego, de repente, te cae en las manos un gran infolio mal encuadernado, con una cubierta de pergamino gastadísimo, las cabeceras han desaparecido, los cajos están periclitantes, los márgenes roídos por los ratones, muchas manchas de humedad. Te llaman la atención las dos columnas en gótica, cuentas las líneas, son cuarenta y dos, corres a ver el colofón... es la Biblia de cuarenta y dos líneas de Gutenberg, el primer libro que se haya impreso en el mundo. La última copia que todavía estaba en el mercado (las demás se custodian en célebres bibliotecas) ha alcanzado no sé cuántos billones hace poco en una subasta, y se la han asegurado unos banqueros japoneses, creo, que inmediatamente la han encerrado en una caja fuerte. Una nueva copia, todavía en circulación, no tendría precio. Puedes pedir lo que quieras, un cuatrillón de cuatrillones.

Tú miras a la viejecita, entiendes que si le dieras diez millones ya sería feliz, pero te remuerde la conciencia: le ofreces cien, doscientos millones, con los que podrá medrar los pocos años que le quedan por vivir. Luego, naturalmente, una vez en casa, con las manos temblorosas, no sabrías ya qué hacer. Para vender el libro deberías movilizar a las grandes casas de subastas, que se te comerían quién sabe qué parte del botín, y la otra mitad se te iría en impuestos; querrías quedártelo, pero no podrías enseñárselo a nadie porque, si corriera la voz, tendrías a los ladrones de medio mundo a la puerta de casa, y qué placer hay en poseer esa cosa prodigiosa y no poder matar de envidia a los demás coleccionistas. Si piensas en asegurarlo, te desangras. ¿Qué debes hacer? Cedérselo al Ayuntamiento, para que lo ponga, qué sé yo, en una sala del Castillo Sforzesco, en una vitrina blindada, con cuatro gorilas armados que lo vigilen noche y día. Así podrías ir a mirarte *tu* libro únicamente entre una muchedumbre de gente que no tiene nada que hacer y quiere ver de cerca la cosa más extraordinaria del mundo. ¿Y tú qué haces?, ¿das un codazo al de al lado y le dices que el libro es tuyo? ¿Vale la pena?

Entonces se te ocurre pensar no en Gutenberg, sino en el infolio de Shakespeare. Serán algunos billones menos, pero lo conocen sólo los coleccionistas, sería más fácil tanto quedárselo como venderlo. El infolio de Shakespeare: el sueño número dos de todo bibliófilo.

¿A cuánto lo ponía Sibilla? Se me caía el alma a los pies: un millón, como un librillo cualquiera. ¿Era posible que no se hubiera dado cuenta de lo que tenía entre manos? ¿Y cuándo había llegado a la librería?, ¿por qué no me había dicho nada? La despido, la despido, murmuraba con rabia.

La llamé para preguntarle si se daba cuenta de qué era el ítem 85 del catálogo. Parecía sorprendida, era una cosa del XVII, ni siquiera muy bonita, no tenía buen aspecto, es más, estaba contenta de haberlo vendido ya, justo después de mandarme las galeradas, con veinte mil liras de descuento, solamente, y había que quitarlo ya del catálogo, porque no era ni tan siquiera una de esas cosas que dejas igualmente y escribes debajo «vendido», para que se vea que tenías buenas piezas. Iba a comérmela viva, hasta que se echó a reír y dijo que debía procurar que no me subiera la tensión.

Era una broma. Había colado esa ficha para ver si leía atentamente las galeradas, y si mi memoria culta todavía estaba en buen estado. Se reía como una pilla, orgullosa de su burla, que, entre otras cosas, repetía algunas de las bromas célebres habituales entre los fanáticos; incluso hay catálogos que han entrado en el anticuariado precisamente porque proponían un libro imposible, o inexistente, y habían picado incluso los expertos.

Son novatadas de estudiantillos, dije todavía, pero ya me estaba calmando.

—Me las pagarás. Por lo demás, las otras fichas son perfectas, es inútil que te las mande, no tengo correcciones que hacer. Sigamos adelante, gracias.

Me relajé: la gente no repara en ello, pero a uno como yo, en el estado en el que me encuentro, hasta una broma inocente podría hacer que le diera el soponcio final.

Mientras acababa la llamada con Sibilla, el cielo se había puesto lívido: estaba llegando otra tormenta, esta vez llegaría de verdad. Con semejante luz, quedaba absuelto de la obligación o de la tentación de ir a la Capilla. Aun así, podía pasar por lo menos una hora en el desván, que todavía estaría durmiendo por las buhardillas, para seguir curioseando un poco.

Fui agraciado con otra caja, sin rótulos, donde los tíos habían metido de cualquier manera revistas ilustradas. Lo bajé todo y me puse a hojearlas sin demasiada atención, como si estuviera en la sala de espera de un dentista. Miraba las ilustraciones de algunas revistas de cine, con muchas fotos de actores. Estaban naturalmente las películas italianas, también aquí en plena y apaciguada esquizofrenia: por un lado, películas de propaganda como *Sin novedad en el Alcázar* y *Luciano Serra piloto*; por el otro, películas con caballeros de esmoquin, mujeres viciadísimas con *liseuses* cándidas, y mobiliario de lujo, con teléfonos blancos junto a lechos voluptuosos, en una época en la que me imagino que los teléfonos seguían siendo negros y estaban colgados de la pared.

Pero había también fotos de películas extranjeras y advertí alguna vaguísima llama al ver el rostro sensual de Zarah Leander, o el de Christine Sonderbaum de *La ciudad soñada*.

Por último, muchas fotos de películas americanas, con Fred Astaire y Ginger Rogers que danzaban como libélulas, y el John

Wayne de *La diligencia*. Mientras tanto, había vuelto a poner en marcha la que consideraba ya mi radio, ignorando hipócritamente el gramófono que la hacía cantar, y había identificado entre los discos una serie de títulos que me sugerían algo. Dios mío, Fred Astaire bailaba y besaba a Ginger Rogers, pero en los mismos años Pippo Barzizza y su orquesta tocaban unas melodías que yo conocía porque forman parte de la educación musical de todos. Aquello era jazz, aunque italianizado, ese disco que se titulaba *Serenità* era una adaptación de *Mood Indigo*; ese otro que se hacía pasar por *Con stile* era *In the mood*, y esas *Tristezze di San Luigi* (¿cuál, Noveno, Gonzaga?) eran los *Saint Louis Blues*. Todos sin letra, menos las tristezas de San Luis, bastante burdas, para no denunciar el origen de una música tan poco aria.

Jazz, John Wayne y los tebeos de la Capilla: mi infancia había transcurrido aprendiendo que tenía que maldecir a los ingleses y defenderme de los negrazos americanos que querían ensuciar a la Venus de Milo y, al mismo tiempo, me alimentaba con los mensajes que venían del otro lado del océano.

Del fondo de la caja saqué también un paquete de cartas y postales dirigidas al abuelo. Tuve un momento de duda, porque me parecía sacrílego penetrar en esos secretos personales. Luego me dije que, en el fondo, el abuelo era el destinatario, no el autor de esos escritos, y a esos autores no les debía ningún respeto.

Hojeé esas misivas sin la esperanza de encontrar nada importante y, en cambio, no: esas personas, al contestar al abuelo, probablemente amigos de los que se fiaba, aludían a cosas que él les había escrito, y salía un retrato del abuelo más preciso. Empezaba a entender qué pensaba, qué tipo de amigos frecuentaba o prudentemente cultivaba de lejos.

Pero sólo tras ver el frasquito fui capaz de reconstruir la fisonomía «política» del abuelo. Me costó bastante, porque el relato de Amalia había que desentrañarlo con pinzas, pero había cartas de las que traslucían claramente las ideas del abuelo, y afloraban algunas alusiones a su pasado. Y por fin un corresponsal, a quien el abuelo le contara en el 43 el episodio final del aceite, se congratulaba por la hazaña.

Vamos a ver. Me había apoyado contra las ventanas, con el escritorio delante y las librerías en el fondo. Sólo entonces noté, en lo alto de la estantería que tenía enfrente, un frasquito de unos diez centímetros, un recipiente de medicinas o de un perfume de antaño, de cristal oscuro.

Picado por la curiosidad, me subí a una silla y lo cogí. El tapón de rosca estaba herméticamente cerrado y llevaba todavía unas marcas rojas de un antiguo cierre con lacre. Al mirar dentro y agitarlo, parecía no contener ya nada. Lo abrí, con bastante esfuerzo, y divisé en el interior como unas pequeñas manchas de material oscuro. El poco olor que todavía emanaba del interior era decididamente desagradable, como de putrefacción disecada desde hacía décadas.

Llamé a Amalia. ¿Sabía algo? Amalia levantó los ojos y los brazos al cielo y se echó a reír.

—¡Ah, seguía ahí, el aceite de ricino!

—¿Aceite de ricino? Eso era un purgante, creo…

—Bien es verdad que sí; a veces nos lo daban a nosotros, los niños, una cucharadita, para que obráramos de cuerpo si algo se quedaba atascado en la barriguita. E inmediatamente después, sus dos buenas cucharadas de las grandes de azúcar, para hacer pasar el sabor. Pero a su señor abuelo le dieron mucho más, ¡no sólo este frasquito de acá, por lo menos el triple!

Amalia, que le oía contar siempre esta historia a Masulu, empezaba diciendo que el abuelo vendía periódicos. No, que eran libros, no periódicos, decía yo. Y ella insistía (por lo menos así lo entendía yo) en que antes el abuelo vendía periódicos. Luego me di cuenta del equívoco. En esa zona, al que vende los periódicos se le llama, y se le sigue llamando, *giurnalista*, y yo, sin reparar en la ambigüedad, lo traducía no como periodista sino como quiosquero. En cambio, Amalia repetía lo que había oído contar, es decir, que el abuelo era de verdad un periodista, de los que trabajan en los periódicos.

Como constaba también en la correspondencia, lo fue hasta 1922, y el periódico era un diario o una revista socialista. En aquellos tiempos, con la inminencia de la Marcha sobre Roma, los escuadristas iban por el mundo con la porra y les alisaban la espalda a los subversivos. Pero a los que querían castigar de verdad les hacían beber una robusta dosis de aceite de ricino, para purgarles de sus ideas torcidas. No una cucharadita, por lo menos medio cuartillo. Entonces sucedió que los escuadristas allanaron la sede del periódico donde trabajaba el abuelo: calculando que debía de haber nacido hacia 1880, en el veintidós tenía como poco cuarenta años, mientras que los justicieros eran unos mozalbetes. Lo rompieron todo, incluidas las máquinas de la pequeña tipografía, tiraron los muebles por la ventana y, antes de desalojar el local y cerrar la puerta clavando dos tablones, agarraron a los dos redactores presentes, les propinaron una paliza suficiente y luego les dieron el aceite de ricino.

—No sé si le sale la cuenta, señorito Yambo, que un pobrecillo que le hacen beber eso, si consigue volver a casa con sus piernas, pues no me pida que le diga dónde se pasa los días siguientes, debió de ser una humillación de las que no se pueden ni decir, no se trata así a una criatura.

Se adivinaba, por los consejos que le escribía un amigo milanés, que a partir de ese momento (visto que los fascistas se saldrían con la suya algunos meses más tarde) el abuelo decidió dejar los periódicos y la vida activa, puso su pequeña librería de viejo y así vivió en silencio durante veinte años, hablando o escribiendo de política sólo con los amigos de confianza.

Pero no se olvidó de quienes le habían introducido personalmente el aceite en la boca, mientras sus compinches le tapaban la nariz.

—Era un tal Merlo, su señor abuelo lo supo siempre, y en veinte años no lo perdió de vista jamás.

En efecto, algunas cartas informaban al abuelo de las vicisitudes del Merlo. Hizo su pequeña carrera de centurión de la Milicia, se ocupaba de avituallamientos y algo debía de habérsele quedado untado porque se compró una casa de campo.

—Perdone, Amalia, he entendido la historia del aceite, pero, ¿qué había en la botellita?

—No me atrevo a decírselo, señorito Yambo, era una cosa fea...

—Si tengo que entender este asunto, debe decírmelo, Amalia, haga usted un esfuerzo.

Entonces, porque era yo, Amalia intentó explicarse. El abuelo volvió a casa con la carne debilitada por el aceite pero con el espíritu aún indómito. Con las dos primeras descargas no tuvo tiempo de pensar en lo que hacía, y echó fuera el alma. A la tercera o cuarta, decidió defecar en un orinal. Y en el orinal recogió aceite mezclado con eso que sale cuando uno se toma la purga, como se explicaba Amalia. El abuelo vació un envase de agua de rosas de la abuela, lo lavó cuidadosamente y metió tanto el aceite como esa cosa. Enroscó el tapón y lo cerró con lacre, de manera que ese licor no se evaporara y mantuviera intacto su bouquet, como les pasa a los vinos.

Guardó la botellita en su casa de la ciudad y, una vez que nos refugiamos todos en Solara, se la llevó al despacho. Se ve que Masulu pensaba como él, y sabía la historia, porque cada vez que entraba en el despacho (Amalia espiaba o ponía la oreja) miraba primero el frasquito, luego al abuelo, y hacía un gesto: tendía la mano hacia delante, con la palma hacia abajo, luego giraba la muñeca para colocar la palma hacia arriba y decía en tono amenazador: «*S'as gira...*», que quería decir si giran las tornas, si un día las cosas cambian. Y el abuelo, sobre todo en los últimos tiempos, respondía: «Giran, giran, querido Masulu, los otros ya han desembarcado en Sicilia...».

Llegó por fin el 25 de julio. El Gran Consejo puso a Mussolini contra las cuerdas la noche anterior, el rey lo destituyó, dos carabineros lo cargaron en una ambulancia y se lo llevaron quién sabe dónde. El fascismo había acabado. Podía evocar esos momentos yendo a pescar en la recopilación de periódicos. Títulares a toda página, caída de un régimen.

Lo más interesante era ver los periódicos de los días siguientes. Daban noticias complacidas de muchedumbres que hacían caer estatuas del Duce de los pedestales y destrozaban a piconazos los haces lictorios de las fachadas de los edificios públicos, y de jerarcas del régimen que se habían vestido de paisano y habían desaparecido de la circulación. Periódicos que, hasta el 24 de julio, aseguraban la espléndida adhesión del pueblo italiano a su Duce, el 30 se regocijaban por la disolución de la Cámara de los Fascios y de las Corporaciones y por la liberación de los condenados políticos. Es verdad que de un día para otro había cambiado el director, pero el resto de la redacción debía de estar compuesta por la misma gente de antes: se adaptaban, o muchos de ellos que durante años habían mordido el freno ahora se quitaban sus buenas satisfacciones.

Había llegado también la hora del abuelo. «Ha girado», le dijo lapidariamente a Masulu, y éste entendió que tenía que ponerse manos a la obra. Llamó a dos muchachotes que lo ayudaban en los campos, el Stivulu y el Gigio, ambos bien plantados, con la cara enrojecida tanto por el sol como por el Barbera y unos músculos tal que así, sobre todo el Gigio, que cuando un carro se quedaba atrancado en un foso lo llamaban a él para que lo sacara a pelo, y los mandó a todos los pueblos de los alrededores, mientras el abuelo bajaba al teléfono público de Solara y recababa información de sus amigos de la ciudad.

CORRIERE DELLA SERA

Le dimissioni di Mussolini
Badoglio Capo del Governo

UN PROCLAMA DEL SOVRANO

Il Re assume il comando delle Forze Armate - Badoglio agli Italiani: "Si serrino le file intorno a Sua Maestà vivente immagine della Patria„

L'annunzio alla Nazione

Sua Maestà il Re e Imperatore ha accettato le dimissioni dalla carica di Capo del Governo, Primo Ministro e segretario di Stato, presentate da Sua Eccellenza il cavaliere Benito Mussolini ed ha nominato Capo del Governo, Primo Ministro, segretario di Stato Sua Eccellenza il cavaliere Maresciallo d'Italia Pietro Badoglio. *(Stefani)*

La parola di Vittorio Emanuele

Sua Maestà il Re e Imperatore ha rivolto agli Italiani il seguente proclama:

ITALIANI,

Assumo da oggi il comando di tutte le Forze Armate.

Nell'ora solenne che incombe sui destini della Patria ognuno riprenda il suo posto di dovere, di fede e di combattimento: nessuna deviazione deve essere tollerata, nessuna recriminazione può essere consentita.

Ogni Italiano si inchini dinanzi alle gravi ferite che hanno lacerato il sacro suolo della Patria.

L'Italia, per il valore delle sue Forze Armate, per la decisa volontà di tutti i cittadini, ritroverà nel rispetto delle istituzioni che ne hanno sempre confortata l'ascesa, la via della riscossa.

ITALIANI,

Sono oggi più che mai indissolubilmente uno con Voi nella incrollabile fede nell'immortalità della Patria.

Firmato: **VITTORIO EMANUELE.**

Controfirmato: **BADOGLIO.**

Roma, il 25 luglio 1943.

Precisa e chiara consegna

Sua Eccellenza il Maresciallo d'Italia Pietro Badoglio ha rivolto agli Italiani il seguente proclama:

ITALIANI,

Per ordine di Sua Maestà il Re e Imperatore assumo il Governo militare del Paese, con pieni poteri.

La guerra continua. L'Italia, duramente colpita nelle sue provincie invase, nelle sue città distrutte, mantiene fede alla parola data, gelosa custode delle sue millenarie tradizioni.

Si serrino le file attorno a Sua Maestà il Re e Imperatore, immagine vivente della Patria, esempio per tutti.

La consegna ricevuta è chiara e precisa: sarà scrupolosamente eseguita, e chiunque si illuda di potere intralciare il normale svolgimento, o tenti turbare l'ordine pubblico, sarà inesorabilmente colpito.

Viva l'Italia, Viva il Re.

Firmato: **Maresciallo d'Italia PIETRO BADOGLIO.**

Roma, 25 luglio 1943.

VIVA L'ITALIA

Soldato del Sabotino e del Piave

L'Italia s'incammina. Questa...

Manifestazioni a Roma

La folla al canto dell'Inno di Mameli si riversa sotto il Quirinale

Roma 24 luglio...

L'esultanza di Milano

Sul libro sacro

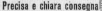

Por fin, el 30 de julio, se localizó al Merlo. Su casa o su finca de campo estaba en Bassinasco, no muy lejos de Solara, y allá se había retirado sigilosamente, sin hacerse notar. Nunca había sido un pez gordo y podía esperar que se olvidaran de él.

«Iremos el dos de agosto —dijo el abuelo—, porque fue precisamente el dos de agosto de hace veintiún años cuando ése me dio el aceite. Iremos después de cenar, primero porque hace menos calor, segundo porque a esa hora el Merlo habrá acabado de atiborrarse como un preboste, y es el momento adecuado para ayudarlo a digerir.»

Tomaron la calesa y salieron al atardecer hacia Bassinasco.

Llegados a casa del Merlo, llamaron a la puerta. El Merlo fue a abrir con la servilleta de cuadritos todavía en el cuello, quiénes sois quiénes no sois, naturalmente la cara del abuelo no le decía nada, lo empujaron dentro, Stivulu y Gigio lo obligaron a sentarse sujetándole bien los brazos detrás de la espalda y Masulu le tapó la nariz con el pulgar y el índice, que solos se bastaban para taponar una damajuana.

El abuelo, con calma, recordó la historia de veintiún años antes, mientras el Merlo negaba con la cabeza, como si dijera que se trataba de un error, que él nunca se había interesado por la política. El abuelo, una vez acabada su explicación, le recordó que a él, antes de meterle el aceite en la garganta, le habían animado, con algún que otro bastonazo, a que dijera con la nariz cerrada *alalá*. Él era una persona pacífica y no quería usar el bastón, así que si Merlo quería colaborar amablemente era mejor que dijera enseguida ese *alalá* para evitar escenas embarazosas. Y Merlo, con énfasis nasal, gritó *alalá*, que en definitiva era una de las pocas cosas que había aprendido a hacer.

Después de lo cual, el abuelo le introdujo el frasquito en la boca y le hizo tragar todo el aceite, con su dosis de materia fecal en solución, correctamente envejecido a la temperatura adecuada, añada de 1922, denominación de origen controlada.

Salieron mientras el Merlo estaba de rodillas con la cara contra las baldosas del suelo, intentando vomitar, pero le habían mantenido cerrada la nariz lo suficiente para que la poción bajara hasta el fondo del estómago.

Aquella noche, a la vuelta, Amalia no había visto nunca al abuelo tan radiante. Parece ser que después al Merlo le entró tanto miedo que incluso tras el 8 de septiembre, cuando el rey pidió el armisticio y se escapó a Brindisi, el Duce fue liberado por los alemanes y los fascistas volvieron, no se adhirió a la República Social de Salò, y se quedó en su casa cultivando su huerto. Ahora ya tiene que haber muerto también él, el muy mal nacido, decía Amalia, y según ella, aunque hubiera querido vengarse y decírselo a los fascistas, aquella noche estaba tan asustado que no se acordaba ni de la cara de los que habían entrado en su casa, y quién sabe a cuánta gente más había hecho beber aceite.

—Que, créame usted a mí, alguno de los demás tampoco lo perdió de vista durante años, y frascos como ése, más de uno se habrá tragado; a ver, que son cosas que a uno le quitan las ganas de política.

He aquí, pues, quién era el abuelo, y eso explicaba los periódicos subrayados y la escucha de Radio Londres. Esperaba que *girara*.

Con fecha 27 de julio, encontré la copia de un pasquín en el que se celebraba el final del régimen, en un único mensaje de júbilo, del Partido de la Democracia Cristiana, el Partido de Acción, el Partido Comunista, el Partido Socialista Italiano de Unidad Proletaria y el Partido Liberal. Si lo había visto, y sin duda lo había visto, debía de entender de golpe que, si esos partidos salían a la luz de la noche a la mañana, era señal de que existían ya antes, en la oscuridad de la clandestinidad. A lo mejor fue así como empecé a entender qué era la democracia.

El abuelo había guardado también diarios de la República de Salò y en uno, *Il Popolo di Alessandria* (¡qué sorpresa!, ¡escribía

Ezra Pound!), salían feroces viñetas contra el rey, a quien los fascistas odiaban no sólo porque había hecho que arrestaran a Mussolini, sino también porque había pedido el armisticio, para luego escapar al sur y unirse a los odiados angloamericanos. Las viñetas se ensañaban también con su hijo Umberto, que lo había seguido. Representaban a ambos perennemente en fuga, mientras levantaban nubecillas de polvo; el rey, pequeño, casi un enano, el príncipe, alto como una pértiga, y a uno le motejaban Gambetta Piè Veloce, precisamente por lo precipitado de su fuga, y al otro Stellassa l'Erede, lindo don heredero.

Paola me había dicho que siempre tuve sentimientos republicanos, y se ve que la lección la recibí precisamente de quienes convirtieron al rey en el emperador de Etiopía. Cuando uno dice los caminos de la providencia.

Le pregunté a Amalia si el abuelo me había contado alguna vez la historia del aceite.

—¡A ver! Al día siguiente, enseguida. ¡Estaba tan contento! Se sentó en su cama, nada más despertarse usted, y le contó toda la historia enseñándole el frasquito.

—¿Y yo?

—Usted, señorito Yambo, me lo veo como si fuera ahora mismo, daba palmadas y decía bien por el abuelo, que eres mejor que el gudón.

—¿El gudón? ¿Y qué era?

—¿Y qué sé yo? Pero eso es lo que gritaba, se lo juro, tal que lo oyera ahora mismo.

No era el gudón, era Gordon. Celebraba en el acto del abuelo la sublevación de Gordon contra Ming, tirano de Mongo.

13

MI SEÑORITA PÁLIDA

P articipé de la aventura del abuelo con el entusiasmo del lector de tebeos. Pero a partir de mediados de 1943 y hasta el final de la guerra no había nada entre las colecciones de la Capilla. Únicamente, de 1945, las tiras que había conseguido de los liberadores. Puede que, entre mediados del cuarenta y tres y mediados del cuarenta y cinco no salieran tebeos o no llegaran a Solara. O a lo mejor, tras el 8 de septiembre de 1943, asistí a acontecimientos reales tan novelescos, con los partisanos, las Brigadas Negras que rondaban, la llegada misteriosa de octavillas clandestinas, que superaban con creces lo que podían contarme mis tebeos. O quizá me sentía ya demasiado mayor para los tebeos y precisamente en aquellos años pasé a la lectura más sabrosa del *Conde de Montecristo* o de *Los tres mosqueteros*.

En cualquier caso, hasta entonces Solara no me había devuelto nada que fuera verdadera y únicamente mío. Lo que había descubierto era lo que había leído, pero tal como lo habían leído muchos otros. A eso se reducía toda mi arqueología: excepto la historia del vaso irrompible y una graciosa anécdota sobre el abuelo (pero no sobre mí), no había revivido mi infancia, sino la de una generación.

Hasta entonces, las cosas más claras me las habían contado las canciones. Fui al despacho a encender mi radio, poniendo unos discos elegidos al azar. La primera canción que la radio me ofreció era, una vez más, una de esas alegres locuras que acompañaban a los bombardeos:

Ayer tarde, mientras paseaba, esto me pasó:
un joven alterado
sin causa me abordó.
A sentarme me invitó en un café harto apartado,
y con acento extraño
mirad lo que contó:
yo conozco a una niña
que es más rubia que el sol,
mas nunca sabré hablarle de mi amor.
Mi abuela Carolina
decía que en sus días
los galanes esto le decían:
besar quisiera
tu negro pelo,
tus suaves labios,
tus ojazos sinceros.
¡Decírselo no puedo
a mi dulce tesoro
porque su pelo es rubio como el oro!

La segunda canción era sin duda más antigua, y más sentimental si cabe: debe de haber hecho llorar a mi madre.

Mi señorita pálida,
tan dulce vecina del quinto de enfrente.
Noche no hay que con Nápoles no sueñe,
y hace ya veinte años que estoy lejos.

…mi pequeñín
hojeando un viejo libro de latín

ha encontrado —¡sí!— tu flor, tu suspiro...
¿Por qué en los ojos me tembló una lágrima?
Sabrás tú el motivo...

¿Y yo? Los tebeos de la Capilla me decían que había tenido la revelación del sexo, pero ¿y el amor? ¿Paola ha sido la primera mujer de mi vida?

Era extraño que en la Capilla no hubiera nada que remitiera a la época entre mis trece y mis dieciocho años. Y aun así, en aquellos cinco años, antes de la desgracia, frecuentaba todavía la casa.

Caí en que había entrevisto, no en las estanterías, sino apoyadas en el altar, tres cajas. No les había hecho mucho caso, cautivado por el variopinto encanto de mis colecciones, pero quizá todavía hubiera algo entre lo que husmear.

La primera caja estaba llena de fotos de mi infancia. Me esperaba quién sabe qué revelaciones, pero no. Experimenté sólo una sensación de grande y religiosa conmoción. Después de haber visto las fotos de mis padres en el hospital y la del abuelo en el despacho, identificaba a mis padres, aun en épocas distintas, los situaba en el tiempo según la ropa, reconociéndolos más jóvenes o más mayores, según el largo de las faldas de mi madre. Yo debía de ser ese niño con un gorrito para el sol que azuzaba un caracol encima de una piedra; esa niñita que compungida se aferraba a mi mano era Ada; Ada y yo éramos las criaturas con traje blanco, casi un frac para mí, casi un vestido de novia para ella, el día de la primera comunión o de la confirmación; yo era el segundo Balilla a la derecha, alineado con el pequeño mosquetón cruzado sobre el pecho, un pie al frente; y ahí estaba yo, más mayorcito, al lado de un soldado americano de piel negra que sonreía con sesenta y cuatro dientes, quizá el primer liberador que encontrara junto al que posaba para la posteridad tras el 25 de abril.

Una sola foto me conmovió de verdad: era una instantánea ampliada, se notaba por lo desenfocada que estaba, y representa-

ba a un niño que se inclinaba un poco apurado mientras una niñita más pequeña se levantaba sobre un par de zapatitos blancos, le
echaba los brazos al cuello y lo besaba en la mejilla. Así nos sor-
prendieron mamá y papá, mientras Ada, cansada de posar, espontáneamente, me gratificaba con su afecto.

Sabía que ése era yo y ésa ella, no podía no sentir ternura ante
esa visión, pero era como si lo hubiera visto en una película, y me
enterneciera como cualquiera ante una representación artística del
amor fraterno. Algo así como conmoverse ante el *Angelus* de Mi-
llet, el *Beso* de Hayez o la Ofelia que flotaba prerrafaelista en una
alfombra de junquillos, nenúfares y asfódelos.

¿Eran asfódelos? Qué sé yo, una vez más es la palabra la que
manifiesta su poder, no la imagen. La gente dice que tenemos dos
hemisferios en el cerebro, el izquierdo, que rige las relaciones ra-
cionales y el lenguaje verbal, y el derecho, que se ocupa de las
emociones y del universo visual. Quizá se me había paralizado el
hemisferio derecho. Pero no, porque ahí estaba muriéndome de
extenuación en busca de algo, y la búsqueda es una pasión, no es
un plato que se sirve frío como la venganza.

Aparté las fotos, que sólo me inspiraban nostalgia de lo desconocido, y pasé a la segunda caja.

Contenía imágenes sagradas, muchas de Domenico Savio, un alumno de Don Bosco que los pintores mostraban ardoroso de piedad; lo retrataban con los pantalones deslucidos por bolsas que se le formaban bajo las rodillas, como si las tuviera dobladas todo el día, entregado a la oración. Luego un pequeño volumen encuadernado en negro, con el corte rojo como un misal, *El joven cristiano*, del mismo Don Bosco. Era una edición de 1847, bastante deteriorada, y quién sabe quién me la había pasado. Lecturas edificantes y recopilaciones de cánticos y oraciones. Muchas exhortaciones a la pureza como virtud reina.

También en otros folletos aparecían ardientes incitaciones a la pureza, invitaciones a abstenerse de los malos espectáculos, de las compañías equívocas, de las lecturas peligrosas. De todos los mandamientos parecía que el más importante era el sexto, no cometerás actos impuros, y de manera muy transparente las diversas enseñanzas concernían a los ilícitos tocamientos del propio cuerpo, incluido el consejo de acostarse por la noche boca arriba, con las manos cruzadas sobre el pecho, para impedir que el vientre hiciera presión contra el colchón. Eran escasas las recomendaciones de no tener contactos con el otro sexo, como si la eventualidad fuera remota, impedida por severas convenciones sociales. El enemigo mayor era, aunque la palabra se mencionaba raramente, y más a menudo mediante circunloquios prudentes, la masturbación. Un manualito explicaba que los únicos animales que se masturban son los peces: aludía probablemente a la inseminación externa, por la que muchos peces esparcen espermatozoides y huevos en el agua, y es ésta la que se ocupa de la fecundación; pero no por ello esos pequeños animalillos pecan copulando en un recipiente indebido. Nada sobre los monos, onanistas por vocación. Y silencio sobre la homosexualidad, como si dejarse tocar por un seminarista no fuera pecado.

Saqué también una copia muy gastada de *Pequeños mártires*, del padre Domenico Pilla. Es la historia de dos píos jovencitos, él y ella, que sufren las más horribles torturas por parte de masones anticlericales consagrados a Satanás, los cuales quieren iniciarles en los gozos del pecado por odio hacia nuestra santa religión. Pero el delito no compensa. El escultor Bruno Cherubini, que había esculpido para los masones la Estatua del Sacrilegio, de noche es despertado por la aparición de su compañero de francachelas Volfango Kaufman. Tras su última orgía, Volfango y Bruno habían cerrado un pacto: el primero en morir se aparecería ante el amigo para referirle qué hay en el más allá. Y Volfango emerge *post mortem* de los vapores del Tártaro, envuelto en una mortaja, con los ojos muy abiertos en su rostro de caballero mefistofélico. De sus carnes incandescentes emana una luz siniestra. El fantasma se presenta y anuncia: «El infierno existe, ¡y yo estoy en él!». Y le pide a Bruno, si quiere una prueba tangible, que extienda la mano derecha; el escultor obedece y el espectro deja caer en ella una lágrima de sudor que le traspasa la mano de lado a lado como si fuera plomo fundido.

Las fechas del libro y de los folletos, cuando las había, no me decían nada, porque podía haberlos leído a cualquier edad, así que no conseguía saber si fue en los años finales de la guerra o tras el regreso a la ciudad cuando me dediqué a prácticas de piedad. ¿Reacción ante los acontecimientos bélicos, una manera de encarar las tormentas de la pubertad, una serie de desengaños que me orientaron hacia los brazos acogedores de la Iglesia?

Los únicos y verdaderos retazos de mí mismo estaban en la tercera caja. Encima de todo, algunos números del *Radiocorriere*, entre el 46 y el 48, con algunos programas marcados y anotados. La caligrafía era sin duda la mía, por lo que esas páginas me decían lo que sólo yo quería escuchar; los subrayados, salvo algún programa

Dinanzi a lui era comparso uno spaventoso fantasma avvolto in un ampio lenzuolo.

nocturno dedicado a la poesía, concernían a música de cámara y conciertos. Eran piezas breves entre una transmisión y otra, a primera hora de la mañana, o en la sobremesa, o entrada la tarde: tres estudios, un nocturno; cuando había suerte, toda una sonata. Cosas para apasionados, que se emitían en horas de escasa audiencia. Después de la guerra, pues, una vez regresado a la ciudad, no me dejaba escapar las ocasiones musicales con las que me estaba drogando poco a poco, pegado a la radio con el volumen bajo, para no molestar al resto de la familia. En el despacho del abuelo había discos de música clásica, ¿pero quién me dice que no se los había comprado más tarde, y precisamente para alentar mi nueva pasión? Al principio, yo anotaba como un espía las escasas circunstancias en que podía escuchar mi música, y quién sabe qué rabia experimentaría al ir a la cocina, para una cita que llevaba días esperando, y no poder oír nada a causa del trajín de sus habitantes, repartidores charlatanes, mujeres que faenaban o extendían la masa de la pasta.

Chopin era el autor que había subrayado con mayor énfasis. Me llevé la caja al despacho del abuelo, puse en marcha tanto el tocadiscos como el cuadrante de mi Telefunken e inicié mi última búsqueda acompañado por la *Sonata en si bemol menor opus 35*.

Debajo del *Radiocorriere* estaban los cuadernos de los últimos años del bachillerato, entre 1947 y 1950. Me daba cuenta de que tuve un profesor de filosofía francamente grandioso, porque la mayor parte de lo que sé al respecto estaba precisamente ahí, en mis apuntes. Luego había dibujos y viñetas, bromas que hacía con mis compañeros de colegio, y fotos de clase de final de curso, los alumnos dispuestos en tres o cuatro filas, con los profesores en medio. Esos rostros no me decían nada, y me costaba incluso reconocerme a mí mismo, lo conseguí más que nada por exclusión, aferrándome a los últimos mechones del copete de Ciuffettino.

Entre los cuadernos de colegio había otro, que empezaba con la fecha 1948, pero exhibía diferencias caligráficas a medida que lo iba hojeando, de suerte que quizá contuviera textos de los tres años siguientes. Eran poemas.

Poemas tan malos que no podían sino ser míos. Acné juvenil. Creo que todos han escrito poemas a los dieciséis años, es una fase del paso de la adolescencia a la edad adulta. Ya no sé dónde he leído que los poetas se dividen en dos categorías: los buenos, que en determinado momento destruyen sus poemas malos y se van a vender fusiles a África, y los malos, que los publican y siguen escribiéndolos hasta la muerte.

Puede ser que las cosas no sean exactamente así, pero mis poemas eran malos. No eran horribles o repugnantes, sino patéticamente obvios. ¿Valía la pena volver a Solara para descubrir que había sido un escritorzuelo? Por lo menos un motivo de orgullo podía tenerlo, había encerrado aquellos abortos en una caja, dentro de una Capilla con la entrada tapiada, y me había dedicado a la recopilación de libros ajenos. Debo de haber sido, hacia los dieciocho años, admirablemente lúcido, críticamente incorruptible.

Claro que, aun enterrándolos, si los había conservado quería decir que les tenía afecto a esos poemas, también cuando el acné se me pasó. Como testimonio. Ya se sabe que el que ha conseguido expulsar la solitaria conserva la cabeza en una solución alcohólica; otros lo hacen con el cálculo que les han quitado de la vesícula.

Los primeros poemas eran bocetos, breves observaciones ante los encantos de la naturaleza, como debe hacer todo poeta novel: mañanas de invierno que sonreían entre la escarcha a un malicioso deseo de abril, marañas de reticencia lírica sobre el misterioso color de una tarde de agosto, muchas, demasiadas lunas, y un solo momento de pudor:

> *¿Qué haces tú, luna, en el cielo, dime qué haces?*
> *Llevo mi vida,*

mi vida deslavada,
pues soy un amasijo
de tierra y muertos valles
y tediosos volcanes
apagados.

Santo cielo, al fin y al cabo no era tan tonto. O quizá acababa de descubrir a los futuristas, que querían matar al claro de luna. Pero inmediatamente después leí unos pocos versos sobre Chopin, sobre su música y su vida dolorosa. Imaginémonos, a los dieciséis años no escribes poemas sobre Bach, que tuvo un momento de desamparo sólo el día en que se le murió su mujer y a los sepultureros, cuando le preguntaron cómo quería organizar las exequias, les respondió que se lo preguntaran a ella. Chopin parece hecho adrede para provocar las lágrimas de un adolescente, la salida de Varsovia con la cinta de Costanza en el corazón, la muerte que acecha en el retiro de Valdemosa. Sólo al crecer te das cuenta de que escribió buena música; antes, lloras.

Las siguientes composiciones eran sobre la memoria. Estaba recién destetado y ya me preocupaba de coleccionar recuerdos apenas desvaídos por el tiempo. Un poema decía:

Me edifico recuerdos.
La vida
tiendo hacia ese espejismo.
Cada instante que pasa,
cada momento
vuelvo leve una hoja
con la mano temblorosa.
Y el recuerdo es esa ola
que encrespa las aguas rápida,
y desaparece.

Ponía muchos puntos y aparte, como debía de haber aprendido de los poetas herméticos.

Muchos poemas versaban sobre la clepsidra, que hila el tiempo como una baba finísima y se la entrega a los intensos graneros de la memoria; un himno a Orfeo [*sic*], en el que le avisaba que *no se vuelve dos veces al reino del recuerdo / para volver a encontrar ajada / la frescura inesperada / del primer robo*. Recomendaciones a mí mismo, *no había de malgastar / un solo momento...* Espléndido, ha bastado un bombeo excesivo en mis arterias y lo he malgastado todo. A África, a África, a vender fusiles.

Entre otras menudencias líricas, escribía poemas de amor. Amaba, pues. ¿O estaba enamorado del amor, como sucede a esa edad? Claro que hablaba de una ella, aunque impalpable:

> *Criatura encerrada*
> *en ese misterio frágil*
> *que te convierte en un ser*
> *a mí lejano,*
> *quizá naciste sólo*
> *para habitar estos versos,*
> *y no lo sabes.*

Versos de lo más trovadoresco, que con la cordura de la senilidad calificaría de bastante machistas. ¿Por qué había de nacer la criatura sólo para habitar mis pobres versos? Si no existía, yo era un pachá monógamo que convertía el bello sexo en carne para su harén imaginario, y eso suele llamarse masturbación, aun cuando se eyacule con una pluma de ganso. Pero ¿y si la Criatura Encerrada hubiera sido real y de veras nada supiera? Entonces, tonto yo; pero ella, ¿quién era?

No estaba ante imágenes, sino ante palabras, y no sentía llamas misteriosas sólo porque la reina Loana me había desilusionado. Algo sentía, hasta el punto de que podía anticipar ciertos versos a medida que iba leyendo: *un día desaparecerás / y quizá haya sido un sueño*. Un figmento poético no desaparece nunca, escribes para volverlo eterno. Si temía que se disolviera, era porque la poesía era un grácil *Ersatz* de algo a lo que no conseguía acercarme. *Incauto he edificado / sobre la frágil arena de los momentos / ante un rostro, sólo un rostro. / Pero no sé si añorar el instante /en que me condené a fabricarme un mundo*. El mundo me lo estaba fabricando, pero para acoger a alguien.

Leía, efectivamente, una descripción que era demasiado detallada para referirse a una creación ficticia:

> *Pasaba ajena con un corte nuevo*
> *de pelo, era mayo,*
> *y el estudiante a su lado*
> *(viejo, alto y rubio)*
> *con el apósito en el cuello*
> *decía sonriendo a los amigos*
> *que era un sifiloma.*

Y más adelante se mencionaba una chaqueta amarilla, como si fuera la visión del Ángel de la Sexta Trompeta. La chica existía, y no podía haberme inventado al canalla del sifiloma. ¿Y ésta, que estaba entre las últimas de la sección amorosa?

> *Una noche como ésta,*
> *tres días antes de Navidad,*
> *descifraba el amor*
> *por vez primera.*
> *Una noche como ésta,*
> *de nieve pisoteada en las calles,*
> *hacía ruido bajo una ventana*
> *esperando que alguien me mirara*
> *tirar bolas de nieve*

y pensaba que bastaría
para incluirme entre los notables del sexo.
Ahora cuántas estaciones
me han cambiado las células y los tejidos
ni siquiera sé si perduro en el recuerdo.

Sólo tú, sólo tú
en los confines de quién sabe dónde (¿dónde estás?)
tal y como te encuentro en el fondo del músculo
corazón
con el mismo estupor de los tres días
de antes de Navidad.

A esta Criatura Encerrada, realísima, le había dedicado los tres años de mi formación. Luego (*¿dónde estás?*) la había perdido. Y quizá, en la época en que morían mis padres y me trasladaba a Turín, había decidido acabar, como testimonian los últimos dos poemas. Estaban entre las hojas del cuaderno pero no estaban escritos a mano sino a máquina. No creo que en el bachillerato se usara la máquina de escribir. Así es que estos dos últimos ensayos poéticos se remontaban al principio de mis años universitarios. Extraño que estuvieran ahí, si todos me decían que había dejado de ir a Solara precisamente en el umbral de aquellos años. Pero quizá, tras la muerte del abuelo, mientras los tíos liquidaban todo, había vuelto una vez más a la Capilla, precisamente para sellar los recuerdos a los que estaba renunciando, e introduje entonces esas dos hojas, a modo de testamento y adiós. Suenan como una despedida, como la clausura de la poesía y el remate de los tiernos adulterios con todo lo que estaba dejándome atrás.

La primera decía:

Oh, las señoras blancas de Renoir
Las damas de los balcones de Manet

Los bares con terraza en el bulevar
Y la sombrillita blanca desde el landó
Mustia con la última catleya
En el extremo suspiro de Bergotte...

Mirémonos a los ojos:
Odette de Crecy
Era una gran puta.

La segunda se titulaba «Los partisanos». Era todo lo que quedaba de mis recuerdos desde el cuarenta y tres hasta el final de la guerra:

Talino, Gino, Ras, Lupetto, Sciabola
que bajabais un día de primavera
cantando silba el viento y grita la tormenta
cuánto añoro aquellos veranos
de balazos altos de repente
en el silencio del sol del mediodía
de tardes pasadas a la espera,
noticias difundidas a media voz,
la Décima Mas se va, mañana bajan
los de Badoglio, deshacen el puesto de control
por el camino de Orbegno no se pasa
ya, se llevan a los heridos con la calesa,
yo los he visto cerca del Oratorio,
el sargento Garrani está atrincherado
en el Ayuntamiento...
Luego de repente la letanía endiablada,
el ruido infernal, el repiqueteo
en la pared de casa, una voz desde el callejón...
Y la noche, silencio y pocos tiros,
desde San Martino, y los últimos acosados...

Quisiera soñar esos vastos veranos
nutridos de certidumbres como sangres
y los tiempos en que
Talino, Gino y Ras vieron
quizá en el rostro de la verdad.

Pero no puedo, aún está
mi puesto de control
en el camino del Vallone.
Por lo cual cierro el cuaderno
de la memoria. Se fueron ya
las claras noches en que
el partisano en el bosque
cuidaba que no cantaran los pajarillos
para que su amada pudiera dormir.

Estos versos eran un enigma. Así pues, había vivido una época que para mí había sido heroica, por lo menos mientras la veía con los demás como protagonistas. Al intentar liquidar toda búsqueda sobre mi infancia y adolescencia, en los albores de la edad adulta, había querido evocar momentos de exaltación y de certidumbre. Pero me había detenido ante un stop (el último puesto de control de la guerra librada debajo de casa) y me rendía ante… ¿ante qué? Ante algo de lo que no podía o ya no quería acordarme, y que tenía que ver con el Vallone. Otra vez el Vallone. ¿Acaso había visto a las mascas y ese encuentro me había enseñado que debía borrarlo todo? O tal vez, mientras ya era consciente de haber perdido a la Criatura Encerrada, ¿haría de otros días, y del Vallone, la alegoría de aquella pérdida?, ¿guardaba entonces en el cofre inviolable que era la Capilla todo lo que yo había sido hasta ese momento?

No quedaba nada más, por lo menos en Solara. Sólo podía deducir que, tras esa renuncia, decidí dedicarme, ya universitario, a los libros antiguos, para consagrarme a un pasado que no fuera mío y no pudiera implicarme.

Pero, ¿quién era la Criatura que, al huir, me indujo a archivar los años del bachillerato y los de Solara? ¿Tuve también yo una señorita pálida, dulce vecina del quinto de enfrente? En ese caso, seguía siendo sólo una canción más, que todos han cantado antes o después.

El único que podía saber algo era Gianni. Si te enamoras, y por primera vez, te confiarás por lo menos a tu compañero de pupitre.

Días antes no quise que Gianni esclareciera la niebla de mis recuerdos con la luz tranquila de los suyos, pero a esas alturas sólo podía recurrir a su memoria.

Le he llamado, ya era de noche, y hemos hablado durante unas horas. He empezado con rodeos, hablando de Chopin, y me he enterado de que en aquellos tiempos la radio era para nosotros verdaderamente la única fuente de la gran música por la que nos estábamos apasionando. En la ciudad, sólo hacia la época de la reválida nació por fin un círculo de Amigos de la Música que nos surtía de un concierto de violín o piano de vez en cuando, a lo sumo un trío, y de nuestra clase íbamos sólo cuatro, casi a escondidas, porque a los otros canallas lo único que les interesaba era conseguir entrar en el burdel, aunque todavía no tenían dieciocho años, y nos miraban como si fuéramos mariquitas. Bien, habíamos tenido algunos estremecimientos en común, podía atreverme.

—¿Sabes si en sexto empecé a pensar en alguna chica?

—También eso lo has olvidado, vaya. A lo mejor es verdad que no hay desdicha que no lleve su dicha. Qué te importa saberlo, ha pasado tanto tiempo… Vamos, Yambo, piensa en la salud.

—No me seas cabrón, he descubierto aquí cosas que me intrigan. Tengo que saber.

Parecía dudar, luego ha descorchado sus memorias, y con mucha pasión, como si el enamorado fuera él. Y la verdad es que casi lo había estado, porque (me decía) hasta entonces había permanecido inmune a los tormentos amorosos, por lo que se embriagaba con mis confidencias como si la historia fuera suya.

—Además, es que era de verdad la más guapa de su clase. Eras exigente, tú. Te enamorabas, claro, pero sólo de la más guapa.

—*Alors moi, j'aime qui?... Mais cela va de soi! / J'aime, mais c'est forcé, la plus belle qui soit!*

—¿Qué es?

—No lo sé, se me ha ocurrido. Pero háblame de ella. ¿Cómo se llamaba?

—Lila, Lila Saba.

Bonito nombre. He dejado que se me deshiciera en la boca como si fuera miel.

—Lila. Bonito. Venga, ¿cómo sucedió?

—En sexto, nosotros, los chicos, éramos todavía unos niñatos con granos y pantalones cortos. Ellas a la misma edad eran ya mujeres, y ni siquiera nos miraban; si acaso, coqueteaban con los universitarios que venían a esperarlas a la salida. Tú la viste y te quedaste tieso. Tipo Dante y Beatriz, y no lo digo al azar, porque en sexto estudiábamos la *Vita Nuova*, y las claras frescas dulces aguas, y era lo único que te sabías de memoria, porque hablaba de ti. En fin, un flechazo. Durante unos días te quedaste atónito, con un nudo en la garganta, y no tocabas la comida, tanto que tu familia pensaba que estabas enfermo. Luego quisiste saber cómo se llamaba, pero no te atrevías a preguntarlo por ahí, por miedo a que todos se dieran cuenta. Por suerte iba a su clase Ninetta Foppa, una simpática con el morrito de ardilla, que era vecina tuya, y jugabais juntos desde niños. Un día, al encontrártela por las escaleras y hablando de otras cosas, le preguntaste cómo se llamaba la chica esa con la que la habías visto el día anterior. Y por lo menos supiste su nombre.

—¿Y luego?

—Ya te lo he dicho, te habías vuelto un zombi. Como por aquel entonces eras muy religioso, fuiste a hablar con tu director espiritual, el padre Renato. Uno de esos curas que iban en moto con boina, y todos decían que era de manga ancha. Te permitía leer incluso a los autores del índice, porque hay que ejercitar el espíritu crítico. Yo no habría tenido el valor de irle a contar una cosa así a un cura, pero tú tenías que decírselo a alguien. Ya sabes, eras como el del chiste, que naufraga en una isla desierta, él solito con la actriz más guapa y famosa del mundo, pasa lo que tiene que pasar, pero él no se queda contento y no para hasta que convence a la mujer de que se vista de hombre y se pinte unos bigotes con corcho quemado; entonces, la toma del brazo y le dice si tú supieras, Gustavo, a quién me he tirado...

—No digas vulgaridades, para mí es un asunto serio. ¿Qué me dijo el padre Renato?

—¿Y qué quieres que te dijera un cura, por muy de manga ancha que fuera? Que tu sentimiento era noble y bello y conforme a naturaleza, pero que no tenías que estropearlo transformándolo en una relación física, porque hay que llegar puros al matrimonio, por lo que tenías que conservarlo como un secreto en lo más hondo del corazón.

—¿Y yo?

—Pues tú, como un gilipollas, lo conservaste en lo más hondo del corazón. Yo creo que porque tenías un miedo atroz de abordarla. Lo que pasa es que eso de lo más hondo de tu corazón no te bastaba, y viniste a contármelo todo a mí, que hasta tenía que cubrirte.

—¿Y cómo, si no la abordaba?

—El caso es que tú vivías justo detrás del Instituto; al salir, doblabas la esquina y estabas en casa. Las chicas, por reglamento del Director, salían después de los varones. Por eso el peligro era no verla nunca, a menos que te plantificaras como un gilipollas ante las escaleras del Instituto. Tanto nosotros como las chicas solíamos tener que cruzar el parque y tomar por Largo Minghetti; luego, cada cual seguía su camino. Ella vivía precisamente en Largo Minghetti. Entonces tú salías, hacías como que me acompañabas hasta el fondo del parque, controlabas cuándo salían las chicas, volvías atrás y te cruzabas con ella cuando bajaba con sus amigas. Te cruzabas con ella, la mirabas, y nada más. Todos los santos días.

—Y estaba satisfecho.

—Cómo lo ibas a estar. Entonces empezaste a armarlas de todos los colores. Te apuntabas a las iniciativas benéficas para que el Director te diera el permiso de ir por las aulas a vender no sé qué papeletas, entrabas en su clase y te las arreglabas para pararte medio minuto más en su pupitre, con la excusa de que no encontrabas el cambio para darle la vuelta. Hiciste que te entrara dolor de muelas porque el dentista de tus padres tenía la consulta en Largo Minghetti y sus ventanas daban al balcón de la casa de Lila. Te quejabas de unos dolores tremendos, el dentista no sabía ya qué hacer, por escrúpulo te pasaba el torno. Hiciste que te lo pasara varias veces para nada; pero, claro, tú llegabas con media hora de adelanto, para poder estar en la sala de espera y mirar por la ventana. Naturalmente, ella en el balcón, jamás. Una tarde que nevaba y salíamos en pandilla del cine, organizaste, precisamente en Largo Minghetti, una batalla de bolas de nieve gritando como un poseso tanto que creíamos que estabas borracho. Lo hiciste esperando que ella oyera el estruendo y se asomara, e imagínate tú el buen papel que habrías hecho. En cambio, se asomó una vieja bruja chillando que llamaba a los guardias. Y luego tu idea genial. Organizaste la revista, el espectáculo, el gran show del Instituto. Corriste el riesgo de que te suspendieran, en sexto, porque pensabas sólo en la revista, textos, música, escenografía. Y por fin, el éxito, tres funciones para permitir que todo el Instituto, familias incluidas, pudiera ver en el aula magna el espectáculo más grande del mundo. Ella vino dos veces seguidas. El número fuerte era el de la señorita Marini. La Marini era la profesora de ciencias, una delgada delgada con el pelo recogido en un moño, sin tetas, grandes gafas con montura de concha y siempre con su bata negra. Tú eras tan delgado como ella, y disfrazarte fue coser y cantar. De perfil, os parecíais como dos gotas de agua. Cuando entraste en escena se oyó un aplauso que, vamos, los de Caruso no podían ni compararse. El caso es que la Marini, en clase, sacaba del bolso una gragea para la garganta y se la pasaba de un carrillo a otro durante media hora. Cuando abriste el bolso, hiciste como que te metías la pastilla en la boca y luego te pasaste la lengua contra la mejilla, pues no te digo, se caía el teatro, una ovación que duró más de cinco minutos. Con un único lengüetazo llevaste al paroxismo a centenares de personas. Te convertiste en el héroe. Pero era evidente que te exaltabas porque ella estuvo allí y te había visto.

—¿Y no pensé que a esas alturas podía osar?

—Ya, ¿y la promesa al padre Renato?

—Entonces, excepto cuando le vendía las papeletas esas, ¿no le hablé nunca?

—Alguna que otra vez. Por ejemplo, nos llevaron a toda la escuela a Asti para ver las tragedias de Alfieri; la sesión de tarde era sólo para nosotros, y con otros dos nos agenciamos incluso un palco. Tú mirabas los demás palcos y el patio de butacas para buscarla, y te diste cuenta de que había ido a parar a una especie de traspuntín en el fondo desde donde no se veía nada. Entonces, en el entreacto te las arreglaste para cruzarte con ella, le dijiste hola, le preguntaste si le gustaba, ella se quejó de que no conseguía ver bien y tú le dijiste que nosotros teníamos un palco buenísimo, que había un sitio libre, que si quería subir. Subió, siguió los demás actos asomándose hacia delante y tú te quedaste sentado en uno de esos silloncitos del fondo. No veías el escenario, pero le miraste la nuca durante más de dos horas. Casi un orgasmo.

—¿Y después?

—Pues después te dio las gracias y se fue con sus compañeras.

Habías sido amable y te daba las gracias. Ya te lo he dicho, ellas ya eran mujeres y a nosotros no nos dignaban ni una mirada.

—¿Aunque en el Instituto hubiera sido el héroe de la función?

—Ah, ya, ¿te crees que las mujeres se enamoraban de Jerry Lewis? Pensaban que era un buen actor, y ya está.

Bien, Gianni me estaba contando la historia banal de un amor de bachillerato. Pero la continuación de la historia me ayudó a entender algo. Viví como en un delirio sexto de bachillerato. Luego vinieron las vacaciones y lo pasé fatal, sufriendo como un bruto porque no sabía dónde estaba ella. A la vuelta, en otoño, siguieron mis silenciosos ritos de adoración (y mientras tanto, esto ahora lo sabía yo, no Gianni, seguía escribiendo mis poesías). Era como vivir a su lado día a día, e incluso por la noche, me imagino.

Pero a mediados de séptimo Lila Saba desapareció. Dejó el Instituto y, como supe por Ninetta Foppa, también la ciudad, con toda la familia. Era una historia oscura, de la que incluso Ninetta sabía poco, sólo algún que otro cotilleo. Su padre se había metido en algún lío, algo así como una quiebra fraudulenta. Lo dejó todo en manos de sus abogados y se buscó un trabajo en el extranjero, a la espera de que las cosas se arreglaran; pero no se arreglaron nunca, porque ya no volvieron.

Nadie sabía adónde fueron a parar, algunos decían Argentina, otros Brasil. Sudamérica, en una época en la que para nosotros Lugano era la Última Thule. Gianni se empleó a fondo: parece ser que la amiga del alma de Lila era una tal Sandrina, pero esta Sandrina por lealtad no hablaba. Estábamos seguros de que estaba en contacto con Lila, pero era una tumba; además, no sé por qué tenía que venir a contarnos esas cosas precisamente a nosotros.

Pasé año y medio, antes de la reválida, en un estado de tensión y tristeza, estaba hecho un guiñapo. Pensaba sólo en Lila Saba, y dónde podía estar.

Luego, decía Gianni, parece ser que justo al ir a la universidad me olvidé de todo, entre primero y la licenciatura tuve dos novias, y después encontré a Paola. Lila debería haber permanecido como un bonito recuerdo de adolescencia, como le pasa a todo el mundo. En cambio, yo la había perseguido el resto de mi vida. Quería incluso ir a Sudamérica, esperando encontrármela por la calle, quién sabe, entre la Tierra del Fuego y Pernambuco. En un momento de debilidad le confesé a Gianni que, en todas mis aventuras, buscaba en cada mujer el rostro de Lila. Me habría gustado verla por lo menos una vez antes de morir, no me importaba el aspecto que tendría. Te estropearías el recuerdo, decía Gianni. No importaba, no podía dejar esa cuenta sin saldar.

—Te pasabas la vida buscando a Lila Saba. Yo decía que era un pretexto; para verte con las otras. No te tomaba demasiado en serio. Me di cuenta de que el tema era serio sólo en abril de este año.

—¿Qué pasó en abril?

—Yambo, esto no debería decírtelo, porque te lo conté precisamente pocos días antes de lo tuyo. No digo que haya una relación directa pero, mira, mejor no tentar a la suerte ahora; yo lo dejaría correr, porque al fin y al cabo no tiene mucha importancia…

—No, ahora tienes que contármelo todo; si no, me sube la tensión. Desembucha.

—Pues a primeros de abril me bajé por nuestra tierra, para llevar flores al cementerio, como hago de vez en cuando, y un poco por nostalgia de nuestra vieja ciudad. Se ha quedado tal como era cuando la abandonamos, y al volver me siento joven. Allí me encontré con Sandrina, también ella con sus sesenta, como nosotros, pero no muy cambiada. Fuimos a tomar un café, y recordamos viejos tiempos. Habla de esto y de lo otro, le pregunto por Lila Saba. ¿No lo sabes, me dice (y cómo diablos podía saberlo), no sabes que Lila murió nada más examinarnos de la reválida? No me preguntes de qué ni cómo, me dice, porque le mandé unas cartas a Brasil y su madre me las devolvió contándome lo que había pasado, pobrecilla, fíjate, morir a los dieciocho años. Eso es todo. En el fondo, también para Sandrina era un tema antiguo y acabado.

Me había afanado durante cuarenta años en torno a un fantasma. Había cortado por lo sano con el pasado al principio de la universidad; de todos, aquél era el único recuerdo del que no me había liberado, y, sin saberlo, no hacía sino dar vueltas sin objeto alrededor de una tumba. Muy poético. Y desgarrador.

—Pero, ¿cómo era Lila Saba? —le pregunté—. Dime por lo menos cómo era.

—Qué quieres que te diga, era guapa, me gustaba también a mí, y cuando te lo decía te llenabas de orgullo, como uno al que le dicen qué mujer más guapa tienes. Tenía el pelo rubio, le llegaba casi a la cintura, una carita entre el ángel y el diablillo, y cuando se reía se veían los dos incisivos superiores...

—Habrá alguna foto suya, ¡las fotos de clase del bachillerato!

—Yambo, nuestro Instituto de antaño se quemó en los años sesenta, paredes, pupitres, registros y todo. Ahora hay uno nuevo, horroroso.

—Sus compañeras, Sandrina, tendrán alguna foto...

—Puede ser, si quieres lo intento, aunque no sé muy bien cómo pedírsela. Y si no la encuentro, ¿qué haces? Ni siquiera Sandrina, tras casi cincuenta años, sabe decir en qué ciudad vivía, tenía un nombre extraño, no era una ciudad famosa como por ejemplo Río, ¿vas a dedicarte a chuparte el índice y repasar todos los listines telefónicos de Brasil para ver si encuentras a algún Saba? Puede que encuentres mil. O puede que, al escapar, el padre cambiara de nombre. Y luego vas hasta allá, ¿y qué te encuentras? Los padres habrán muerto también, o están gagás porque deben de haber pasado los noventa. ¿Les dices perdonen estaba de paso y quisiera ver una foto de su hija Lila?

—¿Por qué no?

—Vamos, ¿por qué seguir corriendo tras esas fantasías? El muerto al hoyo y el vivo al bollo. No sabes ni siquiera en qué cementerio buscar una estela. Y además, tampoco se llamaba Lila.

—¿Cómo se llamaba?

—Vaya, seré bocazas... Me lo dijo de pasada Sandrina en abril, y te lo conté enseguida porque la coincidencia me parecía curiosa, pero vi inmediatamente que el asunto te llamaba la atención más de lo debido. Demasiado, si me lo permites, porque no es nada más que una coincidencia. Vale, desembucho, desembucho. Lila era el diminutivo de Sibilla.

Un perfil visto en una revista francesa de pequeño, una cara en las escaleras del Instituto ya de adolescente, y luego otros rostros, que quizá tenían todos algo en común, Paola, Vanna, la holandesita guapa, etcétera, hasta Sibilla, la que está viva, la que se casará dentro de poco, por lo que la perderé también a ella. Una carrera de relevos a través de los años, en busca de algo que ya no existía cuando todavía escribía mis poesías.

Me he recitado:

> Estoy solo, apoyado en la niebla
> contra el tronco de una avenida...
> y no tengo en el corazón
> sino el recuerdo de ti
> pálido, inmenso,
> perdido en las frías luces lejos
> por todas partes entre los árboles.

Ésta es buena porque no es mía. Recuerdo inmenso pero pálido. Entre todos los tesoros de Solara, falta una foto de Lila Saba. Gianni tiene presente su cara como si fuera ayer y yo —el único que tiene derecho—, yo no.

14

EL HOTEL DE LAS TRES ROSAS

¿Todavía tengo algo que hacer en Solara? Por lo visto, la historia más importante de mi adolescencia ya se sitúa en otros lugares, en la ciudad a finales de los cuarenta y en Brasil. Esos lugares (mi casa de entonces, el Instituto) ya no existen, y quizá no existan tampoco los lugares lejanos en los que Lila vivió los últimos años de su breve vida. Los últimos documentos que Solara ha podido ofrecerme eran mis poemas, que me han permitido entrever a Lila, sin entregarme su rostro. Me encuentro otra vez ante una barrera de niebla.

Es lo que pensaba esta mañana. Ya me sentía con un pie en el estribo y he decidido darle un último adiós al desván. Estaba convencido de que ya no tenía nada que buscar, allá arriba, pero me movía el deseo imposible de encontrar una última pista.

He vuelto a recorrer esos espacios que ya me son familiares: aquí los juguetes, allí los armarios de los libros... Me he dado cuenta de que, metida entre los dos armarios, quedaba una caja aún cerrada. Había otras novelas, algunos clásicos como Conrad o Zola, y narrativa popular como las aventuras de la Pimpinela Escarlata de la baronesa de Orczy...

Había también un policíaco italiano de antes de la guerra, *El hotel de las Tres Rosas*, de Augusto Maria de Angelis. Una vez más parecía que el libro contara mi historia:

Caían largos hilos de lluvia, que con el reflejo de las farolas parecían de plata. La niebla difusa, turbia, penetraba con sus agujas en el rostro. En las aceras fluía ondeando la infinita procesión de los paraguas. Automóviles en medio de la calle, algunas carrozas, los tranvías llenos. La oscuridad era densa a las seis de la tarde, en esos primeros días del diciembre milanés.

Tres mujeres caminaban deprisa, como a impulsos, se diría casi a ráfagas, rompiendo como podían las filas de los transeúntes. Vestían las tres de negro, a la moda de antes de la guerra, con sus sombreritos de gasa y pasamanería...

Y se parecían tanto entre sí, que, sin las cintas de colores distintos —malva, violáceo, negro— atadas con un lazo bajo la barbilla, todos habrían creído que se trataba de una alucinación, seguros de estar viendo tres veces seguidas a la misma persona. Subían por Via Ponte Vetero desde Via dell'Orso y, cuando llegaron al final de la acera iluminada, entraron las tres de un salto en la sombra de la Piazza del Carmine...

El hombre, que las seguía y que había dudado de la conveniencia de alcanzarlas, cuando cruzaron la plaza, se paró ante la fachada de la iglesia, bajo la lluvia...

Tuvo un gesto de despecho. Miraba fijamente la puertecita negra... Esperó, sin dejar de elevar la mirada en la puertecita de la iglesia. De vez en cuando, alguna sombra negra cruzaba la plaza y desaparecía ella. La niebla se volvía más densa. Pasó media hora, quizá más. El hombre parecía resignado... Había apoyado el paraguas contra la pared, para que escurriera el agua, y se frotaba las manos con un movimiento lento, rítmico, que acompañaba a un monólogo interior...

Al final se marchó. Desde la Piazza del Carmine tomó Via del Mercato y luego atravesó el Pontaccio y, cuando se halló ante una gran puerta acristalada, que daba a un vasto hall iluminado, la abrió y entró. En los cristales de la puerta se leía en grandes letras: Hotel de las Tres Rosas...

Era yo: en la niebla difusa había divisado a tres mujeres, Lila, Paola, Sibilla, que en ese humo parecían figuras indistinguibles, y de repente desaparecían en la sombra. Era inútil seguir buscándolas, por lo densa que se iba volviendo la bruma. La solución, quizá, estaba en alguna otra parte. Mejor sería embocar Via Pontaccio, entrar en el hall iluminado de un hotel (¿pero no se abriría el hall sobre la escena del delito?). ¿Dónde estará el Hotel de las Tres Rosas? En cualquier lugar, para mí. *A rose by any other name.*

En el fondo de la caja había una capa de periódicos y, debajo, dos tomos más viejos, de gran formato. Uno era una Biblia, con los grabados de Doré, pero en tal mal estado que era material para puestos callejeros. El otro tenía una encuadernación de no más de cien años, en media piel, lomo mudo y desgastado, planos de cartón de un jaspeado desvaído. Nada más abrirlo se declaraba como un volumen probablemente del siglo XVII.

La composición tipográfica, el texto en dos columnas me pusieron alerta, y fui corriendo al frontispicio: *Mr. William Shakepeares Comedies, Histories, & Tragedies.* Retrato de Shakespeare, *printed by Isaac Iaggard…*

Incluso en condiciones de salud normales, era una *trouvaille* de infarto. No había duda, esta vez no era una broma de Sibila: era el infolio de 1623, completo, con pocas pálidas manchas de humedad y amplios márgenes.

¿Cómo había llegado ese libro a manos del abuelo? Probablemente comprando en bloque material decimonónico, a la viejecita ideal que no había regateado el precio, porque era como venderle cachivaches molestos a un chamarilero.

El abuelo no era un experto en libros antiguos, pero tampoco era un inculto. Sin duda, se daría cuenta de que se trataba de una edición de algún valor, a lo mejor estaba contento de tener la *opera omnia* de Shakespeare, pero sin pensar en consultar catálogos de subastas, que no tenía. De esta manera, cuando los tíos subieron todo al desván, allí fue a parar también el infolio, y allí yacía desde hacía cuarenta años, tal y como, en alguna otra parte, había estado a la espera durante más de tres siglos.

El corazón me latía furiosamente, pero no le prestaba atención.

Ahora estoy aquí, en el despacho del abuelo, tocando mi tesoro con las manos temblorosas. Después de tantas ráfagas de gris, he entrado en el Hotel de las Tres Rosas. No es la foto de Lila, es una invitación a volver a Milán, al presente. Si aquí está el retrato de Shakespeare, allá estará el retrato de Lila. El Bardo me guiará hasta mi Dark Lady.

Con este infolio estoy viviendo una novela mucho más excitante que todos los misterios del castillo vividos entre las paredes de Solara, durante casi tres meses de tensión alta. La emoción me está confundiendo las ideas, me suben a la cara oleadas de calor.

Es como para dejarse la vida.

TERCERA PARTE

OI NOΣTOI

15

¡POR FIN HAS VUELTO, AMIGA BRUMA!

Recorro un túnel con las paredes fosforescentes. Me precipito hacia un punto lejano, que se me presenta de un apetecible color gris. ¿Es la experiencia de la muerte? Por lo que se sabe, los que la han experimentado y luego han vuelto atrás cuentan exactamente lo contrario; se pasa por un conducto oscuro y vertiginoso, y se desemboca en un triunfo de luz cegadora. El Hotel de las Tres Rosas. Así pues, no estoy muerto, o los demás han mentido.

Estoy casi a la salida del túnel, se insinúan los vapores que se condensan más allá. En ellos me deleito, y casi sin darme cuenta transito por un frágil tejido de humos que fluctúan. Ésta es la niebla: no leída, no contada por otros, niebla verdadera y yo estoy dentro. He vuelto.

A mi alrededor la niebla se levanta para pincelar el mundo de suave inconsistencia. Si emergieran perfiles de casas, vería la niebla llegar socarrona a comiscarse un tejado mordisqueando una esquina. Pero ya se lo ha tragado todo. O quizá es niebla en los campos y colinas. No entiendo si levito o ando, porque también por el suelo hay sólo niebla. Parece como si pisotearas nieve. Me quedo atascado en la niebla, me lleno los pulmones, la soplo fuera, doy volteretas en ella como un delfín, como antaño soñara nadar en la crema... La niebla amiga se planta ante mí, me rodea, me cubre, me envuelve, me respira, me acaricia las mejillas y luego se me mete entre la solapa y la barbilla y me cosquillea el cuello; y sabe a algo fuerte, a nieve, a bebida, a tabaco. Avanzo tal como avanzaba bajo los soportales de Solara, donde nunca se estaba a cielo raso, y los soportales eran bajos como los arcos de una bodega. *Et, comme un bon nageur qui se pâme dans l'onde, / tu sillonnes gaiement l'immensité profonde / avec une indicible et mâle volupté.*

Algunas siluetas me salen al encuentro. Al principio parecen gigantes con muchos brazos. Despiden un tenue calor y a su paso la niebla se deshace, los veo como iluminarse a la luz exangüe de una farola, me aparto por miedo de que se me echen encima, me superan, yo los penetro como sucede con los fantasmas, y se desvanecen. Es como ir en tren y ver aproximarse señales en la oscuridad y desde la oscuridad ver cómo son engullidas, y desaparecen.

Aflora ahora una figura burlona, un payaso satánico embutido en una túnica verde y azulada, que estrecha contra el pecho una forma fláccida, como pulmones humanos, y emite llamaradas por una boca ramplona. Me embiste lamiéndome como un lanzallamas y se va; deja una fina estela de calor que por pocos instantes alumbra ese *fumifugium*. Un globo se abalanza hacia mí rodando, dominado por un águila inmensa, y detrás de la rapaz emerge un rostro lívido, con cien lápices tiesos en la cabeza como cabellos que se erizan por el miedo... Los conozco, eran mis compañeros cuando yacía con fiebre y me sentía sumergido en la pasta real, en una purulencia de hontanares amarillos que bullían a mi alrededor, mientras me cocía en su caldo. Ahora, como en aquellas noches, estoy en la oscuridad de mi cuarto, cuando de golpe se abren las puertas del viejo armario oscuro y salen muchos tíos Gaetano. El tío Gaetano tenía la cabeza triangular, la barbilla de punta y el pelo rizado, que le formaba como dos excrecencias en las sienes, la cara medio tísica, los ojos hoscos, un diente de oro en el centro de su dentadura cariada. Como el hombre de los lápices. Los tíos Gaetano salían primero en parejas, luego se multiplicaban y bailaban por mi cuar-

to con gestos de marioneta, doblando los brazos de forma geométrica, a veces sujetando, a modo de bastón, una regla de madera de dos metros. Regresaban con cada gripe estacional, con cada sarampión o escarlatina, para obsesionar esas tardes en las que la fiebre sube, y me daban miedo. Luego se iban como habían venido; quizá volvían a entrar en el armario, y yo después, convaleciente, iba temeroso a abrirlo para registrar su interior palmo a palmo, sin encontrar el conducto escondido del que habían emergido.

Una vez curado me encontraba, de tanto en tanto, con el tío Gaetano, los domingos a mediodía; me sonreía con su diente de oro, me acariciaba la mejilla, me decía buen chico, buen chico, y se iba. Era un pobre diablo, y nunca he entendido por qué venía a obsesionarme estando yo enfermo, y tampoco me atrevía a preguntarles a mis padres qué había de ambiguo, de viscoso, de sutilmente amenazador en la vida, en el ser mismo del tío Gaetano.

¿Qué fue lo que le dije a Paola cuando me agarró para que no me atropellara un coche? Que sabía que los coches atropellan a las gallinas, para evitarlas uno frena y sale un humo negro, que luego es preciso que dos hombres con un gabán y grandes gafas negras vuelvan a ponerlo en marcha con una manivela. Entonces no sabía, ahora lo sé: aparecían tras el tío Gaetano entre las burbujas del delirio.

Están aquí, me los encuentro de repente en la bruma.

Me aparto a duras penas, el automóvil es antropomorfamente espantoso y bajan dos hombres enmascarados que intentan agarrarme por las orejas. Mis orejas se han vuelto larguísimas, asnalmente astronómicas, fláccidas, peludas, y llegan hasta la luna. ¡Cuidado, que si te portas mal, la nariz de Pinocho es poca cosa comparada con los orejones de Meo que te van a salir! ¿Por qué no estaba el libro en Solara? Yo estoy viviendo dentro de *Las orejas de Meo*.

He recuperado la memoria. Claro que ahora —pecando de exceso de gracia— los recuerdos se arremolinan a mi alrededor como murciélagos.

La fiebre ahora está bajando después de la última gragea de quinina: mi padre se sienta junto a mi cama y me lee un capítulo de *Los cuatro mosqueteros*. No los tres, los cuatro. Una parodia radiofónica que tenía a toda la nación pegada al aparato, porque estaba relacionada con un concurso publicitario: había que comprar chocolate Perugina, en cada caja había unos cromos de colores inspirados en la transmisión, que se recogían en un álbum, y se podían conseguir numerosos premios.

Únicamente el que resultaba agraciado con el cromo más raro, el Feroz Saladino, ganaba un Fiat Balilla, y todo el país se intoxicaba de chocolate (o se dedicaba a regalárselo a quien fuera, parientes, amantes, vecinos, jefes) para conquistar el Feroz Saladino.

En la historia que ahora les contaremos/ asomarán emplumados sombreros, /espadas, guantes, emboscadas y duelos, / bellas mujeres y galantes encuentros… Se publicó también el libro, con muchas vivaces ilustraciones. Papá me lo leía y yo me quedaba dormido viendo las figuras del Cardenal Richiliú rodeado de gatos, o de la Bella Sulamita.

¿Por qué en Solara (¿cuándo?, ¿ayer?, ¿hace mil años?) había tantas huellas del abuelo y ninguna de papá? Porque el abuelo comerciaba con libros y revistas, y yo he leído libros y revistas, papel, papel, papel, mientras que papá trabajaba todo el día y no se ocupaba de política, quizá para conservar el puesto. Cuando estábamos en Solara venía a vernos azarosamente los fines de semana, el resto del tiempo estaba en la ciudad bajo los bombardeos, y lo veía velando a mi lado sólo cuando estaba enfermo.

Bang crack blam clamp splash crackle crackle crunch grunt pwutt roaaar rumble blomp sbam buizz scfrascc slam sprank blomp swoom bum thump clang tomp trac uaaaagh vrooom augh zoom…

Desde las ventanas de Solara, cuando bombardeaban la ciudad, se veían resplandores lejanos y se oía como un rezongar de truenos. Nosotros mirábamos el espectáculo, sabiendo que a lo mejor papá en ese momento estaba bajo los escombros de un edificio derrumbado, pero no podíamos saber la verdad hasta el sábado, cuando volviera. A veces bombardeaban el martes. Esperábamos cuatro días. La guerra nos había vuelto fatalistas, un bombardeo era como una tormenta. Nosotros los niños seguíamos jugando tranquilos el martes por la noche, el miércoles, el jueves y el viernes. Pero, ¿de verdad estábamos tranquilos? ¿No empezábamos a estar marcados por la angustia, por la atónita y aliviada tristeza que atenaza al que pasea vivo en un campo sembrado de cadáveres?

Sólo ahora percibo a mi padre, y vuelvo a ver su rostro, marcado por una vida de sacrificios. Había trabajado duramente para conseguir el coche con el que se estrellaría, quizá lo hacía para sentirse independiente del abuelo, alegre *viveur* sin preocupaciones económicas, con su halo de heroísmo por su pasado político, y la venganza sobre Merlo.

Tengo a papá a mi lado; me está leyendo las aventuras espurias de D'Artagnan, que sale en el volumen con bombachos, como un jugador de golf. Siento el perfume del seno materno, cuando iba a tumbarme en la cama y mamá, mucho tiempo después de que yo tomara su pecho, apartaba la Filotea y me cantaba quedamente un himno a la Virgen que para mí era el ascenso cromático del preludio del *Tristán*.

¿Cómo es que ahora recuerdo? ¿Dónde estoy? Paso de panoramas caliginosos a imágenes sumamente nítidas de ambientes domésticos, y veo un silencio soberano. No noto nada alrededor, todo está dentro de mí. Intento mover un dedo, la mano, la pierna, es como si no tuviera cuerpo. Es como si flotara en la nada y planeara hacia abismos que invocan el abismo.

¿Me habrán drogado? ¿Y quién? ¿Dónde estaba yo esa última vez de la que me acuerdo? Quien se despierta suele recordar lo que hizo antes de acostarse, incluso que cerró el libro y lo dejó encima de la mesilla. Pero sucede también que uno se despierta en un hotel, o incluso en su propia casa tras una larga estancia en otro lugar, y busca la luz a la izquierda cuando está a la derecha. O intenta bajar de la cama por el lado equivocado, porque todavía cree que está en el otro lugar. Recuerdo como si fuera ayer por la noche, antes de dormirme, a papá leyéndome *Los cuatro mosqueteros*, sé que es algo de hace por lo menos cincuenta años, pero me cuesta esfuerzo recordar dónde estaba antes de despertarme aquí.

¿No estaba en Solara con el infolio de Shakespeare entre las manos? ¿Y luego? Amalia me ha puesto LSD en la sopa y ahora fluctúo aquí, en una niebla que pulula con figuras que afloran de todos los recovecos de mi pasado.

Qué tonto, es tan sencillo… En Solara he tenido un segundo colapso, me han creído muerto, me han enterrado y me he despertado en la tumba. Enterrado vivo, situación clásica. Bien es verdad que, en esos casos, te agitas, mueves las extremidades, das golpes contra las paredes de la caja de zinc, te falta el aire, eres presa del pánico. Y, en cambio, no; no me siento un cuerpo, estoy soberanamente tranquilo. Vivo sólo de recuerdos que me asaltan, y disfruto con ellos. Uno no se despierta así en la tumba.

Entonces estoy muerto y el más allá es este territorio monótono y tranquilo donde volveré a vivir por la eternidad mi vida pasada; peor para mí si ha sido atroz (será el infierno), de otro modo, será el paraíso. ¡Pero vamos! Pon que has nacido jorobado, ciego y sordomudo, o que los que amabas cayeron a tu alrededor como moscas, padres, mujer, hijo de cinco años, ¿y en el más allá no habría sino la repetición, diferente pero continua, de los sufrimientos que has vivido? ¿El infierno no son *les autres* sino ese reguero de muerte que, con vivir, hemos ido dejando? Pues ni siquiera el más maligno de los dioses podría imaginar esa suerte para nosotros. A menos que tuviera razón Gragnola. ¿Gragnola? Me parece haberlo conocido, pero es que los recuerdos se están dando codazos y tengo que poner orden, colocarlos en fila, si no, me vuelvo a perder otra vez en la niebla y reaparece el fantoche del Thermogène.

Quizá no estoy muerto. De lo contrario, no experimentaría pasiones terrenales, amor por mis padres, inquietud por los bombardeos. Morir significa sustraerse al ciclo de la vida y a las palpitaciones del corazón. Por muy infernal que sea el infierno, sabría ver desde distancias siderales lo que he sido. El infierno no es desollarse en brea hirviendo. Contemplas el mal que has causado, nunca jamás podrás librarte de él, y lo sabes. Pero serías puro espíritu. En cambio, yo, no sólo recuerdo sino que participo, pesadillas, afectos y alegría. No siento mi cuerpo, pero conservo su memoria, y sufro como si todavía lo tuviera. Como a los que les han cortado una pierna y sienten que todavía les duele.

Volvamos a empezar. Me ha dado un segundo ataque, y esta vez más fuerte que el primero. Me había excitado, alterado, con el pensamiento de Lila, primero, y ante el infolio, después. La tensión debe de haberme subido a alturas vertiginosas. He entrado en coma.

Ahí fuera, Paola, mis hijas, todos los que me quieren (y Gratarolo, que se da de tortas por haberme dejado ir, cuando quizá debía haberme tenido bajo control feroz por lo menos durante seis meses), me creen en coma profundo. Sus máquinas dicen que mi cerebro no da señales de vida, y se desesperan preguntándose si deben desenchufarme o esperar, tal vez años y años. Paola me coge la mano, Carla y Nicoletta han puesto unos discos porque han leído que, estando en coma, un sonido, una voz, un estímulo cualquiera pueden despertarte de golpe. Y ellas podrían continuar así una sinrazón de años, mientras yo estoy conectado a un tubito. Una persona con un mínimo de dignidad diría desenchufemos enseguida, que esas pobrecillas se sientan por fin desesperadas pero libres. Lo malo es que yo consigo pensar que deberían desenchufarme pero no soy capaz de decirlo.

Sin embargo, en coma profundo, todo el mundo lo sabe, el cerebro no da señales de actividad, mientras que yo pienso, siento, recuerdo. Ya, eso es lo que cuentan los de fuera. El cerebro da un electroencefalograma plano según la ciencia, ¿pero qué sabe la ciencia de las astucias del cuerpo? Puede que el cerebro se vea plano en sus pantallas y yo piense con las vísceras, con la punta de los pies, con los testículos. Ellos creen que no tengo actividad cerebral, pero yo tengo todavía actividad interior.

No digo que, con el cerebro plano, el alma, en alguna parte, funcione todavía. Digo sólo que sus máquinas registran mis actividades cerebrales hasta un cierto punto. Por debajo de ese umbral yo sigo pensando, y ellos no lo saben. Si uno se despierta y lo cuenta, gana el Nobel de neurología, y manda al desguace todas esas máquinas.

Poder aflorar de las nieblas del pasado, y revelarme, vivo y poderoso, ante quienes me han amado y ante quienes querían mi muerte. «¡Mírame, yo soy Edmond Dantès!» ¿Cuántas veces se manifiesta el conde de Montecristo a los que lo habían dado por acabado? A sus benefactores de antaño, a la amada Mercedes, a los que decretaron su desventura, «Mírame, he vuelto, yo soy Edmond Dantès».

— Edmond Dantès. (pag. 638).

O poder salir de este silencio, respirar incorpóreo en la habitación del hospital, ver a los que lloran ante mi cuerpo inmóvil. Asistir a mis funerales y al mismo tiempo volar, sin estorbos ya de la carne. Dos deseos de todo el mundo, realizados de una sola vez. En cambio, sueño encarcelado en mi inmovilidad.

En verdad, no tengo venganzas a las que aspirar. Si tengo algún motivo de angustia es que me siento bien y no puedo decirlo. Si pudiera mover por lo menos un dedo, un párpado, enviar una señal, incluso en alfabeto Morse. Pero yo soy todo pensamientos y ninguna actividad, ninguna sensación. Podría llevar aquí una semana, un mes, un año, y no siento latir mi corazón, no noto los estímulos del hambre o de la sed, no tengo ganas de dormir (si acaso me asusta este desvelo continuo), no sé ni siquiera si evacuo (a lo mejor a través de tubos que lo hacen todo ellos solos), si sudo, si respiro. Por lo que sé, fuera y a mi alrededor no hay ni aire. Sufro con el pensamiento del sufrimiento de Paola, de Carla, de Nicoletta, que me creen fuera de combate, pero lo último que debo hacer es rendirme a este sufrimiento. No puedo hacerme cargo del dolor del mundo entero, concédaseme el regalo de un feroz egoísmo. Yo vivo conmigo mismo y para mí mismo, y sé lo que después del primer accidente había olvidado. Ésta por ahora, y quizá para siempre, es mi vida.

Así pues, no me queda sino esperar. Si me despiertan, será un sorpresa para todos. Pero podría no despertarme jamás, y debo prepararme para esta ininterrumpida evocación. O duraré todavía un poco, luego me apagaré, así es que hay que aprovechar estos momentos.

Si de repente cesara de pensar, ¿qué sucedería después? ¿Volvería a empezar otra forma de más allá parecida a este reservadísimo más acá, o sería todo oscuridad e inconsciencia para siempre?

Sería un demente si desaprovechara el tiempo que se me ha concedido planteándome este problema. Alguien, quizá el azar, me ha dado la ocasión de recordar quién era. Aprovechémosla. Si hay algo de lo que arrepentirse, haré acto de contrición. Pero para arrepentirme, antes tengo que acordarme de lo que he hecho. Paola, o las viudas a las que he engañado, ya me habrán perdonado por las pocas canalladas que me resultan. Y al final, ya se sabe, si el infierno existe, está vacío.

Antes de entrar en este sueño, en Solara, había encontrado la rana de latón del desván, a la cual estaban asociados el nombre de Angelo Oso y la frase «los caramelos de don Osimo». Ésas eran las palabras. Ahora veo.

Don Osimo Lorenzi es el farmacéutico de Corso Roma, con la cabeza pelada como un huevo y gafas celestes. Cada vez que mamá me lleva con ella a hacer recados y entra en la farmacia, don Osimo, aunque compremos sólo un rollo de gasa hidrófila, abre un recipiente de cristal altísimo, lleno de bolitas blancas perfumadas, y me regala un paquetito de caramelos de leche. Sé que no hay que comérselos todos, ni enseguida, y hay que hacer que duren por lo menos tres o cuatro días.

No me había dado cuenta —tenía menos de cuatro años— de que en la última salida mamá exhibía una tripa fuera de lo ordinario, pero, después de la última visita a don Osimo, un día me hicieron ir al piso de abajo y me encomendaron al señor Piazza. El señor Piazza vive en un salón que es como una selva, lleno de animales que parecen vivos, loros, zorros, gatos, águilas. Me han explicado que él, a los animales, pero sólo cuando se mueren por su cuenta, en vez de enterrarlos, los diseca. Ahora me han dicho que me siente en su salón, y él me entretiene explicándome los nombres y los caracteres de los distintos bichos y paso no sé cuánto tiempo en esa maravillosa necrópolis donde la muerte parece amable, egipcia, y huele a perfumes que respiro sólo ahí, me imagino que serían preparados químicos, junto con el olor de los plumajes empolvados y de las pieles curtidas. La tarde más hermosa de mi vida.

Cuando alguien baja a recogerme y me sube a casa, me doy cuenta de que durante mi estancia en el reino de los muertos me ha nacido una hermanita. La ha traído la comadrona, que la ha encontrado en un repollo. De la hermanita se vislumbra sólo, entre una blancura de encajes, una única pelota de un morado congestionado donde se abre un agujero negro del que salen chillidos desgarradores. No es que esté mala, me dicen: cuando una hermanita nace, eso es lo que hace, porque es su manera de decir que está contenta de tener ahora una mamá y un papá, y un hermanito.

Estoy nerviosísimo, y propongo darle inmediatamente uno de los caramelos de leche de don Osimo, pero me explican que una niña recién nacida no tiene dientes y chupa sólo la leche de mamá. Habría estado bien lanzar las bolitas blancas y hacer canasta en ese agujero negro. A lo mejor, ganaba un pececito rojo.

Corro al armario de los juguetes y cojo la rana de latón. Vale que acaba de nacer, pero una rana verde que croa cuando le aprietas la tripa no puede sino divertirla. Nada, guardo la rana, y me retiro desconcertado. ¿Para qué sirve una hermanita nueva? ¿No era mejor quedarse con los pajarracos viejos del señor Piazza?

La rana de latón y Angelo Oso. En el desván me habían venido a la cabeza juntos porque Angelo Oso está asociado a mi hermanita, que ya es cómplice de mis juegos; y ávida de caramelos de leche.

«Para ya, Nuccio, Angelo Oso ya no puede más.» Cuántas veces le rogaría a mi primo que se detuviera con sus torturas. Pero él era mayor que yo, lo habían mandado a un internado de curas, todo el día muy comedido él con su uniforme, y cuando volvía a la ciudad se desahogaba. Al final de una larga batalla entre juguetes, capturaba a Angelo Oso, lo ataba a la cabecera de la cama y lo sometía a inenarrables fustigaciones.

Angelo Oso, ¿desde cuándo lo tenía? La memoria de su llegada se pierde allá donde, como me decía Gratarolo, todavía no hemos aprendido a coordinar nuestros recuerdos personales. Angelo, amigo de peluche, amarillento, con los brazos y las piernas móviles, como las muñecas, de modo que podía estar sentado, andar, levantar los brazos al cielo. Era grande, imponente, con dos ojos marrones relucientes y vividísimos. Ada y yo lo habíamos elegido rey de nuestros juguetes, de los soldaditos y de las muñecas.

La vejez, desgastándolo, lo había vuelto aún más venerable. Había adquirido una peculiar y claudicante autoridad, e iba ganando cada vez más a medida que, como héroe de muchas batallas, perdía un ojo o un brazo.

Le dábamos la vuelta al taburete, que se convertía en un barco, un velero pirata o una embarcación verniana con la proa y la popa cuadradas: Angelo Oso se sentaba al timón, y ante él embarcaban para aventuras lejanas los soldaditos de Bengodi con el Capitán de La Patata, más importantes, por su tamaño, aunque más cómicos, que sus conmilitones serios, los soldaditos de barro, ya más inválidos que Angelo, algunos sin la cabeza o una extremidad, y de sus carnes de material comprimido, quebradizo y ya desteñido, sobresalían garfios de alambre, como si fueran muchos John Silver el Largo. Mientras la gloriosa embarcación zarpaba hacia el Mar del Cuartito, recorría el Océano del Pasillo y arribaba al Archipiélago de la Cocina, Angelo sobresalía entre sus súbditos liliputienses, pero esta desproporción no nos molestaba porque exaltaba su gulliveriana majestad.

Con el tiempo —por su generoso servicio, dispuesto como estaba a cualquier acrobacia, víctima de las furias del primo Nuccio— Angelo Oso fue perdiendo su segundo ojo, su segundo brazo, y luego las piernas. Mientras Ada y yo crecíamos, de su lomo de mutilado empezaban a salir puñados de paja. Corrió la voz entre nuestros padres de que ese cuerpo despeluchado empezaba a alimentar insectos, quizá cultivos de bacilos, y nos animaron a desembarazarnos de él, con la atroz amenaza de tirarlo a la basura cuando estuviéramos en el colegio.

A Ada y a mí, a esas alturas, el adorado plantígrado nos daba pena, tan enfermizo, incapaz de sostenerse solo, expuesto a ese lento destriparse y a ese indecoroso goteo de órganos internos. Aceptamos la idea de que tenía que morir, es más, teníamos que considerarlo ya difunto, por lo que era preciso darle una honrosa sepultura.

Estamos a primera hora de la mañana, cuando papá acaba de encender la caldera, el termosifón que da vida a todos los radiadores de la casa. Se ha formado un lento y hierático cortejo. Junto a la caldera están alineados todos los juguetes supervivientes, al mando del Capitán de La Patata. Todos en filas ordenadas, firmes, para rendir el honor de las armas, como se hace con los derrotados. Yo desfilo llevando un cojín donde está tumbado el casi finado, y siguen todos los miembros de la familia, incluida la criada por horas, unidos en la misma doliente veneración.

Con compunción ritual, ahora estoy introduciendo a Angelo Oso en las fauces de ese Baal llameante. Angelo, ya puro recipiente de paja, se extingue de una sola llamarada.

Ceremonia profética, porque no muchos meses más tarde se extinguía también la caldera, que antes se alimentaba de antracita, y luego, desaparecida la antracita, de huevos de polvo de carbón. Pero al avanzar la guerra los racionaron también, y en la cocina hubo que recuperar una vieja estufa, bastante parecida a la que usaríamos más tarde en Solara, que sabía tragarse madera, papel, cartón y una especie de briquetas de una materia comprimida color vino que ardía mal pero despacio y daba una apariencia de llama.

La muerte de Angelo Oso no me entristece ni me provoca atolladeros de nostalgia. Quizá fue así en los años siguientes, quizá lo recordara a los dieciséis cuando me daba a la reconquista del pasado próximo, pero ahora no. Ahora no vivo en el flujo del tiempo. Soy feliz, en un eterno presente. Angelo está ante mis ojos, tanto el día de sus exequias como los días de su triunfo, puedo desplazarme de un recuerdo a otro y vivo cada uno de ellos como un *hic et nunc*.

Si ésta es la eternidad, es espléndida, ¿por qué he tenido que esperar sesenta años antes de merecérmela?

¿Y el rostro de Lila? Ahora debería verlo, pero es como si los recuerdos me llegaran solos, uno a la vez y en el orden que han elegido ellos. Basta esperar, no tengo nada más que hacer.

Estoy sentado en el pasillo, al lado de la Telefunken. Transmiten la comedia. Papá se la traga entera, y yo estoy en su regazo, con el pulgar en la boca. No entiendo nada de esas peripecias, tragedias familiares, adulterios, redenciones, pero esas voces lejanas me concilian el sueño. Me acuesto pidiendo que dejen abierta la puerta de mi habitación, para poder ver la luz del pasillo. Me he vuelto muy listo a muy tierna edad y he intuido que los regalos de los Reyes Magos, la Noche de Epifanía, los compran los padres. Ada no se lo cree, no puedo quitarle las ilusiones a una niña pequeña, y la noche del 5 de enero me esfuerzo desesperadamente por quedarme despierto para oír lo que pasa en el resto de la casa. Oigo que colocan los regalos. La mañana siguiente fingiré alegría y sorpresa por el milagro, porque soy un carota oportunista y no quiero que este juego se interrumpa.

Soy muy listo, yo. He intuido que los niños nacen en la tripa de mamá, pero no lo digo. Mamá habla con las amigas de asuntos de mujeres (ésa está en estado, ejem, interesante, o tiene unas adherencias allá, ejem, en los ovarios), una de ellas la hace callar avisándola de que el niño anda cerca, y mamá dice que no importa, que a esa edad somos unos inocentones. Yo espío desde detrás de la puerta y penetro en los secretos de la vida.

De la puertecilla abombada de la cómoda de mamá he robado un libro, *No es verdad que sea la muerte*, de Giovanni Mosca, una elegía irónica y amable sobre las bellezas de la vida de los cementerios y sobre la dulzura de yacer debajo de una acogedora manta de tierra. Me gusta esta invitación a la muerte, quizá es el primer encuentro con ella, antes de los palos verdes del héroe Valente. Pero una mañana, capítulo cinco, la dulce María, que tras un momento de debilidad ha sido acogida por el sepulturero, siente en la tripa un aletazo. Hasta entonces el autor había sido púdico, había hecho alusión sólo a un amor infeliz y a una criatura que había de llegar. Pero ahora se permitía una descripción realista que me aterrorizaba: «El vientre, desde esa mañana, se le animó con roces y temblores, como una rama colmada de gorrioncillos... El niño se movía».

Es la primera vez que leo, en tonos insoportablemente realistas, sobre embarazo. No me asombra lo que acabo de aprender, confirma lo que ya he entendido solo. Pero me asusta el pensamiento de que alguien me sorprenda mientras leo ese texto prohibido y entienda que he entendido. Me siento pecador porque he violado una prohibición. Coloco el libro en la cómoda intentando borrar las huellas de mi intrusión. Conozco un secreto, pero me parece culpable conocerlo.

Esto sucede mucho antes de besar el rostro de la bella diva en *Novella*, tiene que ver con la revelación del nacimiento, no con la del sexo. Como ciertos primitivos que, se dice, nunca han conseguido establecer una relación directa entre el acto sexual y el embarazo (en el fondo, nueve meses son un siglo, decía Paola), también para mí ha pasado mucho tiempo antes de entender el vínculo misterioso entre el sexo, cosa de adultos, y los niños.

Ni siquiera a mis padres les preocupa que yo pueda experimentar sensaciones perturbadoras. Se ve que su generación las experimentaba con retraso, o que se han olvidado de su infancia. Ada y yo caminamos de la mano de nuestros padres, nos encontramos con un conocido, papá dice que vamos a ver *La ciudad soñada*, el señor sonríe con malicia mirándonos a nosotros, los niños, y susurra que la película «es un poco subida de tono». Papá contesta despreocupado: «Entonces haremos que cante más bajo». Y yo con el corazón en la garganta siguiendo los devaneos de Christina Sonderbaum.

En el pasillo de Solara, pensando en la expresión «razas y pueblos de la tierra», me había venido a la cabeza una vulva peluda. En efecto, ahí estoy, con algunos amigos, quizá en la época de primero de bachillerato, en el despacho del padre de uno de ellos, donde están los volúmenes de *Razas y pueblos de la tierra* de Biasutti. Lo hojeamos rápidamente para llegar a una página donde aparece una foto de mujeres calmucas, *à poil*, y se ve su órgano sexual, es decir, su pelo. Calmucas, mujeres que efectivamente hacen su ganancia a cuerpo.

Estoy otra vez en la niebla, que reina soberana sobre la oscuridad del oscurecimiento, mientras la ciudad se las ingenia para desaparecer de los ojos celestes de los aviones enemigos, y en todo caso desaparece de los míos, que la miran desde la tierra. En esa niebla avanzo, como en la imagen del primer libro de lectura, agarrado de la mano de papá, que lleva el mismo sombrero Borsalino del señor del libro, pero un abrigo menos elegante, más raído y con los hombros caídos, manga raglán; más desastrado aún está el mío, con la señal del ojal a la derecha, indicio de que se ha dado la vuelta a un viejo abrigo paterno. En la mano derecha papá no lleva el bastón de paseo, sino una linterna eléctrica, pero no de las de batería: se carga con una dinamo, como la luz de la bicicleta, apretando con cuatro dedos una especie de gatillo. Produce un zumbido suave y alumbra la acera lo suficiente para ver un escalón, una esquina, el abrirse de un cruce, luego los dedos sueltan la presa y la luz desaparece. Se avanza entonces unos diez pasos, sobre la base de lo poco que se había visto, como en un vuelo ciego, luego se vuelve a encender un instante.

En la niebla nos cruzamos con otras sombras, a veces se susurra un saludo, o una palabra de disculpa; me parece justo hacerlo susurrando aunque, bien pensado, los bombarderos podrían ver la luz pero no oír los sonidos, por lo que en esa niebla se podría avanzar cantando a voz en grito. Pero nadie lo hace, porque es como si nuestro silencio alentara a la niebla a proteger nuestros pasos, a volvernos invisibles, a nosotros y a las calles.

¿Sirve de verdad un oscurecimiento tan feroz? Quizá únicamente reconforta, porque cuando quisieron bombardear vinieron de día. Hace poco más de una hora que, en plena noche, han sonado las sirenas. Mamá llorando nos despierta a nosotros, los niños —no llora por miedo sino por nuestro sueño perdido—, nos pone un abriguito encima del pijama y bajamos al refugio. No vamos al de nuestra casa, que no es más que un trastero reforzado con vigas y sacos de arena, sino al de la vivienda de enfrente, construida en el treinta y nueve, con previsión ya del conflicto. No llegamos a través de los patios separados por muretes, sino dando la vuelta a la manzana, corriendo, confiando en que las sirenas hayan sonado cuando los aviones estaban todavía bastante lejos.

El refugio antiaéreo es bonito, con las paredes de cemento surcadas por algún reguero de agua, las luces débiles pero cálidas, todos los mayores sentados en unos bancos parloteando y nosotros, los niños, corriendo por el medio. Los disparos de las baterías antiaéreas nos llegan amortiguados, todos están convencidos de que, si cae una bomba en el edificio, el refugio resistirá. No es verdad, pero ayuda. Se pasea con aire serio el jefe del edificio, que es mi maestro de primaria, el maestro Monaldi, humillado por no haber tenido tiempo de ponerse el uniforme de centurión de Milicia, con sus condecoraciones de escuadrista. Por aquel entonces, uno que había participado en la Marcha sobre Roma era una especie de héroe de grandes batallas napoleónicas. Sólo tras el 8 de septiembre del 43 mi abuelo me explicó que había sido un paseo de sinvergüenzas, armados con bastones (de paseo, precisamente), y si el Rey hubiera dado la orden unas pocas compañías de infantería habrían bastado para que se desinflaran a medio camino. Pero el rey era Gambetta Piè Veloce, y la debilidad por la traición la llevaba en la sangre.

En fin, el maestro Monaldi pasea entre los inquilinos, los tranquiliza, se preocupa de las señoras embarazadas, explica que son pequeños sacrificios que hay que soportar para la victoria final. Suena la sirena anunciando que ha pasado la alarma, las familias salen como abejas a la calle. Un señor, que nadie conoce y que se ha refugiado donde nosotros porque la alarma le ha sorprendido mientras iba por la calle, se enciende un cigarrillo. El maestro Monaldi lo agarra por el brazo y le pregunta sarcástico si sabe que estamos en guerra y que existe el oscurecimiento.

—Aunque allá arriba quedara algún bombardero, no vería la luz de una cerilla —dice el tipo, y empieza a fumar.

—Ah, ¿lo sabe usted?

—Claro que lo sé. Soy capitán piloto y vuelo en bombarderos. ¿Ha bombardeado usted alguna vez Malta?

Un verdadero héroe. Fuga del maestro Monaldi, babea rabia, comentarios divertidos de los inquilinos, ya decía yo que era un creído, así son todos los que mandan.

El maestro Monaldi, sus redacciones heroicas. Me veo por la noche, con papá y mamá encima. Al día siguiente haremos un ejercicio en clase para participar en los Agonales de la Cultura.

—Sea el tema que sea —dice mamá—, será sobre el Duce y la guerra. Así es que prepárate unas buenas frases de efecto. Por ejemplo, fieles e incorruptibles guardianes de Italia y de su civilización es una frase que siempre funciona, sea cual sea el argumento.

—¿Y si el tema es sobre la batalla del trigo?

—Tú lo pones igualmente; un poco de imaginación.

—Recuerda que los soldados tiñen con su sangre las arenas ardientes de Marmárica —apunta papá—. Y no te olvides de que nuestra civilización es nueva, heroica y santa. También eso tiene su buen efecto. Aunque se trate de la batalla del trigo.

Quieren que su hijo saque una buena nota. Justa aspiración. Para sacar una buena nota por saberse el teorema de las paralelas hay que prepararse con el libro de geometría; si hay que hablar como un Balilla, habrá que estudiar de memoria cómo tiene que pensar un Balilla. El problema no es si es justo o no. En el fondo, mis padres no lo sabían, pero también el quinto teorema de Euclides es válido sólo para superficies planas, tan idealmente planas que en la realidad no existen. El régimen era la superficie plana a la que ya todos se habían adaptado. Ignorando los torbellinos curvilíneos en los que las paralelas conflagran o divergen sin esperanza.

Vuelvo a ver una escena rápida que debe de haber ocurrido algunos años antes. Pregunto:

—Mamá, ¿qué es una revolución?

—Pues que los obreros van al gobierno y les cortan la cabeza a todos los oficinistas como tu padre.

Han sido precisamente dos días después de la redacción cuando ha pasado lo de Bruno. Bruno, dos ojos de gato, los dientes de punta y la cabeza gris ratón en la que se ven manchas blancas, como de alopecia o de impétigo. Son cicatrices de costras. Los niños pobres siempre tienen costras en la cabeza, ya sea porque viven en ambientes poco limpios, ya sea por avitaminosis. En primaria, De Caroli y yo somos los ricos de la clase, por lo menos eso piensan los demás; de hecho, nuestras familias pertenecen a la misma clase social que el maestro, yo porque mi padre es oficinista y se pasea con su corbata, y mi madre con su sombrerito (y, por lo tanto, no es una mujer sino una señora), y De Caroli porque su padre tiene una pequeña tienda de tejidos. Todos los demás son de clase inferior, siguen hablando en dialecto con sus padres y, por consiguiente, cometen errores de ortografía y de gramática, y el más pobre de todos es Bruno. Bruno tiene el babi negro roto, no lleva cuello blanco, o cuando lo lleva está sucio y raído, y naturalmente no lleva el lazo azul como los niños bien. Tiene costras, por lo que va rapado al cero, el único remedio que la familia conoce; lo mismo contra los piojos, cuando las manchas blancas de las costras ya están curadas. Estigmas de inferioridad. El maestro en el fondo es una buena persona pero, al haber sido escuadrista, se siente obligado a educarnos de forma viril, y nos obsequia con poderosos soplamocos. Claro que nunca a mí o a De Caroli, porque sabe que se lo diremos a nuestros padres, que son sus iguales. Como vive en mi misma manzana, se ha ofrecido para acompañarme a casa todos los días a la salida del colegio, junto con su hijo, para que mi padre no se moleste en venir a recogerme. Y porque mi madre es prima de una cuñada de la directora didáctica, y nunca se sabe.

Con Bruno, en cambio, los cachetes son cotidianos, porque es vivaz, y por lo tanto tiene una mala conducta, y se presenta en clase con el babi manchado de grasa. A Bruno lo mandan siempre detrás de la pizarra, que es la picota.

Un día, Bruno vino al colegio tras una ausencia injustificada, y el maestro se estaba remangando cuando Bruno se echó a llorar y entre sollozos dejó entender que se le había muerto el padre. El maestro se conmovió, porque también los escuadristas tenían un corazón. Naturalmente, entendía la justicia social como caridad, y nos pidió a todos nosotros que hiciéramos una colecta. También nuestros padres debían de tener un corazón, porque al día siguiente cada uno de nosotros volvió con alguna moneda, ropa que ya no se usaba, un bote de mermelada, un kilo de pan. Bruno tuvo su momento de solidaridad.

Pero esa misma mañana, durante la marcha por el patio, se puso a caminar a cuatro patas, y todos pensamos que era verdaderamente malo por portarse así después de que se le hubiera muerto el padre. El maestro le gritó que carecía del más elemental sentido de la gratitud. Huérfano desde hacía dos días, recién beneficiado por sus compañeros, y ya consagrado al delito: con la familia de la que venía, ya no podía ser redimido.

Deuteragonista de aquel pequeño drama, tuve un momento de duda. También lo había tenido la mañana siguiente a la redacción, cuando me desperté inquieto y preguntándome si de verdad amaba al Duce o era un chico hipócrita que sólo lo escribía. Ante Bruno andando a cuatro patas, entendí que el suyo era un coletazo de dignidad, una forma de reaccionar a la humillación que nuestra pegajosa generosidad le había hecho soportar.

Lo he entendido mejor unos días más tarde, en una de esas concentraciones del sábado fascista, donde estábamos todos alineados de uniforme; el nuestro, flamante, el de Bruno, como el babi de diario, con el pañuelo azul mal atado, y había que pronunciar el Juramento. El centurión decía: «En nombre de Dios y de Italia, juro obedecer las órdenes del Duce y servir con todas mis fuerzas, y si es necesario con mi sangre, la causa de la Revolución Fascista. ¿Lo juráis, vosotros?». Y todos teníamos que responder: «¡Lo juro!». Mientras todos gritábamos «¡Lo juro!», Bruno, que estaba a mi lado y lo he oído perfectamente, ha gritado «¡Arturo!». Se rebelaba. Ha sido la primera vez que he asistido a un acto de sublevación.

¿Se rebelaba por iniciativa propia o porque tenía un padre borrachín y socialista como los muchachos de Italia en el mundo? Ahora entiendo que Bruno fue el primero en enseñarme cómo reaccionar ante la retórica que nos sofocaba.

Entre la redacción de los diez años y la crónica de los once, al final de quinto grado, yo había sido transformado por la lección de Bruno. Anárquico revolucionario él, apenas escéptico yo, su Arturo se había convertido en mi vaso irrompible.

Está claro que ahora, en el silencio del coma, entiendo mejor lo que me sucedió. ¿Será ésta la iluminación que algunos tienen cuando el hombre llega a la eternidad consejera y en ese punto, como Martin Eden, lo entiende todo, pero en cuanto lo sabe deja de saberlo? Yo, que todavía no he llegado al punto, tengo un punto de ventaja sobre los que se mueren. Entiendo, sé e incluso recuerdo (ahora) que sé. ¿Seré un privilegiado?

16

SOPLA EL VIENTO

Quisiera recordar a Lila… ¿Cómo era Lila? Me afloran del hollín de este duermevela otras imágenes, y no es ella…

Aun así, una persona en condiciones normales debería poder decir quiero acordarme de cuando estaba de vacaciones el año pasado. Si ha conservado alguna huella, se acuerda. Yo no puedo. Mi memoria funciona por segmentos como los proglótides de la solitaria, pero a diferencia de ésta no tiene cabeza, gira siguiendo un esquema laberíntico, cualquier punto puede ser el principio o el final del viaje. Tengo que esperar que los recuerdos vengan solos, siguiendo su propia lógica. Así es como se anda en la niebla. En el sol, ves las cosas desde lejos y puedes decidir cambiar de dirección para encontrar algo concreto. En la niebla, algo o alguien te sale al encuentro, pero no sabes quién es hasta que está cerca.

Quizá es normal, no puedes tenerlo todo en un único momento, los recuerdos te llegan como si estuvieran ensartados en un pincho. ¿Qué decía Paola del mágico número siete, del que hablan los psicólogos? En una lista, recuerdas fácilmente hasta siete elementos; más, no lo consigues. Y ni siquiera siete. ¿Quiénes son los siete enanitos? Mudito, Gruñón, Sabio, Tímido, Dormilón, Feliz… ¿Y luego? Falta siempre el séptimo heptaenano. ¿Y los siete reyes de Roma? Rómulo, Numa Pompilio, Tulio Hostilio,

Servio Tulio, Tarquinio Prisco, Tarquinio el Soberbio… ¿Y el séptimo? Ah, Mocoso.

Creo que mi primer recuerdo es un muñeco vestido de tambor principal de la banda militar, uniforme blanco con un quepis, que al darle cuerda golpeaba su rataplán. ¿Es ése?, ¿o lo he visto así en el transcurso de los años, desarrollando las evocaciones de mis padres? ¿No será acaso la escena de los higos? Yo a los pies de un árbol y un campesino que se llama Quirino encaramándose por una escalera para cogerme el mejor higo; claro que yo no sabía pronunciar la palabra *higo* y decía *hibo*.

El último recuerdo: en Solara delante del infolio. ¿Se habrán dado cuenta Paola y los demás de lo que tenía en las manos cuando me he quedado dormido de repente? Tienen que dárselo a Sibilla, enseguida, si me quedo así durante años no conseguirán afrontar los gastos, tendrán que vender la librería, y luego Solara, y luego tal vez no baste aún, mientras que con el infolio pueden pagarme una hospitalización eterna, con diez enfermeros, y entonces basta con que me vengan a ver una vez al mes y que hagan su vida.

Me sale al encuentro otra figura, que me sonríe sarcástica exhibiéndose en un gesto obsceno. Es como si abalanzándose sobre mí me envolviera consigo y se disolviera entre la bruma.

Pasa a mi lado el tamborcillo con quepis. Me refugio en brazos del abuelo. Noto el olor de la pipa mientras apoyo la mejilla contra su chaleco. El abuelo fumaba pipa y olía a tabaco. ¿Por qué no estaba su pipa en Solara? La tirarían los malditos tíos, no les parecía importante, con la cazoleta comisqueada por el fuego de muchos fósforos, a la basura junto con las plumas, el papel secante, qué sé yo, un par de gafas y un calcetín agujereado, la última lata de tabaco todavía medio llena.

La niebla se está disipando. Recuerdo a Bruno andando a cuatro patas, pero no recuerdo el nacimiento de Carla, el día de mi licenciatura, el primer encuentro con Paola. Antes no recordaba nada, ahora recuerdo todo de los primeros años de mi vida, pero no recuerdo cuándo entró Sibilla por vez primera en mi librería para buscar trabajo, o cuándo escribí mi último poema. No consigo recordar la cara de Lila Saba. Recordarlo valdría todo este sueño. No recuerdo la cara de Lila, que buscaba por doquier en mi vida adulta, porque aún no recuerdo mi vida adulta, ni lo que quise olvidar al entrar en ella.

Tengo que esperar, o prepararme para transitar eternamente por las sendas de mis primeros dieciséis años. Podría bastar; si reviviera cada uno de los momentos, cada uno de los acontecimientos, duraría en este estado otros dieciséis años. Bastante para mí, llegaría más allá de los setenta y seis, un espacio de vida razonable… Y Paola venga a preguntarse si debe desenchufarme.

¿No existía la telepatía? Podría concentrarme en Paola y pensar intensamente en enviarle un mensaje. O intentarlo con la mente fresca y vacía de un niño. «Mensaje para Sandro, mensaje para Sandro, aquí Águila Gris del Fernet Branca, aquí Águila Gris, contestad. Cambio…» Si el otro me transmitiera: «Roger, Águila Gris, te oigo fuerte y claro…».

En la ciudad me aburro. Estamos jugando, somos cuatro, con pantalones cortos delante de casa, donde pasa un automóvil cada hora, y va despacio. Se fían de que nos quedemos a jugar abajo. Jugamos con canicas, juego pobre, bueno para los que no tienen otros juguetes, las hay de arcilla, marroncitas, y de cristal, con arabescos de colores que se ven en transparencia, otras de un blanco lechoso con vetas rojas. Primer juego, el gua, desde el centro de la calle se lanzan las canicas a un agujero excavado contra la acera, con un golpe preciso del índice que se desliza por el pulgar (pero los buenos de verdad deslizan el pulgar por el índice). Hay quienes consiguen meter la canica a la primera, si no, hay que ir por fases. Segundo juego: *spanna cetta*, que en Solara llamaban *cicca spanna*. Como con la petanca, se trata de acercarse a la primera canica, pero no más de una cuarta, que se mide con cuatro dedos.

Admiración por los que consiguen lanzar la peonza. No es la peonza de los niños ricos, de metal y rayas de varios colores, la que aprietas varias veces el tirador del eje para cargarla, la dejas correr y rueda trazando dibujos multicolores, sino la peonza de madera, la *pirla* o *mongia* le decíamos, una especie de cono abombado, una pera panzuda que acaba en un clavo, el cuerpo marcado por una serie de filetes en espiral. Hay que envolverla con una cuerda que se encaja en las muescas, con el cabo libre se da un tirón para desenrollarla y la *mongia* gira. No todos saben hacerlo, a mí no me sale, porque me han viciado con las peonzas más caras y más fáciles, y los demás me toman el pelo.

Ese día no conseguimos jugar porque en la acera hay unos señores, con traje y corbata, que quitan los hierbajos con una azada pequeña. Trabajan con poco entusiasmo, despacio, y uno de ellos se pone a hablar con nosotros, informándose sobre los distintos juegos de canicas. Dice que él de pequeño jugaba al círculo: se marcaba un círculo con una tiza en la acera o con un palito en la tierra, se colocaban dentro las canicas, luego con la más grande se intentaba hacer que las demás salieran del círculo y ganaba el que lograba sacar más.

—Conozco a tus padres —me dice—. Dales recuerdos de mi parte, del señor Ferrara, el de la tienda de sombreros.

En casa lo cuento.

—Son los judíos —dice mamá—. Les obligan a los trabajos.

Papá levanta los ojos al cielo y dice:

—¡Ya!

Más tarde voy a la tienda del abuelo y le pregunto por qué obligan a los judíos a los trabajos. Me dice que los trate con educación si los vuelvo a ver, porque son buena gente, pero de momento no piensa explicarme esa historia porque soy demasiado pequeño.

—Tú calla y no vayas hablando de eso por ahí, y menos aún con el maestro.

Un día me lo contaría todo. *S'as gira.*

Entonces me pregunté tan solo cómo era posible que los judíos vendieran sombreros. Los sombreros que veía en los carteles pegados a las paredes, o en los anuncios de las revistas, eran señoriales y elegantes.

Todavía no tenía motivos para preocuparme de los judíos. Sólo más tarde, en Solara, el abuelo me enseñaría un periódico de 1938 donde se anunciaban las leyes raciales, pero en el treinta y ocho yo tenía seis años y no leía los periódicos.

Luego, un día, al señor Ferrara y a los demás dejamos de verlos quitando hierbajos de la pavimentación. Entonces pensé que los habían dejado volver a casa, tras una pequeña penitencia. Pero después de la guerra oí que alguien le decía a mamá que el señor

Ferrara había muerto en Alemania. Después de la guerra, ya había aprendido muchas cosas, no sólo cómo nacen los niños (incluidos los actos preparatorios de nueve meses antes), sino también cómo mueren los judíos.

Mi vida cambió cuando evacuamos a Solara. En la ciudad, yo era un niño melancólico que jugaba con sus compañeros de colegio algunas horas al día. El resto del tiempo me lo pasaba acurrucado con un libro o dando vueltas en bicicleta. Los únicos momentos mágicos eran los que pasaba en la tienda del abuelo: él hablaba con algún cliente y yo husmeaba, hurgaba, deslumbrado por incesantes revelaciones. Pero así aumentaba mi soledad, y vivía sólo con mis fantasías.

En Solara, donde bajaba yo solo a la escuela del pueblo y correteaba por los campos y las viñas, era libre, ante mí se abría un territorio inexplorado. Y tenía muchos amigos con los que zascandilear. El pensamiento dominante era hacerse una cabaña.

Ahora vuelvo a ver toda la vida en el Oratorio, como en una película. Ya no se trata de proglótides, es una secuencia seguida...

Una cabaña no tenía que ser una especie de casa, con tejado, paredes y puerta. Solía ser un agujero, un recoveco, donde se podía construir una cobertura de ramas y hojas, de manera que quedara abierta una tronera, desde donde se dominaba un valle o, por lo menos, una explanada. Hacíamos puntería con unos palos y disparábamos ráfagas. Como en Giarabub, allí nos cogerían sólo por hambre.

Empezamos a ir al Oratorio porque al fondo del campo de fútbol, en un saledizo pegado a la muralla, localizamos el lugar ideal para una cabaña. Se podía ametrallar uno a uno a los veintidós jugadores del partido de los domingos. En el Oratorio éramos bastante libres, nos reclutaban sólo hacia las seis para una clase de catecismo y para la bendición, pero el resto del tiempo hacíamos lo que queríamos. Había un tiovivo rudimentario, algunos columpios, un teatro donde hollé por primera vez las tablas, en *El pequeño parisién*. Allí adquirí el señorío de las candilejas que años más tarde me volvería memorable a los ojos de Lila.

Venían también chicos mayores, e incluso algunos jóvenes —para nosotros, viejísimos— que jugaban al ping-pong o a las cartas, sin dinero. Ese buen hombre del padre Cognasso, el director del Oratorio, no les pedía profesiones de fe, era suficiente que fueran allí en lugar de hacer caravanas hasta la ciudad, en bicicleta, a riesgo de que les pillara un bombardeo, para intentar la escalada de la Casa Roja, el burdel famoso en toda la provincia.

Después del 8 de septiembre fue en el Oratorio donde oí hablar por primera vez de los partisanos. Primero eran jóvenes que intentaban sólo librarse o del nuevo enrolamiento de la República

Social o de los reclutamientos de trabajadores de los alemanes, que los mandaban a Alemania. Luego se empezó a llamarlos rebeldes, porque así se les llamaba en los partes oficiales. Fue sólo al cabo de algunos meses, al saber que diez de ellos habían sido fusilados —y uno era de Solara— y al oír en Radio Londres que se les mandaban mensajes especiales, cuando empezamos a llamarles partisanos, o patriotas, como ellos preferían. En el pueblo estaban con los partisanos, porque todos ellos eran chicos de nuestras tierras y cuando se dejaban ver, aunque ya tuvieran un sobrenombre, Riccio, Saetta, Barbablù, Ferruccio, los llamaban tal como los habían conocido antes. Muchos de ellos eran jóvenes que había visto en el Oratorio, jugando a la escoba con una chaqueta pequeña y raída, y se presentaban con gorra de visera, una cartuchera en bandolera, metralleta, cinturón con dos granadas colgadas, alguno incluso con una pistola en la pistolera. Llevaban camisas rojas, o guerreras del ejército inglés, o pantalones y botas de oficial regio. Qué cuadro tan bonito.

Ya en el cuarenta y cuatro se habían dejado ver por Solara, con rápidas incursiones, en los momentos en que no estaban las Brigadas Negras. A veces bajaban los de Badoglio, con su pañuelo azul, y se decía que eran partidarios del Rey, e iban al ataque gritando aún Saboya. A veces lo hacían los garibaldinos, con su pañuelo rojo, los cuales cantaban canciones contra el Rey y Badoglio, y *sopla el viento, llega la tormenta / botas rotas pero hay que seguir / y conquistar esa roja primavera / donde surge el sol del porvenir*. Los badoglianos iban mejor armados; se decía que los ingleses les mandaban ayuda a ellos y no a los otros, que eran todos comunistas. Los garibaldinos tenían unas metralletas como las de las Brigadas Negras, incautadas en algún choque o en algún golpe de mano a un arsenal; los badoglianos tenían Sten ingleses último modelo.

El Sten era más ligero que la metralleta, tenía la culata vacía, como si fuera una silueta de alambre, y el cargador sobresalía no debajo sino a un lado. Una vez, un partisano me dejó disparar un tiro. Solían disparar para ejercitarse, y para que las chicas los vieran.

Una vez vinieron los fascistas del San Marcos, cantaban *¡San Marcos! ¡San Marcos!, / qué nos importa la muerte.* La gente decía que eran buenos chicos, de buena familia, que a lo mejor habían tomado la decisión equivocada, pero se portaban bien con la gente y a las mujeres las cortejaban con educación.

Los de las Brigadas Negras, en cambio, los habían liberado de las cárceles y de los reformatorios (los había de dieciséis años), y sólo querían meter miedo a todo el mundo. Pero los tiempos eran duros, y había que desconfiar también de los del San Marcos.

Bajo a misa al pueblo, con mamá. Con ella está la señora de la finca esa que queda a dos kilómetros de la nuestra. Está siempre echando las muelas con su aparcero, que la estafa con las rentas. Y, como el aparcero es un rojo, ella se ha vuelto fascista, por lo menos en el sentido de que los fascistas están contra los rojos. Salimos de la iglesia y dos oficiales del San Marcos han echado el ojo a esas dos señoras ya no muy jóvenes pero para nada de mal ver. Y ya se sabe, los ejércitos pescan donde pueden. Se acercan con el pretexto de pedir una información, porque no son de por aquí. Las dos señoras contestan con amabilidad (al fin y al cabo son dos buenos mozos) y les preguntan qué tal se encuentran tan lejos de casa.

—Combatimos para devolver el honor a nuestro país, señoras nuestras, ese honor que algunos traidores han enfangado —responde uno. Y la vecina comenta:

—Muy bien dicho, muchachos, no como el tipo ese que me sé yo.

Uno de los dos compone una extraña sonrisa y dice:

—Nos gustaría conocer el nombre y la dirección de ese caballero.

Mamá se pone pálida, luego colorada, pero sale bien del aprieto:

—Oh, ya sabe, teniente, mi amiga se refiere a uno de Asti que venía por aquí otros años, y ahora quién sabe dónde está, dicen que se lo han llevado a Alemania.

—Bien merecido lo tiene —sonríe el teniente y no insiste. Saludos mutuos. En el camino de vuelta, mamá le dice por lo bajo a aquella desconsiderada que, con los tiempos que corren, hay que estar atentos a lo que se dice, porque basta poca cosa para mandar a alguien al paredón.

Gragnola. Frecuentaba el Oratorio. Él insistía en que se pronunciaba Grágnola, pero todos le llamaban Gragnóla, aludiendo así a una pedrea de golpes (o de pedrisco). Gragnola replicaba que él era un hombre pacífico y los amigos le respondían «Anda, venga ya, que lo sabemos…». Se rumoreaba que era el que mantenía las relaciones con las brigadas garibaldinas en el monte, o mejor, que era un gran jefe, decía alguien, y corría más peligro viviendo en el pueblo que si se echaba al monte, porque si un día lo descubrían lo fusilarían en un abrir y cerrar de ojos.

Gragnola actuó conmigo en *El pequeño parisién* y luego me tomó cariño. Quiso enseñarme a jugar al tute. Se ve que no se encontraba a gusto con los otros adultos, y pasaba largas horas hablando conmigo. Quizá era por su vocación pedagógica, porque había sido maestro. O quizá sabía que soltaba tales barbaridades que si las contaba por ahí le tildarían de anticristo, y se fiaba sólo de un chico.

Me enseñaba las hojas clandestinas que circulaban de extranjis. No me las dejaba porque, decía, si a uno lo cogen con éstas, lo fusilan. Así me enteré de la matanza de las Fosas Ardeatinas, en Roma. «Para que no vuelvan a suceder estas cosas —me decía Gragnola—, por eso nuestros compañeros están allá arriba en las colinas. ¡Y los alemanes, *kaputt*!»

Me contaba cómo partidos misteriosos, que se manifestaban a través de esas hojas, existían antes de la llegada del fascismo y habían sobrevivido en la clandestinidad, en el extranjero, con sus grandes jefes haciendo de albañiles, y a veces los localizaban los esbirros del Duce y los mataban a palos.

Gragnola había enseñado no sé qué en las escuelas de formación laboral, y salía todas las mañanas en bicicleta para volver a media tarde. Luego tuvo que dejarlo; algunos decían que era porque se dedicaba ya en cuerpo y alma a los partisanos, otros murmuraban que no había podido seguir porque era tísico. Gragnola tenía todo el aspecto de un tísico, la cara cenicienta con los pómulos de un rojo enfermizo, las mejillas hundidas, la tos persistente. Tenía los dientes malos, cojeaba y tenía una incipiente joroba, o mejor dicho, la espalda encorvada, con los omóplatos que sobresalían, y el cuello de la chaqueta le quedaba separado del cuerpo, por lo que parecía como metido en un saco más que en su ropa. En el teatro le daban siempre los papeles de villano, o de guardia tullido de una villa misteriosa.

Era un pozo de ciencia, decían todos, más de una vez lo habían invitado a dar clases en la universidad, pero se había negado por amor a sus chicos.

—Patrañas —me explicó más tarde—. Yambín, yo enseñé en las escuelas de los pobres, como sustituto, porque con esta sucia guerra ni siquiera llegué a licenciarme. A los veinte años me mandaron a partirle el espinazo a Grecia, me hirieron en la rodilla, y pase, porque se nota poco, pero entre todo aquel fango me cogí una mala enfermedad y desde entonces no he dejado de escupir sangre. Si me cayera entre las manos el Pelado no lo mataría, porque por desgracia soy un cobarde, pero le daría tal tanda de patadas en el culo como para partírselo, lo poco que espero que le quede por vivir, Judas badulaque.

Le pregunté por qué venía al Oratorio, puesto que todos decían que era ateo. Me contestó que iba porque era el único lugar donde podía ver gente. Además, no era ateo, sino anarquista. Yo entonces no sabía qué eran los anarquistas y él me explicó que era gente que quería la libertad, sin amos, sin rey, sin Estado y sin curas. «Sin Estado, sobre todo; no como los comunistas, que en Rusia tienen un Estado que les dice incluso cuándo tienen que ir a mear.»

Me hablaba de Gaetano Bresci, que para castigar al rey Umberto, que había ordenado la masacre de los obreros de Milán, salió de América, donde podía vivir tranquilo, después de echarlo a suertes, sin billete de vuelta, y se vino a matar al Rey. Luego lo mataron a él en la cárcel y dijeron que se había ahorcado por los remordimientos. Pero a un anarquista nunca le remuerde la conciencia por las acciones que hace en nombre del pueblo. Me contaba de anarquistas absolutamente pacíficos que tenían que emigrar de país en país, perseguidos por todas las policías, y cantaban «Adiós Lugano bella».

Luego volvía a hablarme mal de los comunistas, que se habían cargado a los anarquistas en Cataluña. Le pregunté por qué, si estaba contra los comunistas, se entendía con los garibaldinos, dado que eran comunistas. Me contestó que, número uno, no todos los garibaldinos eran comunistas, entre ellos había socialistas e incluso anarquistas; número dos, en ese momento, el enemigo era el nazifascismo y, en casos como ése, no podía uno andarse con demasiadas sutilezas.

—Primero se gana, luego se ajustan las cuentas.

Luego añadió que iba al Oratorio porque era una cosa buena. Los curas eran mala gente, pero eran como los garibaldinos, también entre ellos había hombres de bien.

—Sobre todo en estos tiempos, en que no se sabe que será de los chicos, que hasta el año pasado les enseñaban libro y fusil. En el Oratorio, por lo menos, no dejan que se pierdan, y les educan a ser honrados, aunque insisten demasiado con lo de las pajas; pero no importa, porque vosotros os las hacéis igualmente y, como mucho, después os confesáis. Así es que vengo al Oratorio y ayudo al padre Cognasso a jugar con los chicos. Cuando hay que ir a misa, me quedo en el fondo de la iglesia en silencio, porque a Jesucristo yo lo respeto, aunque no a Dios.

Un domingo, cuando a las dos de la tarde en el Oratorio había sólo cuatro gatos, le hablé de mis sellos y me dijo que una vez también él hacía la colección, pero a la vuelta de la guerra se le quitaron las ganas, y lo tiró todo. Le habían quedado unos veinte sellos, y me los regalaba con mucho gusto.

Fui a su casa y el botín era admirable, porque había dos de las islas Fiji que había deseado mucho en el Yvert y Tellier.

—Vaya, ¿tienes también el Yvert y Tellier? —me preguntó con admiración.

—Sí, pero uno viejo…

—Son los mejores.

Las islas Fiji. Por eso me había quedado como encantado con esos dos sellos en Solara. Tras el regalo de Gragnola me los llevé a casa para ponerlos en una hoja nueva de mi álbum. Era una noche de invierno, papá había llegado el día anterior, pero se había vuelto a ir esa tarde, para regresar a la ciudad mientras aún había luz.

Estaba en la cocina del ala grande, el único lugar caldeado de la casa, porque teníamos bastante madera para la chimenea. La luz era baja. No porque en Solara contara mucho el oscurecimiento (¿a quién se le ocurriría bombardearnos?), sino porque la bombilla estaba atenuada por una pantalla de la que colgaban una suerte de hilitos de cuentas, casi abalorios para regalar a los salvajes fijianos.

Yo, sentado a la mesa, arreglaba mi colección, mamá recogía la cocina, mi hermana jugaba en un rincón. La radio estaba encencendida. Hacía poco que había acabado la versión «milanesa» de *Qué sucede en casa de la familia Rossi*, un programa de propaganda de la República de Salò, donde los miembros de una familia discutían de política y naturalmente llegaban a la conclusión de que los aliados eran nuestros enemigos, los partisanos unos bandidos reacios al reclutamiento por ignorancia, y que en el norte se estaba defendiendo el honor de Italia al lado de los camaradas alemanes. Pero, una velada sí y otra no, emitían la versión «romana», donde los Rossi eran otra familia, homónima, que vivía en la Roma ocupada por los aliados y se daba cuenta, al fin, de que todo tiempo pasado fue mejor, envidiando a los compatriotas septentrionales que habían quedado libres bajo las banderas del Eje. Por cómo meneaba la cabeza mi madre se veía que no se lo creía, pero el programa tenía un ritmo vivaz. O se escuchaba aquello o se apagaba la radio.

Después, sin embargo (y llegaba también el abuelo, que había resistido hasta entonces en el despacho con un pequeño brasero a los pies), podíamos sintonizar Radio Londres.

Empezaba con una serie de golpes de timbal, casi como la Quinta de Beethoven, luego se oía el «Buenas noches» persuasivo del coronel Stevens, que hablaba como el Gordo y el Flaco. La otra voz, a la que nos había acostumbrado la radio del régimen, era la de Mario Appelius, que acababa sus discursos con una incitación a la lucha victoriosa: «¡Dios requetemaldiga a los ingleses!». Stevens no requetemaldecía a los italianos, es más, los invitaba a alegrarse con él por las derrotas del Eje, que nos contaba noche tras noche, con el aire del que dice: «¿Veis lo que os está haciendo, a vosotros, vuestro Duce?».

Pero sus crónicas no hablaban sólo de batallas campales. Describía nuestra vida, de gente amiga pegada a la radio cada noche para oír la Voz de Londres, superando los temores de que alguien nos delatara y nos metieran en la cárcel. Contaba nuestra historia de oyentes suyos, y nosotros poníamos en él nuestra confianza porque estaba describiendo exactamente lo que hacíamos, nosotros, el farmacéutico de la esquina e, incluso —decía Stevens—, el mariscal de los carabineros que sabía todo y callaba con sorna. Eso decía y, si no mentía a ese respecto, podíamos dar crédito a todo lo demás. Sabíamos todos, incluso nosotros los niños, que también la suya era propaganda, pero nos atraía una propaganda hecha sin levantar la voz, sin frases heroicas y llamadas a la muerte. El coronel Stevens hacía que parecieran excesivas las palabras con las que se nos alimentaba todos los días.

No sé por qué, pero a ese señor —que era sólo una voz— yo lo veía como Mandrake: elegante con su frac, el bigote cuidado, sólo un poco más gris que el del mago, capaz de transformar cualquier pistola en un plátano.

Una vez acabado el coronel, tan misteriosos y evocadores como un sello de Montserrat, empezaban los mensajes especiales para las brigadas partisanas: *Mensajes para la Franchi, Felice no es feliz, Ha dejado de llover, Mi barba es rubia, Giacomone besa a Mahoma, El águila vuela, El sol sigue saliendo…*

Me veo mientras sigo adorando los sellos de las Fiji, pero de repente, entre las diez y las once, se oye un zumbido en el cielo, se apagan las luces y se corre a la ventana para esperar el paso de Pipetto. Lo oíamos todas las noches, más o menos a la misma hora, o así lo quería ya la leyenda. Algunos decían que era un avión de reconocimiento inglés, otros que era un avión americano que iba a arrojar en paracaídas paquetes, comida y armas para los partisanos de los montes, y puede que no muy lejos de nosotros, en las cimas de las Langhe.

Es una noche sin estrellas y sin luna, no se ven luces en el valle, ni las siluetas de las colinas, y por encima de nosotros pasa Pipetto. Nadie lo ha visto jamás: es sólo un ruido en la noche.

Pipetto ha pasado, también esta noche todo ha ido como de costumbre, y volvemos a las últimas canciones de la radio. Quizá bombardeen Milán, a los hombres para los que trabaja Pipetto quizá les den caza por las cimas de las colinas con jaurías de perros lobo, pero la radio, con esa voz de saxofón en celo, canta *Allá en Capocabana, en Capocabana, la mujer es reina, es la soberana*, y se adivina una lánguida vedette (a lo mejor he visto su foto en *No-*

vella). Baja suave por una escalera blanca con escalones que se iluminan en cuanto ella apoya el pie, rodeada por jovencitos con chaqueta blanca que levantan su chistera y se arrodillan en adoración a su paso. Con Capocabana (no era Copacabana, era exactamente Capocabana), la divina sensual está lanzándome un mensaje tan exótico como el de mis sellos.

Luego se acaban las transmisiones, con los varios himnos de gloria y de victoria. Pero no hay que apagarla enseguida, y mamá lo sabe. Después de que la radio haya dado la impresión de haberse callado hasta el día siguiente, se oye abrirse paso una voz dolida que canta:

> *Volverás*
> *a mí*
> *porque en el cielo está escrito*
> *que volverás.*
> *Volverás,*
> *bien sabes tú*
> *que mi fuerza crece ahí,*
> *pues creo en ti.*

He vuelto a oír esa canción en Solara, pero era una canción de amor que decía *Volverás a mí / porque el sueño eres / de mi corazón. /Volverás, / bien sabes tú, / porque sin tus besos lánguidos / no podré vivir.* Así pues, la que oía cantar todas aquellas noches era una versión del tiempo de la guerra, que en el corazón de muchos había de sonar como una promesa, o como una llamada dirigida a alguien lejano que quizá en esos momentos se estaba helando en la estepa o se ofrecía a un pelotón de ejecución. ¿Quién ponía en onda esa canción a esa hora de la noche? ¿Un funcionario nostálgico, antes de cerrar la cabina de transmisión, o alguien que obedecía una orden desde arriba? No lo sabíamos, pero aquella voz nos acompañaba a los umbrales del sueño.

Son casi las once, cierro el álbum de los sellos, hay que acostarse. Mamá ha preparado el ladrillo, un ladrillo de verdad, metido en el horno hasta que quema y no lo puedes agarrar con la mano; lo envuelves en trapos de lana y lo colocas debajo de las mantas, para entibiar todo el cubículo de la cama. Es confortable poner los pies encima, también para atenuar el picor de los sabañones, que en esos años (frío, avitaminosis, tormentas hormonales) hacen que se nos hinchen los dedos de las cuatro extremidades y a veces supuran en llagas dolorosísimas.

Un perro aúlla desde un caserío en el valle.

Gragnola y yo hablábamos de todo. Le comentaba mis lecturas y él discutía con furor.

—Verne —decía— es mejor que Salgari, porque es científico. Es más verdadero Cyrus Smith, que fabrica nitroglicerina, que ese Sandokán que se abre el pecho en canal con las uñas sólo porque anda chocho tras una tontaina de quince años.

—¿No te gusta Sandokán? —le preguntaba.

—A mí me parece un poco fascista.

Le conté que había leído el *Corazón* de De Amicis, y me dijo que lo tirara a la basura porque De Amicis era un fascista.

—Tú date cuenta —decía—, están todos contra Franti, que viene de una familia desgraciada, y se desviven por complacer a ese fascista de maestro. ¿Qué te cuentan? Del buen Garrone, que era un lameculos; del pequeño vigía lombardo, que muere porque un mal nacido de oficial del Rey manda a un niño a ver si llega el enemigo; del tamborcillo de Cerdeña, que a su edad lo mandan a llevar las órdenes en medio de una batalla y luego ese asqueroso del coronel, después de que el pobre va y pierde una pierna, se le echa encima con los brazos abiertos, para besarlo tres veces en el corazón, cosas que a un mutiladillo reciente no se le hacen, vamos, un coronel del regio ejército piamontés debía tener un poco de sentido común. O del padre de Coretti, que le pasaba al hijo la mano todavía caliente de la caricia de ese carnicero del Rey. ¡Todos al paredón, al paredón! Son los De Amicis los que le han abierto el camino al fascismo.

Me explicaba quién era Sócrates; y Giordano Bruno. También Bakunin, que yo no entendía bien quién era y qué había dicho. Me hablaba de Campanella, de Sarpi, de Galileo, a quienes metieron en la cárcel o torturaron los curas porque querían difundir los principios de la ciencia, y algunos tuvieron que cortarse la garganta, como Ardigò, porque los amos y el Vaticano le preparaban la horca.

Como en el *Nuovissimo Melzi* había leído la entrada Hegel («Sabio filós. al. de la *escuela panteísta*»), le pregunté quién era el tal Hegel.

—Hegel no era un panteísta, tu Melzi es un ignorante. Si acaso, el panteísta era Giordano Bruno. Un panteísta dice que Dios está por doquier, incluso en esa cagarruta de mosca que ves ahí. Imagínate qué satisfacción; estar por todos sitios es como no estar en ninguno. Bueno, pues para Hegel no era Dios, sino que era el Estado el que tenía que estar en todos sitios, luego era un fascista.

—¿Pero no vivió hace más de cien años?

—¿Y qué importa? También Juana de Arco, una fascista de tomo y lomo. Los fascistas han existido siempre. Desde los tiempos... desde los tiempos de Dios. Sin ir más lejos, Dios. Un fascista.

—¿Pero tú no eras un ateo, que dice que Dios no existe?

—¿Quién lo ha dicho?, ¿el padre Cognasso, que está más en la inopia que un besugo? Yo creo que Dios existe, desgraciadamente. Sólo que es un fascista.

—¿Y por qué va a ser Dios un fascista?

—Oye, eres demasiado joven para que pueda hacerte un discurso de teología. Empecemos por lo que sabes. Recítame los diez mandamientos, ya que en el Oratorio te los tienes que aprender de memoria.

Se los recitaba.

—Bien —decía—, ahora presta atención. Entre estos diez mandamientos hay cuatro, fíjate, no más de cuatro, que aconsejan cosas buenas, aunque también ésos, en fin, luego volveremos sobre ellos. No matarás, no hurtarás, no levantarás falsos testimonios y no desearás a la mujer ajena. Este último es un mandamiento para hombres que saben qué es el honor; por un lado, no les pongas los cuernos a tus amigos y, por el otro, intenta mantener en pie a la familia, y eso puedo asumirlo; es verdad que la anarquía quiere eliminar también a la familia, pero no podemos conseguirlo todo de una sola vez. En cuanto a los otros tres, de acuerdo, es lo mínimo que te aconseja también el sentido común. Que, bien pensando y juzgando, mentiras las decimos todos, a veces con buenas intenciones, pero matar no, no hay que matar nunca.

—¿Ni siquiera si el rey te manda a la guerra?

—Ahí está el busilis. Los curas dicen que si el rey te manda a la guerra puedes, es más, debes matar. A fin de cuentas, la responsabilidad es del rey. Así se justifica la guerra, que es una mala cosa, sobre todo si a la guerra te manda el Pelado. Fíjate que los mandamientos no dicen que puedes matar en la guerra. Dicen no matarás y se acabó. Pero, claro, luego…

—¿Luego?

—Veamos los demás mandamientos. Yo soy el Señor tu Dios. Esto no es un mandamiento, si no, serían once. Es el prólogo. Pero es un prólogo que te tima. Intenta entenderlo: a Moisés se le aparece un tío, qué digo, ni siquiera se le aparece, se oye su voz y quién sabe de dónde sale, y luego Moisés va a contarles a los suyos que los mandamientos hay que obedecerlos porque proceden de Dios. ¿Y quién dice que proceden de Dios? Esa voz: «Yo soy el Señor tu Dios». ¿Y si resulta que no lo era? Imagínate que yo te paro por la carretera y te digo que soy un carabinero de paisano y que me tienes que dar diez liras de multa porque por esa carretera no se puede pasar. Tú eres listo y me dices: pues quién me asegura a mí que tú eres un carabinero; a lo mejor eres uno que vive de porculear a la gente. Déjame ver los documentos. En cambio, Dios le demuestra a Moisés que es Dios porque se lo dice, y punto redondo. Todo empieza con un falso testimonio.

—¿Tú crees que no era Dios el que le dio los mandamientos a Moisés?

—No, yo creo que era precisamente Dios. Digo sólo que usó un truco. Siempre lo ha hecho: tienes que creer en la Biblia porque está inspirada por Dios, ¿pero quién dice que esté inspirada por Dios? La Biblia. ¿Entiendes el timo? Bueno, sigamos adelante. El primer mandamiento dice que no tendrás a otro Dios más que a él. Así ese señor te prohíbe pensar, qué sé yo, en Alá, en Buda o incluso en Venus, que, la verdad, tener como diosa a una tía que está más buena que un pan no está nada mal. Pero quiere decir también que no tienes que creer, qué sé yo, en la filosofía, en la ciencia, y que no debe ocurrírsete que el hombre desciende del mono. Sólo él, nadie más. Ahora presta atención, que todos los demás mandamientos son fascistas, están hechos para obligarte a aceptar la sociedad tal cual es. Acuérdate de santificar las fiestas… ¿qué me dices?

—Bueno, en el fondo manda que vayamos a misa los domingos, ¿qué hay de malo?

—Eso te lo dice el padre Cognasso, que, como todos los curas, no se sabe de la biblia la media. ¡Despierta! ¡En una tribu primitiva como la que Moisés se llevaba de paseo por el desierto, esto significa que debes observar los ritos, y los ritos sirven para atarugar al pueblo, desde los sacrificios humanos a las concentraciones del Pelado ante el balcón del Palacio Venecia! ¿Y luego? Honra al padre y a la madre. Calla, no me digas que es justo obedecer a los padres, eso vale para los niños que deben ser guiados. Honrar al padre y a la madre quiere decir respeta las ideas de los ancianos, no te opongas a la tradición, no pretendas cambiar la forma de vida de la tribu. ¿Entiendes? No le cortes la cabeza al rey como Dios manda; es decir, perdón, como deberíamos hacer en el fondo si la cabeza, la nuestra, la tuviéramos bien plantada en los hombros, sobre todo con un rey como el enanejo ese del Saboya, que ha traicionado a su ejército y mandado a sus oficiales a la muerte. Entonces entiendes que incluso el no hurtarás no es ese mandamiento inocente que parece, porque lo que manda es que la propiedad privada no se toca, que es la propiedad de los que se han enriquecido robándotela a ti. Si sólo fuera eso. Faltan aún tres mandamientos. ¿Qué significa no cometerás actos impuros? Los varios padres Cognasso quieren hacerte creer que sirve sólo para impedirte menear lo que te cuelga entre las piernas y, la verdad, ir a marear las tablas de ley por alguna paja pues me parece un derroche. ¿Qué tendría que hacer yo, que soy un fracasado, que esa buena mujer de mi madre no me hizo guapo, por añadidura me he quedado cojo y una mujer que sea una mujer no la he tocado nunca? ¿Y me quieres quitar también este desahogo?

Por aquel entonces yo sabía cómo nacían los niños, pero creo que tenía ideas vagas sobre lo que sucedía antes. De pajas y otros tocamientos había oído hablar a mis compañeros, pero no me atrevía a profundizar. Claro que no quería que Gragnola pensara que me chupaba el dedo. Asentí mudo, con compunción.

—Dios podía decir, qué sé yo, puedes follar, pero sólo para tener niños, sobre todo porque entonces en el mundo eran aún demasiado pocos. Pero los diez mandamientos no lo dicen: por una parte, no debes desear a la mujer de tu amigo, y por otra, no debes cometer actos impuros. En fin, ¿cuándo se folla? Hay que ver, tienes que hacer una ley que le vaya bien a todo el mundo, y mira tú, los romanos, que no eran Dios, cuando hicieron las leyes tal fundamento les pusieron que siguen funcionando aún hoy, ¿y Dios va y te manda un decálogo que no te dice lo más importante? Tú me dirás: sí, pero la prohibición de los actos impuros prohíbe follar fuera del matrimonio. ¿Estás seguro de que de verdad era así? ¿Qué eran los actos impuros para los judíos? Ellos tenían reglas severísimas, por ejemplo, no podían comer cerdo, y tampoco bueyes sacrificados de una determinada manera y, por lo que me han dicho, ni siquiera boquerones. Entonces los actos impuros son todo lo que el poder ha prohibido. ¿Qué? Todo lo que el poder ha definido como actos impuros. Te los inventas y ya está: el Pelado consideraba impuro hablar mal del fascismo y te mandaba al confinamiento. Era impuro ser soltero, y pagabas el impuesto sobre el celibato. Era impuro agitar una bandera roja, etcétera, etcétera, etcétera. Y ahora lleguemos al último mandamiento, no codiciarás los bienes ajenos. ¿Te has preguntado tú el porqué de este mandamiento, cuando ya estaba no hurtarás? Si tú deseas tener una bicicleta como la de tu amigo, ¿has pecado? No, si no se la robas. El padre Cognasso te dice que ese mandamiento prohíbe la envidia, que sin duda es una cosa fea. Pero hay una envidia mala, esa envidia que, cuando tu amigo tiene una bicicleta y tú no, querrías que se partiera el cuello bajando por una cuesta; y está la envidia buena, cuando tú deseas también una bicicleta y te pones a trabajar como un loco para podértela comprar, aunque sea de segunda mano, y es la envidia buena la que hace progresar al mundo. Y luego hay otra envidia, que es la envidia de la justicia, la que hace que no te resignes a que alguien lo tenga todo y otros mueran de hambre. Y si sientes esa bella envidia, que es la envidia socialista, te pones en marcha para construir un mundo donde la riqueza esté mejor distribuida. Pero es precisamente esto lo que el mandamiento te prohíbe: no desees más de lo que tienes, respeta el orden de la propiedad. En este mundo hay quienes tienen dos campos de trigo sólo porque los han heredado y hay quienes los labran por un trozo de pan, y el que labra no tiene que desear el campo del amo, si no, el Estado se desmorona y estamos en la revolución. El décimo mandamiento prohíbe la revolución. Así es que, querido chico mío, no mates ni robes a los desharrapados como tú, pero desea todo aquello que los demás te han quitado. Éste es el sol del porvenir y por eso nuestros compañeros están allá arriba

en el monte, para quitar de en medio al Pelado, que subió al poder pagado por los latifundistas, y, claro, a los teutones de Hitler, que quería conquistar el mundo para que el tal Krupp vendiera más cañones, que mecacho con los pedazos de Bertas que construye. Pero qué entenderás tú de estas cosas, a ti que te han educado haciéndote aprender de memoria juro obedecer las órdenes del Duce…

—No, yo entiendo, aunque no todo.

—Esperemos.

Aquella noche soñé con el Duce.

Un día fuimos por las colinas. Pensaba que Gragnola me hablaría de las bellezas de la naturaleza, como había hecho una vez, pero aquel día me indicaba sólo cosas muertas, mondongos de buey secos sobre los que zumbaban las moscas, una vid con mildiu, una fila de orugas que iban a dar muerte a un árbol, unas patatas con la yema más crecida que su boniato, que ya estaban para la basura, la carcasa de un animal abandonada en un foso, y no se sabía ya si era una garduña o una liebre porque estaba en estado de avanzada putrefacción. Y se fumaba un Milit tras otro, lo mejor para la tisis, decía, te desinfecta los pulmones.

—Fíjate, muchacho, el mundo está dominado por el mal. Mejor dicho, por el Mal con M mayúscula. Y no me refiero sólo al mal del que mata a su semejante para robarle dos reales, o el mal de las SS que ahorcan a nuestros compañeros. Me refiero al Mal en sí, el Mal por el que los pulmones se me han podrido, una cosecha se echa a perder, una granizada puede sumir en la más negra miseria al dueño de una pequeña viña, que es todo lo que tiene. ¿Te has preguntado alguna vez por qué existe el Mal en el mundo? Ante todo, la muerte, que a la gente le gusta mucho vivir y, un buen día, ricos y pobres, la muerte se los lleva, incluso siendo niños. ¿Has oído hablar alguna vez de la muerte del universo? Yo que leo lo sé: el universo, digo todo todo, las estrellas, el sol, la Vía Láctea, es como una pila eléctrica que dura y dura pero mientras tanto se va descargando, y un día se agotará. Fin del universo. El Mal de los males es que el mismo universo está condenado a muerte. Desde su nacimiento, por decirlo de alguna manera. ¿Y te parece un buen mundo éste, donde existe el Mal? ¿No era mejor un mundo sin Mal?

—Pues claro —filosofaba yo.

—Seguro, uno va y dice que el mundo nació por equivocación, que el mundo es una enfermedad del universo que no andaba muy bien de salud, y un buen día, venga, le sale esa pústula que es el sistema solar, y nosotros nos los tragamos a pies juntillas. Pero las estrellas, la Vía Láctea y el sol no saben que tienen que morir y no se lo toman a mal. En cambio, de la enfermedad del universo nacimos nosotros, que por desgracia nuestra somos una panda de listos y hemos entendido que hay que morir. Por lo cual, no sólo somos las víctimas del Mal sino que encima lo sabemos. Qué alegría, tú.

—Pero eso de que el mundo no lo hizo nadie lo dicen los ateos, y tú dices que no eres ateo…

—No lo soy porque no consigo creer que todo lo que vemos a nuestro alrededor, y la forma en la que crecen los árboles y los frutos, y el sistema solar, y nuestro cerebro hayan nacido por casualidad. Están demasiado bien hechos. Por lo cual, tiene que haber sido una mente creadora. Dios.

—¿Y entonces?

—Entonces, ¿cómo concilias a Dios con el Mal?

—Así a bocajarro no lo sé, déjame que piense…

—Anda ya, déjame que piense, dice el tío, como si no hubiera habido en siglos y siglos cabezas sutilísimas que han pensado…

—¿Y a qué han llegado?

—A un pito. El Mal, han dicho, lo introdujeron en el mundo los ángeles rebeldes. ¿Pero cómo? Dios ve y prevé todo, ¿y no sabía que los ángeles rebeldes se le iban a rebelar? ¿Por qué los creó, si sabía que se le rebelarían? Como si fuera uno que se dedica a hacer neumáticos de automóviles para que estallen al cabo de dos kilómetros. Sería un gilipuertas. Pues no, él los ángeles los crea, después se pone como unas pascuas de contento, mira qué par de cojones tengo que sé hacer también ángeles... Luego espera a que se le rebelen (con lo que babearía esperando a que la diñaran) y los arroja al infierno. Pues bien, entonces es una mala bestia. Otros filósofos han pensado otra buena: el Mal no existe fuera de Dios, sino que él lo lleva dentro, como una enfermedad, y Dios se pasa la eternidad intentando liberarse. Pobrecillo, puede que sea así. Pero, mira, yo sé que soy tísico y nunca echaré hijos míos a este mundo, para no crear a unos desgraciados, porque la tisis se pasa de padre a hijo. Y un Dios que sabe que tiene esa enfermedad, ¿va y te hace un mundo que por mucha chorra que tenga estará dominado por el Mal? Pura maldad. Además, uno de nosotros puede engendrar a un hijo sin quererlo, porque una noche se deja llevar y no usa el condón; pero no, Dios ha engendrado el mundo porque lo quería.

—¿Y si se le hubiera escapado, como a uno se le escapa el pis?

—Tú crees que estás diciendo algo divertido, pero es precisamente lo que han pensado otros cerebros finos. A Dios el mundo se le ha escapado como si fuera una meada. El mundo es un efecto de su incontinencia, como a uno a quien se le inflama la próstata.

—¿Qué es la próstata?

—No importa, imagínate que te he puesto otro ejemplo. Mira, que el mundo se le haya escapado, que Dios no haya conseguido aguantarse y que todo esto sea el efecto del Mal que lleva encima, parece ser que es la única manera de disculpar a Dios. Nosotros estamos con la mierda hasta los ojos, pero tampoco él está mejor. Lo que pasa es que entonces caen como peras todas las cosas bonitas que nos cuentan en el Oratorio, sobre Dios que es el Bien, y que es el ser perfectísimo creador del cielo y de la tierra. Ha sido el creador del cielo y de la tierra precisamente porque era imperfectísimo. Y por eso ha construido las estrellas como una pila que no se recarga.

—No, perdona, Dios habrá construido un mundo donde nosotros estamos destinados a morir, pero lo ha hecho para someternos a una prueba y para que nos ganemos el paraíso, y por lo tanto la felicidad eterna.

—O para que disfrutemos del infierno.

—Los que ceden a las tentaciones del diablo.

—Tú hablas como un teólogo, que tienen todos una mala fe que manda cojones. Dicen, como tú, que el Mal existe, pero que Dios nos ha hecho el mejor regalo del mundo, que es nuestro libre albedrío. Podemos hacer libremente lo que nos manda Dios o lo que nos sugiere el Diablo, y si luego nos vamos al infierno es justo porque no hemos sido creados como esclavos sino como hombres libres, pero, claro, hemos usado mal nuestra libertad y hay que joderse.

—Pues sí.

—¿Pues sí? ¿Pero a ti quién te ha dicho que la libertad es un regalo? A ver, cuidado con confundir las cosas. Nuestros compañeros del monte están combatiendo por la libertad, pero es la libertad contra otros hombres que nos querían convertir en puras máquinas. La libertad es una cosa hermosa entre hombre y hombre; tú no tienes derecho a obligarme a hacer o pensar lo que tú quieres. Además, nuestros compañeros eran libres de decidir si irse al monte o emboscarse en algún sitio. Pero la libertad que me ha dado Dios, ¿qué libertad es? Es la libertad de ir al paraíso o al infierno, sin medias tintas. Tú naces y estás obligado a jugar esta partida de tute, y si la pierdes sufres toda la eternidad. ¿Y si yo no quiero jugar? El Pelado, que entre tantas cosas malas algo bueno habrá hecho, prohibió los juegos de azar, porque ahí la gente cae en la tentación y luego se arruina. Y no vale decir que uno es libre de ir o no ir. Mejor que la gente no caiga en la tentación. En cambio, Dios nos ha creado libres y la mar de débiles, expuestos a las tentaciones. ¿Es un regalo? Es como si yo te tirara por esa cuesta y te dijera tú tranquilo, que tienes la libertad de agarrarte a una mata y volver a subir, o de dejarte rodar hasta que te quedes como la carne picada que comen en Alba. Tú podrías decirme: ¿pero por qué me has tirado si estaba tan bien aquí? Y yo te contesto: para ver si eras bueno. Menuda broma. Tú no querías probarme que eras bueno, te conformabas con no caerte.

—Ahora me estás confundiendo. ¿Cuál es tu idea, entonces?

—Es sencillo, sólo que nadie lo ha pensado todavía. Dios es malo. ¿Por qué los curas te dicen que Dios es bueno? Porque nos ha creado. Pero precisamente ésa es la prueba de que es malo. Dios no tiene el Mal como nosotros tenemos un mal día. Dios es el Mal. Quizá, puesto que es eterno, no era malo hace millones y millones de años. Se ha ido volviendo malo, como esos niños que en verano se aburren y empiezan a arrancarles las alas a las moscas, para pasar el rato. Si piensas que Dios es malo, todo el problema del Mal se vuelve clarísimo.

—¿Todos malos, entonces?, ¿también Jesús?

—¡Ah, no! Jesús es la única prueba de que por lo menos nosotros los hombres sabemos ser buenos. La verdad, no estoy seguro de que Jesús fuera el hijo de Dios, porque no logro explicarme francamente cómo pudo nacer semejante trozo de pan de un padre tan malo. No estoy ni siquiera seguro de que Jesús existiera de verdad. Quizá lo inventamos nosotros, pero precisamente éste es el milagro, que se nos haya ocurrido una idea tan bonita. O quizá existió, era el mejor de todos, y decía que era hijo de Dios por su buen corazón, para convencernos de que Dios era bueno. Pero si te lees bien el Evangelio, te percatas de que también él, al final, se había dado cuenta de que Dios era malo: se asusta en el huerto de los olivos y pide que aleje de él ese cáliz, pero, tate, Dios no lo escucha; grita en la cruz padre mío por qué me has abandonado y, tate, Dios estaba mirando hacia el otro lado. Claro que Jesús nos ha enseñado qué puede hacer un hombre para enderezar la maldad de Dios. Si Dios es malo, intentemos ser buenos por lo menos nosotros, intentemos perdonarnos los unos a los otros, no hacernos daño, curar a los enfermos y no vengarnos de las ofensas. Ayudémonos entre nosotros, dado que ése no nos ayuda. ¿Entiendes lo grande que fue la idea de Jesús? Y lo que se fastidiaría Dios. Jesús ha sido el único verdadero enemigo de Dios, dónde queda el Diablo; Jesús es el único amigo que tenemos nosotros, pobres hijos de Dios.

—No serás un hereje, como esos que quemaron...

—Yo soy el único que ha entendido la verdad, sólo que para que no me quemen no puedo ir diciéndola a troche y moche, y te la he contado sólo a ti. Jura que no se lo dirás a nadie.

—Lo juro. —Y crucé los dedos sobre los labios—. *Crusìn, crusùn*.

Me había dado cuenta de que Gragnola llevaba siempre, debajo de la camisa, una bolsita larga de cuero, colgada del cuello.

—¿Qué es, Gragnola?

—Un bisturí.

—¿Estudiabas para médico?

—Yo estudiaba filosofía. El bisturí me lo regaló el médico de mi regimiento en Grecia, antes de irse a criar malvas. «A mí ya no me sirve», me dijo, «la tripa me la ha abierto esa granada. Me serviría más bien un estuche como los de las mujeres, con aguja e hilo. Este agujero ya no se puede coser. Quédate con este bisturí mío, de recuerdo.» Y yo lo llevo siempre conmigo.

—¿Por qué?

—Porque soy un cobarde. Con lo que hago y con lo que sé, si las SS o las Brigadas Negras un día me cogen, me torturan, y yo hablo, porque el dolor me da miedo. Y mando al paredón a mis compañeros. Conque, si me cogen, me corto la garganta con el bisturí. No duele nada, es un segundo, sguiss. Así los jodo a todos: a los fascistas, que no consiguen averiguar nada; a los curas, porque me suicido y es un pecado, y a Dios, porque me muero cuando quiero yo y no cuando lo decide él. Premio.

Los discursos de Gragnola me ponían triste. No porque estuviera seguro de que eran malos, sino porque temía que fueran buenos. Había tenido la tentación de hablarlo con el abuelo, pero no sabía cómo se tomaría el asunto. A lo mejor, él y Gragnola no se entendían, aunque eran antifascistas los dos. El abuelo había resuelto su cuestión con el Merlo, y con el Duce, de forma festiva. El abuelo había salvado a esos cuatro chicos en la Capilla, se había burlado de las Brigadas Negras y punto. No era de misa, pero eso no quería decir que fuera ateo; si no, no pondría el belén. Si creía en Dios, era un Dios alegre, que tenía que haber soltado una buena carcajada al ver al tal Merlo intentando vomitar el alma. El abuelo le había ahorrado a Dios la pena de mandar a Merlo al infierno; seguramente después de todo ese aceite lo enviaría sólo al purgatorio, para permitirle que descargara en paz. Gragnola, en cambio, vivía en un mundo entristecido por un Dios malo, y lo había visto sonreír con cierta ternura sólo cuando me hablaba de Sócrates y de Jesús. Dos a los que, en definitiva, se los habían cargado, así es que no veía yo dónde estaba la gracia.

Con todo, no era malo, quería a la gente que le rodeaba. Sólo estaba enfadado con Dios, y tenía que ser un gran esfuerzo, porque era como tirarle piedras a un rinoceronte, que ni se da cuenta y sigue haciendo sus cosas de rinoceronte, mientras tú te pones colorado por la rabia y te da un ataque.

¿Cuándo fue que mis compañeros y yo empezamos el Gran Juego? En un mundo donde todos se disparaban los unos a los otros, nos hacía falta un enemigo. Y elegimos a los de San Martino, la aldea sobre el pico que se hundía en el Vallone.

El Vallone era aún peor de como me lo describía Amalia. No se podía subir de ninguna manera —no digamos bajar— porque a cada paso se ponía el pie en falso. Donde no había una zarza, la tierra se desmoronaba; veías un bosquecillo de acacias o una mata de moras y justo en medio se abría un agujero; creías que tomabas una senda, y era una pequeña torrentera nacida al azar, tras diez pasos empezabas a resbalar, te precipitabas por el borde y rodabas por lo menos veinte metros. Si llegabas vivo al fondo, porque no te habías partido los huesos, los espinos te habían sacado los ojos. Y encima se decía que había víboras.

Los de San Martino tenían un miedo cerval del Vallone, también por lo de las mascas; gente que se había metido a san Antonino en casa, una momia que parecía surgida de los infiernos para hacer que se les cuajase la leche a las recién paridas, creía en las mascas. Eran unos enemigos ideales, porque para nosotros eran todos fascistas. En realidad no lo eran, era que dos hermanos que vivían allí se habían ido con las Brigadas Negras, y en el pueblo se habían quedado los dos hermanos menores, que eran los jefes de la banda de allá arriba. El caso es que el pueblo tenía cariño a esos hijos suyos que estaban en la guerra, y de la gente de San Martino, se murmuraba en Solara, no hay que fiarse.

Fascistas o no, nosotros decíamos que los chicos de San Martino eran malos como raposas. Es que si vives en un lugar maldito como San Martino tienes que buscarte la vida, para sentirte vivo. Para ir al colegio tenían que bajar a Solara, y los del pueblo los mirábamos como si fueran gitanos. Muchos de nosotros nos llevábamos la merienda, pan y mermelada para el recreo, y a ellos ya era mucho si les habían dado una manzana con gusano. En definitiva, algo teníamos que hacer, que más de una vez nos habían metido una buena pedrea cuando estábamos en la puerta del Oratorio. Había que hacérselas pagar. Así que teníamos que subir hasta San Martino y atacarles mientras jugaban al balón en la plaza de la iglesia.

Lo malo es que a San Martino se llegaba sólo por esa carretera empinada, sin curvas, y desde la plaza de la iglesia se veía si alguien estaba subiendo. Así no podríamos cogerlos nunca por sorpresa. Hasta que Durante, que era un campesino con la cabeza grande y más negro que un abisinio, dijo que podíamos cogerlos si íbamos por el Vallone.

Para subir por el Vallone había que entrenarse. Tardamos toda una temporada; el primer día probabas diez metros, memorizabas cada paso y cada recoveco, intentabas bajar poniendo los pies donde los habías colocado subiendo, y al día siguiente te ejercitabas con los siguientes diez metros. Desde San Martino no se podía ver quién subía, y teníamos todo el tiempo que queríamos. No había que improvisar, teníamos que llegar a ser como esos animales que en el Vallone se movían como Pedro por su casa, culebras y lagartos.

Dos de nosotros se ganaron un esguince, uno a punto a punto estuvo de matarse y se despellejó las palmas de las manos para frenar la caída, pero al final éramos los únicos en el mundo que sabíamos cómo se subía por el Vallone. Una tarde nos arriesgamos, escalamos durante una hora o más, tanto que al final llegamos sin resuello, pero emergimos de un bosquecillo de espinos justo en la base de San Martino, donde entre las casas y el precipicio había un caminito defendido por un murete, para que los habitantes no se cayeran al pasar por allí de noche. Y precisamente donde desembocaba nuestro recorrido el murete tenía una grieta, una brecha, y se podía pasar por ella. Ante esa abertura se abría una callejuela donde estaba la puerta de la casa parroquial, y al final de la callejuela se llegaba justo a la plaza de la iglesia.

Irrumpimos en la plaza cuando los otros estaban jugando a la gallinita ciega. Un buen golpe: uno no veía y los otros brincaban de aquí para allá, ocupados en esquivarlo. Lanzamos nuestras municiones: a uno le dimos justo en la frente, y los demás se escaparon a la iglesia pidiendo ayuda al párroco. De momento podía bastar; así pues, fuera por la callejuela hasta la brecha y abajo por el Vallone. El párroco consiguió a duras penas ver nuestras cabezas mientras desaparecíamos entre los arbustos y nos lanzó terribles amenazas, mientras Durante le gritaba «¡Toma!», golpeando la mano izquierda en el brazo derecho.

Los de San Martino se espabilaron. Cuando entendieron que subíamos por el Vallone, pusieron centinelas en la brecha. Es verdad que se podía llegar casi hasta debajo del murete sin que se dieran cuenta, pero sólo casi: los últimos metros estaban al descubierto, entre espinos muy bajos que entorpecían el camino, y el centinela tenía tiempo de dar la alarma. Los de San Martino habían preparado en el fondo de la callejuela bolas de fango secadas al sol, y nos las tiraban desde arriba antes de que pudiéramos ganar el caminito.

Era una pena habernos esforzado tanto para aprender cómo se subía por el Vallone para tener que abandonarlo todo. Hasta que Durante dijo: «Aprendamos a subir con niebla».

Como empezaba el otoño, en aquellos lugares teníamos toda la niebla que queríamos. Los días de niebla, si era de la buena, Solara desaparecía debajo, desaparecía también la casa del abuelo, y apenas apenas sobresalía de todo ese gris el campanario de San Martino. De hallarse en el campanario, uno podía pensar que estaba en un dirigible por encima de las nubes.

En casos como ésos habríamos podido llegar al murete, donde la niebla se esfumaba, y los otros no podían pasarse todo el día mirando a la nada, sobre todo cuando caía la oscuridad. Pero, cuando se empecinaba, la niebla superaba también el murete e invadía la plaza de la iglesia.

Aprender a subir por el Vallone con niebla era distinto que subir con sol. Tenías que aprendértelo todo de memoria, saber decir aquí está la piedra tal, cuidado allí, que empieza un espinar denso denso, cinco pasos (cinco, no cuatro o seis) más a la derecha la tierra se desmorona que es un contento, cuando llegues a la roca grande justo a tu izquierda empieza la falsa senda y si vas por allí te caes al precipicio. Etcétera.

Así es que hacíamos exploraciones en los días claros y luego, durante una semana, nos entrenábamos para repetir de memoria los pasos que había que dar. Yo había intentado dibujar un mapa, como en los libros de aventuras, pero la mitad de mis amigos no sabían cómo se lee un mapa. Peor para ellos, yo me lo había grabado en la cabeza, y por el Vallone podía ir con los ojos cerrados; ir una noche de niebla era casi lo mismo.

Cuando todos hubimos aprendido el camino, seguimos ejercitándonos durante algunos días, en la niebla densa, después del ocaso, para ver si conseguíamos ganar el murete cuando los otros todavía no se habían ido a cenar.

Tras muchas pruebas, intentamos la primera expedición. Cómo conseguimos llegar hasta arriba no lo sé, pero llegamos, justo mientras los otros, en la plaza, aún libre de los vapores, miraban las musarañas; porque en un sitio como San Martino o estás en la plaza sin hacer nada o te vas a la cama tras comerte tus sopas de pan duro y leche.

Llegamos a la plaza, les acribillamos como Dios manda, se las cantamos claras mientras se refugiaban en las casas, y nos volvimos abajo. Bajar era peor que subir, porque si te resbalas subiendo aún puedes agarrarte a un arbusto, pero al bajar vas vendido, y antes de pararte tienes las piernas llenas de sangre y los pantalones rotos para siempre. Pero llegamos, victoriosos y triunfantes.

A partir de entonces aventuramos otras incursiones, y los de arriba no podían poner centinelas también de noche, porque la mayor parte de ellos tenía miedo de la oscuridad, por lo de las mascas. Nosotros éramos del Oratorio y las mascas no nos importaban nada, porque sabíamos que bastaba con decir medio avemaría y las mascas se quedaban como paralizadas. Así que seguimos unos meses más. Después nos cansamos: subir no era ya un reto, sabíamos hacerlo hiciera el tiempo que hiciera.

Nadie en casa supo nunca la historia del Vallone; si no, me habría llevado una buena tanda de coscorrones, y las veces que habíamos subido con la oscuridad dije que bajaba al Oratorio para los ensayos de la comedia. En el Oratorio, en cambio, lo sabían todos, y nosotros nos pavoneábamos porque éramos los únicos de todo el pueblo que le habíamos tomado confianza al Vallone.

Eran las doce de la mañana de un domingo. Algo pasaba, todos se habían dado cuenta: llegaron a Solara dos camiones alemanes, registraron todo el pueblo, luego se fueron hacia la carretera en dirección a San Martino.

Había bajado una gran niebla de buena mañana, y la niebla de día es peor que de noche, porque hay luz y te tienes que mover como si estuviera oscuro. No se oía ni siquiera el tañido de las campanas, como si ese gris hiciera de silenciador. También las voces de los gorrioncillos ateridos entre las ramas de los árboles llegaban como a través de algodones. Había que celebrar el funeral de no sé quién, y los del coche fúnebre no querían adentrarse por la carretera hacia el cementerio y el sepulturero había mandado decir que ese día él no enterraba a nadie, porque se podría equivocar al bajar la caja y se caería él, en la fosa.

Dos del pueblo habían ido tras los alemanes para averiguar qué querían; los vieron llegar a duras penas hasta el principio de la cuesta de San Martino, con los faros encendidos que se veían a menos de un metro, y luego los vieron detenerse, sin atreverse a seguir. Desde luego no con los camiones, porque no sabían qué había a los lados de ese reventadero y no querían ir a parar a ningún precipicio; tal vez creían que había curvas traicioneras. Pero tampoco a pie se aventuraban, porque no conocían el lugar. Sin embargo, alguien les había explicado que a San Martino se podía subir sólo por esa carretera y que con esa niebla nadie conseguía bajar por otras partes, a causa del Vallone. Entonces colocaron unos caballetes al principio de la cuesta y ahí estaban con los faros encendidos y las armas apuntadas, para impedir que nadie pasara, mientras uno de ellos con un teléfono de campo gritaba, quizá pidiendo refuerzos. Los que habían espiado oyeron repetir muchas veces *volsunde, volsunde*. Gragnola explicó inmediatamente que sin duda pedían *Wolfshunde*, es decir, perros lobo.

Mientras los alemanes estaban allí, hacia las cuatro de la tarde, cuando todo seguía gris espeso pero claro, divisaron a alguien que bajaba, en bicicleta. Era el párroco de San Martino, que hacía ese camino desde hacía quién sabe cuántos años y sabía bajar frenando incluso con los pies. Al ver a un cura los alemanes no dispararon porque, como sabríamos más tarde, no buscaban a curas sino a unos cosacos. El párroco les explicó, más que nada con gestos, que había uno que se estaba muriendo en un caserío cerca de Solara y quería los santos óleos (mostraba todo lo necesario en una bolsa colgada del manillar), y los alemanes se fiaron. Lo dejaron pasar y el párroco se llegó al Oratorio para parlotear con el padre Cognasso.

El padre Cognasso no era de los que hacían política, pero sabía quién y cómo, y sin casi hablar le dijo que contara lo que tenía que contar a Gragnola y compañeros, porque él en esos asuntos no quería y no podía meterse.

Se formó inmediatamente un grupo de jóvenes alrededor de la mesa de las partidas de escoba; yo me entremetí detrás de los últimos, quedándome un poco agazapado para que no repararan en mí. Y escuchaba el relato del párroco.

Con las tropas alemanas había un destacamento de cosacos. Muchos de nosotros no lo sabíamos, pero Gragnola estaba al tanto. Los habían hecho prisioneros en el frente ruso, pero por alguna razón esos cosacos estaban contra Stalin, por lo que muchos se dejaron convencer para alistarse como milicias auxiliares (por dinero, por odio hacia los soviéticos, para no pudrirse en un campo de prisioneros o incluso para poder dejar, con carros, caballos y familia, el paraíso soviético). La mayor parte combatía en las regiones orientales de los Alpes, como en Carnia, donde eran muy temidos porque eran duros y feroces. Pero había una división Turquestán también en la zona de Pavía, y la gente los llamaba los mongoles. Ex prisioneros rusos, aunque no precisamente cosacos, los había también en Piamonte, con los partisanos.

Ahora bien, ya todos sabían cómo acabaría la guerra, y además los ocho cosacos de los que se hablaba eran gente con sus principios religiosos. Tras haber visto quemar dos o tres pueblos y ahorcar a algunas docenas de pobre gente, y, más aún, después de que fusilaran a dos de ellos porque se negaron a disparar contra viejos y niños, se dijeron que con las SS no podían seguir.

—No sólo eso —explicaba Gragnola—, es que si los alemanes pierden la guerra, y ya la han perdido, ¿qué harán los americanos y los ingleses? Capturar a los cosacos y devolvérselos a los rusos, puesto que son aliados. En Rusia, ésos están *kaputt*. Así es que intentan pasarse al bando de los aliados para que después de la guerra les den asilo en alguna parte, fuera de las garras de ese fascista de Stalin.

—En efecto —decía el párroco—, esos ocho han oído hablar de los partisanos, que combaten con los ingleses y los americanos, e intentan alcanzarlos. Tienen sus ideas y se han informado bien: no quieren ir con los garibaldinos, sino con los badoglianos.

Habían desertado no sé dónde y se habían dirigido hacia Solara porque alguien les había dicho que los badoglianos estaban por aquí. Recorrieron kilómetros y kilómetros a pie, lejos de las carreteras, moviéndose sólo de noche, por lo que habían tardado el doble, pero las SS les pisaban los talones y era un milagro que hubieran conseguido llegar hasta Solara, mendigando comida en algún caserío, siempre a punto de toparse con gente que podía delatarlos, haciéndose entender como podían porque todos chapurreaban un poco de alemán pero sólo uno sabía italiano.

Cuando se percataron de que las SS los habían localizado e iban a darles alcance (el día anterior), subieron a San Martino diciéndose que allí podrían resistir durante algunos días a un batallón, y que al fin y al cabo lo mejor era morir como valientes. Además, alguien les había dicho que allí estaba un tal Talino, que conocía a otros que podían ayudarlos. Eran ya una banda de desesperados. A San Martino llegaron de noche y se encontraron con el Talino, que les dijo que allá arriba había una familia de fascistas, y en una aldea de pocas casas las cosas se saben enseguida. Lo único que se le ocurrió al Talino fue que se refugiaran en la casa parroquial. El párroco los acogió, no por razones políticas, y tampoco por puro buen corazón, sino porque había entendido que dejarlos vagabundear por ahí era peor que esconderlos. Claro que no los podía esconder durante mucho tiempo. No tenía bastante comida para ocho personas y estaba amarillo de miedo porque, si llegaban los alemanes, no tardaban nada en registrar todas las casas, casa parroquial incluida.

—Muchachos, un poco de comprensión —decía el párroco—, habéis leído también vosotros la ordenanza de Kesselring, la han colgado por todas partes. Si los encuentran allá arriba, quemarán el pueblo, y si ésos por desgracia disparan, nos matarán a todos.

Lamentablemente la ordenanza del mariscal de campo Kesselring la habíamos visto también nosotros, e incluso sin ordenanza se sabía que las SS no se andaban con sutilezas, y ya habían quemado bastantes pueblos.

—¿Y entonces? —preguntó Gragnola.

—Entonces, dada la niebla que por gracia de Dios nos ha caído encima, dado que los alemanes no conocen la zona, alguien de Solara tiene que subir a recoger a esos benditos cosacos, bajarlos y llevárselos a los badoglianos.

—¿Y por qué los de Solara?

—In primis, para ser francos, porque si hablo con uno de San Martino enseguida corre la voz y, en estos tiempos, cuantas menos voces corran, mejor. In secundis, porque los alemanes vigilan la carretera y por ahí no se puede pasar. Así que no queda más remedio que ir por el Vallone.

Habiendo dirigido su conocida proclama a los italianos, y tras haber impartido a sus tropas las órdenes pertinentes, el Mariscal de Campo Kesselring hace saber que:

1. Se ha dado inicio de forma inmediata y enérgica a la acción contra las bandas armadas de rebeldes, contra los saboteadores y los criminales que con su obra perniciosa atentan contra el curso de la guerra y turban el orden y la seguridad pública.

2. En aquellas localidades donde resulten existir bandas armadas se constituirá un porcentaje de rehenes y se pasará por las armas a los mencionados rehenes cada vez que en las localidades mismas se produzcan actos de sabotaje.

3. Se llevarán a cabo acciones de represalia llegando a quemar si procede las casas situadas en las zonas donde se hayan disparado armas de fuego contra divisiones o soldados alemanes.

4. Se ahorcará en las plazas públicas a todos los individuos que se consideren responsables de homicidios o a los jefes de bandas armadas.

5. Se responsabilizará a los habitantes de los pueblos donde se produzcan interrupciones de líneas telegráficas o telefónicas además de otros actos de sabotaje relativos a la circulación (como el vertido de escorias de cristal, clavos u otros en el firme de las carreteras, los daños causados a puentes o la obstrucción de carreteras).

Mariscal de Campo KESSELRING

Al oír mencionar el Vallone todos dijeron que menuda locura, con la niebla que hay, y que lo arregle el tal Talino, y cosas por el estilo. Pero el maldito párroco, tras haber recordado que el tal Talino tenía ochenta años y no bajaba de San Martino ni siquiera cuando hacía sol, añadió (y yo digo que era para vengarse de los sustos que le habíamos dado los chicos del Oratorio):

—Los únicos que saben ir por el Vallone, aun con niebla, son vuestros muchachos. Puesto que han aprendido esa diablura para hacer barrabasadas, que por una vez saquen provecho de su talento. Tenéis que bajar a los cosacos con la ayuda de vuestros muchachos.

—Cristo bendito —dijo Gragnola—, aun admitiendo semejante barbaridad, cuando luego estén abajo, ¿qué hacemos, nos los metemos en Solara para que el lunes por la mañana los encuentren aquí y no en San Martino, que así nos queman el pueblo a nosotros?

En el grupo estaban Stivulu y el Gigio, los dos que habían ido con el abuelo y Masulu a darle el aceite de ricino al Merlo, y se ve que también ellos tenían relación con los de la resistencia.

—Calma —dijo Stivulu, que era el más despierto—, los badoglianos en este momento están en Orbegno, y allá no han llegado nunca ni SS ni Brigadas Negras, porque están arriba y pueden controlar todo el valle con sus ametralladoras inglesas, que son un bombazo. De aquí a Orbegno, incluso con niebla, uno como el Gigio que sabe el camino, y con el camión del Bercelli, que le ha puesto aposta los faros antiniebla, llega en dos horas. Pongamos tres, porque ya está anocheciendo. Ahora son las cinco, el Gigio está allá a las ocho, los avisa, los de arriba bajan un poco y esperan en el cruce de Vignoletta. Luego el camión vuelve aquí sobre las diez, pongamos las once, y se esconde en el bosquecillo que está al pie del Vallone, allí donde está la capilla de la Virgen. Algunos de nosotros, después de las once, subimos por el Vallone, recogemos a los cosacos de la casa parroquial, los bajamos, los subimos al camión y antes del amanecer están ya con los badoglianos.

—¿Y nosotros nos pegamos semejante tute jugándonos el pellejo por ocho mamelucos o calmucos o mongólicos, lo que sean, que estaban con las SS hasta ayer? —preguntó un pelirrojo que creo se llamaba Migliavacca.

—Oye, tú, éstos han cambiado de idea —dijo Gragnola—, y está muy bien, pero es que además son ocho buenos mozos que saben disparar, así que sirven; dejémonos de chorradas.

—Les sirven a los badoglianos —replicó Migliavacca.

—Badoglianos o garibaldinos, son todos combatientes por la libertad y, como se ha dicho siempre, las cuentas se ajustan después, no antes. Tenemos que salvar a los cosacos.

—Tienes razón. Que además son ciudadanos soviéticos y por lo tanto de la gran patria del socialismo. —Lo dijo un tal Martinengo, que no había entendido muy bien todo ese cambiar de chaqueta. Pero eran meses en los que pasaba de todo, como la historia de Gino, que era de las Brigadas Negras, y de los más fanáticos, luego se escapó para reunirse con los partisanos y se dejó ver por Solara con el pañuelo rojo pero, como era un insensato, bajó al pueblo cuando no debía, por una chica, las Brigadas Negras lo cogieron y lo fusilaron en Asti una mañana al alba.

—En fin, se puede hacer —dijo Gragnola.

—Pues hay un problema —dijo el Migliavacca—. Ya lo ha dicho el reverendo, subir por el Vallone es algo que sólo saben hacer los chicos, y yo no metería en un asunto tan delicado a un chico. Aparte del sentido común, es fácil que luego vayan contándolo por ahí.

—No —dijo el Stivulu—. A ver, aquí está el Yambo, que no os habéis dado cuenta y ya lo ha oído todo. Si su abuelo se entera de que digo lo que estoy diciendo, me mata, pero el Yambo se mueve por el Vallone como Pedro por su casa y es un chico no sólo juicioso, sino también de los que no hablan, pongo la mano en el fuego; además, en su familia piensan como nosotros, así que riesgos no hay.

A mí me entraron sudores fríos y empecé a decir que era tarde y me esperaban en casa.

El Gragnola me llevó aparte y me dijo un montón de cosas bonitas. Que era por la libertad y para salvar a ocho pobres desgraciados, que también a mi edad se podía ser héroe, que al fin y al cabo por el Vallone había ido muchísimas veces y que ésta no sería distinta, salvo que había que cargar con ocho cosacos, teniendo cuidado de no perderlos por el camino, que en resumidas cuentas los alemanes estaban allá abajo, al pie de la cuesta, como unos badulaques y que el Vallone no sabían ni siquiera dónde estaba, que él venía conmigo, él, que estaba enfermo, pero ante el deber uno no se echa atrás, que no íbamos a las once sino a las doce, cuando en casa ya todos dormían y yo podía escabullirme sin que lo notaran y a la mañana siguiente me veían en la cama como si nada. Y venga a hipnotizarme de este modo.

Al final dije que sí. En el fondo era una aventura que más tarde podría contar, una cosa de partisano, un golpe tal que Gordon en la selva de Arboria se quedaba chico. Y Tremal-Naik en la Jungla Negra también, por no hablar de Tom Sawyer en la caverna misteriosa. Vamos, que la Patrulla del Marfil por semejantes junglas no se había aventurado nunca. Sería mi momento de gloria y era por la Patria, la justa, no la equivocada. Y sin ir por ahí pavoneándome con bandoleras y Sten, sin armas, a puñetazo limpio como Dick Fulmine. Resultaba que todo lo que había leído iba a servirme. Si luego tenía que morir, por fin vería las briznas de hierba como palos.

Sin embargo, como era un chico juicioso, aclaré enseguida las cosas con Gragnola. Él decía que al cargar con ocho cosacos se corría el riesgo de perderlos por el camino, de modo que necesitábamos una cuerda bien larga para atarnos como hacen los alpinistas, así uno seguía al otro incluso sin ver por dónde iba. Yo le decía que no, que si hay una cordada y el último se cae, arrastra a todos los demás. No, había que llevar diez trozos de cuerda: cada uno sujetaba bien tanto el cabo de la cuerda del de delante como el cabo del de detrás, así por lo menos si notabas que el otro se caía, soltabas enseguida tu cabo, porque mejor uno solo que todos. Tú eres listo, decía Gragnola.

Le pregunté excitado si él iría armado y me dijo que no, primero porque él no podría hacerle daño a una mosca, luego porque, Dios no lo quisiera, si había un enfrentamiento, las armas las tenían los cosacos y, para acabar, si por maldita casualidad lo cogían, él estaba desarmado y a lo mejor así evitaba que lo mandaran al paredón enseguida.

Fuimos a decirle al párroco que estábamos de acuerdo, que tuviera preparados a los cosacos para la una de la madrugada.

Hacia las siete volví a casa a cenar. La cita era para las doce en la pequeña capilla de la Virgen; para llegar se necesitaban tres cuartos de hora a buen paso.

—¿Tienes reloj, tú? —había preguntado Gragnola.

—No, pero a las once, cuando todos se acuestan, yo me coloco en el comedor donde está el reloj de péndulo.

Cena en casa con una fogata en la cabeza, sobremesa fingiendo escuchar la radio y mirar los sellos. Lo malo es que estaba también papá, porque con esa niebla no se atrevía a volver a la ciudad, y esperaba poder salir la mañana siguiente. Pero se acostó muy pronto, y mamá con él. ¿Seguían haciendo al amor mis padres en aquella época, después de haber superado los cuarenta? Esto me lo pregunto ahora. La sexualidad de tu padre y de tu madre creo que es un misterio para todos, y la escena primaria es una invención de Freud. Imagínate tú si se dejaban ver. Pero recuerdo una conversación de mi madre con algunas amigas, al principio de la guerra, cuando ella debía de haber pasado hacía poco los cuarenta (la había oído pronunciar con forzado optimismo «en el fondo, la vida empieza a los cuarenta años»): «Ah, mi Duilio en sus tiempos cumplió...». ¿Cuándo? Hasta el nacimiento de Ada? ¿Y después mis padres dejaron de copular? «Vete tú a saber a qué se de-

dica Duilio solo en la ciudad, con la secretaria de su empresa»,
bromeaba a veces mi madre en casa con el abuelo. Pero lo decía
de broma. Mi pobre padre, ¿habrá estrechado entre sus manos la
mano de alguien durante los bombardeos, para darse ánimos?

A las once, la casa sumida en el silencio, yo estaba en el comedor, a oscuras. De vez en cuando encendía una cerilla para mirar el reloj. A las once y cuarto salí a hurtadillas y me dirigí en medio de la niebla hacia la capilla de la Virgen.

Me entra miedo. ¿Ahora o entonces? Veo imágenes que no guardan relación. Quizá eran de verdad las mascas. Me esperaban detrás de un atisbo de bosque, que en la niebla no podía ver: estaban
ahí, primero insinuantes (¿quién ha dicho que se aparecían como
viejas desdentadas? A lo mejor tenían hasta una raya en la falda),
luego me apuntarían con sus metralletas y me disolverían en una
sinfonía de agujeros rojizos. Veo imágenes que no guardan relación...

Gragnola ya está ahí, y se queja de que me he retrasado. Me doy
cuenta de que está temblando. Yo no. Yo ahora estoy en mi salsa.

Gragnola me pasa un cabo de la cuerda y emprendemos la subida por el Vallone.

Yo tenía el mapa en la cabeza, pero a cada paso Gragnola decía
santodiós que me caigo, y yo lo tranquilizaba. Era el jefe. Sabía
perfectamente cómo moverme por la jungla si en las inmediacio-
nes están los *tughs* de Suyodhana. Movía los pies como si siguiera
una partitura, creo que es lo que hace un pianista —con las manos, digo, no con los pies—, y no me equivocaba ni un paso. Pero
él, aunque me siguiera, tropezaba a menudo. Tosía. Tenía que
darme la vuelta y tirarle de la mano. La niebla era espesa, pero si
nos manteníamos a medio metro el uno del otro podíamos vernos.
Tiraba de la cuerda y Gragnola emergía de vapores que, de lo es-

pesos que eran, se habían enrarecido de golpe, y se me aparecía de repente, como un Lázaro que se liberaba de su sudario.

La cuesta ha durado una hora larga, pero estamos en el promedio. Le había recomendado a Gragnola sólo que estuviera atento cuando llegáramos a la roca. Si en lugar de rodearla y tomar el camino recto se equivocaba yendo a la izquierda, porque se notaban guijarros bajo los pies, iría a parar al precipicio.

Hemos llegado arriba, al paso del murete, y también San Martino es una sola cosa invisible. Vamos rectos, le he dicho, y emboquemos la callejuela. Cuenta al menos veinte pasos y estamos ante la puerta de la casa parroquial.

Llamamos a la puerta, según lo acordado, tres golpes, luego una pausa, luego otros tres golpes. Viene a abrirnos el párroco, de un pálido polvoriento como las clemátides a lo largo de una carretera en verano. Los ocho cosacos están ahí, armados como bandoleros y asustados como niños. Gragnola se ha dirigido al que sabía italiano. Lo habla bastante bien, aunque tiene un acento extravagante; Gragnola, como hace la gente con los extranjeros, le habla en infinitivo.

—Tú ir delante de los tuyos y seguir niño y yo. Tú decir a los tuyos qué yo decir y ellos hacer lo que yo decir. ¿Tú entender?

—Entiendo, entiendo. Estamos listos.

El párroco, que se cisca de miedo, nos ha abierto la puerta y nos ha hecho salir a la callejuela. Justo en ese momento se han oído a lo lejos, allí donde la carretera entra en el pueblo, unas voces teutónicas y un gañir de perros.

—Diosfalso —ha dicho Gragnola, y el párroco ni se ha dado cuenta—. Los teutones han conseguido subir, tienen los perros y a ésos la niebla se la suda, porque van a olfato. ¿Qué jodida miseria hacemos ahora?

El jefe de los cosacos dice:

—Yo sé cómo hacen. Un perro lobo cada cinco de ellos. Nosotros vamos igual, a lo mejor encontramos los que no tienen perro.

—*Rien ne va plus* —dice Gragnola, que era instruido—. Ir despacio. Vosotros disparar sólo si yo decir. Preparar pañuelos o trapos, y otras cuerdas. —Luego me explica a mí—: Vamos por la callejuela y nos paramos en la esquina. Si no hay nadie, en un salto estamos en el murete, y adelante. Si llega alguien y va con los perros, nos dan por culo. A lo peor les disparamos a ellos y a los perros, pero depende de cuántos son. En cambio, si van sin perros, los dejamos pasar, nos acercamos por detrás, los atamos y les metemos unos trapos en la boca, para que no griten.

—¿Y los dejamos ahí?

—Ah, bien pensado. No. Nos los llevamos al Vallone, no hay otro remedio.

Le ha explicado el plan deprisa al cosaco y éste se lo ha repetido a los suyos. El párroco nos ha dado unos trapos y unos cordones de los paramentos sacros. Iros, iros, decía, y que Dios os proteja.

Nos hemos adentrado en la callejuela. Desde la esquina se oyen las voces de los alemanes, que llegan de la izquierda, pero no se oyen ladridos ni aullidos de perros.

Nos pegamos a la esquina. Oímos a dos que se acercan hablando entre ellos, probablemente maldiciendo porque no consiguen ver dónde van a parar.

—Son sólo dos —ha explicado Gragnola por señas—. Los dejamos pasar y luego nos echamos encima.

Los dos alemanes, a quienes habían mandado a reconocer esa parte mientras los demás hacían que los perros dieran vueltas por la plaza, se nos aproximan casi a tientas con los fusiles apuntados, pero no ven ni siquiera la esquina de la callejuela y pasan de largo. Los cosacos se abalanzan sobre esas dos sombras y demuestran que saben hacer su trabajo. Al cabo de un segundo los dos están en el suelo con un trapo en la boca, bien sujeto cada uno por dos de estos energúmenos, mientras un tercero les ata las manos detrás de la espalda.

—Ya está —dice Gragnola—. Ahora tú, Yambo, tira sus fusiles más allá del murete, y vosotros empujar alemanes detrás de nosotros dos, abajo por donde nosotros ir.

Yo estaba aterrorizado, pero ahora el jefe era Gragnola. Pasar el murete fue fácil, Gragnola distribuyó las cuerdas. El problema era que, excepto el primero y el último, cada uno debía tener las dos manos ocupadas, una para la cuerda de delante y otra para la de detrás. Pero si tienes que empujar a dos alemanes atados no puedes sujetar tu cuerda, así que los primeros diez pasos el grupo avanzó a trompicones, hasta que entramos en los primeros zarzales. Entonces Gragnola intentó reorganizar la cordada, los dos que tiraban de los alemanes ataron sendas cuerdas al cinturón de los prisioneros y los dos que los empujaban los sujetaban por el cuello con la derecha y con la izquierda agarraban la cuerda del compañero que iba detrás. Sin embargo, en cuanto pretendimos volver a movernos, uno de los alemanes tropezó, se cayó encima del guardia que lo precedía y arrastró al que lo sujetaba por detrás, y la cadena se rompió. Los cosacos susurraban entre dientes cosas que en su casa debían de ser blasfemias, pero tenían el buen sentido de hacerlo sin gritar.

Un alemán, tras la primera caída, intentó levantarse y alejarse del grupo, dos cosacos se pusieron a perseguirle a tientas y a punto estuvieron de perderlo, si no fuera porque el alemán no sabía dónde poner las botas y, tras unos pocos pasos, resbaló de bruces y lo cazaron. En la barahúnda se le cayó el casco. El jefe de los cosacos dio a entender que no debíamos dejarlo allí, porque si llegaban los perros seguirían el olor y nos encontrarían olfateando. Sólo entonces nos dimos cuenta de que el segundo alemán llevaba la cabeza descubierta.

—Diostanqueta —murmuró Gragnola—, el casco se le ha caído cuando los hemos cogido en la callejuela, ¡como lleguen allá con los perros, tendrán una pista!

Nada que hacer. En efecto, habíamos recorrido unos cuantos metros más cuando arriba se oyeron voces y los ladridos de los perros.

—Han llegado a la callejuela, los animales han olfateado el casco y les están diciendo que hemos venido por aquí. Calma y culo prieto. Primero, tienen que localizar la abertura y, si no lo sabes, no es fácil. Segundo, tienen que bajar. Si los perros no se fían y van despacio, van despacio también ellos. Si los perros van deprisa, los alemanes no consiguen seguir el ritmo y besan el suelo con el culo. Ellos no te tienen a ti. Yambo, vamos, adelante, lo más deprisa que puedas, ánimo.

—Yo lo intento, pero tengo miedo

—Tú no tienes miedo, sólo estás nervioso. Venga, tómate un buen respiro y adelante.

Me estaba ciscando de miedo como el párroco, pero sabía que todo dependía de mí. Tragué saliva, en ese momento habría preferido ser Giraffone o Jojo en lugar de Romano el legionario, Horacio y Clarabella en lugar de Mickey en la casa de los fantasmas, el señor Pampurio en su apartamento en lugar de Flash Gordon en las ciénagas de Arboria, pero si compras todas las papeletas de una rifa, no te puedes quejar si luego te toca. Me precipité Vallone abajo lo más deprisa que pude repitiéndome mentalmente todos los pasos.

Los dos prisioneros retrasaban la marcha, porque con los trapos en la boca respiraban con dificultad y se paraban cada dos por tres. Tras un cuarto de hora largo llegamos a la roca, y sabía tan bien que tenía que estar ahí que la toqué con las manos extendidas aun antes de verla. Había que rodearla pegados a ella, porque si se avanzaba hacia la derecha se llegaba al borde y al precipicio. Las voces de arriba aún se oían claramente, pero no sabíamos si era porque los alemanes gritaban más fuerte para incitar a los perros recelosos o si habían superado el murete y se estaban acercando.

Al oír las voces de sus compañeros, los dos prisioneros intentaban dar empujones, cuando no se caían o fingían caerse, para rodar hacia un lado, sin miedo de hacerse daño. Habían entendido que nosotros no podíamos dispararles, para que no nos oyeran, y que, fueran donde fueran a parar, los perros darían con ellos. Ya no tenían nada que perder y, como los que no tienen nada que perder, se habían vuelto peligrosos.

De repente se oyeron ráfagas. Al no conseguir bajar, los alemanes habían decidido disparar pero, como tenían delante el Vallone, que se abría casi a ciento ochenta grados, y no sabían hacia dónde habíamos ido nosotros, disparaban en todas las direcciones. Tampoco tenían una idea clara de lo escarpado que caía el Vallone, y disparaban casi en horizontal. Cuando disparaban en nuestra dirección, oíamos las balas silbar por encima de nuestras cabezas.

—Vamos, vamos —decía Gragnola—, que no nos cogen.

Pero los primeros alemanes debían de haber empezado a bajar, habían evaluado la pendiente del terreno, y los perros estaban apuntando a una dirección precisa. Ahora disparaban hacia abajo, más o menos hacia donde estábamos nosotros. Se oían entre los arbustos los roces de las balas que caían cerca.

—No miedo —había dicho el cosaco—, yo conozco la *Reichweite* de sus *Maschinen*.

—El alcance de sus metralletas —sugirió Gragnola.

—Sí, eso. Si ellos no bajan más y nosotros vamos deprisa, las balas no llegan encima de nosotros. Así que rápidos.

—Gragnola —dije con unos lagrimones, sintiendo que necesitaba muchísimo a mi mamá—, yo puedo ir más deprisa, pero vosotros no. No podéis cargar con esos dos, es inútil que yo siga adelante como una cabra si luego ellos hacen que perdamos el tiempo. ¡Dejémoslos aquí; si no, juro que me largo a todo correr por mi cuenta!

—Si los dejamos aquí, en un pispás se liberan y los llaman —dijo Gragnola.

—Yo los mato ellos con la culata de la metralleta; ello no hace ruido —susurró el cosaco.

La idea de matar a esos dos pobrecillos me dejó helado, y me alivió oír a Gragnola mascullar:

—No sirve, diosfalso, aunque los dejemos muertos aquí mismo los perros los descubrirán, y los otros sabrán el camino que hemos tomado. —Con los nervios, no hablaba ya en infinitivo—. Sólo se puede hacer una cosa: dejarlos caer en una dirección distinta de la nuestra. Así los perros van hacia allá y nosotros ganamos hasta diez minutos y quizá más. Yambo, ¿aquí, a la derecha, no está la vereda falsa que lleva al precipicio? Bien, los despeñamos por ahí, has dicho que el que va por ese lado no se da cuenta del abismo y cae como un pringado, los perros arrastrarán a los alemanes hasta el fondo. Antes de que se hayan recuperado del desastre, estamos en el valle. El que se cae por ahí se mata, ¿verdad?

—No, no he dicho que al caer se muera seguro. Se parte los huesos; si le va mal, se abre la cabeza…

—Me cago en quince, ¿cómo dices una cosa y luego otra? ¡Entonces, a lo mejor, estos dos al caer se sueltan la cuerdas y cuando llegan abajo les queda bastante resuello como para ponerse a gritar y avisar a los demás de que se anden con ojo!

—Entonces ellos deben caer que ya están muertos —comentó el cosaco, que sabía cómo debían ir las cosas en este puerco mundo.

Yo estaba cerquísima de Gragnola y podía verle la cara. Estaba más pálido que la misma niebla, con los ojos vueltos hacia arriba, como si buscara inspiración del cielo. En ese momento notamos un frr frr de balas que nos pasaban cerca, a altura de hombre, un alemán dio un empujón a su guardia, se cayeron al suelo los dos y el cosaco empezó a quejarse porque el alemán le estaba dando cabezazos en los dientes, jugándose el todo por el todo e intentando armar ruido. En ese momento, Gragnola se decidió y dijo:

—O ellos o nosotros. Yambo, si voy hacia a la derecha, ¿cuántos pasos tengo que dar antes del precipicio?

—Diez, diez de los míos, digamos ocho de los tuyos; luego, si adelantas un poco el pie, notas ya la cuesta. Desde el principio de la cuesta hasta el abismo hay cuatro pasos. Por prudencia cuenta tres.

—Entonces —dijo Gragnola dirigiéndose al jefe—, yo voy delante, dos de vosotros empujáis a estos dos teutones, sujetadlos bien por los hombros. Los demás se quedan aquí y esperan.

—¿Qué quieres hacer? —le pregunté, castañeteando los dientes.

—Calla y cierra la boca. Estamos en guerra. Espera tú también. Es una orden.

Desaparecieron a la derecha de la roca, absorbidos por el *fumifugium*. Esperamos unos pocos minutos, oímos un rodar de cantos y el plof de algo que cae; luego Gragnola y los dos cosacos volvieron a aparecer, sin los alemanes.

—Vamos —dijo Gragnola—, ahora podemos ir más deprisa.

Me puso una mano en un brazo, noté que temblaba. Cuando estábamos a poca distancia lo veía: había subido con un jersey hasta el cuello, y ahora le colgaba del pecho su estuche con el bisturí, como si lo hubiera sacado.

—¿Qué has hecho con ésos? —pregunté llorando.

—Deja de pensar en eso, está bien así. Los perros notarán el olor de la sangre y allá arrastrarán a los demás. Estamos salvados, adelante, vamos. Al ver que tenía los ojos muy abiertos añadió—: O ellos o nosotros. Dos contra diez. Es la guerra. Adelante, vamos.

Tras casi media hora, oyendo siempre, arriba, gritos de rabia y gañidos, que por suerte no venían de la dirección por la que bajábamos, cada vez más lejanos, hemos llegado al fondo del Vallone, a la carretera. Un poco más lejos esperaba en el bosquecillo el camión de Gigio. Gragnola ha hecho que subieran los cosacos.

—Yo voy con ellos, para estar seguro de que llegan hasta los badoglianos —ha dicho.

Intenta no mirarme, tiene prisa por verme marchar.

—Tú coge ese camino, y vuélvete a casa. Te has portado bien. Te mereces una medalla, y no pienses en lo demás. Has cumplido con tu deber. Si alguien tiene la culpa de algo, ése soy yo, sólo yo.

He vuelto a casa sudado, con ese frío, y agotado. Me he refugiado en mi habitación y me habría gustado pasar la noche insomne, pero ha sido aún peor; me adormilaba rendido unos pocos minutos, y veía tíos Gaetanos que bailaban con la garganta cortada. Quizá tenía fiebre. Tengo que confesarme, tengo que confesarme, me decía.

Lo peor ha sido por la mañana. He tenido que levantarme más o menos a la hora de todos, para despedirme de papá, que se iba, y mamá no entendía por qué tenía un aspecto tan alelado. Unas horas más tarde ha llegado el Gigio, que se ha puesto a confabular nada más llegar con el abuelo y Masulu. Cuando salía, le he hecho una señal de que me alcanzara en la viña, y a mí no podía callarme nada.

Gragnola había acompañado a los cosacos a donde los badoglianos y luego, con el Gigio y el camión, había vuelto a Solara. Los badoglianos le habían dicho que no podía ir de noche desarmado: se habían enterado de que acababa de llegar un destacamento de las Brigadas Negras a Solara para ayudar a los camaradas. Le dieron un mosquetón.

En ir y volver del cruce de Vignoletta tardaron tres horas en total. Devolvieron el camión al caserío del Bercelli y luego emprendieron el camino hacia Solara. Pensaban que todo había acabado, no se oían ruidos, iban tranquilos. Por lo que podían discernir en medio de esa niebla, rayaba casi el alba. Tras toda esa tensión se reconfortaban el uno al otro dándose palmadas en la espalda y haciendo ruido. Por eso no se dieron cuenta de que los de las Brigadas Negras estaban agazapados en un foso, y los cogieron justo a dos kilómetros del pueblo. Los habían pillado con las armas encima y no podían contar mentiras. Los subieron a su furgoneta. Los fascistas eran sólo cinco, dos sentados delante, otros dos que los vigilaban y uno erguido en el estribo anterior, para ver mejor en la niebla. Ni siquiera los habían atado, total, los dos que los vigilaban estaban sentados con las metralletas en las rodillas y a ellos los habían empujado al fondo como sacos.

En un determinado momento el Gigio había oído un ruido raro, como si hubieran rasgado un tejido, y sintió que le chorreaba por la cara un líquido viscoso. Uno de los fascistas oyó una especie de estertor, encendió una linterna, y se vio al Gragnola con la garganta cortada y con el bisturí en la mano. Los dos fascistas se pusieron a blasfemar, hicieron parar el coche, y con la ayuda de Gigio arrastraron al Gragnola a un lado de la carretera. Ya estaba muerto, o a punto de morir, derramaba sangre por doquier. Bajaron también los otros tres, y todos se echaban la culpa unos a otros, decían que no tenía que morirse así porque en la comandancia tenían que hacer que hablara, y los arrestarían a todos, imbéciles que eran por no haber atado a los prisioneros.

Mientras gritaban ante el cuerpo del Gragnola, se olvidaron por un instante del Gigio que, en ese jaleo, se dijo ahora o nunca. Se tiró hacia un lado, más allá de la cuneta, sabiendo que allí había una cuesta. Los otros dispararon algún que otro tiro, pero él ya había rodado hacia abajo como un alud y luego se metió de cabeza en un bosquecillo. Con esa niebla era como buscar una aguja en un pajar, y a los fascistas tampoco les interesaba armar mucho ruido, porque era evidente que a esas alturas lo que tenían que hacer era esconder el cadáver del Gragnola y volver a su base fingiendo que esa noche no habían cogido a nadie, para no tener problemas con sus jefes.

Aquella mañana, después de que las Brigadas Negras fueran a reunirse con los alemanes, Gigio llevó a algunos amigos al lugar de la tragedia y tras buscar un poco por las cunetas encontraron al Gragnola. El cura de Solara no quería que los restos entraran en la iglesia, porque Gragnola era un anarquista y se sabía ya que era un suicida, pero el padre Cognasso dijo que lo llevaran a la iglesita del Oratorio, porque el Señor conoce sus designios mejor que sus sacerdotes y sabe lo que es justo.

Gragnola había muerto. Había salvado a los cosacos, me había puesto a salvo, luego había muerto. Yo sabía perfectamente qué había pasado, me lo había anticipado demasiadas veces. Era un cobarde y temía que si lo torturaban lo contaría todo, diría los nombres y mandaría al paredón a sus compañeros. Por ellos había decidido morir. Así, sguiss, tal y como había hecho, estaba seguro, con los dos alemanes, y tal vez como dantesco castigo por su acción. La muerte valerosa de un cobarde. Había pagado por el único acto de violencia de su vida, y de ese modo se había purgado incluso del remordimiento que acarrearía y que había de resultarle insoportable. Los había jodido a todos, a los fascistas, a los alemanes y a Dios de una sola vez. Sguiss.

Y yo estaba vivo. No conseguía perdonármelo.

También en mis recuerdos la niebla se está diluyendo. Veo ahora a los partisanos entrar victoriosos en Solara, el 25 de abril llega la noticia de la liberación de Milán. La gente se echa a las calles, los partisanos disparan al aire, llegan encaramados en los parachoques de sus camiones. Pocos días después veo subir por el camino de castaños, en bicicleta, a un soldado vestido de verde aceituna. Da a entender que es brasileño, pasea alegremente por aquí para explorar este lugar exótico. ¿También los brasileños estaban con los ingleses y los americanos? Nunca me lo habían dicho. *Drôle de guerre.*

Pasa una semana y llega el primer destacamento americano. Todos negros. Acampan con sus tiendas en el patio del Oratorio y yo trabo amistad con un cabo católico, que me enseña una imagen del Sagrado Corazón que lleva siempre en el bolsillo. Me da unos periódicos con las tiras de Li'l Abner y de Dick Tracy, y unos *chewing gums*, que consigo que me duren mucho, sacándome el bolo de la boca por la noche y poniéndolo en un vaso, como los viejos con la dentadura. Me da a entender que, a cambio, quiere comer espaguetis, y yo lo invito a casa, seguro de que Maria le preparará incluso raviolis con salsa de liebre. Pero, nada más llegar, el cabo ve que en el jardín está sentado otro negro, con el grado de mayor. Se disculpa y se va, apenado.

Los americanos habían buscado alojamientos decentes para sus oficiales, se lo pidieron también al abuelo, y la familia puso a su disposición una buena habitación en el ala izquierda, justo donde Paola hizo más tarde nuestro dormitorio.

El mayor Muddy es regordete, con una sonrisa de Louis Armstrong, y consigue hacerse entender por el abuelo; por lo demás, sabe algunas palabras de francés, la única lengua extranjera que las personas educadas por aquel entonces conocen en Italia, y habla en francés con mamá y con las demás señoras de los alrededores, que vienen a la hora del té para ver al liberador, incluida la fascista que odiaba a su aparcero. Todas ellas alrededor de una mesita de jardín, preparada con el servicio bueno, junto a las dalias. El mayor Muddy dice «mersí bocou» y «oui, mádam, moi ossí j'aime le champeign». Tiene los modales afectadamente corteses de un negro que por fin es recibido en una casa de blancos, y por añadidura de buena condición. Las señoras se susurran mira qué caballero, y pensar que nos los habían pintado como salvajes borrachos.

Llega la noticia de que los alemanes se han rendido, Hitler ha muerto. La guerra ha acabado. En Solara todos lo festejan por las calles, se abrazan, alguien baila al compás de un acordeón. El abuelo ha decidido que nos volvemos inmediatamente a la ciudad, aunque esté empezando el verano, porque del campo ya hemos tenido bastante.

Yo salgo de la tragedia, en medio de una muchedumbre de personas radiantes, con la imagen de los dos alemanes que se despeñan por el precipicio y de Gragnola, virgen y mártir, por miedo, por amor y por despecho.

No tengo el valor de ir a confesarme con el padre Cognasso… ¿confesar qué? ¿Lo que no he hecho, ni he visto, sino sólo adivinado? Al no tener nada que hacerme perdonar, ni siquiera puedo ser perdonado. Lo suficiente para sentirme condenado para siempre.

17

EL JOVEN CRISTIANO

*D*ulce prenda de mi amor, ah quisiera morir de dolor, por haberte ofendido, Señor... ¿Me la enseñaron en el Oratorio o la canté al regresar a la ciudad?

En la ciudad se vuelven a encender las luces nocturnas, la gente vuelve a salir a las calles por la noche, a beber cerveza y a tomarse un helado en los círculos recreativos de trabajadores que están a orillas del río, se inauguran los primeros cines al aire libre. Estoy solo, ya no tengo a los amigos de Solara, y todavía no he vuelto a ver a Gianni, a quien veré sólo cuando empiece el bachillerato. Salgo con mis padres, por la tarde, y la situación me apura un poco, porque ya no voy de la mano pero todavía no me atrevo a irme por mi cuenta. En Solara era más libre.

Vamos a menudo al cine. Descubro nuevas maneras de combatir la guerra con *El sargento York* y *Yanqui Dandy*, donde el tip tap de James Cagney me revela la existencia de Broadway. *I'm Yankee Doodle Dandy...*

Había conocido el tip tap a través de las películas antiguas de Fred Astaire, pero el de Cagney es más violento, liberador, definitivo. El de Astaire era *divertissement*, éste lo siento como compromiso, y en efecto resulta incluso patriótico. Un patriotismo que se expresa en el tip tap es una revelación, zapatos de claqué en lugar de granadas y en la boca una flor. Además, la fascinación del escenario como modelo del mundo y de la inexorabilidad del destino, *the show must go on*. Me educo para un mundo nuevo con musicales que llegan con retraso.

Casablanca. Victor Laszlo cantando la «Marsellesa»... Así pues, he vivido mi tragedia en el bando justo... Rick Blaine disparando al mayor Strasser... Tenía razón Gragnola, la guerra es la guerra. ¿Por qué tuvo Rick que abandonar a Ilsa Lund? Así pues, ¿no se debe amar? Sam es sin duda el mayor Muddy, ¿pero quién es Ugarte? ¿Es Gragnola, desorientado y desvalido cobarde que al final será capturado por las Brigadas Negras? No, por su rictus sarcástico debería ser el capitán Renault, pero luego el capitán se aleja en la niebla con Rick para reunirse con la Resistencia en Brazzaville y risueño sale al encuentro de su destino con un amigo...

Gragnola, sin embargo, no podrá seguirme al desierto. Con Gragnola he vivido no el principio, sino el final de una hermosa amistad. Y para salir de mis recuerdos no tengo salvoconductos.

Los quioscos están llenos de periódicos nuevos y de revistas provocadoras, las portadas muestran a mujeres o escotadas o con una blusita tan ajustada que les marca los pezones. Grandes pechos invaden los carteles cinematográficos. El mundo renace alrededor de mí en forma de glándula mamaria. Pero también de hongo. Veo la foto de la bomba que cae sobre Hiroshima. Aparecen las primeras imágenes del Holocausto. Todavía no con las pilas de cadáveres que se verán más tarde, sino las fotos de los primeros liberados, con los ojos hundidos, el pecho esquelético que enseña todas sus costillas, el codo enorme que une las dos varillas del brazo y del antebrazo. Hasta ahora he tenido noticias indirectas de la guerra, cifras, diez aviones abatidos, tantos muertos y tantos prisioneros, rumores sobre los fusilamientos de partisanos en la zona pero, excepto la noche del Vallone, nunca he estado expuesto a la visión de un cuerpo humillado (y tampoco aquella noche, por otra parte, puesto que la última vez que vi a los dos alemanes todavía estaban vivos, y lo demás lo he vivido sólo en mis pesadillas nocturnas). Busco en esas fotos el rostro del señor Ferrara, que sabía jugar a las canicas, pero aunque estuviera ya no lo reconocería. *Arbeit macht frei.*

En el cine nos reímos con las muecas de Abbott y Costello. Bing Crosby y Bob Hope llegan con la inquietante Dorothy Lamour, con su *saarong* reglamentario, viajando hacia Zanzíbar o Timbuctú (*Road to…*), y todos piensan, como ya en 1944, que la vida es bella.

Todos los días, a las doce de la mañana, me paso en bicicleta por un estraperlista que nos ha asegurado a nosotros los niños, cada día, dos panecillos de pan blanco, el primero que volvemos a comer después de esos palotes amarillentos y mal cocidos que hemos mordisqueado durante algunos años, hechos con una fibra filamentosa (salvado, decían) que a veces contenía un trozo de cordel o incluso una cucaracha. Voy en bicicleta a recoger el símbolo de un bienestar que está renaciendo y me paro delante de los quioscos. Mussolini colgado por los pies en Piazzale Loreto de Milán, y Claretta Petacci con un imperdible apuntado en la falda entre las dos piernas, obra de una mano piadosa que ha querido ahorrarle la última vergüenza. Homenajes a partisanos muertos. No sabía que hubieran fusilado y ahorcado a tantos. Aparecen las primeras estadísticas sobre los muertos de la guerra recién acabada. Cincuenta y cinco millones, dicen. ¿Qué es la muerte de Gragnola ante semejante matanza? ¿Será que Dios es malo de verdad? Leo sobre el proceso de Nuremberg, todos ahorcados excepto Goering, que se envenena con el cianuro que su mujer le pasa al darle el último beso. La matanza de Villarbasse marca el regreso de la violencia libre, ahora se puede volver a matar a la gente por puro interés personal. A los responsables los cogen y los fusilan a primera hora de la mañana. Se sigue fusilando, en nombre de la paz. Condenan a Leonarda Cianciulli, que durante la guerra saponificaba a sus víctimas. Rina Fort mata a martillazos a la mujer y a los hijos de su amante. Un periódico describe la blancura de ese pecho que ha subyugado al amante, un hombre delgado con los dientes cariados como el tío Gaetano. Las primeras películas que me llevan a ver me muestran una Italia de la posguerra con inquietantes «señoritas», todas las noches bajo esa farola, como antes. Solo yo me voy por la ciudad…

Es lunes, mañana de mercado. Hacia mediodía llega el primo Possio. ¿Cómo se llamaba? Possio lo inventó Ada, decía que el primo no decía «*posso*», puedo, sino «*possio*», lo que me parece imposible. El primo Possio era un pariente lejanísimo, pero nos había conocido en Solara y no podía pasar por la ciudad, decía, sin venir a saludarnos. Todos sabíamos que esperaba que lo invitáramos a comer, porque no le llegaba para pagarse el restaurante. Nunca he entendido en qué trabajaba, más que nada buscaba un empleo.

Veo al primo Possio a la mesa, saboreando sus sorbitos de caldo sin dejar que se pierda una gota, con la cara atezada y demacrada, el poco pelo peinado cuidadosamente hacia atrás, los codos de la chaqueta raídos.

—Entiéndelo, Duilio —decía cada lunes—, yo no quiero un trabajo especial. Me basta un empleo en un organismo paraestatal, un sueldo mínimo. Me conformo con una gota. Pero cada día esa gota, cada mes treinta gotas.

Hacía un gesto de puente de los suspiros, imitaba la gota que le caía en la cabeza casi calva, se regocijaba en la imagen de ese suplicio benéfico. Una gota, repetía, pero cada día.

—Hoy he estado a punto de conseguirlo, he ido a hablar con el Carloni, ya sabes, el del consorcio agrario. Un tío poderoso. Tenía una carta de recomendación, ya sabes que en estos tiempos sin una recomendación no eres nadie. Esta mañana al salir, en la estación, he comprado un periódico. Duilio, yo no me meto en política, he pedido un periódico, nada más, luego ni siquiera lo he leído porque en el tren íbamos todos de pie y era difícil hasta mantenerse derecho. Lo he doblado y me lo he metido en el bolsillo, como se hace con el periódico, que aunque no lo leas siempre puede venir bien al día siguiente, para envolver algo. Voy a ver al Carloni, que me acoge muy amable, abre la carta y veo que me mira por encima del papel. Luego me liquida con pocas palabras, no hay empleos a la vista. Y al salir me doy cuenta de que el periódico que llevaba en el bolsillo era *L'Unità*. Tú lo sabes, Duilio, que yo pienso como el gobierno, siempre; había pedido un periódico cualquiera, y van y me dan un periódico comunista; ni darme cuenta. El otro me ve *L'Unità* en el bolsillo y me liquida. Si doblaba el periódico hacia el otro lado, a estas horas quizás... Cuando uno nace desgraciado... Es el destino.

En la ciudad han abierto una sala de baile cuyo héroe es el primo Nuccio, que ha conseguido zafarse del internado: ahora es un jovencito o, como se dice, un caballerete (ya me parecía terriblemente adulto cuando fustigaba a Angelo Oso). Sale incluso una caricatura suya en un semanario local, con gran orgullo de toda su familia, se le ve descomponiéndose con mil contorsiones (como un tío Gaetano, pero más articulado) en el baile que arrasa, el *boogie-woogie*. Todavía soy demasiado pequeño, no me atrevo y no puedo entrar en esa sala, vivo sus ritos como una ofensa a la garganta desgarrada de Gragnola.

Hemos vuelto justo al principio del verano, y me aburro. Voy en bicicleta, a las dos de la tarde, por la ciudad casi desierta. Me agoto de espacios, para soportar el tedio de esos días de bochorno. Quizá no es el bochorno, es una gran melancolía que llevo dentro, la única pasión de una adolescencia febril y solitaria.

Voy en bici, sin parar, entre las dos y las cinco de la tarde. En tres horas se hace el periplo de la ciudad muchas veces, basta sólo variar los recorridos, ir hacia el centro en dirección al río, luego tomar la circunvalación, volver a entrar cuando se atraviesa la carretera provincial que va hacia el sur, tomar la carretera del cementerio, doblar a la izquierda antes de la estación, volver a recorrer el centro, ahora por calles secundarias, rectas y vacías, entrar en la gran plaza del mercado, demasiado ancha, rodeada de soportales siempre asolados, gire el sol por donde gire, que a las dos de la tarde están más desiertos que un Sáhara. La plaza está vacía y es posible cruzarla en bici, seguro que nadie te espía ni esboza un saludo desde lejos. Entre otras cosas porque, si pasara por la esquina del fondo alguien que conoces, lo verías demasiado pequeño, e igual te vería él, un perfil con su halo de sol. Luego envuelves la plaza, o quizá te envuelva ella, en amplios giros concéntricos, como un buitre sin carroñas a las que dirigirse.

No vago al azar, tengo una meta, pero la pierdo a menudo y adrede. He visto en el quiosco de la estación una edición, quizá lleve ahí años a juzgar por el precio, que parece de antes de la guerra, de *La Atlántida* de Pierre Benoit. Tiene una cubierta atractiva, una amplia sala con muchos convidados de piedra, que me promete una historia inaudita. Cuesta poco, pero en el bolsillo tengo justo esa suma, no más. A veces me arriesgo a llegar hasta la estación, bajo, dejo la bici contra la acera, entro, contemplo el libro durante un cuarto de hora. Está en una vitrina y no puedo abrirlo para intuir qué podría darme. A la cuarta visita, el del quiosco me mira con recelo, y tiene todo el tiempo que quiere para vigilarme porque en ese vestíbulo no hay nadie, nadie que llegue, nadie que se marche, nadie que espere.

La ciudad es sólo espacio y sol, pista para mi bici con sus cubiertas excoriadas, el libro de la estación es la única garantía de que, a través de la ficción, podría entrar de nuevo en una realidad menos desesperada.

Hacia las cinco, esa larga seducción —entre el libro y yo, entre yo y el libro, entre mi deseo y la resistencia del espacio infinito—, ese pedaleo amoroso en el vacío estival, esa desgarradora fuga concéntrica tienen un término: me he decidido, saco del bolsillo mi capital, compro *La Atlántida*, vuelvo a casa y me acurruco a leerlo.

Antinea, la bellísima *femme fatal*, se presenta vestida con un *klaft* egipcio (¿qué es un *klaft*? Debe de ser algo magnífico y tentador, que vela y revela al mismo tiempo) que cae sobre su cabello espeso y rizado, azul azabache, y los dos picos de la pesada tela dorada le llegan hasta las gráciles caderas.

«Tenía puesta un túnica de gasa negra, ribeteada de oro, muy ligera y holgada, y apenas ceñida con una cinta de muselina blanca, recamada de iris en perlas negras.» Debajo de ese atavío aparece una muchacha esbelta, de ojazos verdes, con una sonrisa como nunca han sabido las mujeres de Oriente. El cuerpo no se divisa debajo de esos suntuosos paramentos diabólicos, pero la túnica está audazmente abierta al costado (ah, la abertura), su fino pecho está descubierto, sus brazos desnudos, y sombras misteriosas se adivinan bajo los velos. Tentadora y agrazmente virginal. Por ella se puede morir.

Cierro apurado el libro mientras a las siete vuelve a casa mi padre, pero él piensa simplemente que quiero ocultarle el hecho de que estaba leyendo. Observa que leo demasiado y me estropeo la vista. Le dice a mi madre que debería salir más, darme alguna que otra vuelta en bicicleta.

No me gusta el sol, aunque la verdad es que en Solara lo soportaba bien. En casa observan que a menudo entorno los ojos, arrugando la nariz: «Parece que no ves, y no es verdad», me regañan. Espero las nieblas del otoño. ¿Por qué debería amar la niebla, si fue en la niebla del Vallone donde se consumó mi noche de terror? Porque también allí fue la niebla la que me protegió dándome una vez más la extrema coartada. Había niebla, yo no vi nada.

Con las primeras nieblas encuentro mi antigua ciudad, donde se borran los espacios exagerados y somnolientos. Los vacíos desaparecen y de una grisura láctea, a la luz de las farolas, aristas, esquinas, repentinas fachadas emergen de la nada. Consuelo. Como con el oscurecimiento. Mi ciudad ha sido hecha, pensada, diseñada por generaciones y generaciones para verse con una luz crepuscular, caminando pegado a las paredes. Entonces se vuelve hermosa y protectora.

¿Fue aquel año, o el siguiente, cuando apareció el primer tebeo para adultos, *Grand Hotel*? La primera imagen de la primera fotonovela sentimental me tienta y me induce a la huida.

No es nada comparado con algo que encontraría más tarde en la tienda del abuelo, una revista francesa que, nada más abrirla, me hizo arder de vergüenza. La robé, metiéndomela en la camisa, y fuera.

Estoy en casa, echado en mi cama, y la hojeo boca abajo, con el pubis pegado al colchón, justo como desaconsejan los manuales de piedad. En una página, bastante pequeña pero inmensamente evidente, una foto de Josephine Baker, con el pecho desnudo.

Miro fijamente esos ojos con rímel para no ver el pecho, luego la mirada se desplaza, es (creo) el primer pecho de mi vida, porque no eran así esas amplias cosas fláccidas de las calmucas *à poil*.

Una oleada de miel me recorre las venas, siento un regusto acre en el fondo de la garganta, una presión en la frente, un éxtasis en la ingle. Me levanto asustado y medio empapado, preguntándome qué terrible enfermedad me habrá asaltado, deliciado por esa licuefacción en un caldo primordial.

Creo que ha sido mi primera eyaculación: pienso que es algo más prohibido que cortarle la garganta a un alemán. He pecado otra vez, aquella noche en el Vallone como testigo mudo del misterio de la muerte, ahora como intruso que penetra los misterios prohibidos de la vida.

Estoy en un confesionario. Un capuchino flamígero me entretiene largo y tendido sobre la virtud de la pureza.

No me dice nada nuevo con respecto a lo que ya había leído en los manuales de Solara, pero quizá ha sido tras sus palabras cuando he vuelto al *Joven cristiano* de Don Bosco:

Ya desde vuestra más tierna edad, trata el demonio de haceros caer en pecado y de apoderarse de vuestra alma… Es de mucha utilidad para preservaros de las tentaciones, el apartaros de las ocasiones, de las conversaciones escandalosas, de los espectáculos públicos donde no se ve nada bueno… Procurad siempre estar ocupados en el trabajo o estudio: cuando no, dibujando, cantando o tocando algún instrumento; y cuando no sepáis qué hacer, divertíos con algún juego inocente… Si la tentación continúa, haced la señal de la cruz y besad algún objeto bendito, diciendo: «Protector mío, San Luis, haced que nunca ofenda a mi Dios». Os indico este santo, porque ha sido propuesto por la Iglesia, como modelo y protector especial de la juventud…

Ante todo no tengáis familiaridad con personas de distinto sexo. Comprendedlo bien: quiero decir que los jóvenes no deben familiarizarse con las jóvenes. Velad, pues, sobre vuestros ojos, que son las ventanas por donde el pecado entra en vuestros corazones… No os

detengáis nunca a contemplar ningún objeto que sea contrario a la
modestia. San Luis Gonzaga era tan delicado en este punto, que no
consentía que se vieran sus pies descubiertos cuando se vestía: jamás
se fijó ni aun en el rostro de su propia madre. Dos años estuvo en la
Corte de España, en calidad de paje de honor, y jamás miró el rostro
de la Reina.

La imitación de San Luis no era fácil, es decir, el precio para
huir de las tentaciones parecía muy alto, dado que el jovencito se
disciplinaba de tal manera que todo quedaba salpicado de sangre,
se colocaba bajo las sábanas trocitos de madera para atormentarse
también durante el sueño, bajo la ropa escondía espuelas de caballo pues carecía de cilicios; buscaba la incomodidad en el simple
estar, sentarse, caminar… El confesor me propone como ejemplo
de virtud a Domenico Savio, con los pantalones deformados por
su mucho estar de rodillas, pero menos cruento que San Luis en
sus penitencias, y me exhorta a contemplar, como ejemplo de santa belleza, el rostro dulcísimo de María.

Intento exaltarme con una feminidad sublimada. Canto en el coro
de voces blancas, en el ábside de la iglesia, y durante las excursio-
nes de los domingos a algún santuario:

> *Virgen que la aurora más bella*
> *Tus rayos alegran la tierra;*
> *de los astros que el cielo encierra*
> *Tú eres la más bella estrella.*
>
> *Bella Tú eres como el sol,*
> *blanca más que la luna*
> *y las estrellas más bellas*
> *No tienen Tu hermosura.*

Tus ojos más bellos que el mar;
Tu frente una pura azucena;
Tus mejillas, que el Hijo besa,
dos rosas, y Tus labios, una flor.

Quizá estoy preparándome, pero todavía no lo sé, para el encuentro con Lila, que tendrá que ser igual de inalcanzable, espléndida en su Empíreo, belleza *gratia sui*, libre de la carne, capaz de ocupar la mente sin estimular partes pudendas, con los ojos que miran hacia otro lado, a otro señor, y que no se fijan maliciosos en mí como los de Josephine Baker.

Tengo el deber de purgar con la meditación, la oración y el sacrificio los pecados míos y los de los que me rodean. De dedicarme a la defensa de la fe, mientras las primeras revistas y los primeros carteles en las paredes empiezan a hablarme de la amenaza roja, de los cosacos que están esperando abrevar sus caballos en los aguamaniles de San Pedro. Me pregunto perdido cómo es posible que los cosacos, enemigos de Stalin, que habían combatido incluso con los alemanes, ahora se hayan convertido en sus mensajeros de la muerte y a lo mejor querrán matar a todos los anarquistas como Gragnola. Los encuentro muy parecidos al negrazo aquel que mancillaba a la Venus de Milo, y acaso el dibujante fuera el mismo que se había reciclado en una nueva cruzada.

Ejercicios espirituales, en un pequeño convento en pleno campo. Olor a rancio que sube del refectorio, paseos por el claustro con el bibliotecario, que me aconseja que lea a Papini. Después de cenar vamos al coro de la iglesia, a la luz de un único gran cirio, y todos juntos recitamos el Ejercicio de la Buena Muerte.

El director espiritual nos lee pasajes sobre la muerte de *El joven cristiano*: no sabemos dónde nos sorprenderá la muerte; no sabes si será en tu cama, en el trabajo, por la calle o en algún otro lugar, la rotura de una vena, un catarro, una congestión de la sangre, una fiebre, una herida, un terremoto, un rayo son suficientes para quitarte la vida y eso puede sucederte dentro de un año, de un mes, de una semana, de una hora, o quizá mientras lees esta consideración. En ese momento, sentirás la cabeza oscurecida, los ojos doloridos, la lengua seca, las fauces angostadas, el pecho oprimido, la sangre helada, la carne consumida, el corazón traspasado. En cuanto el alma haya abandonado tu cuerpo, éste, cubierto por una mortaja, será arrojado a morir a la fosa, donde los gusanos y las ratas te devorarán todas las carnes, y de ti no quedarán sino cuatro huesos descarnados, y un poco de polvo infecto.

A continuación, la oración, una larga invocación donde se enumeran los últimos estremecimientos de un moribundo, los espasmos de cada una de sus extremidades, los primeros temblores, la aparición de la palidez, hasta el dibujarse de la *facies* hipocrática y el estertor final. Cada descripción de las catorce fases del tránsito (recuerdo vívidamente sólo cinco o seis), una vez definidas la sensación, la posición del cuerpo, la angustia del momento, acaba con un *Jesús misericordioso, tened piedad de mí.*

Cuando mis pies ya inmóviles me adviertan que mi carrera en este mundo está próxima a su fin, Jesús misericordioso, tened piedad de mí.

Cuando mis manos trémulas y entorpecidas no puedan ya estrecharos, ¡oh bien mío crucificado! Y contra mi voluntad os dejen caer sobre el lecho de mi dolor, Jesús misericordioso, tened piedad de mí.

Cuando mis ojos llenos de tinieblas y desencajados ante el horror de la cercana muerte fijen en Vos sus miradas lánguidas y moribundas, Jesús misericordioso, tened piedad de mí.

Cuando mis mejillas pálidas y amoratadas inspiren lástima y terror a los que me rodeen y mis cabellos húmedos con el sudor de la muerte erizándose en la cabeza anuncien mi próximo fin, Jesús misericordioso, tened piedad de mí.

Cuando mi imaginación, agitada por horrendos y espantosos fantasmas, quede sumergida en congojas de muerte, Jesús misericordioso, tened piedad de mí.

Cuando, perdido ya el uso de todos los sentidos, el mundo entero haya desaparecido de mi vista y gima en el estertor de la última agonía y de las congojas de la muerte, Jesús misericordioso, tened piedad de mí.

Salmodiar en la oscuridad pensando en mi muerte. Era lo que hacía falta para dejar de pensar en la muerte ajena. No revivo ese Ejercicio con terror sino con serena conciencia del hecho de que todos los hombres son mortales. Esa educación del Ser para la Muerte me ha preparado para mi destino, que es en definitiva el de todos. Gianni, en mayo, me contó el chiste de ese doctor que le aconsejaba arenaciones a un enfermo terminal. «¿Sientan bien, doctor?» «No sirven de mucho, pero uno se acostumbra a estar bajo tierra.»

Ahora me estoy acostumbrando.

Una noche, el director espiritual se pone de pie ante la balaustrada del altar, iluminado —él, nosotros, toda la capilla— por un único cirio que lo aureola de luz y deja su rostro en la oscuridad. Antes de despedirnos nos cuenta una historia. Una noche, en un convento de educandas, murió una muchacha, joven, pía y muy bella, y a la mañana siguiente, tras tenderla en un catafalco en la nave de la iglesia, estaban recitando por ella las oraciones de los difuntos. De repente, el cadáver se levantó, con los ojos abiertos y el índice apuntando hacia el oficiante, y pronunció con voz cavernosa: «¡Padre, no rece usted por mí! Esta noche he concebido un pensamiento impuro, sólo uno, ¡y ahora estoy condenada!».

Un escalofrío recorre a todo el auditorio y se propaga a los bancos de la iglesia y a las bóvedas, y casi parece hacer oscilar la llama del cirio. El director nos exhorta a que nos acostemos, pero nadie se mueve. Se forma una larga fila ante el confesionario, todos preocupados por abandonarnos al sueño sin antes haber confesado incluso el menor matiz de pecado.

En el amenazador consuelo de naves oscuras, huyendo de los males del siglo, empleo mis días en gélidos ardores, donde incluso los cantos navideños, y lo que había sido el confortable belén de mi infancia, se convierten en el nacimiento del Niño a los horrores del mundo:

> *Duerme y no llores, oh Jesús del alma,*
> *duerme y no llores, mi buen Redentor...*
> *Que esos ojos amables, dulce Niño,*
> *no miren más a tan oscuro horror.*
> *Hasta el heno y la paja en tu pesebre*
> *velan por esa luz, mi buen Señor.*
> *Cierra tus tiernos ojos y que el sueño*
> *sea remedio de todo dolor.*
> *Duerme y no llores, oh Jesús del alma,*
> *duerme y no llores, mi buen Redentor.*

Un domingo, papá, forofo de fútbol, un poco decepcionado por ese hijo que se pasa los días estropeándose la vista con los libros, me lleva a un partido. Es un encuentro secundario, las gradas están casi vacías, manchadas por los colores de los pocos presentes, borrones en las escalinatas blancas, abrasadas por el sol. El juego se ha parado con el silbido del árbitro, uno de los capitanes protesta, los demás jugadores se mueven por el campo sin objeto. Desorden de camisetas de dos colores, vagabundear de atletas aburridos en el prado verde, en un diseminado desorden. Todo se estanca. Lo que sucede pasa ya a cámara lenta, como en un cine de parroquia donde, de repente, el sonido acaba en un maullido, los movimientos se vuelven más cautos, se detienen a trompicones en un fotograma inmóvil, y la imagen se deshace en la pantalla como cera fundida.

Y en ese instante tengo una revelación.

Ahora me doy cuenta de que se trataba de la sensación dolorosa de que el mundo carecía de finalidad, fruto perezoso de un malentendido, pero en aquel momento conseguí traducir lo que experimentaba sólo como: «Dios no existe».

Salgo del partido presa de desgarradores remordimientos y corro enseguida a confesarme. El flamígero confesor de la vez pasada ahora sonríe indulgente y benévolo, me pregunta cómo se me han ocurrido ideas tan insensatas, hace alusión a la belleza de la naturaleza, que postula una voluntad creadora y ordenadora, luego se explaya sobre el *consensus gentium*: «Hijo mío, han creído en Dios magnos escritores como Dante, Manzoni, Salvaneschi, grandes matemáticos como Fantappiè. ¿Y tú quieres ser menos?».

El consenso de las gentes de momento me calma. Debe de haber sido culpa del partido. Paola me dijo que nunca iba a los partidos de fútbol, como mucho seguía en la tele los encuentros decisivos de los mundiales. Debe de habérseme quedado grabado en la cabeza, desde aquel día, que si vas a un partido pierdes el alma.

Pero hay otros modos de perderla. Los compañeros de colegio empiezan a contarse historias que susurran riendo por lo bajo. Hacen alusiones, se pasan revistas y libros que han robado en casa, hablan de la misteriosa Casa Roja, donde a nuestra edad no se puede entrar, se desangran para ir a ver películas cómicas donde aparecen mujeres ligeras de ropa. Me enseñan una foto de Isa Barzizza, con un taparrabos irrisorio y sendas estrellitas en los pechos, mientras desfila en una revista. No puedo no mirarla, para no pasar por mojigato, la miro y, como se sabe, a todo se puede resistir excepto a las tentaciones. Entro furtivo en el cine, en la primera sesión, esperando no encontrar a nadie que me conozca: en *Los dos huerfanitos* (con Totò y Carlo Campanini), Isa Barzizza y otras educandas, en solfa a las exhortaciones de la madre superiora, van a ducharse desnudas.

Los cuerpos de las educandas no se ven, son sombras detrás de las cortinillas de la ducha. Las muchachas se dedican a sus abluciones como si fuera una danza. Debería ir a confesarme, pero esas transparencias hacen que me vuelva a la mente un libro que cerré inmediatamente en Solara, atemorizado por lo que estaba leyendo. Es *El hombre que ríe* de Hugo.

En la ciudad no lo tengo, pero estoy seguro de que hay un ejemplar en la tienda del abuelo. Lo encuentro y, mientras el abuelo habla con alguien, agazapado a los pies de la estantería, voy febrilmente a la página prohibida. Gwynplaine, horriblemente mutilado por los comprachicos que lo han convertido en un monstruo de feria, un desecho de la sociedad, se ve de repente reconocido como lord Clancharlie, heredero de una inmensa fortuna, par de Inglaterra. Aún antes de entender completamente qué le ha pasado, se ve introducido, espléndidamente vestido de caballero, en un palacio encantado, y la serie de las maravillas que descubre allí (él solo en ese desierto resplandeciente), la fuga de las habitaciones y de los gabinetes no sólo le marean a él sino también al lector. Vagabundea de habitación en habitación hasta que llega a una alcoba donde en una cama, junto a un bañera preparada para un baño virginal, ve a una mujer desnuda.

No desnuda al pie de la letra, avisa con malicia Hugo. Estaba vestida. Pero con un camisón larguísimo tan impalpable que parecía mojado. Y aquí siguen siete páginas de descripción sobre cómo se presenta una mujer desnuda, y cómo se le presenta al Hombre que Ríe, quien hasta entonces había amado castamente sólo a una mujer ciega. La mujer se le aparece como una Venus adormecida en la inmensidad de su espuma, y al moverse lentamente en el sueño compone y descompone curvas seductoras dotadas de los vagos movimientos de ese vapor de agua que en el azul del cielo forma las nubes. Comenta Hugo: «La mujer desnuda es una mujer armada».

De repente la mujer, Josiane, hermana de la reina, se despierta, reconoce a Gwynplaine y da inicio a una furibunda obra de seducción a la que el infeliz ya no sabe resistirse, aunque la mujer lo lleva al culmen del deseo pero todavía no se le concede. No contenta, estalla en una serie de fantasías, más perturbadoras que la misma desnudez, donde se manifiesta como virgen y cortesana, ansiosa de gozar no sólo de los placeres de la teratología que Gwynplaine le promete, sino también del estremecimiento que le causará el desafío al mundo y a la corte, con cuya perspectiva se embriaga, Venus que espera un doble orgasmo, el de la posesión privada y el de la exhibición pública de su Vulcano.

Cuando Gwynplaine está a punto de claudicar, llega un mensaje de la reina, que comunica a su hermana que el Hombre que Ríe ha sido reconocido como el legítimo lord Clancharlie y le está destinado como marido. Josiane comenta: «¡Sea!», se levanta, tiende la mano y (pasando del tú al vos) dice a aquel con el que quería unirse salvajemente: «¡Salid!». Y añade: «Ya que sois mi marido, salid… No tenéis derecho para estar aquí. Éste es el sitio de mi amante».

Sublime corrupción, no de Gwynplaine, sino de Yambo. No sólo Josiane me da más de lo que me había prometido Isa Barzizza detrás de la cortina, sino que me conquista con su impudicia: «Sois mi marido, salid, éste es el sitio de mi amante». ¿Será posible que el pecado sea tan heroicamente arrollador?

¿Hay, en el mundo, mujeres como lady Josiane e Isa Barzizza? ¿Tendré la suerte de encontrarlas? ¿Caeré fulminado —sguiss— en justo castigo por mis fantasías?

Las hay, por lo menos en la pantalla. Siempre en la primera sesión, furtivo, he ido a ver *Sangre y arena*. La adoración con la que Tyrone Power apoya la cara contra el regazo de Rita Hayworth me convence de que hay mujeres armadas aunque no estén desnudas. Con tal de que sean descaradas.

Ser educados intensamente en el horror del pecado y luego ser conquistados por él. Me digo que debe de ser la prohibición la que inflama la fantasía. Por lo cual resuelvo que, para huir de la tentación, es preciso sustraerse a las sugestiones de una educación en la pureza: ambas son maniobras del demonio y se sostienen recíprocamente. Esta intuición, quizá heterodoxa, me da como una puñalada.

Me retiro en un mundo mío. Cultivo la música, siempre pegado a la radio en las horas de sobremesa, o por la mañana temprano, pero a veces hay un concierto sinfónico por la noche. La familia quisiera escuchar otras cosas. «Quita ya esa murga», se queja Ada, impermeable a las musas.

Un domingo por la mañana me encuentro con el tío Gaetano, ya mayor. Ha perdido incluso el diente de oro, quizá lo vendió durante la guerra. Se interesa afectuosamente por mis estudios, papá le dice que llevo una temporada obsesionado por la música. «Ah, la música —dice con deleite el tío Gaetano—, cómo te entiendo, Yambo, yo adoro la música. Y toda, ¿sabes? De cualquier tipo, con tal de que sea música. —Reflexiona un instante y añade—: Menos la música clásica. Entonces apago, es natural.»

Soy un ser excepcional exiliado entre los filisteos. Me encierro aún más orgullosamente en mi soledad.

Doy con los versos de algunos poetas contemporáneos en la antología de tercero de bachiller, descubro que uno puede iluminarse de inmenso, hallar el mal de vivir, ser traspasado por un rayo de sol. No lo comprendo todo, pero me gusta la idea de *que sólo esto podemos decirte, lo que no somos y lo que no queremos*.

Encuentro en la tienda del abuelo una antología de los simbolistas franceses. Mi torre de marfil. Me confundo en una tenebrosa y profunda unidad, busco por doquier *de la musique avant toute chose*, oigo los silencios, noto lo inexpresable, fijo vértigos.

El problema es que para afrontar libremente esos libros hay que liberarse de muchas prohibiciones, y elijo el director espiritual de quien me hablara Gianni, el cura de manga ancha. El padre Renato había visto *Siguiendo mi camino*, con Bing Crosby, donde los curas católicos americanos visten de *clergymen* y cantan, acompañándose con el piano, *Too-ra-loo-ra-loo-ral, Too-ra-loo-ra-loo-ra-lí* a jovencitas adoradoras.

El padre Renato no puede vestirse a la americana, pero pertenece a la nueva generación de los curas con boina, que van en moto. No sabe tocar el piano pero tiene una pequeña colección de discos de jazz y ama la buena literatura. Le digo que me han aconsejado Papini, y me dice que el Papini más interesante no es el de después de la conversión, sino el de antes. Manga ancha. Me presta *Un hombre acabado*, quizá pensando que las tentaciones del espíritu me salvarán de las tentaciones de la carne.

Es la confesión de uno que nunca ha sido niño y ha tenido la infancia infeliz de un viejo hurón pensativo y tímido. No soy yo, mi infancia ha sido (*nomen omen*) solar. Pero la he perdido, por una sola noche tempestuosa. El hurón arisco sobre el que ahora leo se salva con la manía de saber, se consume en volúmenes «con el canto verde todo deshilachado, de páginas anchas, arrugadas, rojizas de humedad, muchas veces rotas por la mitad o manchadas de tinta». Soy yo, no sólo en el desván de Solara sino en la vida que he elegido después. Nunca he salido de los libros: lo sé ahora en la vigilia continua de mi sueño, pero lo entendí en ese momento cuyo recuerdo recabo en este instante.

Ese hombre, acabado desde su nacimiento, no sólo lee, sino que escribe. Podría escribir yo también para añadir monstruos míos a los que recorren el fondo de los mares con sus patas silenciosas. Ese hombre se deja los ojos en las páginas en las que escribe sus obsesiones con la tinta fangosa de tinteros con el fondo viscoso de orujo, como un café turco. Se los ha estropeado desde chico con la lectura a la luz de una vela, se los ha estropeado en la penumbra de las bibliotecas, con los párpados enrojecidos. Escribe con la ayuda de lentes gruesas, con el miedo incesante de volverse ciego. Si no ciego, acabará paralítico, los nervios están gastados, siente dolores y entorpecimientos en una pierna, movimientos involuntarios de los dedos, fuertes punzadas en la cabeza. Escribe con las gafas espesas que acarician el papel.

Yo veo bien, me paseo en bicicleta, no soy un hurón. A lo mejor tengo ya mi sonrisa irresistible, ¿pero para qué me sirve? No me quejo de que otros no me sonrían, es que no encuentro razones para sonreír a los demás…

Yo no soy como el hombre acabado, pero me gustaría llegar a ser como él. Hacer de su furia bibliomaníaca mi posibilidad de fuga no conventual del mundo. Construirme un mundo exclusivamente mío. Pero yo no estoy yendo hacia una conversión, si acaso vuelvo. Buscando una fe alternativa, me enamoro de los decadentistas. Hermanos, tristes lirios, languidezco de belleza… Me convierto en un eunuco bizantino que mira pasar a los grandes bárbaros blancos componiendo acrósticos indolentes, instalo con la ciencia el himno de los corazones espirituales, en la obra de mi paciencia recorro atlas, herbarios y rituales.

Puedo pensar en el eterno femenino, con tal de que esté desquiciado por el artificio y por alguna palidez enfermiza. Leo y me inflamo, todo de cabeza:

Aquella moribunda cuyos vestidos tocaba lo quemaba como la más ardiente de las mujeres. No había bayadera a las orillas del Ganges, odalisca en los baños de Estambul, ni jamás habría bacante desnuda cuyo abrazo lograra inflamar más la médula de sus huesos que el simple contacto de esa mano frágil y febril, cuyo sudor notaba a través del guante que la cubría.

Ni siquiera tengo que confesárselo al padre Renato. Es literatura y puedo frecuentarla, aunque me habla de desnudeces perversas y de ambigüedades andróginas. Bastante alejadas de mi experiencia para que pueda ceder a su seducción. Es verbo, no es carne.

Hacia el final de quinto me cae entre las manos *À rebours*, de Huysmans. Su héroe, Des Esseintes, viene de una rancia familia de

guerreros robustos y monótonos, con bigotes en forma de yata-gán, gradualmente los retratos de los antepasados dejan entrever un sucesivo empobrecimiento de la raza, extenuada por demasia-das uniones consanguíneas: a sus antepasados ya se les ve marca-dos por una sangre linfáticamente entristecida, muestran rasgos afeminados, rostros anémicos y nerviosos. Marcado por estos ma-les atávicos, nace Des Esseintes: tiene una infancia fúnebre ame-nazada por escrófulas y fiebres pertinaces; su madre, alta, silen-ciosa y pálida, siempre enterrada en una habitación oscura de uno de sus castillos, a la luz de una desvaída lámpara de pantalla baja que la defiende de la excesiva claridad y del ruido, muere cuando él tiene diecisiete años. El muchacho, abandonado a sí mismo, cu-riosea entre los libros los días de lluvia y vagabundea por el cam-po los demás. «Le llenaba de alegría bajar hacia el valle y acercar-se hasta Jutigny», una aldea situada al pie de las colinas. Mi traducción hablaba de bajar al *vallone*. Su gran alegría. Se tumba en los prados, escucha el ruido sordo de los molinos de agua, lue-go escala las lomas desde las que se divisa el valle del Sena, que huye hasta perderse de vista confundiéndose con el azul del cielo, las iglesias y la torre de Provins que parecen temblar al sol en la bruma polvorienta y dorada del aire.

Lee y sueña, se embriaga de soledad. Adulto, desilusionado de los placeres de la vida y de la mezquindad de los hombres de letras, sueña con una Tebaida refinada, un desierto privado, un arca inmóvil y acogedora. Así se construye su retiro, absoluta-mente artificial, donde, en la penumbra acuática de vidrieras que lo separan del espectáculo obtuso de la naturaleza, transforma la música en sabores y los sabores en música, se hechiza con el latín balbuceante de la decadencia, acaricia con dedos exangües dal-máticas y piedras duras, hace incrustar en la coraza de una tortu-ga viva zafiros, turquesas de Occidente, jacintos de Compostela, aguamarinas y rubíes de Surdemania, pizarra pálido.

Entre todos los capítulos, el que prefiero es aquel donde Des Esseintes decide salir por primera vez de casa para visitar Inglaterra. Lo estimulan el tiempo neblinoso que ve alrededor, la bóveda celeste que se extiende abrumadoramente igual ante sus ojos como una funda plomiza. Para sentirse en armonía con el lugar adonde irá, elige un par de calcetines color hoja seca, un traje gris ratón, formando cuadros en color gris lava y moteado de marta, se pone un bombín en la cabeza, coge una maleta de fuelle, un bolso de noche, una sombrerera, paraguas y bastones, y se dirige hacia la estación.

Al llegar exhausto a París, da vueltas en coche por la ciudad lluviosa esperando la hora de salida. Las farolas de gas que centellean entre la bruma en medio de un halo amarillento le sugieren un Londres igual de lluvioso, colosal, inmenso, con un sabor ferruginoso, humeando en la niebla, con sus hileras de muelles, de grúas, de cabrestantes, de fardos. Luego entra en una especie de taberna, un pub frecuentado por ingleses, entre filas de toneles blasonados por el escudo real, con mesitas cubiertas de bizcochos Palmers, galletitas saladas, *mince pies* y pastas secas; la serie de vinos exóticos que el ambiente le ofrece le cosquillea la imaginación, *Old Port*, *Magnificient Old Regina*, *Cockburn's Very Fine...* A su alrededor están sentados los ingleses: pálidos clérigos, caras de carniceros, barbas estrechas semejantes a las de algunos grandes simios, cabellos de estopa. Se abandona, con el sonido de voces extranjeras, en ese Londres ficticio, oyendo a los remolcadores que aúllan en el río.

Sale alelado, el cielo ahora ha bajado para envolver el cuerpo de las casas, los soportales de la rue de Rivoli le parecen un túnel sombrío excavado bajo el Támesis, entra en otra fonda donde en la barra se yerguen los tanques de los que se sirven las cervezas a presión, observa a otros insulares, robustas inglesas con dientes anchos como paletas, con las manos y los pies larguísimos, que se ensañan con un pastel de carne guisada en una salsa de champiñones y recubierta por una corteza, como una tarta. Pide un *oxtail*, un *haddock*, un poco de *roastbeef*, dos pintas de *ale*, mordisquea un poco de Stilton, acaba con un vaso de *brandy*.

Mientras pide la cuenta, la puerta de la taberna se abre y entra gente que trae consigo olor a perro mojado y a carbón fósil. Des Esseintes se pregunta por qué atravesar La Manga: en el fondo, ya ha estado en Londres, ha olido sus perfumes, saboreado sus comidas, visto sus utensilios característicos, se ha saturado de vida inglesa. Hace que el coche le lleve otra vez a la estación de Sceaux y regresa con sus baúles, sus paquetes, sus mantas y sus paraguas a su refugio habitual, «sintiendo la misma sensación de cansancio físico y fatiga moral que un hombre que vuelve a casa después de un largo y azaroso viaje».

Así me vuelvo yo: también en los días de primavera puedo moverme en una niebla uterina. Pero sólo la enfermedad (y el hecho de que la vida me rechace) podría justificar plenamente mi rechazo de la vida. Tengo que probarme a mí mismo que mi fuga es buena, y virtuosa.

Me descubro, pues, enfermo. He oído decir que las enfermedades del corazón se manifiestan a través del color violáceo de los labios, y precisamente en aquellos años mi madre está acusando trastornos cardíacos. Quizá no graves, pero con ellos entretiene más de lo debido a toda la familia, al límite de la hipocondría.

Una mañana, mirándome al espejo, me veo los labios amoratados. En cuanto bajo a la calle, me pongo a correr a lo loco: jadeo y siento pulsaciones anómalas en el pecho. Así es que estoy enfermo del corazón. Consagrado a la muerte, como Gragnola.

Esa enfermedad cardíaca se convierte en mi ajenjo. Espío sus progresos, me veo los labios cada vez más oscuros, las mejillas cada vez más demacradas, mientras las primeras flores del acné juvenil dan a mi cara rojeces morbosas. Moriré joven, como San Luis Gonzaga y Domenico Savio. Pero, por un arrebato de mi espíritu, he ido reformulando poco a poco mi Ejercicio de la Buena Muerte: paulatinamente he ido dejando el cilicio por la poesía.

Vivo en deslumbrantes crepúsculos:

> *El día llegará: lo sé*
> *en que esta sangre ardiente*
> *de repente falte,*
> *en que mi pluma tenga*
> *un choque estridente*
> *… y entonces moriré.*

Estoy muriendo, ya no porque la vida sea mala, sino porque en su locura es banal y repite cansadamente sus rituales de muerte. Penitente laico, místico logorroico, me convenzo de que la más bella de todas es la isla no encontrada, que aparece a veces, pero sólo de lejos, entre Tenerife y Palma:

> *Acarician con la proa esa feliz orilla:*
> *entre flores inauditas hay palmas erguidas,*
> *huele la divina espesura salvaje y viva,*
> *lagrimea el cardamomo, rezuman las resinas…*
> *Con perfume se anuncia, como una cortesana,*
> *la Isla No-Encontrada… Mas si el piloto avanza,*
> *rauda se desvanece cual apariencia vana,*
> *se tiñe del color azul de la lontananza.*

La fe en lo inaprensible me permite cerrar mi paréntesis penitencial. Una vida de joven cristiano y prudente me había prometido, como premio, a quien era bella más que el sol y pálida como la luna. Pero un solo pensamiento impuro podría arrebatármela para siempre. La Isla No-Encontrada sigue siendo, en su ser inalcanzable, siempre mía.

Me estoy educando para el encuentro con Lila.

18

QUE EL SOL MÁS BELLA

También Lila nació de un libro. Estaba entrando yo en mi sexto año de bachillerato y en la tienda del abuelo me topé con el *Cyrano de Bergerac*, de Rostand, en la traducción italiana de Mario Giobbe. Por qué no estaba en Solara, en el desván o en la Capilla, lo ignoro. Quizá lo leí y lo releí tantas y tantas veces que al final estaría hecho pedazos. Ahora podría recitarlo de memoria.

La historia la conocen todos, creo que si me hubieran preguntado algo sobre Cyrano después del percance, habría sabido decir de qué trataba, un dramón de un romanticismo exacerbado, que las compañías ambulantes proponen de vez en cuando. Pero habría sabido decir lo que sabe todo el mundo. Lo demás no, lo descubro sólo ahora, como algo vinculado con mi crecimiento, y con mis primeros estremecimientos amorosos.

Cyrano es espadachín admirable, poeta genial, pero es feo, oprimido por esa nariz suya monstruosa (*Podíais variar bastante el tono. Por ejemplo, agresivo: «Si en mi cara tuviese tal nariz, me la amputara». Amistoso: «¿Se baña en vuestro vaso al beber, o un embudo usáis al caso?». Descriptivo: «¿Es un cabo? ¿Una escollera? Mas ¿qué digo? ¡Si es una cordillera!».*).

Cyrano ama a su prima Roxana, *précieuse* de divina belleza (*Pues bien: amo. La que todas aventaja en donaire y hermosura*).

Ella quizá lo admira por su genialidad, pero él no osaría declararse jamás, temeroso de su fealdad. Una sola vez, cuando ella le pide un coloquio, espera que pueda suceder algo, pero la desilusión es cruel: ella le confiesa que está enamorada del guapísimo Cristián, recién admitido entre los cadetes de Gascuña, y ruega a su primo que lo proteja.

Cyrano lleva a cabo el extremo sacrificio y decide amar a Roxana hablándole con los labios de Cristián. A éste, guapo, atrevido pero inculto, le sugiere las más dulces declaraciones de amor, escribe por él cartas inflamadas, una noche le sustituye bajo el balcón de Roxana para susurrarle el célebre elogio del beso: pero luego es Cristián el que recoge el premio de tanta maestría. *Subíos a coger esta flor, este aroma del corazón, este susurro de abeja, este instante que es eterno...* «¡Sube, necio!», le espeta Cyrano empujando a su rival y, mientras la pareja se besa, llora en la sombra saboreando su débil victoria, *¡que al besar ella de Cristián la boca, besa más que sus labios, las palabras que he pronunciado yo! ¡Qué mayor gloria!*

Cyrano y Cristián van a la guerra, Roxana, cada vez más enamorada, se reúne con ellos, conquistada por las cartas que Cyrano le manda cada día, pero le confía al primo que se ha dado cuenta de que ama, en Cristián, no la belleza física, sino el corazón ardiente y el espíritu exquisito. Lo amaría aunque fuera feo. Cyrano comprende que es él el amado, va a revelarle todo, pero en ese momento Cristián, herido por una bala enemiga, muere. Roxana, en lágrimas, se arroja sobre el cadáver del infeliz, y Cyrano entiende que ya nunca podrá hablar.

Pasan los años, Roxana vive retirada en un convento pensando siempre en su amado desaparecido y releyendo todos los días su última carta, manchada por su sangre. Cyrano, amigo y primo fiel, la visita todos los sábados. Pero ese sábado Cyrano ha sido herido por adversarios políticos o literatos envidiosos, y oculta a Roxana que, bajo el sombrero, lleva una venda ensangrentada. Roxana le enseña, por primera vez, la última carta de Cristián, Cyrano lee en voz alta, pero ella se da cuenta de que ha caído la oscuridad, no entiende cómo puede seguir descifrando su primo esas palabras desvaídas, en un instante todo se le aclara: él recita de memoria *su* última carta. Ella había amado, en Cristián, a Cyrano. *¡Infeliz! ¡Y pasasteis catorce años como amigo viniendo a este convento para mi distracción!* No, intenta negar Cyrano, no es verdad, *¡no, no, amor mío, yo no os amé jamás!*

Pero ya el héroe da traspiés, llegan los amigos fieles a regañarle por haber salido de la cama, revelan a Roxana que está a punto de morir. Cyrano, apoyado en un árbol, libra con gestos su último duelo contra las sombras de sus enemigos, cae. Mientras, dice que hay una sola cosa que se llevará inmaculada al cielo, su penacho, *mon panache* (y con esta frase acaba el drama), Roxana se inclina sobre él y lo besa en la frente.

Ese beso apenas se menciona en las acotaciones, ningún personaje habla de él, un director insensible puede incluso pasarlo por alto, pero a mis ojos de adolescente, con mis dieciséis años, se convirtió en la escena central, y no sólo veía a Roxana inclinarse, sino que con Cyrano sentía por primera vez, muy cerca de su cara, el aliento perfumado. Ese beso *in articulo mortis* recompensaba a Cyrano por el otro, que le había sido robado y con el que todos se enternecen en el teatro. Ese último beso era hermoso porque, en el instante mismo en que lo recibía, Cyrano moría, y Roxana se le escapaba una vez más, y era precisamente eso, identificado yo con el personaje, lo que me llenaba de orgullo. Expiraba feliz sin haber tocado a su amada, dejándola en su condición celestial de sueño incontaminado.

Con el nombre de Roxana en el corazón, no me quedaba sino darle un rostro. Fue el de Lila Saba.

Como había dicho Gianni, la vi un día bajar por la escalinata del Instituto, y Lila se volvió mía para siempre.

Papini escribía de su temida ceguera y de su hambrienta miopía «Lo veo todo confusamente, como en una niebla, ligerísima por ahora, pero universal y continua. De lejos, por la noche, todas las figuras se me confunden; un hombre con capa me parece una mujer; una llamita tranquila, una larga raya de luz roja; una barca que baje por el río, una mancha negra en la corriente. Los rostros son manchas claras; las ventanas, manchas obscuras en las casas; los árboles, manchas obscuras y compactas que se elevan en la sombra, y apenas si tres o cuatro estrellas de primera magnitud brillan para mí en el cielo». Eso es lo que me pasa ahora a mí, en este sueño mío tan desvelado. Lo sé todo, desde que me he despertado a los favores de la memoria (¿hace pocos segundos?, ¿mil años?), sé de los rasgos de mis padres, de Gragnola, de don Osimo, del maestro Monaldi y de Bruno, a todos les he visto perfectamente el rostro, he sentido su olor y he oído el sonido de su voz. Todo lo veo claro a mi alrededor excepto el rostro de Lila. Como en esas fotos donde las caras se polarizan, para salvaguardar la *privacy* del acusado menor de edad o de la mujer inocente del monstruo. De Lila veo su silueta rápida en su babi negro, su forma de andar suave mientras la sigo como un sicofante; diviso desde atrás el ondear de su pelo, pero todavía no consigo verle la cara.

Estoy combatiendo aún contra un bloqueo, como si temiera no poder aceptar esa luz.

Me vuelvo a ver mientras escribo para ella mis poemas, Criatura Encerrada en ese misterio frágil, me abraso no sólo con el recuerdo de mi primer amor, sino con el sufrimiento de no poder reconocer, ahora, su sonrisa, esos dos dientecitos de los que hablaba Gianni; él, el muy maldito, que sabe y se acuerda.

No perdamos la calma, demos a nuestra memoria su tiempo. Por ahora así me basta, si tuviera una respiración, se me calmaría, porque siento que he llegado a mi lugar. Lila está a dos pasos.

Me veo entrar en la clase femenina para vender papeletas, veo los ojos de mofeta de Ninetta Foppa, el perfil un poco desvaído de Sandrina, y luego ahí estoy ante Lila, contando algún chiste divertido, mientras busco el cambio y no lo encuentro, intentando prolongar mi estación ante un icono que se me sigue descomponiendo, como la pantalla de una televisión estropeada.

Siento en el corazón el ilimitado orgullo de la velada teatral, nada más fingir que me meto en la boca la gragea de la señorita Martini. El teatro estalla, experimento un indecible sentimiento de inconmensurable poder. El día siguiente intento explicárselo a Gianni.

—Ha sido —le decía— el efecto amplificador, el prodigio del megáfono: con un consumo mínimo de energía provocas un deflagración, y sientes que generas una fuerza inmensa con poco gasto. En el futuro podría convertirme en un tenor que hace enloquecer a las masas, un héroe que arrastra a diez mil hombres a la masacre al son de la «Marsellesa», pero sin lugar a dudas no podré volver a experimentar jamás una sensación tan embriagadora como la de ayer por la noche.

Ahora estoy experimentando exactamente eso. Yo estoy ahí, pasándome la lengua una y otra vez por el carrillo, oigo las ovaciones que proceden de la sala, tengo una vaga idea de dónde puede estar Lila, porque antes del espectáculo he espiado desde el telón, pero no puedo volver la cabeza en esa dirección, porque lo echaría todo a perder: la señorita Martini, mientras la gragea le viaja por el carrillo, tiene que seguir de perfil. Yo muevo la lengua, hablo casi a tontas y a locas con voz clueca (por otra parte, la señorita Martini no era más consecuente), estoy concentrado en Lila, a quien no veo, pero ella me ve. Vivo esa apoteosis como una cópula, respecto de la cual la primera *ejaculatio praecox* sobre Josephine Baker fue un soso estornudo.

Debe de ser tras esa experiencia cuando decido mandar al diablo al padre Renato y sus incitaciones. ¿De qué me sirve conservar este secreto en el fondo del corazón, si no podemos embriagarnos siendo dos? Además, si estás enamorado, quieres que ella sepa todo de ti. *Bonum est diffusivum sui.* Ahora le digo todo.

Se trataba de encontrarme con ella no a la salida del Instituto, sino mientras volvía a casa, ella sola. El jueves tenía la clase de gimnasia femenina y volvía hacia las cuatro. Me había preparado desde hacía días y días el discurso de abordaje. Le diría algo gracioso, tipo no temas esto no es un atraco, ella se reiría, le diría que me estaba sucediendo algo extraño, que no lo había experimentado nunca y que ella quizá me podía ayudar... Qué será, pensaría ella, apenas nos conocemos, a lo mejor le gusta una de mis amigas y no se atreve.

Pero luego, como Roxana, lo entendería todo en un instante. No, no, amor mío, yo no te he amado jamás. Eso; era una buena técnica. Decirle que nunca la había amado y excusarme por semejante desatención. Ella captaría la sutileza (¿No era una *précieuse*?) y quizá se inclinaría hacia mí para decirme, qué sé yo, no hagas el tonto, pero con una ternura inesperada. Poniéndose colorada, me tocaría la mejilla con sus dedos. En fin, el inicio sería una obra maestra de sutileza y finura, irresistible, puesto que, al amarla, no podía concebir que ella no experimentara mis mismos sentimientos. Me engañaba, como todos los enamorados, le prestaba mi alma y le pedía que hiciera lo que yo haría, y eso es lo que sucede, desde hace milenios. De otro modo, no existiría la literatura.

Una vez elegido el día, la hora, tras haber creado todas las condiciones para el alumbramiento feliz de la Oportunidad, a las cuatro menos diez estaba ante el portal de su casa. A las cuatro menos cinco pensé que pasaba demasiada gente y decidí esperarla dentro, al pie de la escalera.

Tras algunos siglos, transcurridos entre las cuatro menos cinco y las cuatro y cinco, la oí entrar en el portal. Cantaba. Una canción que hablaba de un valle, ahora consigo tararear apenas un vago motivo, no la letra. Eran años en que las canciones eran horribles, no como las de mi infancia, eran canciones estúpidas de la posguerra, «Eulalia Torricelli de Forlì», «Los bomberos de Viggiù», «Qué manzanas qué manzanas», «Los cadetes de Gascuña», a lo sumo pegajosas declaraciones de amor tipo «Ve serenata celeste» o «Adormecerme así entre tus brazos». Las detestaba. Por lo menos el primo Nuccio bailaba los ritmos americanos. La idea de que a ella pudieran gustarle semejantes cosas quizá me dejó helado por un momento (ella *debía* ser tan exquisita como Roxana), pero no sé si en esos instantes razoné mucho. De hecho, no escuchaba, sencillamente me imaginaba su aparición, y tuve por lo menos diez segundos largos para sufrir una eternidad ansiosa.

Me presenté precisamente cuando ella llegaba a la escalera. Si la historia me la contara otro, observaría que en ese punto se necesitan violines, para sostener la espera, y crear ambiente. Pero en ese momento me bastaba la miserable canción que acababa de oír. El corazón me latía con tal violencia que esa vez, esa sí, habría podido decir que estaba enfermo. En cambio, me sentía lleno de energía salvaje, listo para el momento supremo.

Ella apareció delante de mí, se detuvo sorprendida.

Le pregunté: «¿Vive aquí Vanzetti?».

Ella contestó que no.

Yo le dije gracias, perdona, me he equivocado.

Y me fui.

Vanzetti (¿quién sería?) era el primer nombre que, presa del pánico, se me había ocurrido. Por la noche, luego, me convencí de que era justo que hubiera sucedido lo que sucedió. Había sido la última astucia. Si ella se echaba a reír, si me decía qué ideas tienes, eres un tesoro, te doy las gracias, pero tengo otras cosas en la cabeza, ¿qué hacía yo? ¿Me olvidaba de ella? ¿La humillación me obligaría a considerarla una boba? ¿Me pegaría a ella como un papel matamoscas durante los días y meses siguientes, implorando una segunda oportunidad, convirtiéndome en el hazmerreír del Instituto? Callando, en cambio, había conservado todo lo que ya tenía y no había perdido nada.

Estaba seguro de que ella tenía otras cosas en la cabeza. A veces iba a buscarla a la salida del Instituto un estudiante universitario, alto, bastante rubio. Se llamaba Vanni —no sé si de nombre o de apellido—, y aquella vez que llevaba una tirita en el cuello les decía de verdad a los amigos, con aire alegremente corrupto, que se trataba sólo de un sifiloma. Pero una vez vino con la Vespa.

La Vespa acababa de salir. La tenían sólo, decía mi padre, los chicos consentidos. Para mí, tener la Vespa era como ir al teatro y ver a las bailarinas prácticamente en cueros. Estaba del lado del pecado. Algunos compañeros montaban en Vespa a la salida del Instituto, o llegaban por la tarde a la plazoleta en la que nos extraviábamos en largas charlas sentados en los bancos, ante una fuente que solía estar enferma, algunos de nosotros contando cosas que habíamos oído contar sobre las casas de citas y sobre la revista de Wanda Osiris, y el que lo había oído contar adquiría a los ojos de los demás un carisma morboso.

La Vespa la sentía yo como la infracción. No era una tentación, porque no concebía poderla poseer; era más bien la evidencia solar y neblinosa de lo que habría podido suceder cuando te alejabas con una compañera sentada como una amazona en el asiento posterior. No era objeto de deseo, era el símbolo de deseos insatisfechos, e insatisfechos por deliberado rechazo.

Ese día, al volver desde la Piazza Minghetti hacia el Instituto para cruzarme con ella junto con sus compañeras, ella no estaba con el grupo. Mientras yo aceleraba el paso temiendo que una divinidad celosa me la hubiera robado, algo horrible sucedía, mucho menos sacro, o —de ser sacro— infernal. Lila todavía estaba allí, delante de la escalinata del Instituto, como esperando. Entonces llega (en Vespa) el tal Vanni. La monta en la Vespa, ella se le agarra, como es costumbre, pasándole los brazos por debajo de las axilas y apretándoselo contra el pecho, y adelante.

Era la época en que las faldas hasta casi la rodilla de los años de la guerra, o las que, siempre hasta la rodilla, tenían vuelo y lucían tan graciosas las novias de Rip Kirby en los primeros cómics americanos de la posguerra, habían dado paso a las faldas largas, hasta la mitad de la pantorrilla. No eran más púdicas que las otras, es más, tenían una gracia perversa, una elegancia aérea y prometedora, más aún si mariposeaban con el viento mientras la chica desaparecía abrazada a su centauro.

Esa falda era un fluctuar púdico y malicioso en el viento, una seducción por interpósito y amplio estandarte. La Vespa se alejaba regia como un bajel que dejara en su estela una espuma cantarina, un piruetear de místicos delfines.

Ella se alejaba esa mañana en Vespa, y la Vespa se convertía aún más para mí en el símbolo de un desgarro, de una pasión inútil.

Una vez más, con todo, veo la falda, la oriflama de su pelo, y ella siempre de espaldas.

Lo había contado Gianni. Durante toda una representación de una obra de Alfieri le había mirado sólo la nuca. Pero Gianni no me ha recordado —o no le he dejado el tiempo— la otra velada teatral. A la ciudad había llegado una compañía que representaba el *Cyrano*. Era la primera vez que tenía la ocasión de verlo en escena, y había convencido a cuatro amigos míos de que reservaran unas entradas en la galería. Saboreaba por adelantado el placer, y el orgullo, de anticipar las frases en los momentos cruciales.

Llegamos pronto, estábamos en segunda fila. Poco antes de empezar la obra se sentó en primera fila, justo delante de nosotros, un grupo de chicas. Eran Ninetta Foppa, Sandrina, otras dos, y Lila.

Lila se sentó delante de Gianni, que estaba a mi lado, así es que yo le veía una vez más la nuca pero, moviendo la cabeza, podía divisar su perfil (ahora no, Lila sigue siempre y todavía solarizada). Rápidos saludos, ah, también vosotros, qué coincidencia, eso es todo. Como decía Gianni, nosotros éramos demasiado jóvenes para ellas, y si yo había sido el héroe con la gragea en la boca, lo era como Jerry Lewis o Abbot y Costello, de los que una se ríe, pero no se enamora.

A mí, en cualquier caso, me bastaba. Seguir el *Cyrano*, frase a frase, con ella delante, multiplicaba mi vértigo. No sé decir cómo era la Roxana que actuaba en el escenario, porque yo tenía a mi Roxana de espaldas y en escorzo. Me parecía adivinar cuándo seguía el drama con conmoción (¿quién no se conmueve con el *Cyrano*, escrito para hacer que se conmueva incluso un corazón de piedra?) y decidía soberanamente que se estaba conmoviendo no conmigo, sino por mí y para mí. No podía desear más: yo, Cyrano, y ella. Lo demás era muchedumbre anónima.

Cuando Roxana se inclina para besar la frente de Cyrano, yo era una sola cosa con Lila. En ese momento, aunque ella no lo sabía, no podía no amarme. Además, Cyrano había esperado años y años hasta que ella por fin entendió. Podía esperar yo también. Aquella noche, ascendí a pocos pasos del Empíreo.

Amar una nuca. Y la chaqueta amarilla. Esa chaqueta amarilla con la que apareció un día en el Instituto, luminosa en el sol de primavera, y a la que dediqué versos. Desde entonces no he podido ver a una mujer con una chaqueta amarilla sin sentir una llamada, una insoportable nostalgia.

Es que ahora entiendo lo que me decía Gianni: había buscado toda la vida, en todas mis aventuras, el rostro de Lila. Toda mi vida he esperado interpretar la escena final del *Cyrano*. La conmoción que quizá me llevó a mi trastorno fue la revelación de que esa escena me había sido negada para siempre.

Comprendo ahora que fue Lila la que me dio, a los dieciséis años, la esperanza de olvidar la noche del Vallone al abrirme a un nuevo amor por la vida. Mis pobres poemas habían sustituido el Ejercicio de la Buena Muerte. Con Lila cerca, no digo mía, sino ante mí, viviría, cómo decirlo, cuesta arriba los últimos años del bachillerato, y poco a poco haría las paces con mi infancia. Desaparecida bruscamente Lila, viví hasta las puertas de la universidad en un limbo incierto, y luego —una vez que los símbolos mismos de esa infancia, padres y abuelo, desaparecieron definitivamente— renuncié a cualquier intento de relectura benévola. Borré mi memoria y empecé desde cero. Por una parte, la fuga hacia un saber confortable y prometedor (al fin y al cabo, me licencié con una memoria sobre la *Hypnerotomachia Poliphili*, no sobre la historia de la Resistencia); por otra, el encuentro con Paola. Claro que, si Gianni tenía razón, me había quedado una insatisfacción de fondo. Había olvidado todo, excepto el rostro de Lila, y lo buscaba entre la gente, y esperaba encontrarlo no yendo hacia atrás, como se hace con lo que ya dejó de ser, sino hacia delante, en una búsqueda que ahora sé vana.

La ventaja de mi sueño de ahora, con sus cortocircuitos subitáneos, tipo laberinto —de modo que, aun reconociendo la división de épocas distintas, puedo recorrerlas en ambas direcciones, al haber abolido la flecha del tiempo—, pues bien, la ventaja es que ahora puedo revivirlo todo, sin que haya un adelante y un atrás, en un círculo que podría durar eras geológicas, y en este círculo, o espiral, Lila vuelve a estar siempre junto a mí, en cada momento de mi danza de abeja seducida, tímida en torno al polen amarillo de su chaqueta. Lila está presente como Angelo Oso, don Osimo o el señor Piazza, como Ada, papá, mamá, el abuelo, como los perfumes y los olores de la cocina de esos años que he vuelto a encontrar, comprendiendo con equilibrio y piedad también la noche del Vallone y a Gragnola.

¿Soy un egoísta? Paola y las niñas están esperando ahí fuera; gracias a ellas me he podido permitir durante cuarenta años mi búsqueda de Lila, persistente en segundo plano, pero viviendo con los pies bien plantados. Ellas me han hecho salir de mi mundo cerrado y, aunque haya merodeado entre incunables y pergaminos, he generado nueva vida. Ellas están sufriendo y yo me declaro feliz. Pero, en fin, qué culpa tengo, no puedo volver ahí fuera, así que es justo que disfrute de este estado suspendido. Tan suspendido que puedo incluso sospechar que entre ahora y el momento en que me he despertado aquí donde estoy, a pesar de que he revivido casi veinte años, a veces instante a instante, no han pasado sino pocos segundos; como en los sueños, donde parece que basta con adormilarse un instante y en un santiamén se vive una historia larguísima.

Quizá estoy, sí, en coma, pero en el coma no recuerdo, sueño. Sé de algunos sueños en que uno tiene la impresión de recordar, y cree que lo que recuerda es verdadero, luego se despierta y debe concluir, de mala gana, que esos recuerdos no eran los propios. Soñamos con falsos recuerdos. Por ejemplo, me acuerdo de que más de una vez he soñado con que por fin volvía a una casa a la que hacía tiempo que no iba, pero a la que habría debido volver hacía tiempo, porque era una especie de apartamentito secreto donde había vivido y había dejado allí muchas cosas mías. En el sueño me acordaba perfectamente de cada mueble, de cada habitación de esa casa, y a veces me irritaba porque sabía que tenía que haber, pasada la sala, en el pasillo que iba hacia el baño, una puerta que daba a otra habitación, y la puerta, en cambio, ya no estaba, como si alguien la hubiera tapiado. Así me despertaba lleno de deseo y de nostalgia por ese refugio mío escondido, pero enseguida me daba cuenta de que el recuerdo pertenecía al sueño, y no podía acordarme de esa casa porque —por lo menos en mi vida— nunca había existido. A menudo he pensado que en los sueños uno se adueña de recuerdos ajenos.

Ahora bien, ¿me ha sucedido alguna vez que, en un sueño, sueñe con otro sueño, como estaría haciendo ahora? Ésta es la prueba de que no sueño. Y además, en los sueños los recuerdos están desenfocados, son imprecisos, mientras que yo recuerdo ahora, página a página, imagen a imagen, todo lo que he hojeado en Solara en los dos últimos meses. Recuerdo cosas realmente acaecidas.

Pero, ¿quién me dice que todo lo que he recordado en el curso de este sueño me ha ocurrido de verdad? Quizá mi madre y mi padre no tenían esa cara, nunca ha existido ningún don Osimo, ni Angelo Oso, nunca he vivido la noche del Vallone. Peor aún, lo de despertarme en el hospital también lo he soñado, y que he perdido la memoria, y que tengo una mujer que se llama Paola y dos hijas y tres nietos. Yo nunca he perdido la memoria, yo soy otro —Dios sabe quién— que por algún accidente se encuentra en esta situación (coma o limbo) y todo lo demás son figuras afloradas por ilusión óptica de la niebla. De otro modo, todo lo que he creído recordar hasta ahora no estaría dominado por la niebla, que no era sino el signo de que toda la vida era sueño. Me ha salido una cita. ¿Y si todas las citas, las que le soltaba al doctor, a Paola, a Sibilla, a mí mismo, no fueran sino el producto del mismo sueño persistente? No habrían existido nunca Carducci o Eliot, Pascoli o Huysmans, y todo lo demás que juzgaba recuerdo enciclopédico. Tokio no es la capital del Japón, Napoleón no sólo no murió en Santa Elena sino que ni siquiera llegó a nacer, si algo existe fuera de mí es un universo paralelo donde los que saben qué sucede y qué ha pasado, quizá mis semejantes —y yo mismo—, tienen la piel cubierta por escamas verdes y cuatro antenas retráctiles encima de su único ojo.

No puedo establecer que las cosas no sean de verdad así. Sin embargo, si yo hubiera concebido todo un universo dentro de mi cerebro, un universo donde no sólo están Paola y Sibilla, sino donde también ha sido escrita la *Divina Comedia* y se ha inventado la bomba atómica, habría puesto en juego una capacidad de invención que supera las posibilidades de un individuo; eso admitiendo que yo sea ese individuo, y humano, no una madrépora de cerebros conectados entre sí.

¿Y si, en cambio, Alguien me estuviera proyectando una película directamente en el cerebro? Podría ser un cerebro en una solución cualquiera, en un caldo de cultivo, en el recipiente de cristal donde he visto los testículos de perro, en formol, y alguien me envía estimulaciones para hacerme creer que he tenido un cuerpo y que otros han existido a mi alrededor, mientras sólo existimos el cerebro y el Estimulador. Ahora bien, si fuéramos cerebros en formol, ¿podríamos suponer que somos cerebros en formol o afirmar que no lo somos?

Si así fuera, no me quedaría por hacer nada más que esperar otras estimulaciones. Espectador ideal, viviría este sueño como una interminable sesión cinematográfica, creyendo que la película habla de mí. O quizá no, lo que estoy soñando es sólo la película número diez mil novecientos noventa y nueve, otras diez mil y pico ya las he soñado, en una me identificaba con Julio César, estaba pasando el Rubicón, sufría como un cerdo en el matadero por las veintitrés puñaladas, en la otra era el señor Piazza y disecaba comadrejas, en la otra, Angelo Oso, que se preguntaba por qué lo quemaban tras tantos años de honrado servicio. En una podría haber sido Sibilla, que se preguntaba angustiosamente si yo conseguiría recordar un día nuestra historia. En este momento sería un yo provisional, mañana tal vez sea un dinosaurio que empieza a sufrir por la llegada de la glaciación que lo matará, pasado mañana viviré la vida de un albaricoque, de un gorrión, de una hiena, de una ramilla.

No consigo abandonarme, quiero saber quién soy. Hay una cosa que percibo con claridad. Las memorias afloradas desde el principio de lo que creo mi coma son oscuras, neblinosas, y se han dispuesto como un mosaico, con soluciones de continuidad, incertidumbres, desgarros, mordeduras (¿por qué no consigo recordar el rostro de Lila?). Las memorias de Solara, y las de Milán tras el despertar en el hospital, en cambio, son claras, se eslabonan según una secuencia lógica, puedo ordenar sus fases temporales, puedo decir que me he encontrado con Vanna en Largo Cairoli antes de comprar los testículos de perro en ese puesto en Cordusio. Claro, podría estar soñando que tengo recuerdos imprecisos y recuerdos claros, pero la evidencia de esta diferencia me empuja a una decisión. Para conseguir sobrevivir (curiosa expresión para uno como yo, que podría estar ya muerto), tengo que decidir que Gratarolo, Paola, Sibilla, la librería, Solara entera, con Amalia y con las historias del aceite de ricino del abuelo, son recuerdos de vida verdadera. Eso es lo que hacemos también en la vida normal: podemos suponer que nos está engañando un genio maligno, pero para poder seguir adelante hacemos como si todo lo que vemos fuera real. Si nos dejáramos llevar, si dudáramos de que hay un mundo fuera de nosotros, no haríamos ya nada, y en la ilusión producida por el genio maligno nos caeríamos por las escaleras, o moriríamos de inanición.

Es en Solara (que existe) donde he leído mis poemas que hablaban de una Criatura, y es en Solara donde Gianni me ha dicho por teléfono que la criatura existía y se llamaba Lila Saba. Por lo tanto, también dentro de mi sueño Angelo Oso puede ser una ilusión, pero Lila Saba es realidad. Por otra parte, si sólo soñara, ¿por qué el sueño no debería ser tan generoso como para devolverme también el rostro de Lila? En los sueños se te aparecen incluso los difuntos para darte los números de la lotería, ¿por qué el rostro de Lila debe negárseme? Si no consigo recordarlo todo es porque, fuera del sueño, existe un puesto de control, que me impide por alguna razón pasar más allá.

Es cierto, ninguno de mis confusos razonamientos es coherente. Puedo estar soñando perfectamente que tengo un bloqueo, puede ser que el Estimulador se niegue (por malignidad o por piedad) a enviarme la imagen de Lila. En los sueños se te aparecen personas conocidas, tú sabes que son ellas, y aun así no les ves la cara… Nada, de lo que pueda convencerme, supera una prueba lógica. Pero precisamente el hecho de que pueda apelar a una lógica prueba que no estoy soñando. El sueño es ilógico, y al soñar no te quejas de que lo sea.

Tomo la resolución, pues, de que las cosas son como decido, y a ver quién se atreve a venir aquí a contradecirme.

Si consiguiera ver el rostro de Lila, me convencería de que existía. No sé a quién pedir ayuda, tengo que hacerlo todo yo solo. No puedo implorar a nadie fuera de mí, y tanto Dios como el Estimulador —si existen— están fuera del sueño. Las comunicaciones con el exterior están cortadas. Quizá podría dirigirme a alguna divinidad privada, cuya inconsistencia conozco, pero que por lo menos tiene que estarme agradecida por haberle dado la vida.

¿A quién sino a la reina Loana? Ya lo sé, me entrego una vez más a mi memoria de papel, pero no pienso en la reina Loana del tebeo, sino en la mía, la que anhelara yo de modos mucho más eté-reos, la guardiana de la llama de la resurrección, que puede hacer volver cadáveres petrificados desde cualquier remoto pasado.

¿Estoy loco? También ésta es una hipótesis sensata: no estoy en coma, estoy encerrado en un autismo letárgico, creo que estoy en coma, creo que lo que he soñado no es verdad, creo que tengo el derecho de hacer que se convierta en verdadero. ¿Pero cómo puede un loco plantear una hipótesis sensata? Además, uno está loco con respecto a la norma de los demás, pero aquí los demás no existen, la única medida soy yo, y lo único verdadero es el Olimpo de mis memorias. Estoy encarcelado en mi aislamiento caliginoso, en este feroz egotismo. Entonces, si tal es mi condición, ¿por qué establecer una diferencia entre mamá, Angelo Oso y la reina Loa-na? Vivo una ontología deshilachada. Tengo la soberana potestad de crear a mis propios dioses, y a mis propias Madres.

Así pues, ahora rezo: «Oh buena reina Loana, en nombre de tu amor desesperado, yo no te pido que despiertes de su sueño de piedra a tus víctimas milenarias, sino sólo que me devuelvas un rostro... Yo, que desde la ínfima laguna de mi sueño forzoso he visto lo que he visto, te pido a ti que me eleves a las alturas de un simulacro de salud».

¿No les pasa a los que han recibido un milagro que, sólo por haber expresado su fe en el milagro, han sanado? Así pues, yo quiero con todas mis fuerzas que Loana pueda salvarme. Estoy tan tenso con esta esperanza que, si no estuviera ya en coma, me daría un ataque.

Y al fin, gran Dios, he visto. He visto como el apóstol, he visto el centro de mi Aleph desde donde se divisaba no el infinito mundo, sino la cartilla de mis recuerdos. Y como la nieve *a la que el sol deshila, así al viento, en las hojas arrastrada, se perdió la sentencia de Sibila.*

Es decir, sin duda he visto, pero la primera parte de mi visión ha sido tan cegadora que es como si después hubiera caído en un sueño nebuloso. No sé si en un sueño puede uno soñar que duerme, pero es verdad que, si sueño, sueño también con que ahora me he despertado y recuerdo lo que he visto.

Estaba delante de la escalinata de mi Instituto, que subía blanca hacia las columnas neoclásicas que enmarcaban la puerta de entrada. Estaba como arrobado y oía una suerte de voz poderosa que me decía: «¡Lo que ahora veas bien puedes escribirlo en tu libro, porque nadie lo leerá, pues sólo estás soñando que lo escribes!».

Y en la cima de la escalera apareció un trono y en el trono había un hombre con la cara de oro, con la sonrisa mongola y atroz, la cabeza coronada de llama y esmeralda, y todos elevaban cálices para rendirle homenaje a él, Ming Señor de Mongo.

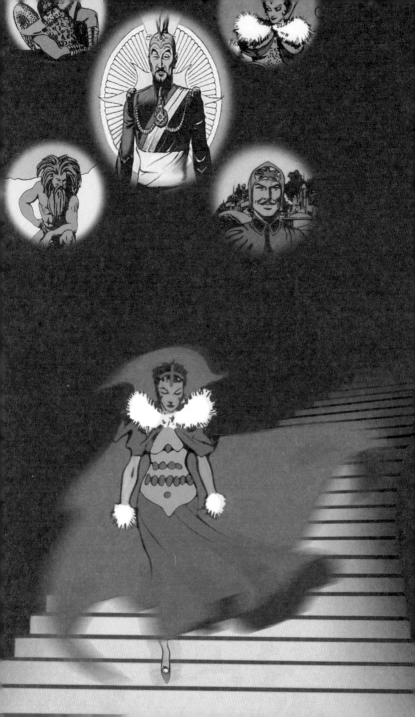

Y en el trono y a su alrededor había cuatro Vivientes, Thun el de la cara de león, y Vultan el de las alas de halcón, y Barin príncipe de Arboria, y Azura reina de los Hombres Mágicos. Y Azura bajaba por la escalera envuelta en llamas, y parecía una gran meretriz ceñida de púrpura y escarlata, adornada de oro, de piedras preciosas y de perlas, ebria de la sangre de los hombres llegados de la Tierra, y al verla me quedaba estupefacto de un gran estupor.

Y Ming sentado en el trono decía que quería juzgar a los hombres de la tierra, y riendo sardónica y lúbricamente ante Dale Arden ordenaba que se la diera en pasto a una Bestia llegada del mar.

Y la Bestia tenía un horrible cuerno en la frente, las fauces abiertas de par en par y los dientes afilados, las patas de rapaz y la cola como mil escorpiones, y Dale lloraba e invocaba auxilio.

Y en auxilio de Dale subían ahora por la escalera los caballeros de Undina cabalgando sus monstruos rostrados con dos únicas patas y una larga cola de pez marino...

Y los Hombres Mágicos fieles a Gordon en un carro de oro y de coral arrastrado por grifos verdes con su largo cuello encrestado de escamas...

Y los Lanceros de la Reina Fría en Pájaros de las Nieves con sus picos retorcidos como cornucopias doradas, y por último en un carro blanco, junto a la Reina de las Nieves, llegaba Flash Gordon y le gritaba a Ming que iba a empezar el gran torneo de Mongo y pagaría por todos sus delitos.

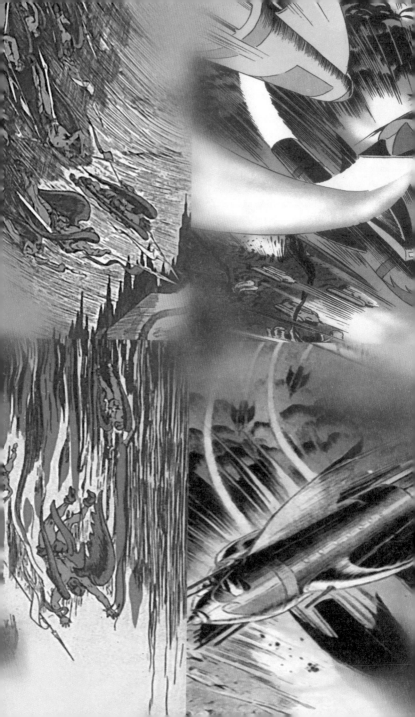

Y a una señal de Ming bajaban del cielo contra Gordon los Hombres Halcones, que ofuscaban las nubes como enjambres de langostas, mientras los Hombres Leones con redes y tridentes garrudos se esparcían por la plaza ante la escalinata e intentaban capturar a Vanni y a otros estudiantes llegados con otro enjambre, éste de Vespas, y la batalla era incierta.

E, incierto de esa batalla, Ming hacía otro gesto y sus cohetes celestes se elevaban altos en el sol, y estaban lanzándose sobre la tierra cuando, a una señal de Gordon, otros cohetes celestes del doctor Zarkov alzaban el vuelo, y en el cielo se encendía una majestuosa contienda, entre silbidos de rayos mortales y lenguas de fuego, y las estrellas del cielo parecían caer sobre la tierra, y cohetes penetraban en el cielo y se enrollaban licuefactos como un libro que se arrolla, y llegaba el día del Gran Juego de Kim, y envueltos por otras llamas multicolores se estrellaban ahora contra el suelo los otros cohetes celestes de Ming, arrollando en la plaza a los Hombres Leones. Y los Hombres Halcones se precipitaban cubiertos de llamas.

Y Ming Señor de Mongo lanzaba un grito de animal feroz y su trono caía y rodaba por la escalera del Instituto embistiendo a sus pávidos cortesanos.

Y, muerto el tirano, desaparecidas las Bestias llegadas de todos los lugares del mundo, mientras un abismo se abría bajo los pies de Azura, que se hundía en un torbellino de azufre, se elevaba ahora, ante la escalinata del Instituto y por encima del Instituto, una Ciudad de Cristal y de otras piedras preciosas, propulsada por todos los colores del arco iris, y su altura era de doce mil estadios, y sus paredes de un diaspro que semejaba cristal puro medían ciento cuarenta y cuatro codos.

Y en aquel momento, tras un tiempo que había sido de llamas y de vapores al mismo tiempo, la niebla se aclaraba, y ahora veía yo la escalinata, libre de todos los monstruos, blanca en el sol de abril.

¡He vuelto a la realidad! Están sonando siete trompetas, y son las de la Orquesta Cetra del Maestro Pippo Barzizza, la Orquesta Melódica del Maestro Cinco Angelini y la Orquesta Ritmo Sinfónica del Maestro Alberto Semprini. Las puertas del Instituto se han abierto de par en par y las mantiene abiertas el doctor molieriano del Cachet Fiat, quien golpea con su bastón para anunciar el desfile de los Arcontes.

Y he aquí que desfilan bajando por ambos lados de la escalinata los varones, que salen antes, dispuestos como una hueste de ángeles para el descenso de todos los siete cielos, con chaqueta de rayas y pantalones blancos, como muchos pretendientes de Diana Palmer.

Y al pie de la escalinata aparece ahora Mandrake The Magician, Merlín el Mago, que hace girar su bastón con desenvoltura. Sube saludando con el sombrero de copa levantado mientras, a cada paso, la base del escalón se ilumina, y canta I'll build a Stairway to Paradise, with a new step ev'ry day, I'm going to get there at any price, Stand aside, I'm on my way!

Mandrake apunta ahora el bastón hacia arriba, para anunciar el descenso de la Dragon Lady, enfundada en seda negra, y a cada escalón los estudiantes se arrodillan y tienden el canotier en acto de adoración, mientras ella canta con voz de saxofón en celo Sentimental esta noche infinita, este cielo otoñal, esta rosa marchita, todo habla de amor a mi corazón que espera, y anhela esta noche la alegría de una hora de una hora contigo.

Y detrás de ella bajan —por fin han regresado a nuestro planeta— Gordon, Dale Arden y el doctor Zarkov, entonando Blue skies, smiling at me, nothing but blue skies do I see, Bluebirds, singing a song, nothing but bluebirds, all day.

Y los sigue Georges Formby con su ukelele, esbozando con su sonrisa de caballo It's in the air this funny feeling everywhere, that makes me sing without a care today, as I go on my way, it's in the air, it's in the air... Zoom zoom zoom zoom high and low, zoom zoom zoom zoom here we go...

Bajan los siete enanitos, desgranando rítmicamente los nombres de los siete reyes de Roma, menos uno, y luego Mickey Mouse y Minnie, del brazo de Horacio y Clarabella, onusta con las diademas de su tesoro, al ritmo de «Pippo Pippo no lo sabe». Siguen Goofy, Pertica y Palla, Cip y Gallina, y Álvaro bastante corsario con Alonzo Alonzo alias Alonzo, ya arrestado por robo de jirafa, y del brazo, como si fueran camaradas, Dick Fulmine, Zambo, Barreira, Maschera Bianca y Flattavion, y cantan a voz en grito «El partisano en el bosque», y todos los chicos de *Corazón*, Derossi a la cabeza, con el pequeño Vigía Lombardo y el Tamborcillo Sardo, y el padre de Coretti con la mano aún caliente de la caricia del Rey, al canto de adiós Lugano bella, expulsados sin culpa los anarquistas se van, mientras Franti, en la última fila, arrepentido, susurra duerme y no llores oh Jesús de mi alma.

Estallan fuegos artificiales, el cielo soleado es un gozo de estrellas de oro, y bajan a toda prisa por la escalinata el hombre del Thermogène y quince tíos Gaetano, con la cabeza erizada de lápices Presbitero, que desarticulan sus extremidades en un claqué furibundo, I'm yankee doodle dandy, bajan como enjambres mayores y pequeños de la Biblioteca Juvenil, Gigliola de Collefiorito, la tribu de los Conejos Salvajes, la señorita de Solmano, Gianna Preventi, Carletto de Kernoel, Rampichino, Editta de Ferlac, Susetta

Monenti, Michele de Valdarta y Melchiorre Fiammati, Enrico de Valneve, Valia y Tamarisco, superados por el fantasma aéreo de Mary Poppins, todos ellos con los gorritos militares de los muchachos de Via Paal, y narices larguísimas a lo Pinocho. Tap dancing del Gato y del Zorro y de los Gendarmes.

Luego, a una señal del sicopompo, aparece Sandokán. Viste una túnica de seda india, ceñida a la cintura con una faja carmesí adornada de piedras preciosas, el turbante sujeto por un diamante del tamaño de una avellana. En la cintura asoman las culatas de dos pistolas de hechura exquisita, y una cimitarra con la funda tachonada de rubíes. Baritonea Mailù, bajo el cielo de Singapur, en un manto de astros dorados, ha nacido nuestro amor y lo siguen sus Cachorros de Tigre, yatagán entre los dientes, sedientos de sangre, cantando himnos a Mompracem, armada nuestra que a Inglaterra burlaste, victoriosa en Alejandría, Malta, Suda y Gibraltar…

Y he aquí ahora a Cyrano de Bergerac, con la espada desenfundada, que con una voz baritonalmente nasal y con amplio gesto pregunta a la multitud: «Tú conoces a mi prima, es un tipo original, moderna y muy monina, no la encontrarás igual. Pues baila el bugui bugui, habla un poco de inglés y de modo harto cortés sabe murmurar for you».

Detrás de él llega suave Josephine Baker, pero esta vez está *à poil*, como las calmucas de *Razas y pueblos de la tierra*, excepto por una faldita de plátanos en la cintura, y empieza suavemente dulce prenda de mi amor, ah quisiera morir de dolor, por haberte ofendido, Señor.

Baja Diana Palmer cantando il n'y a pas, il n'y a pas d'amour heureux, Yáñez de Gomera gorjea ibérico María la O, ya no más cantar, María la O, hora es de llorar y de recordar el tiempo feliz de tus besos que tan fugaz ya voló, llega el verdugo de Lille con Milady de Winter, él llorando balbucea son hilos de oro tus rubios cabellos, y tu boquita de fresa, y entonces le corta la cabeza de un solo golpe, sguiss, la adorable cabeza de Milady, marcada por un lis blanco grabado a fuego en la frente, rueda hasta el fondo de la escalinata, casi hasta mis pies, mientras los Cuatro Mosqueteros entonan en falsete *she gets too hungry for dinner at eight, she likes the theater and never comes late, she never bothers with people she'd hate, that's why Milady is a tramp!* Baja Edmond Dantès canturreando esta vez, *amigo mío, yo pago el fío, yo pago el fío*, y el abate Faria, que lo sigue envuelto en su mortaja de tela de saco, lo señala y dice es él, es él, sí, sí precisamente él, mientras Jim, el doctor Livesey, el squire Trelawney, el capitán Smollett y John Silver el Largo (disfrazado de Pete Patapalo, que a cada escalón da un golpe de pie y tres de prótesis) impugnan los derechos sobre el tesoro del pirata Flint, y Ben Gunn con la sonrisa de Trigger Hawkes dice entre sus dientes caninos *cheese!* Con el clangor de sus teutónicas botas baja el camarada Richard haciendo resonar sus *claquettes* al ritmo de *New York, New York, it's a wonderful town! The Bronx is up and the Battery's down*, y el Hombre que Ríe del brazo de lady Josiane, desnuda como sólo puede estarlo una mujer armada, dando por lo menos diez pasos en cada escalón, entona rítmicamente *I got rhythm, I got music, I got my girl, who could ask for anything more?*

Y a lo largo de la escalera se extiende ahora, por milagro escénico del doctor Zarkov, un largo monorraíl brillante por el que avanza la Filotea, el tranvía-funicular llega hasta el ápice, penetra en el vestíbulo del Instituto y como de una alegre colmena bajan, para correr la escaleras abajo, el abuelo, mamá, papá llevando a Ada pequeñísima de la mano, don Osimo, el señor Piazza, el padre Cognasso, el párroco de San Martino y Gragnola, con el cuello vendado con una armadura que le sujeta incluso la nuca, como Eric von Stroheim, y casi le endereza los hombros, y todos modulan:

Padres, hijos y sobrina, es la familia cantarina,
hasta el que es menos mundano, escucha al trío Lescano.

Dame dame a Boccaccini, ahí va la orquesta de Angelini,
Rabagliati les conquista, hay que ver qué gran artista,
ay qué hermosa melodía, sí que tiene su bemol
el maestro Petralia con su gran acorde en sol.

Y mientras Meo planea por encima de todos, con sus grandes orejas al viento, soberbiamente asnino, irrumpen en filas desordenadas todos los chicos del Oratorio, pero con el uniforme de la Patrulla del Marfil, empujando hacia delante a Fang, la flexuosa pantera negra, y salmodiando exóticos van las caravanas del Tigré.

Y tras algunos crack crack a los rinocerontes de paso, presentan armas y sombreros para saludarla a ella, la reina Loana.

Ella se muestra con su casto sujetador, una falda que casi le descubre el ombligo, el rostro oculto tras un velo blanco, un penacho en la cabeza y una amplia capa movida por un débil viento, contoneándose con donaire entre dos moros vestidos de emperadores de los incas.

Baja hacia mí como una chica de las Ziegfield Follies, me sonríe y haciéndome una señal de aliento me muestra el recuadro de la puerta del colegio, donde se perfila ahora Don Bosco.

Lo sigue el padre Renato de *clergyman*, que entona detrás de él, místico y de manga ancha, duae umbrae nobis una facta sunt, infra laternam stabimus, olim Lili Marleen, olim Lili Marleen. El santo, con la cara risueña, la túnica salpicada de barro y los pies entorpecidos por sus zapatos salesianos en cada tap y tip que intenta de escalón en escalón, lleva extendido ante sí, como si fuera el sombrero de copa de Mandrake, *El joven cristiano*, y me parece que dice omnia munda mundis, la esposa está preparada y se le concedió vestirse de un finísimo hilo, espléndido y puro, y su esplendor será como una gema preciosísima, yo he venido a decirte lo que acontecerá dentro de poco…

Tengo el permiso... Los dos religiosos se disponen a ambos lados del último escalón y hacen una señal indulgente hacia la puerta, por donde están saliendo las chicas del bachillerato femenino, llevando un gran velo transparente con el que se envuelven, dispuestas en forma de rosa cándida, y a contraluz, desnudas, levantan las manos y muestran de perfil sus senos virginales. La hora ha llegado. Aparecerá, al final de este radiante apocalipsis, Lila.

¿Cómo será? Tiemblo y anticipo.

Aparecerá una jovencita de dieciséis años, bella como una rosa que se abre en toda su frescura a los primeros rayos de una hermosa mañana de rocío, con una larga túnica cerúlea, cubierta desde la cintura hasta la rodilla por una redecilla de plata, su atavío imitará el color de sus pupilas, bien lejos de igualar el etéreo añil, el suave y lánguido esplendor de sus niñas, y quedará sumergido por el difuso volumen de su cabellera rubia, suave y reluciente, frenada sólo por una corona de flores, será una criatura de dieciocho años de una blancura diáfana, su tez, animada por un matiz rosado, en torno a los ojos se tornará en un pálido reflejo de aguamarina y dejará entrever en la frente y en las sienes venitas azuladas, sus finos cabellos rubios caerán a lo largo de la mejilla, y sus ojos, de un azul tierno, parecerán suspendidos en un no sé qué húmedo y refulgente, su sonrisa será la de una niña, mas, cuando se ponga seria, una arruga tenue y vibrante le marcará los labios por los dos lados, será una jovencita de diecisiete años, esbelta y elegante, con una cintura tan fina que una sola mano bastaría para rodearla, con la epidermis como una rosa apenas abierta, con blondos cabellos que le descenderán en pintoresco desorden semejantes a una lluvia de oro sobre el blanco corpiño que le cubre el pecho, una frente tersa y saliente coronará el óvalo perfecto de su rostro, su cutis tendrá la blancura apagada, la frescura aterciopelada de un pétalo de camelia imperceptiblemente dorado por un rayo de sol, su pupila, negra y sumamente dilatada, dejará entrever apenas el transparente y azulado globo a cada extremo de los párpados, orlados de largas pestañas.

No. Con su túnica audazmente abierta en un costado, la desnudez de sus brazos y las sombras misteriosas adivinadas bajo los velos, lentamente desatará algo bajo su cabellera y súbitamente las largas envolturas de su vestidura sepulcral caerán al suelo, y mi mirada recorrerá toda su silueta, vestida ahora únicamente por una estrecha y blanca túnica, abrazada en la cintura por una serpiente de oro macizo con dos cabezas, mientras, ella mantendrá los brazos cruzados sobre el pecho, y yo me volveré loco por esas formas andróginas, por esas carnes suyas blancas como una médula de saúco, por esa boca suya con unos labios espoliadores, por esa cinta azul justo debajo del mentón, ángel de misal vestido de virgen loca por obra de un miniaturista perverso, en su pecho plano los senos, pequeños pero precisos, se erguirán claros y agudos, la línea de la cintura se alargará un poco en las caderas y se perderá en las piernas demasiado largas de una Eva de Lucas de Leiden, los ojos verdes con su mirada ambigua, su boca grande y su sonrisa inquietante, sus cabellos con su reflejo de oro viejo, su cabeza entera desmentirá la inocencia de su cuerpo, quimera ardiente, esfuerzo supremo del arte y de la voluptuosidad, monstruo encantador, se revelará en todo su esplendor secreto, de los blasones romboidales en lapislázuli saldrán arabescos y sobre marqueterías de nácar se deslizarán resplandores de arco iris y destellos de prisma, será como Lady Josiane, en el ardor de la danza los velos se desanudarán, los brocados caerán, estará vestida sólo por encajes de orfebrería, por brillantes minerales, un collar le ceñirá el busto como un corpiño y, soberbio broche, una alhaja maravillosa dardeará sus destellos en el surco de sus dos pechos, las caderas estarán ceñidas por un cinturón que esconde la parte superior de los muslos, a los que sacudirá un gigantesco colgante por el que corre un río de carbúnculos y de esmeraldas, sobre su cuerpo ahora des-

nudo el vientre se abombará incidido por un ombligo cuyo agujero parecerá un sello grabado en ónice, de tonos lechosos, bajo los
destellos ardientes que irradiarán de su cabeza todas las facetas de
las alhajas se inflamarán, las piedras se animarán dibujando su
cuerpo con rasgos incandescentes, proyectarán sobre el cuello, las
piernas, los brazos puntos de fuego, rojos como el carbón ardiente, violeta como un chorro de gas encendido, azules como llamas
de alcohol, blancos como los rayos de un astro, se me aparecerá
rogándome que la flagele, llevando entre las manos un cilicio de
abadesa, siete cuerdecillas de seda por los siete pecados capitales,
y siete nudos en cada cuerda por los siete modos de caer en pecado mortal, las rosas serán las gotas de sangre que florecerán de su
carne, será grácil como un cirio del templo, el ojo traspasado por
espada de amor y yo en silencio querré poner mi corazón en la
pira, querré que más pálida que el alba del invierno, más blanca
que la cera, con sus manos recogidas sobre su pecho liso, se man-
tenga erguida en su túnica, roja de la sangre de los corazones muertos sangrando por ella.

No, no, por qué mala literatura me estoy dejando seducir, ya no
soy un adolescente salido… La quisiera sencilla como era y como
la amé entonces, sólo un rostro con una chaqueta amarilla. Quisiera la más bella que haya sabido concebir nunca, pero no la bellísima con la que se han perdido los demás. Me bastaría incluso
débil y enferma, como debió de ser en sus últimos días en Brasil, y
le diría sigues siendo la más bella de las criaturas, ¡yo no cedería
tus ojos demacrados y tu palidez por la belleza de los ángeles del
cielo! La quisiera ver surgir en medio de la corriente, mirando
sola y tranquila mar afuera, criatura transformada por arte mágico
en ave de mar bella y extraña, con sus largas piernas desnudas y
esbeltas y delicadas como las de una grulla, y sin turbarla con mi
deseo la dejaría en su distancia de princesa lejana…

No sé si es la misteriosa llama de la reina Loana que está ardiendo en mis lóbulos apergaminados, si algún elixir está intentando lavar las hojas amarronadas de mi memoria de papel, aún afligidas por muchas manchas de humedad que hacen ilegible esa parte del texto que aún se me escapa, o si soy yo el que intenta empujar mis nervios a un esfuerzo insoportable. Si en este estado pudiera temblar, temblaría, por dentro me siento zarandeado como si flotara en un mar en borrasca. Pero es al mismo tiempo como el anuncio de un orgasmo, en mi cerebro los cuerpos cavernosos se llenan de sangre, algo va a estallar, o a florecer.

Ahora, como aquel día en su portal, por fin voy a ver a Lila, que bajará, una vez más, púdica y maliciosa con su babi negro, blanca más que la luna, que el sol más bella, ágil e inconsciente de ser el centro, el ombligo del mundo. Veré su rostro agraciado, su nariz bien dibujada, la boca enseñará apenas los dos incisivos superiores, ella conejo de angora, gata Matù que maúlla apenas meneando el pelo suave, paloma, armiño, ardilla. Bajará como la primera escarcha, y me verá, y tenderá ligeramente la mano, sin invitarme, sólo para impedir que yo huya una vez más.

Por fin sabré cómo recitar eternamente la escena final de mi *Cyrano*, sabré qué es lo que he buscado toda la vida, desde Paola a Sibilla, y volveré a la totalidad de mi ser. Estaré en paz.

Cuidado. Tendré que estar atento a no preguntarle una vez más: «¿Vive aquí Vanzetti?». Por fin tendré que aferrar la Ocasión.

Pero un ligero *fumifugium* color ratón se está difundiendo en la cima de la escalinata. Ya vela la entrada.

Siento una ráfaga de frío, levanto los ojos.

¿Por qué el sol se está poniendo negro?

LA CARPETA OLVIDADA

Helena Lozano Miralles

La encontré en un puesto de cosas viejas, la última vez que estuve en Milán. Una carpeta de piel negra, de escritorio, muy elegante. Cuando la abrí vi que no se habían molestado ni siquiera en vaciarla. Dentro había apuntes aparentemente desordenados, pero nada más ponerme a leer, me di cuenta de que tenían un orden muy preciso. Cuando llegué al final, no podía dejar de pensar que quizá el infolio de Shakespeare había estado muy cerca de mí. Me conecté frenéticamente a Internet, para ver si encontraba algo, pero ni rastro.

El diario había estimulado mi curiosidad. Estaba lleno de referencias a la historia italiana, filtradas a través de los recuerdos (y durante la lectura más de una vez me sentí una intrusa). No podía sustraerme al viaje de la lectura como al viaje de mi recuerdo. Pensé en las historias de nuestra guerra civil que nos contaban padres y tíos, sentí la necesidad de preguntarle a mi madre sobre su colegio, fui a rebuscar entre mis tebeos y en unos álbumes viejísimos que heredé de mis hermanos mayores; me acordé de las canciones que oíamos en la radio de la cocina, de los consultorios sentimentales, de la radionovela a la hora de la siesta.

La traducción de este texto, al principio, me producía una suerte de apuro, una sensación ambigua, de profunda desazón por lo que en España no pudo ser... No dejaba de pensar en el viaje inverso que nos tocó realizar a los españoles justo en aquellos años, de la República (con esa ilusión magníficamente utópica que supo despertar) a la dictadura.

Pensaba en la actual literatura de la memoria de la guerra civil y el texto se me antojaba en las antípodas. Pensaba en la autoflagelación del protagonista con su educación cristiana y recordaba la flagelación colectiva que fue impuesta a generaciones enteras de españoles. Pensaba en la reflexión sobre las faldas o sobre las aberturas y se me ocurrían las «faldas de plomo» de la posguerra. Qué intrahistoria tan distinta... Y había que conseguir traducir esa evocación del espíritu de un tiempo para aquellos que no lo habían vivido, no sólo para los que todavía no habían nacido, sino sobre todo para aquellos cuya vivencia era de signo contrario. Pensaba también en cómo lo leerían en Hispanoamérica, qué recuerdos estimularía en todos aquellos que han tenido que vérsela con una tragedia histórica...

Como en toda buena traducción, el libro tenía que hablar solo, pero ya se sabe que la traducción nunca es «inocente» y de alguna manera ayuda al libro a hablar. Me parecía que el expediente de la pérdida de la memoria, que lleva a recuperar la identidad de una generación y de un momento cultural, generaba dos sensaciones fundamentales según el tipo de lector y su edad: participación y curiosidad desde la diferencia. Eran las sensaciones que debía suscitar la traducción. El texto, además, me remitía «fatalmente» al Eco de *Apocalípticos e integrados*, y, en parte, de los *Diarios mínimos*.

Cuando tiene que definirse a sí mismo, Umberto Eco suele recordar una frase que oyó decir a su maestro, Luigi Pareyson: cada uno de nosotros nace con una sola idea en la cabeza y durante toda la vida no hace sino darle vueltas. Pues bien, creo que esta novela es, en el ámbito de la experiencia narrativa de Eco, una nueva pieza de ese puzzle que construye con instrumentos distintos una idea central...

La misteriosa llama de la reina Loana retoma narrativamente el camino que Eco inició como estudioso de la cultura de masas, allá donde se preguntaba sobre las raíces culturales de un hombre que vive en una civilización de masas en contraposición al modelo del hombre renacentista. «Mejor o peor, es un hombre distinto, y distintos habrán de ser sus caminos de formación y de salvación.»

Novela de «formación», pues, o mejor aún, relectura de las novelas de formación, rigurosamente *À rebours*. Como contrapunto a la búsqueda exacerbada de una vida singular y por ello culturalmente exquisita del protagonista de la novela de Huysmans, Bodoni busca su «vida singular» indagando en una memoria colectiva formada por materiales típicos de la cultura de masas: si Des Esseintes paladea la literatura latina decadente, Bodoni se atiborra con Sandokán y Fantomas; si Des Esseintes se conmueve ante las refinadas imágenes simbolistas, Bodoni se estremece con Josephine Baker…

En un juego típico de la literatura posmoderna, Eco nos ofrece la posibilidad de releer materiales que estaban destinados a modalidades de *consumo* distintas y a apropiarnos de ellos, indicando el «camino de salvación» del hombre masificado, que debe abandonar su condición de receptor de estímulos constantes sin posibilidad de sedimentación para llegar a ser el autor de su propia experiencia vital, sin intermediarios, y construir así, a partir de la enciclopedia colectiva y pública, un yo significante, una identidad individual e íntima.

Los niveles de consumo y producción cultural que la crítica de los medios de masas reconocía (alto, medio, bajo) sirven para articular la novela en tres momentos: una primera parte donde la intertextualidad es explícita y de nivel «alto»; una segunda parte donde la enciclopedia explícita se refiere a materiales catalogados tradicionalmente como «bajos», «de consumo», e históricamente legibles por aquellos lectores que por su edad son capaces de recordar; y, por último, una tercera parte donde la intertextualidad es un indicio diseminado en la escritura y en la imagen, donde se produce una síntesis entre modalidades de consumo altas y bajas.

Ahora bien, la búsqueda de la identidad no puede prescindir de la cultura popular, cuya esencia se revela en el recurso a una lengua contaminada con el dialecto, la lengua de Amalia y Gragnola, representantes de ese sano «sentido común» que tan a menudo se invoca en las obras teóricas de Eco.

Desde el punto de vista de la traducción, por lo tanto, había dos problemas fundamentales: cómo introducir una «enciclopedia de consumo» que compartimos sólo en parte, y cómo trasponer la contaminación lingüística de Amalia y Gragnola.

Todo lo que era italiano y no tenía una traducción que gozara de estabilidad cultural reconocida se ha traducido, imitando las modalidades lingüísticas y comunicativas de los textos de consumo de la época en cuestión, para así despertar el «camino de la memoria», y producir el reconocimiento, y al mismo tiempo marcar la diferencia (a su vez fuente de conocimiento). Había que generar esa sensación de la que habla la novela: «Es embarazoso volver a visitar un mundo donde llegas por vez primera: como sentirse de vuelta de la guerra o del exilio en casa ajena», por lo que decidí intentar traducir los materiales históricos auténticos tal y como los habrían traducido entonces, documentando la situación italiana en los periódicos, utilizando las fórmulas lingüísticas propias de los cómics, de los cancioneros falangistas, de la canción sentimental, aunque no sin ciertas dificultades puesto que, por ejemplo, a la mujer soberana de Capocabana le corresponde la mujer tras las rejas de España, y el canto a la belleza femenina española se concentra en los ojos y en la cara, de las piernas ni hablar (se llega incluso a dudar que las españolas tuvieran un cuerpo).

Naturalmente, por razones geográficas personales, mi horizonte de referencia ha sido típicamente español: fundamentales han sido muchas lecturas, pero citaré sólo dos, Manuel Vázquez Montalbán y su *Crónica sentimental*, y Carmen Martín Gaite y sus *Usos amorosos de la posguerra española*.

Por lo que respecta a la rica intertextualidad de *La misteriosa llama*, para poder disfrutar de ella y con ella, debemos referirla a un patrimonio compartido, debe formar parte de un universo reconocible. Decidí usar entonces, para las citas explícitas, traducciones de los años treinta; mientras que para lo implícito era preciso mezclar percepciones: la capacidad de los textos de ser evocativos (como, por ejemplo, las «alegres» traducciones de los folletines decimonónicos) o la disponibilidad física de los textos, allá donde la novela invita a salirse del libro e ir a leer o a ver otras cosas.

El elemento quizá más íntimo de *La misteriosa llama* se refleja en la lengua de dos personajes, Amalia y Gragnola, que se enlazan con las figuras de dos padres, Pozzo di San Patrizio en *La isla del día de antes*, y Gagliaudo en *Baudolino*. Todos ellos hablan mezclando italiano con léxico dialectal y formas coloquiales típicas del piamontés, interjecciones y blasfemias. Decidí continuar con la línea emprendida en la traducción de esas dos novelas, donde construí una lengua ficticia, una lengua que nos acercara a la «lengua del padre» o a la «lengua de la felicidad de la infancia».

Pero se requería un paso más, sobre todo para la dicharachera Amalia, no bastaba con crear calcos de palabras dialectales que por el contexto se entendieran (por ejemplo, bichulanes = tipo de pan), había que tejer un lenguaje arcaico y popular, con el uso abundante de perífrasis, comparaciones, nexos pleonásticos, reflexivos con función afectiva. No sé por qué pero a Amalia me la imaginé como a la Desi de *La hoja roja* de Delibes, debió de ser por su eficacia, y muchas veces la tomé como modelo lingüístico.

He hablado al principio de la zozobra que me producía ponerme a traducir, por ese movimiento de mi memoria que sentía como radicalmente contrario al movimiento del libro, hasta que recordé estos versos de Jaime Gil de Biedma:

Intento formular mi experiencia de la guerra

Fueron, posiblemente,
los años más felices de mi vida,
y no es extraño, puesto que a fin de cuentas
no tenía los diez.

Las víctimas más tristes de la guerra
los niños son, se dice.
Pero también es cierto que es una bestia el niño:
si le perdona la brutalidad
de los mayores, él sabe aprovecharla,
y vive más que nadie
en ese mundo demasiado simple,
tan parecido al suyo.

Para empezar, la guerra
fue conocer los páramos con viento,
los sembrados de gleba pegajosa
y las tardes de azul, celestes y algo pálidas,
con los montes de nieve sonrosada a lo lejos.
Mi amor por los inviernos mesetarios
es una consecuencia
de que hubiera en España casi un millón de muertos.

Entonces supe qué era lo que tenía que hacer.

FUENTES DE LAS CITAS Y DE LAS ILUSTRACIONES

1. *El mes más cruel*

Dibujo del autor, p. 30.

3. *Alguien tal vez te gozará*

Dante Alighieri, *Divina Comedia*, *Infierno*, canto XXXI, trad. cast. de
Ángel Crespo, p. 71.
Giovanni Pascoli, «L'assiuolo» (en *Myricae*, Livorno, Giusti, 1891),
p. 72.
Giovanni Pascoli, «Il bacio del morto» (en *Myricae*, Livorno, Giusti,
1891), p. 72.
Giovanni Pascoli, «Voci misteriose» (en *Poesie varie*, Bolonia, Zanichel-
li, 1928), p. 73.
Vittorio Sereni, «Nebbia» (en *Frontiera 1941*, en *Poesie*, Milán, Monda-
dori, 1995), p. 73.

4. *Yo me voy por la ciudad*

Testoni-Sciorilli, *In cerca di te* (Metron), p. 79.
Cubierta y dos imágenes de *Il tesoro di Clarabella*, Milán, Mondadori,
1936 (© Walt Disney), pp. 83-84.

6. El «Nuovissimo Melzi»

Giovanni Pascoli, «Nella nebbia» (en *Primi poemetti*, Bolonia, Zanichelli, 1905), p. 106.

Escala de la vida, grabado catalán del siglo XIX, p. 108.

Grabado alemán de *Zur Geschichte der Kostüme*, Múnich, Braun e Schneider, 1961, p. 110.

Riva, *La Filotea*, Bergamo, Istituto Italiano d'Arti Grafiche, 1886, p. 112.

Imagerie d'Epinal (Pellerin), p. 115.

Cubierta de la partitura *Vorrei volare* (It's in the air), Milán, Carisch, h. 1940, p. 117.

De izquierda a derecha, p. 120:

Alex Pozeruriski, *Après la danse*, ilustración para la revista *La gazette du Bon Ton*, 1915 (en Patricia Frantz Kery, *Grafica Art Déco*, Milán, Fabbri, 1986).

Janine Aghion, *The essence of the Mode in the Day*, 1920 (en Patricia Frantz Kery, *Grafica Art Déco*, Milán, Fabbri, 1986).

Anónimo, *Candee*, publicidad y cartel, 1929 (en Patricia Frantz Kery, *Grafica Art Déco*, Milán, Fabbri, 1986).

Julius Engelhard, *Mode Ball*, carteles, 1928 (en Patricia Frantz Kery, *Grafica Art Déco*, Milán, Fabbri, 1986).

De izquierda a derecha, p. 121:

George Barbier, *Shéhérazade*, ilustración para la revista *Modes et Manières d'aujourd'hui*, 1914 (en Patricia Frantz Kery, *Grafica Art Déco*, Milán, Fabbri, 1986).

Charles Martin, *De la pomme aux lèvres*, ilustración para la revista *La gazette du Bon Ton*, h. 1915 (en Patricia Frantz Kery, *Grafica Art Déco*, Milán, Fabbri, 1986).

George Barbier, *Incantation*, ilustración para *Faballas et Fanfreluches*, 1923 (en Patricia Frantz Kery, *Grafica Art Déco*, Milán, Fabbri, 1986).

Georges Lepade, *Vogue*, portada, 15 de marzo de 1927 (en Patricia Frantz Kery, *Grafica Art Déco*, Milán, Fabbri, 1986).

Renée Vivien, «A la femme aimée» (en *Poèmes I*, París, Lemerre 1923), p. 122.

Del *Nuovissimo Melzi*, Milán, Vallardi, h. 1905, p. 125.

Cubierta de J. Verne, *Vingt mille lieues sous les mers*, París, Hetzel, 1869, p. 129.

Cubierta de A. Dumas, *Il Conte di Montecristo*, Milán, Sonzogno, 1927 (© RCS), p. 131.

Ilustración de H. Clérice para L. Jacolliot, *Les ravageurs de la mer*, París, Librairie Illustrée, s.f., p. 132.

7. *Ocho días en un desván*

Cajita del Cacao Talmone, p. 138.

Cajita de Polveri Effervescenti Brioschi, p. 139.

Paquetes de cigarrillos, fotografiados en M. Thibodeau y J. Martim, *Smoke gets in your eyes*, Nueva York, Abbeville Press, 2002, p. 142.

Sprazzi e bagliori, Pequeño calendario de barbero, 1929, p. 143.

Pequeños calendarios de barberos de Ermanno Detti, en *Le carte povere*, Florencia, La Nuova Italia, 1989, p. 144.

De izquierda a derecha, p. 146:

Cubierta de *Nick Carter*, Milán, Casa Editrice Americana, 1908.

Cubierta de E. De Amicis, *Cuore*, Milán, Treves, 1878.

Cubierta de Domenico Natoli para A. de Angelis, *Curti Bo e la piccola tigre bionda*, Milán, Sonzogno, 1943 (© RCS).

Cubierta de Tancredi Scarpelli para A. Manzoni, *I promessi sposi*, Florencia, Nerbini, s.f.

Cubierta de *New Nick Carter Weekly*, edición italiana, Casa Editrice Americana s.f.

Cubierta de Léo Fontan para M. Leblanc, *L'aiguille creuse*, París, Lafitte, 1909.

Cubierta de Carolina Invernizio, *Il treno della morte*, Turín, 1905.

Cubierta de Edgar Wallace, *Il consiglio dei quattro*, Milán, Mondadori, 1933.

Cubierta de M. Mario y L. Launay, *Vidocq*, Milán, La Milano, 1911.

De izquierda a derecha, p. 147:

Cubierta de Filiberto Mateldi para V. Hugo, *I miserabili*, Turín, Utet, La Scala d'oro, h. 1945.

Cubierta de G. Amato para E. Salgari, *I corsari delle Bermude*, Milán, Sonzogno, 1938 (© RCS).

Cubierta de Robida, *Viaggi straordinari di Saturnino Farandola*, Milán, Sonzogno, s.f. (© RCS).

Cubierta de Domenico Natoli para J. Verne, *I figli del capitano Grant*, Milán, Sacse, h. 1936.

Cubierta de Tancredi Scarpelli para E. Sue, *I misteri del popolo*, Florencia, Nerbini, h. 1909.

Cubierta de S. S. van Dine, *La strana morte del signor Benson*, Milán, Mondadori, 1929.

Cubierta de H. Malot, *Senza famiglia*, Milán, Sonzogno, s.f. (© RCS).

Cubierta de Tabet para A. Morton, *Il barone alle strette*, Milán, Il romanzo mensile, 1938 (© RCS).

Cubierta de Domenico Natoli para G. Leroux, *Il delitto di Rouletabille*, Milán, Sonzogno, 1930 (© RCS).

Cubierta de Souvestre y Allain, *Fantomas*, Florencia, Salani, 1912, p. 150.

Cubierta de Ponson du Terrail, *Rocambole*, París, Rouff, s.f., p. 151.

Ilustración de Tabet de A. Morton, *I sosia del barone*, Il romanzo mensile, 1939 (© RCS), p. 151.

Ilustración de Attilio Mussino de Collodi, *Pinocchio*, Florencia, Bemporad, h. 1911, p. 152.

Cubierta de Yambo, *Le avventure di Ciuffettino*, Florencia, Vallecchi, h. 1922, p. 153.

Cubiertas de *Giornale Illustrato dei Viaggi e delle Avventure di Terra e di Mare*, Milán, Sonzogno, 1917-1920 (© RCS), p. 157.

Cubiertas de *Biblioteca dei miei ragazzi*, Florencia, Salani, p. 159.

Imagen de *Otto giorni in una soffitta*, Florencia, Salani, p. 161.

Cubierta de Tancredi Scarpelli para *Buffalo Bill, Il medaglione di brillanti*, Florencia, Nerbini, s.f., p. 162.

Cubierta de Pina Ballario, *Ragazzi d'Italia nel mondo*, Milán, La Prora, h. 1938, p. 163.

Imagen de N. C. Wyeth para L. Stevenson, *Treasure Island*, Londres, Scribner's Sons, 1911, p. 164.

De izquierda a derecha, p. 167:

Cubierta de G. Amato para E. Salgari, *Sandokan alla riscossa*, Florencia, Bemporad, 1907.

Cubiertas de Alberto Della Valle para E. Salgari, *I misteri della giungla nera* (Génova, Donath, 1903), *Le tigri di Mompracem* (Génova, Donath, 1906); *Il corsaro nero* (Génova, Donath, 1908).

Ilustración de Frederic Dorr Steele para *Colliers*, vol. XXXI, n.º 26, 26 de septiembre de 1903, p. 169.

Imágenes de Sidney Paget de *Strand Magazine* 1901-1905, p. 170.

Arthur Conan Doyle, *A study in Scarlet*, Beeton's Christmas Annual, 1887, p. 171 (trad. cast. de A. Lázaro Ros, *Estudio en escarlata*, en *Obras Completas*, Madrid, Aguilar, 1960).

Arthur Conan Doyle, *The Sign of Four*, *Lippincott's Magazine*, February, 1890, p. 172 (trad. cast. de A. Lázaro Ros, *El signo de los cuatro*, en *Obras Completas*, Madrid, Aguilar, 1960).

Emilio Salgari, *Le tigri di Mompracem*, Génova, Donath, 1906, p. 172 (trad. cast. de R. Balza de la Vega, *Sandokán: los tigres de Mompracem*, Madrid, Saturnino Calleja, s.f.).

Imagen de Bruno Angoletta del *Corriere dei piccoli*, 27 de diciembre de 1936 (© RCS), p. 176.

8. *Cuando la radio*

Ilustración de Vamba, *Il Giornalino di Giamburrasca*, Florencia, Bemporad-Marzocco, 1920, p. 182.

Cubierta de Ponson du Terrail, *La morte del selvaggio*, Milán, Bietti, s.f., p. 182.

Prato-Morbelli, *Quando la radio* (Nuova Fonit-Cetra), p. 186.

Cubierta de *Fiorin Fiorello*, disco Odeon, 1939 (Grupo EMI), p. 189.

Innocenzi-Soprani, *Mille lire al mese* (Marletta), p. 190.

De izquierda a derecha, p. 192:

Cartel de la Federación dei Fasci di Combattimento.

Texto de Blanc-Gotta, *Giovinezza*, segunda versión.

Grever-Lawrence-Morbelli, *Tulipan* (Curci).

De izquierda a derecha, p. 193:

Cartel publicitario Fiat, años treinta.

Blanc-Bravetta, *Fischia il sasso* (Blanc).

Consiglio-Panzeri, *Maramao perché sei morto* (Melodi/Sugar, 1939).

Cubiertas de partituras. En sentido horario, p. 197:

Tango del ritorno, Ediciones Joly, Milán.

Finestra chiusa, Edizioni Curci.

Maria La O, Edizioni Leopardi.

Amore, diglielo anche Fu…, Edizioni s.a.m., Bixio.

9. *Pippo no lo sabe*

Ilustraciones de Enrico Pinochi de Maria Zanetti, *Libro della prima classe elementare*, Roma, Libreria dello Stato, Anno XVI: «Balilla» «¿Has escuchado alguna vez contar la historia de Battista Perasso? Ahora te la contaré», p. 202.

Astore-Morbelli, *Baciami piccina* (Fono Enic), p. 202.

Ilustración de A. Della Torre de Piero Bargellini, *Il libro della IV classe elementare*, Roma, Libreria dello Stato, Anno XVIII: «Camisas Negras: Pequeños Camisas Negras, vosotros sois el porvenir de la Patria. Fuertes Camisas Negras, vosotros sois la defensa de la Patria», p. 204.

De izquierda a derecha, p. 205:

Blanc, *Inno dei giovani fascisti*.

Kramer-Panzeri-Rastelli, *Pippo non lo sa* (Melodi).

Ilustración de Piero Bargellini, *Il libro della IV classe elementare*, Roma, Libreria dello Stato, Anno XVIII, p. 207.

Dos postales de propaganda de Gino Boccasile, h. 1943/1944, p. 209.

Cubierta de *Tempo* 12 de junio de 1940, Milán, Anonima Periodici Italiani, p. 210.

De izquierda a derecha, p. 212:

Partitura de *La piccinina*, Edizioni Melodi, 1939.

Di Lazzaro-Panzeri, *La piccinina* (Melodi).

Cartel para la Fiat de Marcello Dudovich, 1934.

D'Anzi-Bracchi, *Ma le gambe* (Curci).

Postal de propaganda de Enrico De Seta, 1936 (Milán, Edizioni d'Arte Boeri: «Quisiera mandarle a un amigo este recuerdo de África oriental»), p. 214.

Due popoli una vittoria, postal de propaganda de Gino Boccasile, p. 217.

Schultze-Leip-Rastelli, *Lili Marleen* (Suvini-Zerboni), p. 217.

Manlio-Filippini, *Caro papà* (Accordo), p. 218.

De izquierda a derecha, p. 220:

Tacete, cartel de Gino Boccasile, 1943.

Blanc-Brovetto, *Adesso viene il bello*.

Ritorneremo, postal de propaganda de Gino Boccasile, 1943.

Ruccione-De Torres-Simeoni, *La sagra di Giarabub* (Ruccione).

De izquierda a derecha, p. 223:

Portada de *Domenica del Corriere*, 1943, ilustración de Achille Beltrame (© RCS).

Ruccione-Zorro, *La canzone dei sommergibili* (Ruccione).

Partitura de *Signorine non guardate i marinai*, Ediciones Mascheroni.

Marf-Mascheroni, *Signorine non guardate i marinai* (Mascheroni).

De izquierda a derecha, p. 225:

Alberto Rabagliati.

Bracchi-D'Anzi, *Bambina innamorata* (Curci).

Pippo Barzizza.

Mascheroni-Mendes, *Fiorin Fiorello* (Mascheroni).

E. De Amicis, *Cuore*, Milán, Treves, 1978, p. 228 (trad. cast. de H. Giner de los Ríos, *Corazón – diario de un niño*, Madrid: Sucesores de Hernando, 1918).

10. *La torre del alquimista*

De: *Bertoldo*, 27 de agosto de 1937, p. 236:

11. *Allá en Capocabana*

Portada de Bruno Angoletta del *Corriere dei Piccoli*, 15 de octubre de 1939 (© RCS), p. 252.

Imagen de Pat Sullivan de *Il Corriere dei Piccoli*, 29 de noviembre de 1936 (©RCS), p. 253.

Cubierta de Benito Jacovitti, *Alvaro il Corsaro*, Edizioni Ave, 1942, p. 254.

Cubierta de Sebastiano Craveri, *Il Carro di Trespoli*, Ediciones Ave, 1938, p. 254.

Imagen de Caesar «Verso A.O.I.», *Il Vittorioso*, 7 de junio de 1941, p. 256.

Primera página de *L'Avventuroso*, n.º 1, 1934, Florencia, Nerbini con ilustraciones de *Flash Gordon* de Alex Raymond (© King Features Syndicate, Inc.), p. 258.

De izquierda a derecha, p. 262:

Imagen de Benito Jacovitti, *Pippo e il dittatore*, *Intervallo*, 1945.

Imagen de Lyman Young de *La pattuglia dell'avorio*, Florencia, Nerbini, 1935 (© King Features Syndicate, Inc. 1934).

Imagen de un cómic anónimo.

Imagen de Elzie C. Segar de la serie de *Popeye* (© King Features Syndicate, Inc.).

Imagen de Lyman Young de «Lo spirito di Tambo», *Il giornale di Cino e Franco*, Florencia, Nerbini, 22 de marzo de 1936 (© King Features Syndicate, Inc.).

Imagen de Benito Jacovitti, «Pippo e il dittatore», *Intervallo*, 1945.

Imagen de Lyman Young de «Il coccodrillo sacro», *Il giornale di Cino e Franco*, Florencia, Nerbini, 19 de septiembre de 1937 (© King Features Syndicate, Inc.).

Imagen de Walt Disney, *Topolino nel paese dei califfi*, Milán, Mondadori, 1934 (© Walt Disney Productions 1970).

Imagen de Walt Disney, *Topolino nella valle infernale*, Milán, Mondadori, 1930 (© Walt Disney Productions 1970).

Imagen de Elzie C. Segar de la serie de *Popeye* (© King Features Syndicate, Inc.).

Imagen de Lee Falk y Ray Moore, *Il Piccolo Toma*, Florencia, Nerbini, 1938 (© King Features Syndicate, Inc.), p. 263.

Cubierta de Giove Toppi de *Il mago 900*, Florencia, Nerbini, s.f., p. 264.

Cubierta de Walt Disney, *Topolino giornalista*, Milán, Mondadori, 1936, p. 265.

Chester Gould, detalle de *Dick Tracy* (© Chicago Tribune-New York News Syndicate Ins.), p. 266.

Cubierta de Vittorio Cossio de *La camera del terrore*, Milán, Albogiornale Juventus, 1939, p. 268.

Cubierta de Carlo Cossio de *L'infame tranello*, Albogiornale, 1939, p. 268.

Milton Caniff, *Terry and the Pirates* (© Chicago Tribune-New York News Syndicate Ins.), cubierta de *The Golden Age of the Comics 4*, Nueva York, Nostalgia Press, 1970, p. 269.

De izquierda a derecha, p. 272:

Ilustración de De Vita de *L'Ultimo ras*, *Corriere dei Piccoli*, 20 de diciembre de 1936 (© King Features Syndicate, Inc.).

Imagen de Lee Falk y Roy Moore, *Nel regno dei Sing*, Florencia, Nerbini, 1937 (© King Features Syndicate, Inc.).

Imagen de Alex Raymond, *Flash Gordon*, 1938 (© King Features Syndicate, Inc.).

Imagen de Alex Raymond, *Agente segreto X9* (*L'Avventuroso*, 14 de octubre de 1934) (© King Features Syndicate, Inc.).

Cubierta de *Novella*, 8 de enero de 1939, Milán, Rizzoli, foto Braschi (© RCS), p. 274.

Cubierta italiana para Lyman Young, *La misteriosa fiamma della regina Loana*, Florencia, Nerbini, 1935 (© King Features Syndicate, Inc. 1934), p. 276.

Sellos (colección particular), p. 280.

12. *Ahora llega lo bueno*

Elsa Merlini de *Ultimo ballo* de Camillo Mastrocinque, 1941, p. 288.

Corriere della sera, 26 de agosto de 1943 (© RCS): «Dimisión de Mussolini, Badoglio Jefe de Gobierno, Proclama del Soberano. El Rey toma el mando de las Fuerzas Armadas–Badoglio a los italianos: "Estrechamos las filas en torno a Su Majestad, imagen viva de la Patria. Viva Italia"», p. 294.

13. *Mi señorita pálida*

Luttazzi, *Il giovanotto matto* (Casiroli), p. 299.
Bovio-Valente, *Signorinella* (Santa Lucia), p. 299.
Foto de una colección particular, p. 301.
Ilustración de Domenico Pilla, *Piccoli martiri*, s.l., s.f.: «Ante él se apareció un pavoroso fantasma envuelto en una amplia sábana», p. 304.
Cesare Pavese, «Sono solo...» 1927 (*Le poesie*, Turín, Einaudi, 1998), p. 321.

14. *El hotel de las tres rosas*

Augusto De Angelis, *L'albergo delle tre rose*, 1936 (ora Sellerio, Palermo, 2002), p. 323.
Frontispicio del infolio de Shakespeare, 1623, p. 324.

15. *¡Por fin has vuelto, amiga bruma!*

Reelaboración del autor de: publicidad del Thermogène (Leonetto Cappiello, 1909), licor Fernet Branca, 1908, y lápices Presbitero, 1924, p. 331.
Ilustraciones de Attilio Mussino para Giovanni Bertinetti, *Le orecchie di Meo*, Turín, Lattes, 1908, p. 332.
Ilustraciones de Angelo Bioletto para Nizza y Morbelli, *I quattro Moschettieri*, Perugina-Buitoni, 1935, p. 333.
Ilustraciones de *Il conte di Montecristo*, Milán, Sonzogno, 1927 (© RCS), p. 338.
Publicidad de Mineraria, ilustración de Dinelli, 1934 (Soc. Mineraria del Valdarno y Carbonital), p. 343.

16. *Sopla el viento*

Elaboración del autor de portadas de *Novella*, 1939 (Milán, Rizzoli) (© RCS), p. 354.

Publicidad de Cachet Fiat, ilustración de Cussino, 1926, p. 356.

Cartel de sombreros Borsalino, de Marcello Dudovich, h. 1930, p. 359.

Fotografía de los campos de exterminio alemanes, 1945, p. 359.

Cartel de propaganda de la República Social Italiana, 1944, p. 362.

L'Italia libera, Diario del Partido de Acción, 30 de octubre de 1943: «La lucha contra el fascismo es la única posibilidad de renacimiento», p. 364.

Avanti!, Diario el Partido Italiano de Unidad Proletaria, 3 de abril de 1944: «¡En la fosa de los 500 fusilados de Roma la nación recoge una admonición de la lucha!», p. 364.

Sellos de Fiji, colección particular, p. 367.

Olivieri-Rastelli, *Tornerai* (Leopardi), p. 370.

Fotomontaje en conmemoración del décimo aniversario de la revolución fascista, Roma, Istituto Luce, 1932, p. 377.

Elaboración en castellano del cartel de las SS, 1944, p. 393.

Reelaboración del autor con carteles de propaganda de la República Social Italiana, fotogramas de películas e imágenes publicitarias de los años cuarenta, p. 399.

17. *El joven cristiano*

Cartel de *Yankee Doodle Dandy* de Michael Curtiz (Warner Bros.), 1942, p. 412.

Fotograma de *Casablanca* de Michael Curtiz (Warner Bros.), 1942, p. 413.

Corriere Lombardo, 8 de agosto de 1945: «Ha estallado la bomba atómica. El mundo está atónito. ¿Qué sucederá?», p. 414.

Josephine Baker, p. 420.

Bella tu sei qual sole, canto religioso popular, p. 422.

Giovanni Bosco, *Il giovane provveduto*, *Opere edite VII*, Roma, Librería

Ateneo Salesiano, p. 424 (trad. cast.: *El joven cristiano instruido en sus deberes y en los ejercicios de la piedad*, Barcelona, Librería Salesiana, 1940).

Lorenzo Perosi, *Dormi non piangere*, p. 426.

Fotograma de *I due orfanelli* de Mario Mattoli (Excelsa) 1947, p. 428.

Ilustración de V. Hugo, *L'Uomo che Ride*, Milán, Sonzogno, s.f. (© RCS), p. 430.

Rita Hayworth y Tyrone Power en *Sangre y arena* (*Blood and sand*) de Robert Mamoulian (20th Fox), 1941, p. 431.

Fotograma de *La mia via* (*Going my way*) de Leo McCarey (Paramount), 1944, p. 432.

Gustave Moreau, *La aparición*, 1876, París, Louvre, p. 435.

Jules Barbey d'Aurevilly, *Léa*, 1832 (*Œuvres romanesques complètes 1*), París, La Pléiade, Gallimard, 2002), p. 439.

Guido Gozzano, «La più bella!» (en *Tutte le poesie*, Milán, Mondadori, 1980, p. 439.

18. *Que el sol más bella*

Elaboración de autor de imagen de Alex Raymond, *Rip Kirby* (© King Features Syndicate, Inc.); modelo Schubert años cincuenta (Centro Studi e Archivio della Comunicazione, Parma); publicidad Vespa de M. Boldrini y O. Calabrese, *Il libro della comunicazione*, Piaggio Veicoli Europei S.p.A., 1995, p. 449.

Elaboración de autor de Alex Raymond, *Flash Gordon* (© King Features Syndicate, Inc.), p. 458.

Elaboración de autor de Alex Raymond, *Flash Gordon* (© King Features Syndicate, Inc.), p. 459.

Elaboración de autor de Alex Raymond, *Flash Gordon* (© King Features Syndicate, Inc.), p. 460.

Elaboración de autor de Alex Raymond, *Flash Gordon* (© King Features Syndicate, Inc.), p. 463.

Elaboración de autor de Alex Raymond, *Flash Gordon* (© King Features Syndicate, Inc.), p. 464.

Elaboración de autor de Alex Raymond, *Flash Gordon* (© King Features Syndicate, Inc.), p. 466.

Elaboración de autor de Alex Raymond, *Flash Gordon* (© King Features Syndicate, Inc.), p. 468.

Elaboración de autor de Lee Falk y Phil Davis, *Mandrake* (© King Features Syndicate, Inc.), p. 470.

Elaboración de autor de Milton Caniff, *Therry and the Pirates* (© King Features Syndicate, Inc.), p. 473.

Elaboración de autor de Alex Raymond, *Flash Gordon* (© King Features Syndicate, Inc.), p. 474.

Elaboración de autor de libros italianos, p. 476.

Bixio-Cherubini, *La famiglia canterina* (Bixio), p. 478.

Elaboración de autor de Lyman Young, *La misteriosa fiamma della regina Loana*, Florencia, Nerbini 1935 (© King Features Syndicate, Inc., 1934), p. 479.

Elaboración de autor de estampa anónima, p. 481.

ÍNDICE

Tercera parte
ΟΙ ΝΟΣΤΟΙ